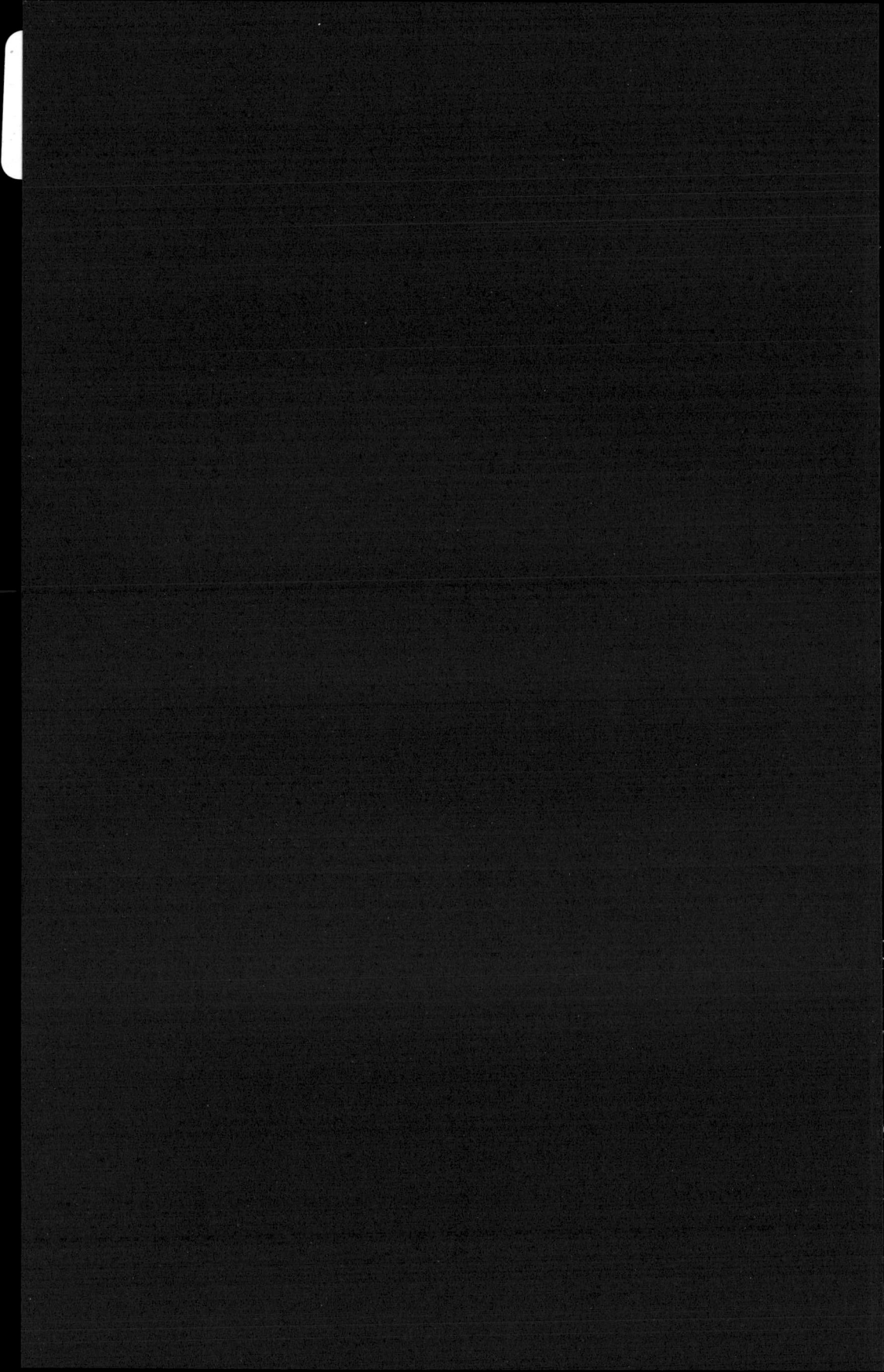

LORD OF MYSTERIES

爱潜水的乌贼 著

诡秘之王

THE CLOWN

2

小丑

中

NEWSTAR PRESS
新星出版社

图书在版编目（CIP）数据

诡秘之主. 2，小丑. 中 / 爱潜水的乌贼著.

北京：新星出版社，2024.11（2025.6重印）. —— ISBN 978-7-5133
-5729-6

Ⅰ. I247.5

中国国家版本馆CIP数据核字第2024MP9807号

诡秘之主2 小丑·中

爱潜水的乌贼 著

责任编辑	李文彧		**特约编辑**	刘兆兰
装帧设计	罗智超	江馨华	**策划编辑**	方剑虹 雷 桦
责任印制	李珊珊			

出 版 人 马汝军
出版发行 新星出版社
  （北京市西城区车公庄大街丙 3 号楼8001 100044）
网 址 www.newstarpress.com
法律顾问 北京市岳成律师事务所
印 刷 凸版艺彩（东莞）印刷有限公司
开 本 685mm×980mm 1/16
印 张 18
字 数 290千字
版 次 2024年11月第1版 2025年6月第5次印刷
书 号 ISBN 978-7-5133-5729-6
定 价 49.80元

THE CICAN

目录 CONTENTS

Act as your heart desires,
yet let no harm come to pass.

他们赤身裸体，无衣无食，
在寒冷中毫无遮掩。
他们被大雨淋湿，
因为没有躲避之处，
就紧抱磐石。

他们是孩子被夺走的母亲，
他们是失去了希望的孤儿，
他们是被逼离开了正道的穷人。

黑夜没有放弃他们，
给予了他们眷顾。

第一章

CHAPTER 01

✦ 又一次呢喃 ✦

　　与此同时，邓恩、伦纳德和鼓起勇气的克莱恩搜查了燕尾服小丑的尸体，找出了纸花、手绢、扑克和玻璃片等千奇百怪的物品。除此之外，对方并未带任何有价值的，或者说可以提供线索的东西。

　　嗯，有七八镑和十几苏勒的皮夹除外……克莱恩悄然叹息了一句。

　　想到钱，他立刻低头审视自己，一张脸几乎垮了下来。他这套价值好几镑的正装，在之前的翻滚过程中，摩擦出了五六个需要缝补的地方，并且到处都是泥土和灰尘夹杂的污痕。

　　邓恩瞄了他一眼，嘴角隐隐上翘，道："任务里的损失都是可以报销的。"

　　报销……

　　听到罗塞尔大帝"发明"的这个单词，克莱恩的心情一下变好了：嗯，这套正装如果好好清洗一下，补一补还是可以穿的，还足够体面……等到报销的费用下来，就能再买一套替换了！嗯，我可不是将报销款挪作他用的人……

　　不过以后得考虑"战斗装"了，比如队长那种黑色风衣……材质稍微差一点的，比燕尾服正装要便宜很多……嘶，伦纳德这家伙长期不爱穿正装，是不是就有这方面的因素……

　　"尸体让弗莱处理，看能不能辨认出这人的长相，找到什么线索。"邓恩用手套碰了碰燕尾服小丑脸上的油彩。

　　之后，他们搜查了最内侧那间仓库，看见里面有好几团仿佛被巨石压扁了的血肉烂泥，地上则散落着一根又一根的白森森的断骨。

　　"瑞尔·比伯应该是在用古老的仪式吸收笔记里蕴藏的力量，就像我们直接服食较高品阶的序列魔药一样。这种行为非常危险，必须具备不受打扰的环境，必须获得一定时间的沉睡，这应该就是他至今没有离开廷根的原因。"邓恩审视了一圈，推测着可能性。

　　听到这样的描述，脸色苍白的黑发女士洛络塔笑了一声："可惜啊，他被我们提前吵醒了，他起床时的那种愤怒真是让人记忆深刻。"

"这就是失控的一种表现形式。"邓恩望向克莱恩，半是解释半是教导地说道。

"那他为什么不直接离开廷根，等去了别的地方再尝试吸收呢？"克莱恩疑惑不解地问道。

艾尔·哈森笑了笑，指着自己的脑袋道："被古老力量、邪异力量影响的家伙，这里往往都不太管用。"

这时，邓恩吸了口气，仿佛隐含着疼痛，说："伦纳德，你的情况还好，就留在这里，不要让普通人靠近……

"我们几个立刻去搜集瑞尔·比伯的残留物，带着它们和封印物以及安提哥努斯家族的笔记返回，并让弗莱、洛耀和警察过来。"

"好的。"听见邓恩的提议，伦纳德表情轻松地回答道。

接下来，邓恩和克莱恩等人一起走出了仓库，以怪物比伯"自爆"的地方为圆心，一圈圈向外搜寻。

"队长，我们究竟在找什么？"克莱恩看着散落的腐烂血肉，强忍恶心，疑惑地看向身旁的邓恩·史密斯。

邓恩没有抬头，依旧用深邃的灰眸扫视着地面："提前苏醒，还失去控制，变成了怪物，意味着瑞尔·比伯并没有完全吸收笔记提供的非凡力量，同时也表明他身体的某个部位极有可能富含超凡力量，可以成为较高品质的材料。

"以后你要是遇到类似的情况，千万不要遗漏，那或许是相当重要的'物品'。"

这样啊……克莱恩有所明悟地微微点头。

转瞬间，他又想到另外一点：如果怪物比伯富集非凡力量的部位是某些不可描述的地方，岂不是很尴尬……以后用于调配药剂，岂不是非常恶心……

就在克莱恩思绪发散之际，眼神锐利如同老鹰的博尔吉亚忽然出声，道："找到了，咳。"

邓恩和艾尔等人立刻转身，靠拢过去，克莱恩被好奇心驱使，也快步走向了博尔吉亚。很快，他看见了博尔吉亚身前的东西。

那是一团拳头大小的灰白事物，整体柔软有质，表面布满沟壑，仿佛活生生取出来的大脑。

虽然克莱恩暂时看不出这团"灰白"的非凡之处，但从此物能在剧烈的爆炸里完好无损这一点，他就确信博尔吉亚没有找错物品。

邓恩仔细打量了一眼，蹲了下去，边屈伸右臂，边用戴着黑色手套的左手小心翼翼抓起了那团灰白的事物。

刚被触动，那团"灰白"立刻往外摊开，变成了黏稠的液体。

这时，艾尔·哈森从怀里取出一个锡铁制的方盒，将里面的卷烟一根根取出来，放入口袋。

紧接着，他将方形铁盒递给邓恩，笑了笑道："我知道，你只爱烟斗。"

邓恩"呵"了一声，接过方形铁盒，将那黏稠的灰白液体"灌"入其中，临时存放。

收好这件物品，他又与洛络塔等人粗略搜索了一遍现场。

确认没有太大遗漏之后，他们离开这里，来到外面，看见马匹正焦躁不安地刨地，险些挣脱了绳索。

"我会驾车。"博尔吉亚用手抵住嘴巴，轻咳了一声。

"我知道，你很会安抚动物。"艾尔微笑点头道。

上了马车，保持着屈伸运动姿势的邓恩、洛络塔、艾尔·哈森和克莱恩四人一时无言，陷入了短暂的沉默。

等到马蹄踏响，车轮滚动，邓恩才望向克莱恩，斟酌着开口："我知道，你对安提哥努斯家族的笔记肯定充满好奇，想弄清楚曾经发生的事情。"

不，一点也不……克莱恩下意识地在心底否定着。

那可是会带来不幸的古老物品！

没给他答复的机会，邓恩自顾自往下说道："不过，我必须先将这件事情通报给圣堂，等他们确认了笔记的保密等级，才能考虑是否给你观看。"

"没问题。"克莱恩简短地回答道。

邓恩屈伸着手臂，想了想又道："我曾经承诺过，等确认瑞尔·比伯是安提哥努斯家族的后裔之后，就让你成为值夜者的正式成员。

"现在，我们不仅确定了瑞尔·比伯的身份，还消灭了这个怪物，挫败了密修会的阴谋。在这个过程中，你表现得非常出色，还亲手击杀了邪恶组织的一名成员，所以，我会履行承诺，立刻向圣堂申请，然后等他们批复。

"对了，我忘了一件重要的事情，我还没有问你是否愿意……克莱恩·莫雷蒂先生，你是否愿意正式加入廷根市值夜者小队，成为我们的一员？

"你的薪水将立刻翻倍，达到每周六镑的标准，而且之后每年都会有一定程度的涨幅。你的薪水由教会和阿霍瓦郡警察厅各承担一半，你将同时获得见习督察的身份。在某些时候，这身份会非常管用。

"作为一名辅助型的非凡者，你不用总是面对敌人，但每周有一天需要轮值查尼斯门……

"在没有得到小队批准的情况下，你不能以任何借口离开廷根，并且要尽量向家人保密……"

等邓恩说完限制和福利，克莱恩沉思了十几秒才道："我希望能成为一位正式的值夜者。"

只有这样，自己才能更多地接触隐秘，比如密修会的情况！

看了之前搜集到的罗塞尔日记后，克莱恩对自身的一些想法做了调整：精通神秘学知识，找到回家的办法，是他不变的追求，而进一步提高自身力量，以便更安全地撬动灰雾之上的神秘空间，借助它返回故乡，则是新添加的目标。

正如罗塞尔大帝所言，单纯靠外力，非常危险！

而且，成为"占卜家"，得到非凡力量后，克莱恩也察觉自己对那片神秘空间有了更进一步的掌握，比如，可以再拉一位成员加入聚会。这就不得不让他思考，等自己成了序列8、序列7甚至更高序列的非凡者后，灰雾之上的那片神秘空间是否会出现对自己更加有利的变化。

当然，克莱恩非常清楚，一切的前提是自己先彻底解决"占卜家"魔药存在的隐患，不能着急，不能鲁莽。

"很好，等圣堂批复下来，你就是我们的一员了。"邓恩的灰眸染上了少许笑意。

就在这时，一直旁听的艾尔·哈森插言道："克莱恩，我就叫你克莱恩吧，你今天的表现真的非常出色，竟然能击杀一名密修会的非凡者，而且我怀疑他达到了序列7。你是怎么办到的？我简直无法相信。"

这个问题果然来了……克莱恩早有准备，装出正在组织语言的模样。

他知道自己成功击杀一名能同时与邓恩、艾尔、洛洛塔周旋的非凡者，确实不可思议、充满谜团，艾尔他们只要眼睛没瞎、脑袋没傻，迟早会询问事情真相，但他没想到他们能忍到现在才开口。

也对，队长和哈森先生之前都受了伤，状况随时会恶化，这种时候，任何可能激化矛盾的事情都必须先行按下，免得我因为"秘密"被揭穿，铤而走险……等我表达了态度，愿意正式加入值夜者，他们才能放心开口询问……

都是老江湖啊，互相之间明显没有任何交流，却默契地做出了相同的决定……

克莱恩若有所思地开了口："这是一件非常幸运的事情，那个穿燕尾服的小丑出现了致命的判断失误。

"当时，封印物2-049被爆炸的余波抛到了我附近，和我间隔了五六米，只需要粗略观察，很容易就能得出我处在封印物影响范围内的结论。而当时我受爆炸影响，脑袋眩晕，动作迟缓，看起来就和被控制了一模一样。

"那个燕尾服小丑不知什么时候隐形来到我附近，用解救我并给予'占卜家'对应的序列8'小丑'魔药来引诱我，想让我帮他拿安提哥努斯家族的笔记。

"对，他说密修会掌握了'占卜家'魔药对应的序列途径，还说他自己曾经就是一位'占卜家'……"

　　克莱恩将当时的情况详细地讲了一遍，连内心的推理过程都有条不紊地叙述了出来，包括他认为燕尾服小丑占卜出取走笔记有极大风险，从而改变了策略的事情。

　　当然，所有的真话都是为了掩盖最开始的那句谎言，为了掩盖自己被封印物2-049控制过的事实。

　　"占卜出取走笔记有极大风险？对，确实有极大风险，但这个风险其实是在你那里。"黑发女士洛络塔掩嘴轻笑道，"他的占卜没错，却反倒让他陷入了致命的危险，这真是一件有趣的事情。"

　　克莱恩怔了一下，郑重地点头，道："确实，占卜总是不会太清晰，而模糊就意味着解读可能存在错误。"

　　嗯，我必须注意这一点！

　　"之后，你是怎么解决他的？"邓恩屈伸手臂，往后微靠道。

　　克莱恩笑笑道："我假装答应他，让他来唤醒我。但他不敢进入封印物的影响范围，隔着两三米，试图用奇怪的纸条推动我。

　　"接着，我抓住这个机会，拉住那张纸条，将他拉进了2-049的影响范围，并配合连续的射击完成了目的。

　　"呵，这是一件让我羞愧的事情，我当时竟然没有信心在两三米的距离内一枪击中他。"

　　艾尔轻轻颔首道："以他的躲避能力，两三米的距离并非绝对保险，你或许能击中他，却无法命中要害，那事情就麻烦了……

　　"你当时的选择没有任何错误，甚至称得上出色，如果是我，不一定比你做得更好。"

　　他没有再问后续的事情，因为落入封印物2-049控制范围的燕尾服小丑结局已然注定，就是一个活靶子。

　　"'占卜家'的后续是'小丑'……真是奇怪啊……"邓恩忽然在旁边感叹道。

　　艾尔·哈森附和道："确实，很难想象'占卜家'的后续会是'小丑'，依照正常的逻辑，没有谁会把它们联系在一起。"

　　"这很奇怪吗？我记得不少途径的序列魔药，前后也缺乏必要的关联。"黑发女士洛络塔捂嘴打了个哈欠，看得出来，她的伤势较为严重，以至于"女神的凝望"也难以让她再保持旺盛的精力。

　　"不，洛络塔，这完全不同。其他的序列魔药即使再缺乏关联，我们也能从另外的方面找到一定的共同点，但'占卜家'和'小丑'不行，我完全无法理解。"

艾尔·哈森摇头感叹道。

克莱恩听着他们的议论，笑了一声道："不，还是有共同点的。"

"是什么？"艾尔好奇地问，邓恩屈伸手臂的动作也明显放缓。

克莱恩一本正经地回答："不管是占卜家，还是小丑，都能在马戏团找到。"

艾尔、邓恩和洛络塔一下愣在了那里。

"噗……不错的回答，我喜欢你这样的年轻人！"黑发女士洛络塔最先回神，笑出了声。

艾尔跟着露出笑容，摇头说道："现在这个时代，具备自嘲精神的绅士是越来越少了，幸运的是，我们今天又遇到了一位。"

你以为我喜欢自嘲啊……我不也是没想到其他共同点吗……克莱恩腹诽了两句，笑容略显苦涩地回答："我只希望这个序列途径的魔药不要再出现'驯兽师''杂技演员''魔术师'等名称，那样就真组成马戏团了。"

而且还是一人成团……

"哈哈。"邓恩等人当即被他的话语逗笑，车厢内充满了欢快的气氛。

马车前行，一路来到佐特兰街，没怎么受伤的克莱恩率先进入了黑荆棘安保公司。

"女神啊！你遭遇了什么，怎么会变成这个样子？"罗珊随意一望，愕然出声。

克莱恩低头看了下自己肮脏且破损的正装，依旧感觉心疼，回答道："任务里总是有这样和那样的意外，还好，女神庇佑，结局是美好的。"

"赞美女神！"罗珊虔诚地在胸前画了个绯红之月。

不等克莱恩开口，她主动询问道："需要我们再次去三楼躲避？那件封印物真有那么危险？"

"相信我，它比你想象中更加危险。"克莱恩心有余悸地回答道。

要不是自己有更加神秘的转运仪式，今天就交待在2-049那里了！

"女神啊……"罗珊嘴唇翕动，似乎还有好多话想说，还有好多问题想问，但考虑到队长就在下面等待，她终于忍住了冲动，招呼着奥利安娜太太等人前往三楼。

黑荆棘安保公司的左右隔壁、楼上楼下，要么属于教会产业，要么居住着知道大约情况的虔诚教士。

等到文职人员全部撤离，克莱恩没抢着去娱乐室通知别的值夜者，他当即返回，协助队长等人将封印物2-049、"怪物"比伯残留物和安提哥努斯家族笔记护送到了二楼。

通过隔断，邓恩推开娱乐室的门，对两位正在玩昆特牌的值夜者道："弗莱，洛耀，你们立刻去码头区提利尔仓库，协助伦纳德处理后续。"

"好的。"

头发乌黑、表情冷淡的女士洛耀率先起身，黑发蓝眼、皮肤苍白的"收尸人"弗莱跟着站直。他们放下昆特牌，走出娱乐室，在通过隔断的时候，明显都停顿了一下。

"等等。"邓恩没有辜负大家期望地喊了一声。

"还有什么事情吗？"不眠者"洛耀表情未变地扭头问道。

"记得通知警察，让他们封锁道路，在你们处理好现场，将尸体搬运回来以前，不要让任何人靠近。"邓恩轻拍了下额头道。

"好的。"洛耀转身，往前走了两步，重又停顿下来。

她回过头，眨了眨眼睛，冷冷淡淡地确认道："队长，没有别的事情了吗？"

"没有。"邓恩斩钉截铁地回答道。

洛耀微不可见地点头，率先走向大门，而气质冰冷阴暗的"收尸人"弗莱则依旧保持着不快不慢的速度。

就在这时，邓恩又一次开口："记得，记得告诉罗珊和奥利安娜太太她们，可以下来了。"

"没问题。"弗莱平静到近乎没有情绪波动地回答道。

目送两位值夜者走出大门，爬向三楼，克莱恩悄然松了口气，跟着队长和艾尔等人进入地底，一路直行，抵达了那扇对开的查尼斯门。

"你去武器库找老尼尔过来，我们需要他的仪式魔法进行治疗。"邓恩一边示意留守的"不眠者"科恩黎打开查尼斯门，一边吩咐着克莱恩。

随着药剂效果的退去，他的精神逐渐萎靡。

"好的。"克莱恩没等队长补充，自顾自说道，"我会代替老尼尔看守武器库，也会再申请至少二十枚猎魔子弹，并等待圣堂的批复，忍住对安提哥努斯家族笔记的好奇。"

"……"邓恩一时竟找不到什么话来应对。

"队长，没有别的事情了吧？"完成了抢答的克莱恩微笑着问道。

邓恩摇了摇头，还是没能说出话。

取出手杖，转过身体，走了一截之后，克莱恩拐向武器库，将事情的大致经过告诉了正在喝清水的老尼尔。

"变成了失控的怪物……你还击杀了一名非凡者？"老尼尔快速收拾了下桌子，"我就像在听一场戏剧的剧本。"

他嘟囔着绕过桌子，目标直指走廊，根本没等待克莱恩的回答。

克莱恩倒是颇为好奇地问了一句："尼尔先生，教会没有真正的治疗药剂吗？竟然还需要仪式魔法的帮助。"

"普通材料调配的药剂无法长时间固化来自仪式的治疗效果，超凡类型的材料则非常稀少，且大部分都不适合用来做这种事情。"老尼尔随口解释了一句，"你应该知道'女神的凝望'了吧，这种药剂刚通过仪式制作出来的时候，是标准的、真正的治疗药剂，但之后每一分钟，效果都在退化，直到只剩下一点。"

"这样啊……"克莱恩略有些失望地点头。

作为曾经的"键盘冒险者"，也就是游戏爱好者，向往治疗药剂实在是一种习惯和本能。

目送老尼尔离开，克莱恩坐了下来，感受着阔别很久的安宁。

在这样的安宁里，他回想起了燕尾服小丑临死时的惨状，回想起了自己冷血的射击，回想起了那狰狞的创口和汩汩涌出的鲜血。他的身体渐渐战栗，心里充满了不适。他先是站起，接着坐下，然后缓慢地重复着这个过程，并夹杂上来回的走动。

"呼……"

克莱恩吐了口气，打算给自己找点事做，免得总是想起那些不好的画面。

他摘下礼帽，脱掉正装，掏出手帕和刷子，认认真真清理起衣物上的泥土和灰尘。

不知过了多久，他听到了老尼尔熟悉的脚步声——那是由脚后跟先落地制造的特殊声响。

"真是让人疲惫啊……"老尼尔抱怨着走进房间，"你告诉其他人，一个小时内都不要来这里，我需要一定的休息。"他的目光扫过克莱恩，随口吩咐了一句。

"不如你去楼上休息，我看守这里？"克莱恩好心提议道。

老尼尔摇了摇头："上面太吵闹了，小罗珊是个停不住嘴的姑娘。"

"好吧。"克莱恩没再坚持，穿上外套，戴好帽子，拿起手杖，回到了走廊，并将武器库的大门拉至半掩。

哒，哒，哒，他缓步走在空无一人的过道上，忽然看见旁边多了个自己之前从未见过的房间。

"这里有道密门啊……"

克莱恩停在靠近拐角的位置，望向那个房间。他发现"收尸人"弗莱已经返回，正在里面详细检查一具被剥光了衣物的尸体。

尸体？克莱恩心头一动，鼓起勇气靠近房间，在敞开的门上轻敲了三下。

咚，咚，咚。

弗莱停下动作，转过身体，蔚蓝而冰冷的眼眸看了过来。

"抱歉，打扰到你了，我只是想知道这是不是那名非凡者的尸体?"克莱恩斟酌着语气问道。

"对。"弗莱薄薄的嘴唇张合，却只吐出了一个单词。

克莱恩的目光越过他看向尸体，果然在额头位置发现了那道熟悉的狰狞伤口。

是那个燕尾服小丑……克莱恩暗自吐了口气道:"有什么发现吗?"

"没有。"弗莱异常简洁地回答道。

气氛一下尴尬起来，克莱恩正想告辞，弗莱却主动开口了:"如果你感觉不适，可以进来看看，你会发现这只是一具尸体。"

怕我有心理障碍?克莱恩若有所思地点头:"好的。"

他进入房间，来到铺着白布的长条桌旁，望向那具尸体。

燕尾服小丑脸上的红黄白油彩已被全部清除，露出一张没什么特色的陌生脸孔，黑头发，高鼻梁，年纪在三十上下。

这时，弗莱走到墙角的方桌前，拿起一截铅笔和一张白纸。他返回尸体附近，放好白纸，手拿铅笔，唰唰唰画了起来。

克莱恩好奇地瞄了一眼，发现弗莱竟然在给燕尾服小丑的头部画素描。

没过多久，弗莱停下了铅笔，而白纸上多了一幅栩栩如生的肖像。它和尸体相比，仅仅只是没有伤口，以及多了蓝色的眼眸。

人才啊……克莱恩诧异地赞叹道:"我没想到，没想到你的素描竟然这么好。"

"在成为值夜者之前，我的梦想是做一名画家。"弗莱的语气没有一点起伏。

"那为什么不去实现梦想呢?"克莱恩疑惑地问。

弗莱放好铅笔，手拿燕尾服小丑的肖像，道:"我的父亲是女神的牧师，他希望我也成为一名牧师，这是足够体面的职业。"

"你做过牧师?"克莱恩愕然再问。

他很难想象弗莱这种性格这种气质的人做牧师。

"嗯，做得还不坏。"弗莱表情冷漠，嘴角隐隐有点上翘，回答道，"后来遇见了一些事情，又经历了一些事情，就成为值夜者了。"

克莱恩没有详细打探别人的隐私，转而问道:"你曾经是女神的牧师，那为什么不挑选'不眠者'呢?"

"一个私人的理由。"弗莱坦然回答道，"而且戴莉女士是个好榜样。"

克莱恩点了点头，正待岔开话题，却听见弗莱说道:"你帮我看着这里，我必须立刻将肖像画交给队长……关闭密门很麻烦。"

"好的。"克莱恩虽然有些害怕单独面对尸体，但还是强忍着答应了下来。

随着弗莱离去，房间内变得安静，那具尸体躺在那里，似沉重巨石压于克莱恩心头。

他吸了口气，鼓起勇气靠近了那张长条桌。

燕尾服小丑静静地躺着，脸色苍白，眼睛紧闭，失去了所有的气息。除了狰狞的伤口，还散发出死人独有的冰冷。

克莱恩凝望了一阵，心情逐渐沉淀，似乎平静了下来。目光扫过时，他发现燕尾服小丑的手腕处有个奇怪的烙印，于是大着胆子伸手去触碰，想翻转过来，以便看得更加清楚。

冰冷的感觉刚从克莱恩的指尖传入大脑，那只苍白的、失去了所有生机的手掌突然弹起，一把抓住了他的腕部。

紧紧抓住了他的腕部！

被五根关节发白的手指冰冷又用力地扣住腕部，克莱恩瞬间汗毛耸立，下意识地往后抽手，疯狂地想要退开。

沉重的感觉传来，克莱恩用尽了全身力气，拉拽着自己的小臂。

扑通！

那具苍白的、赤裸的尸体被拉得歪斜，从长条桌上摔到了地面。然而，那冰凉惨白的手指依旧用力扣住克莱恩的腕部。

克莱恩一时失去了思考能力，脑海里尽是拔枪乒乒乓乓的想法。可是，因为惯用手收不回来，他丢掉黑色手杖努力了好几次，都没能顺利地从腋下枪袋里取出左轮。

就在这个时候，那具尸体的眼皮霍然上抬，露出一双没有焦距的蓝色眼眸。他嘴巴翕动，呢喃出声："霍纳奇斯……霍纳奇斯……霍纳奇斯……"

三声之后，急得手忙脚乱的克莱恩感觉扣住自己腕部的手指开始松动，接着，它们便无力垂下。

燕尾服小丑的眼睛重又紧闭，似乎刚才什么事情都没有发生过。

如果不是苍白的尸体正躺在石制地板上，克莱恩会认为自己是遭遇了幻术。他跟跟跄跄地退后了几步，只觉得身体多个部位都因为惊吓过度和紧张害怕而开始痉挛。

呼……呼……克莱恩喘着粗气，慢慢恢复了思考能力，警惕又畏惧地望向地上的尸体。

他取下左轮，谨慎地一步步退出房间，确认那具尸体再没有任何动静后，才瞄了眼自己持枪手的腕部。

那里有五个深深的、暗红色的指印，它们正无声地述说着之前的遭遇。

克莱恩平静了不少，心里不断回荡着一句脏话：吓死老子了！

喘了十来秒钟，他开始于脑海中勾勒物品，让自身迅速恢复冷静的状态。

仔细回想后，克莱恩将刚才的遭遇一帧帧"重放"了起来。

他还是不明白燕尾服小丑"尸变"的原因，但他敏锐地把握到了重点，那就是对方反复呢喃的"霍纳奇斯"！

"又是霍纳奇斯……"

克莱恩一下皱起了眉头："安提哥努斯家族的笔记记载了霍纳奇斯山脉的夜之国，我在冥想和灵视中听见不该听见的声音时，也有'霍纳奇斯'这个名词，而现在，这个死人用诡异的方式，又一次在我耳边强调霍纳奇斯……

"难道很多问题的答案就在霍纳奇斯山脉……也许，也许那里还蕴藏着巨大的危险，比如某个邪神就被封印在山脉内，通过类似的'引诱'寻求脱困。"

思绪纷呈间，克莱恩小心翼翼进入房间，触碰了尸体几下，确认对方已经死透。

他想着不能让"收尸人"弗莱看到自己将这里弄得一团糟，于是鼓起勇气，手拉肩扛地把尸体搬回了长条桌。

整个过程里，克莱恩不仅一直提着心，吊着胆，随时都可能因为微小的动静绷断神经，而且被尸体与自身肌肤接触时的冰冷触感弄得异常恶心。

艰难地完成了这个任务，他才想起之前为什么要靠近尸体，于是再次凝神望向燕尾服小丑的腕部，望向那奇特的烙印。

那个烙印不知什么时候脱落下来，凝缩成一团带着些许蓝色的血球。血球只有拇指大小，以一种违背物理规则的姿态静静悬浮在半空。

"这是什么？"克莱恩低语了一句，不敢再鲁莽触碰。

他完全没想过昧下这个诡异的血球，一是因为根本不知道是好是坏，二是他相信仔细检查过尸体的弗莱肯定早就发现了手腕的烙印，甚至可能知道这诡异血球是什么东西。

就算弗莱不清楚，上交给队长，让整个值夜者队伍去探索，去研究，显然也比我胡乱尝试要好很多……克莱恩如是想道。

身在组织内，个人就要懂得怎么最大程度地利用组织的力量。

克莱恩情绪紧绷地等了几分钟，黑发蓝眼、嘴唇很薄的弗莱就返回了房间。

弗莱的目光瞬间被那诡异血球吸引，问出了克莱恩之前自问过的问题："这是什么？"

"不知道。"克莱恩诚实地摇头，没做任何隐瞒地将事情的经过描述了一遍。

"烙印脱落成血球……"弗莱仿佛在思考般点了点头，"非凡者的尸体总是会有些奇怪的变化……"

他抬起头，看向克莱恩道："你去请队长过来，并将尸体呢喃的内容告诉他。"

"好的。"克莱恩早就想离开这个地方了。

"你不用和队长一起过来。"弗莱又补充了一句，"我想你肯定不喜欢看见接下来的画面。"

说话的同时，他拿起了旁边银白色的手术刀。

克莱恩心有余悸地点头道："这正是我希望的。"

他拿上手杖，戴好帽子，拐去了查尼斯门，在值守室内看见了不再萎靡的队长邓恩。

邓恩平静地听完他的叙述，微不可见地颔首道："我会将这件事情通报上去，让圣堂处理，也许他们会派人去霍纳奇斯山脉的主峰看一看。"

克莱恩"嗯"了一声，见值守室内只有队长和"不眠者"科恩黎，于是随口问了一句："艾尔先生他们去休息了吗？"

邓恩点了点头，道："艾尔和博尔吉亚在圣赛琳娜教堂，洛络塔应该是寻找咖啡馆去了。"

"咖啡馆？洛络塔女士的伤应该还没有痊愈吧？"克莱恩诧异地问。

邓恩揉了揉两边眉骨，笑笑道："洛络塔有三大爱好，咖啡、甜点和女仆。她说必须有这三样，才能加速痊愈。"

"女仆？"克莱恩茫然地反问。

洛络塔女士难道有某方面的癖好？

邓恩无奈地摇头，道："她喜欢女仆，嗯，是这样没错，而且喜欢……喜欢胸大的。"

"……她真是一个奇怪的人。"克莱恩不知该用什么表情来面对了。

邓恩没再耽搁，往值守室外行去，克莱恩望着他的背影，安静地等待他转身。与此同时，他余光看见"不眠者"科恩黎掏出怀表，按了下去。

三、二、一……克莱恩刚默数完，邓恩就停了下来。

他半转身体道："又忘记一件事情。克莱恩，你今天经历太多，放松之后肯定会感觉疲惫，下午就不用待在这里了，回去好好休息。

"明天，明天就提交申请，将损失详细列出来。嗯，击杀非凡者的事情，不用特别在意，杀了他，你就等于拯救了更多的人。"

"其实，其实我已经好多了。"克莱恩无声地吐了口气。

邓恩微微颔首，正待转身，又猛地轻拍了下额头，道："还有，我已经将那个非凡者的肖像交给了伦纳德，让他和警察部门负责后续的调查。

"我想，那个非凡者肯定在廷根市乘坐过马车，享用过食物，也肯定会有居住的地方。凡走过，必留下痕迹，罗塞尔大帝的这句话确实非常有道理。"

"……是的。"克莱恩木然地回答。

等到队长彻底远去，他离开值守室，慢悠悠地走向二楼。途中，他忽然想到了一件事情，竟莫名多了几分恐惧。

"燕尾服小丑宣称密修会掌握了'占卜家'对应的序列途径……即使是夸大其词，他们其实没有高序列的配方，但低序列肯定不缺。

"也就是说，他们有不少'占卜家'。那会不会占卜出是我杀的燕尾服小丑，暗中进行报复？

"对付不了值夜者，还对付不了我这样一个没什么直接克敌手段的'占卜家'吗……"

克莱恩停在楼梯上，认真思考起这个问题，很快就发现自己是在瞎担心。

"第一，密修会根本不知道值夜者成员究竟有哪些。

"第二，即使知道那么一两个，也绝对不包含我这个文职人员。

"第三，在这种情况下，除非是'预言者'，否则不可能占卜出凶手是谁。"

想清楚后，他松了口气，离开黑荆棘安保公司，乘坐公共马车返回了水仙花街。虽然他中午什么也没吃，但此时依然缺乏胃口。

克莱恩进入卧室，先脱掉了破损的正装，摘去了半高的丝绸礼帽，然后躺到床上，试图睡上一觉。

他的思绪依旧活跃，整个人似乎放松不下来，但脑海里重复的不再是射杀燕尾服小丑的画面，而是自己搬动尸体的场景，是那种让人毛骨悚然的触感。他少了一些初次杀人的不适，但多了几分光是想想身上就会出现一颗又一颗鸡皮疙瘩的恶心。

"这也许就是弗莱的目的，希望我通过正视尸体来战胜心理阴影……然而，然而之前的心理阴影是没有了，新的心理阴影却出现了……"克莱恩自嘲一笑，精神随之舒缓。

他不知什么时候睡了过去，等到醒来，肚子正发出咕噜咕噜的声音。

"我觉得我能吃下整整一头牛！"克莱恩低语一句，看见窗外太阳西斜，天边火烧。

换好陈旧但舒适的家居衣物，他快步走到一楼，还没来得及考虑做什么晚餐，就听见了开门的声音。

梅丽莎……他嘴角略微上翘地想道。自从开始坐公共马车，妹妹回家就不再那么迟了。

钥匙扭动，房门打开，梅丽莎提着装书本、文具的袋子，小步走了进来。她望向厨房门口，道："克莱恩，有你的信，你导师寄过来的信。"

导师的信？对了，我写信问过他霍纳奇斯主峰的相关历史情况……克莱恩先是一愣，旋即想了起来。

用过晚餐，吃饱喝足的克莱恩悠闲地坐到客厅沙发上，用小刀裁开了导师寄来的信。

此时，梅丽莎坐在餐桌旁，就着煤气灯的光芒刻苦演算着书本上的习题，班森则窝于单人沙发，捧着《初等会计教程》阅读。

抖开足足三页的信纸，克莱恩有些期待又有些畏惧地看了下去。

……很高兴能收到你的来信，这让我怀念起了过去几年的生活，不幸的是，韦尔奇和娜娅永远地离开了我们……

我分别参加了他们的葬礼，感受到了他们父母的巨大悲伤，这是两个本该拥有辉煌美好未来的年轻人……

命运总是难以预料，谁也无法知道下一刻降临在我们身上的究竟是什么。年纪越大，见过的事情越多，我越能感受到作为人类的脆弱和无助。

……关于你提到的霍纳奇斯主峰的历史资料，我记得考古学家约翰·乔瑟夫先生曾经出版过一本专著，详细描写了他在霍纳奇斯山脉主峰的见闻：他发现了几处古代的建筑，距今已超过一千年。

让每一位历史学家、考古学家感到羞愧的是，我们没有精确定位年代的办法，只能根据建筑的风格、壁画的特点以及少量可辨识的文字来做粗略的判断。

很难相信，在那么高的山峰上会有人类的聚居点。乔瑟夫先生有充分的证据表明，那些人类发展出了属于自己的文明，独特的文明。具体的情况在信上很难讲述清楚，我建议你去德维尔图书馆问问能不能借到那本专著。相信我，德维尔爵士捐赠的这座图书馆比市政府设立的那个拥有更多的藏书。

那本专著的名字是《霍纳奇斯主峰古代遗迹研究》，由鲁恩人出版社出版。

另外，还有一些论文提到过相关的情况，它们分别刊载于《新考古》《考古学综述》等期刊，具体名称和期号是……

克莱恩一个单词一个单词地读完，将导师提到的专著和论文名称反复默念了好几遍。紧接着，他翻出信纸，找到钢笔，用书面的语言表达了自己的感激。

"梅丽莎，明天你帮我寄这封信，这是邮费。"克莱恩将装好的信和超额的邮费放到了妹妹的书本旁。

梅丽莎看了一眼，抿了下嘴道："克莱恩，邮费不需要这么多。"

"是的，邮费不需要这么多，但女孩子需要一定的零花钱。"克莱恩微笑着回应道，"我想赛琳娜应该告诉过你这一点。"

他见梅丽莎还有些抗拒，忙又补充道："它可以帮助你买到想要的材料，想要的工具。"

"工具……"梅丽莎低声重复了一遍，将目光移向书本，微不可见地点点头道，"好的。"

克莱恩的嘴角顿时上翘，他步伐轻快地走回了沙发。

"非常棒的说服，准确地找到了梅丽莎的弱点。"班森竖了下拇指，压低嗓音笑道。

克莱恩清了清喉咙，一本正经地回答："那我该怎么说服你呢？你自学的重点应该放在文法和古典文学上面，当然，基本的数学和逻辑也同样重要。"

根据公学和文法学校的课程，根据大学入学考试的内容，克莱恩几乎能把握还未诞生的"公务员考试"的大概方向。

班森摸了摸自己的发际线，自嘲一笑道："在那些书籍面前，我感觉自己像只卷毛狒狒。"

"但它们确实足够有用。"克莱恩笑容坚定地说。

就在这时，梅丽莎放下钢笔，站了起来，走到沙发位置，道："班森，克莱恩，这周周日是赛琳娜的生日，她和她父母想邀请我们一家去参加晚宴，你们有空吗？"

"我应该没有问题。"克莱恩想了下道。

正好也能认识认识妹妹的朋友，免得将来梅丽莎出了什么事情，自己都找不到人打听！

"我也是。"班森用手指梳理了下头发，"看来我们得考虑送给赛琳娜小姐的生日礼物了。"

克莱恩笑笑道："这件事情就交给梅丽莎，她比我们更加了解赛琳娜小姐，而我们需要做的就是一位绅士该做的事情，付钱。"

"我第一次听到有人把偷懒描述得这么动听。"班森摇头轻笑道。

克莱恩回以微笑："这就是文法和古典文学的作用。"

"……"班森没想到话题又绕了回来，一时竟找不到语言应对。

第二天，克莱恩穿着原本的那套廉价正装，提着黑色的镶银手杖，一步一步爬上楼梯，来到黑荆棘安保公司的门口——他的燕尾服已送去衣帽店缝补。

克莱恩正打算和罗珊问好，忽然看见队长邓恩从隔断走了出来。

"上午好，克莱恩，昨晚睡得还好吗？"邓恩关心地问了一句。

克莱恩如实回答道："比我想象中好，竟然没有做噩梦，只是回忆的时候依然有些沉重，有些恶心。"

"很好，我可以放心了。"邓恩微笑点头道。

又聊了聊天气，他主动道："圣堂已回复了我的电报，让艾尔和洛络塔他们立刻将封印物2-049和安提哥努斯家族的笔记一起送去贝克兰德，并在昨天下午派了另外的值夜者乘坐蒸汽列车过来帮忙。我想，他们现在应该已经出发了。"

已经出发了？那是不是就意味着我彻底摆脱了安提哥努斯家族笔记的阴影？克莱恩怔了怔，有种不够真实，好像在做梦的感觉。

这比自己想象中轻松许多……应该没有后续了吧？

"愿女神庇佑他们，愿他们一路顺利。"缓了几秒，克莱恩在胸口画了个绯红之月的标志。

邓恩戴上帽子，指了指门外道："我得去巡视拉斐尔墓园了。

"呵，忘记一件事情，伦纳德和警察部门对密修会成员的追查有了一定成果，找到了搭载过他们的马车夫，确定了他们在廷根市的临时居住点，但他们相当谨慎，没留下特别有价值的线索。"

"不愧是古老的隐秘组织。"克莱恩感慨地附和道。

邓恩点了下头，转身走向门口。

三秒之后，他停了下来，回过头道："还有，你成为正式成员的申请，圣堂也许还需要两到三天才能回复。呵呵，这和安提哥努斯家族笔记的事情分别属于不同部门管辖，效率并不一样。"

"我明白了。"克莱恩真诚地回答道。

与此同时，他在心里帮队长默默补充了一件事情：今天记得提交报销申请！

目送邓恩离去，克莱恩听见了棕发女孩罗珊惊讶的嗓音："女神啊，克莱恩你要成为正式成员了吗？我记得你加入我们还不到一个月！"

克莱恩笑笑道："在我服食了'占卜家'魔药后，这是肯定会到来的事情。"

"有道理……"罗珊呆了几秒，忽然哀叹，"我还祈祷着你尽快完成神秘学课程，加入轮值武器库的名单，结果……女神啊，每隔两天就要值一次夜，我可不是'不眠者'！我的皮肤，我的状态，女神啊，救救我吧！"

"你不是应该已经习惯这种生活了吗？在我加入之前，一直都是你和布莱特、老尼尔轮值吧？"克莱恩疑惑地反问道。

罗珊表情悲痛地摇头道："不，之前是四个，更早是五个。可惜，科恩黎选择成为'不眠者'；薇欧拉上个月没有续签合同，加入了霍伊诺尔机械公司。她是一个非常有制造天赋的女孩子，只是缺乏机会和金钱，而五年的文职人员生活给了她足够的积累。"

说到这里，罗珊忽地看了克莱恩一眼，掩嘴笑道："我想到一个好办法了。克莱恩，你尽快结婚吧，然后不小心将非凡者的秘密暴露给她。

"这属于非常轻微的泄密，不会有特别严重的惩罚，毕竟没有谁能长期瞒过同睡一张床的人。到时候，你就能介绍她加入我们，成为文职人员！

"完美的计划！"

克莱恩嘴角微动，道："罗珊小姐，你也可以尽快找一名丈夫，这应该更加容易，我相信你有足够的办法泄露秘密给他。"

罗珊闻言，眼睛圆睁，嘴巴半张，道："这怎么可以？结婚是一件非常严肃的事情，必须仔细地观察，认真地挑选，并用一定的时间来验证。"

你刚才不是这么说的……克莱恩没有和罗珊小姐讲道理，笑着寒暄了几句，才告辞进入地底。

来到武器库，他看见老尼尔正在折腾手磨咖啡，于是坐下来耐心地等待。

"你应该快成为正式成员了吧？"老尼尔边过滤咖啡，边随口问道。

"队长说还需要两到三天，而且不知道圣堂会不会批准。"克莱恩坦然回答。

"嘿。"老尼尔笑了一声，"这种事情，圣堂不会否决的，尤其是你已经成为非凡者。"

说到这里，他转过头来，笑呵呵地望着克莱恩，道："你要做好心理准备了，每一位值夜者正式成员都必须通过一个仪式，那就是独立完成一个任务。

"当然，邓恩肯定会给新人挑选非常容易非常简单的那种，并且你还是辅助型的'占卜家'。"

"必须独立完成一个任务才能成为正式成员？"克莱恩愣了一下道，"可是，我们一周都未必能有一次任务，而且不一定简单。"

这岂不是意味着我还要等差不多一两个月，才能正式成为值夜者，才能升职加薪……

老尼尔嗅着咖啡的味道，瞥了他一眼："这只是值夜者之间的仪式，毕竟我们站在对抗超凡危险的最前方，肯定不希望身边的队友是时刻需要照顾的小孩，而这不影响你拿到正式成员的薪水，获得对应的权利，履行必要的义务。"

原来是获得其他值夜者认同的仪式啊……可是，尼尔先生，你为什么要强调不影响我拿到正式成员等级的薪水……我的表现有那么明显吗？

克莱恩摸了下自己的脸庞，尴尬一笑，转而问道："必须是带有超凡性质的任务吗？"

"本来应该是这样，但你昨天的表现确实相当出色，巧妙地击杀了一位至少序列8的非凡者，我想弗莱、洛耀他们应该已经认可了你，所以，邓恩或许只会给你指派一个普通的任务。"老尼尔忽地感叹道，"薪水翻倍啊，我这一生都不会再遇到类似的事情了。"

克莱恩笑了两声，主动提及自身序列途径相关的事情："尼尔先生，你认为'占卜家'对应的序列8是'小丑'，是真的吗？"

其实，回想一下保密资料上的描述，倒是挺符合的：一个擅长技巧型格斗的"职业"……

"我无法给你保证，但我认为这个可能性很大。首先，它与资料上的记载吻合，以敏捷的动作、技巧型的格斗为特点；其次，别的序列途径也有类似的情况。你知道'窥秘人'对应的序列8叫什么吗？"老尼尔笑呵呵地反问道。

"不知道，教会的资料上没有。"克莱恩坦然摇头。

老尼尔"嘿"了一声道："我和机械之心的两个老家伙是熟人，他们用开玩笑的口吻提过，'窥秘人'对应的序列8魔药名称是'格斗学者'。

"你听见没有，格斗学者，女神啊，我一点也不喜欢格斗，这完全不符合'窥秘人'的形象！"

"可以理解……'窥秘人'在寻求事物背后的秘密，格斗也属于事物的一种。"克莱恩想了想道。

"好了，不要浪费时间，继续神秘学的课程吧，你还有很多仪式魔法需要掌握，你还必须真正学会怎么制作符咒和护身符。"老尼尔泡好了手磨咖啡。

"好的。"

克莱恩坐了下来，在心里安排着今天的时间：上午学习神秘学，翻阅各种历史资料，并提交报销申请；用过午餐，去射击俱乐部练习，然后前往位于金梧桐区的德维尔图书馆，看能不能借到霍纳奇斯主峰相关的学术专著和对应期刊；做完这一切，如果还有时间，就去占卜俱乐部坐一坐，扮演不能有丝毫的放松。

等申请批下来，领到了费用，就在回家途中顺路添置一套正装。嗯，明天上午申请材料，尝试着给梅丽莎和班森制作避免厄难的护身符。

一间垂着吊灯、装饰典雅的餐厅内，几位朋友正在祝贺乔伊斯·迈尔逃过厄难，回到廷根。

"我们都看到报纸了，仅是文字的描述就让人感觉害怕。"一位颔下留着短须的男子感慨道，"乔伊斯，很难相信你经历了这样的事情，遭受了这样的磨难。干杯，厄运已经远去，阳光照耀着我们，蒸汽在上。"

乔伊斯和他的未婚妻安娜同时举杯，与朋友们碰了一下，然后一口喝掉里面所剩不多的香槟。

"这些天里，安娜真是担心极了，我怀疑她每晚都在哭泣，我邀请她喝下午茶的时候，她也总是走神。幸运的是，你终于回来了，否则我怀疑她会就这样死去。"一位盘起了棕发的年轻女士望了眼安娜，对乔伊斯说道。她有一个小巧而可爱的鼻子。

"如果安娜遭遇类似的事情，我也会这样，甚至更加失态。"鹰钩鼻的乔伊斯眼神温柔地看了看旁边的未婚妻。

安娜不太习惯在别人面前表露感情，望了长桌另外那头一眼，道："博格达，你为什么一直低着头？我能感觉到，你的心情很差。"

那位有着小巧鼻子的年轻女士代替对方回答道："博格达生病了，内科医生告诉他，他的肝脏出了大问题，服用药物只能降低疼痛，不能算是真正的治疗，必须进行一场外科手术才行。"

"主啊，这是什么时候的事情？"安娜和乔伊斯又诧异又关切地问道。

博格达是位头发很短的年轻男子，他脸庞泛黄，往常精明的红色眼眸也染上了暗色。

"上周的事情，因为乔伊斯还没有回来，我让伊琳她们不要告诉你。"博格达苦笑着解释了一句。

乔伊斯沉稳地问道："你考虑好什么时候进行手术了吗？"

博格达的表情变幻了几下，道："不，我还没有做出决定。你们知道的，那些外科医生简直就是屠夫，接受手术的人就像砧板上的肉块，被他们随意宰割！我看过不少报道，他们甚至会用斧头帮人截肢！主啊，我怀疑我会死在手术台上。"

"但是，如果再拖延下去，也许手术都救不了你了。"颔下留着短须的男子劝了一句。

这时，安娜突然插言道："博格达，或许你可以考虑去做一次占卜。如果占卜显示一切顺利，那就尽快手术；要是占卜出来的结果不好，就跟着占卜师的提示去寻找别的办法。

"我认识一位真正的、神奇的占卜师，不，更应该称他为占卜家，我想他肯定能帮到你。"

"真的？"博格达带着明显的怀疑神色反问道。他们另外几位朋友也是差不多的态度。

"真的。"安娜毫不犹豫地点头，"我找过他进行过占卜，占卜乔伊斯的状况，然后他告诉我，'回家吧，你的未婚夫正在家里等你'。当时的我和你们一样，心里充满了怀疑，可是等我回到家中，我真的看见了乔伊斯，他真的回来了！"

"这一点，我可以作证。"乔伊斯附和道。

他没有说自己上门请求解梦的事情，因为警察告诉他，特里斯还没有被抓住，他必须隐瞒这个秘密，以免招来报复。

"主啊，这简直让人无法相信！"

"占卜真有那么神奇吗？"

伴随着一声声惊叹，博格达沉思片刻道："或许我真的该去占卜一下。安娜，乔伊斯，能告诉我那位占卜家的地址和姓名吗？"

安娜松了口气道："你做出了明智的选择。

"那位占卜家在豪尔斯街区的占卜俱乐部，他的名字是，克莱恩·莫雷蒂。"

第二章

CHAPTER 02

✦ **魔镜占卜** ✦

　　金梧桐区，德维尔图书馆里。

　　克莱恩用导师夹在信里的介绍函，成功办好了借阅证。

　　他一边翻看着手里的小卡片，一边问着几位管理员："你们这里有《霍纳奇斯主峰古代遗迹研究》吗？鲁恩人出版社出版的。"

　　其中一位管理员立刻回答道："请您稍等，我找一下。"

　　他转过身体，面向那一个个抽屉，拉开了对应"霍纳奇斯"首字母的那个，接着依照一定的规律翻出了几张写满单词的卡片。

　　仔细看了一遍，他摇头道："对不起，先生，我们没有收藏这本书。"

　　"真是遗憾啊。"克莱恩略显失望地回答。

　　看来只能写信给鲁恩人出版社了，或者回霍伊大学一趟……与此同时，他暗自感叹，感叹这个世界的图书馆还在用古老的方式管理。

　　你们需要一台电脑，可惜我制不出来……克莱恩自嘲了一句，转而问道："那有《新考古》《考古学综述》等期刊吗？"

　　"有的。"那位管理员肯定地回答道，"不久前刚有先生归还。"

　　他重新翻找出对应卡片，给克莱恩指明了书架所在的位置。

　　克莱恩来到那里，扫过一个个期号，抽出了导师提到的几本。然后，他随意找了个靠窗的位置坐下来，就着下午灿烂的阳光，在安静的图书馆里翻阅起资料。

　　"古代遗迹不仅存在于霍纳奇斯山脉的主峰，还广泛存在于主峰周围的林地、山谷和缓坡……

　　"……这些遗迹由高耸的穹顶和一根根巨大石柱组成，可以直观地用'恢宏'来描述……

　　"让人疑惑的是，这里的原住民是怎么开采并打磨出这些石料的？首先，我们假设他们是就地开采，不需要运送上山……

　　"……一个奇怪的规律是，越靠近山顶，遗迹越宏大，可让人意外的是，山顶没有任何遗迹。根据我们的推测，这里本该有一个不像人类建筑的宫殿，用来祭祀的神殿……"

不像人类建筑的宫殿……用来祭祀的神殿……难道就是我梦中看见的那个？

思绪纷呈间，克莱恩忽地听见几道脚步声由远及近。他抬头望去，看见了一张熟悉的脸庞，常在报纸上出现的脸庞。

暗金的短发、方形脸、浓眉毛、蔚蓝的眼睛、坚挺的鼻子、紧抿的嘴唇，这一切都属于廷根市的一位名人——慈善家、企业家和这座图书馆的主人，德维尔爵士。

在德维尔身旁，是克莱恩曾经见过的那位中年管家。

克莱恩隔着十来米的距离望着他们路过。他好奇地抬起右手，轻敲眉心两下，各种颜色瞬间浮现，气场映入眼中，他随意地审视着德维尔爵士的状态。

"身体很健康，几乎没有隐藏的问题……情绪非常差，暗淡之中透着虚弱……精神虚弱？睡眠不好？可问题是他头部的紫色没有一点问题啊……"

在克莱恩的无声自语之中，德维尔爵士二人越走越远，离开了图书馆。

克莱恩收回目光，捏了捏额头，暗自感叹一句："做富豪也不容易啊……"

他没再关注这件事情，重新将视线投向面前的期刊。

一篇篇读完后，克莱恩没找到什么有用的线索，只确认了几件事情：

首先，霍纳奇斯山脉的主峰及周围确实存在过一个古老的国度；

其次，这个古老国度的历史能追溯到至少一千五百年前；

再次，他们的建筑风格以宏大为主，留下了各种各样的壁画，从壁画上可以看出，他们相信人死之后会在黑夜里庇佑亲属；

最后，在那些遗迹里，到处都有象征黑夜的符号，但又和黑夜圣徽有明显的不同。

"如果有机会，不，哪怕有机会，我也不去那里！"克莱恩咬牙低语了一句，决定远离险地。

他收拾好那些期刊，将它们放回原本的位置，然后戴上礼帽，提起手杖，离开了德维尔图书馆。

占卜家俱乐部，博格达看着负责接待的漂亮女士道："我想占卜。"

安洁莉卡礼貌地笑道："您有指定的占卜师吗？或者，翻看我们的介绍，选择最适合您的那位。"

博格达按了按腹部右侧，无声地吸了口气，道："我想请克莱恩·莫雷蒂先生帮我占卜。"

"可莫雷蒂先生今天并不在。"安洁莉卡不用确认，直接回答道。

博格达陡然陷入沉默，来回踱了两步才问："莫雷蒂先生什么时候会过来？"

"谁也不知道，他有自己的事情。据我观察，他周一下午来的次数最多。"安洁莉卡边思考边说道。

"好的。"博格达脸色一暗，转身打算离开。

"先生，您也可以挑选别的占卜师，比如廷根市有名的海纳斯·凡森特先生。"安洁莉卡尽力挽回这桩生意。

博格达顿住脚步，犹豫了下道："不，我只相信莫雷蒂先生。嗯，我能在这里等一会儿吗？也许他忙完自己的事情就会过来。"

"没有问题。"安洁莉卡温婉地笑道。

博格达来到沙发区域坐了下去，时而摩挲手杖，时而望向窗外，显得相当焦躁。

时间一分一秒过去，就在博格达脑袋一片混乱，不知该走还是该继续等待的时候，他听见那位漂亮的女士惊喜地喊道："下午好，莫雷蒂先生！"

克莱恩看见熟悉的安吉莉卡，本想随口问一句"怎么又是你在这里，难道你不需要休息，没有假期吗"，不过，他立刻考虑到自己是一位占卜师，不应当问出类似的问题，反倒该用神棍的口吻道：命运真是奇妙啊，安洁莉卡女士，我们又一次相遇了。

呃，这会不会像在搭讪？克莱恩想法急转，最终只微笑着回答："下午好，安洁莉卡女士。"

"有位客人想找您占卜。"安洁莉卡指了指沙发区域慌忙站起的博格达道。

竟然有人指定我？克莱恩惊喜地摘下半高丝绸礼帽，顺手捏了眉心两下，道："下午好，这位先生……"

他目光望去，话语突然停顿。

在他的灵视里，求卜者肝脏部位的颜色暗沉无光，近乎转黑，连带着身体其余部位也失去了平衡，气场均有变薄。

克莱恩斟酌了下，表情严肃地说："这位先生，你应该去看医生，而不是来占卜。"

博格达愣在了那里，旋即露出惊喜的神色，喃喃自语道："真是神奇啊……安娜没有骗我……"

他猛然抬头，恳切地望向克莱恩："莫雷蒂先生，我其实已经看过医生，接下来或许会有一场手术，但我对手术充满恐惧，希望占卜出结果的好坏。"

这个时代的手术还真是非常危险……虽然有罗塞尔大帝的推动，但还是缺乏很多必要的科技支撑……

克莱恩没有拒绝，微微点头道："我占卜的价格是八便士，有问题吗？"

"八便士？"博格达愕然出声，"您竟然只收八便士？"

按照安娜的描述和莫雷蒂先生刚才的表现，我至少愿意给一镑！

没听说过薄利多销吗？克莱恩一阵尴尬，想了几秒，嘴角上翘，从容淡定地回答："获得神灵的启示，窥见命运的一角，这是足够幸运的事情，所以，我们必须保持谦虚，克制贪欲，只有这样，才能继续得到恩赐。"

"您是一位真正的占卜家。"博格达以手按胸，行了一礼，语气非常真诚。

感受到这种赞美与信任，克莱恩的灵性仿佛又轻松了不少，而刚才描述的"行事准则"也让他似乎触及了什么。

"安洁莉卡小姐，黄水晶房能使用吗？"他转头看向旁边的漂亮女士。

安洁莉卡悄然为博格达松了口气，甜美地笑道："可以。"

进了占卜房，克莱恩让博格达反锁房门，自身则坐到桌子后方，捏了捏额头。

"我们用塔罗牌来占卜，怎么样？"他微笑着询问了一句。

灵摆法只适合占卜与自身相关的事情，而画星盘太浪费时间。

"您做决定。"博格达毫无意见。

于是，克莱恩让他洗牌，切牌，摆出了一个因蒂斯牌阵。仗着"占卜家"的特殊能力，克莱恩没有去翻别的纸牌，直接掀开了象征最终结果的那张。

"逆位的命运之轮，事情会向坏的方向发展。"他瞄了一眼，语气郑重地说。

博格达的脸色瞬间苍白，他嘴唇翕动了几下，道："没有希望吗？"

克莱恩秉持着尽力的想法道："那我换一种占卜法。麻烦你留下你的戒指，并在这张纸上书写你的出生年月日，然后到外面安静地等待。"

被他温和舒缓的嗓音感染，博格达冷静了下来，按照吩咐写好了信息，留下了戒指。

目送对方出门，克莱恩在记录信息的纸上书写了一行单词：博格达·琼斯的肝部手术结果。

他拿起戒指和纸张，往后靠住椅背，又一次尝试梦境占卜。

迷蒙扭曲的世界里，他逐渐找回了自我，看见刚才那位先生脸色暗淡地倒下，看见他蒙着白布，从摇晃不定的手术室里被推了出来。

这一次，克莱恩没再遇见奇怪的事情，没再出现那种被注视的感觉，他很快苏醒，眉头微皱，考虑着该怎么告诉博格达结果。

手术很大可能会导致死亡……

我今天才学会的治疗用仪式魔法倒是可以试一试……但这会暴露非凡者的身份，而且必须先向队长申请……

嗯，未必能治疗这么严重的疾病……克莱恩苦苦思索，忽然想到一件事情："格拉西斯先生的肺部疾病是被一位药师治好的，他说对方的药剂非常神奇……叫什么来着？

"对，罗森·达克威德，在东区弗拉德街18号，罗森的民俗草药店！"

因为当初用心记忆过此事，克莱恩很快就想起了细节，他手指轻敲桌子边缘，很快做出了决定。

用灵摆法迅速确定了想法的好坏，克莱恩开门而出，看着慌忙站起的博格达，边递还戒指，边温文笑道："我看见了你的希望。"

"真的？"博格达惊喜地反问道。

克莱恩没有回答，自顾自说道："你的希望在东区，在弗拉德街，和'罗森'这个单词有关。如果你没有找到，周一下午四点以后再来这里找我。"

"好的好的。"博格达连声点头，激动地掏出钱包，拿出了一个5便士和三个1便士。

——他完全按照克莱恩刚才的说明，没有用小费腐蚀真正的占卜家。

克莱恩嘴角微抽地接过，笑容和煦道："希望你尽快找到希望。"

等到博格达离去，他和上次一样，既交了抽成，又给了安洁莉卡小费，假装自己收的是一苏勒。

东区，弗拉德街。

博格达从街头走到街尾，走了足足三回，走得肝部又隐隐作痛，终于，他确认这条街上与"罗森"有关的事物只有一个，那就是位于18号的"罗森的民俗草药店"。

他鼓起勇气走进去，闻到了各种草药的味道，看见店铺老板是一位黑发很短、脸蛋很圆的三四十岁男子。

这位老板穿着类似乡村巫医的服饰，长袍深黑，绣满各种奇特的符号。

"您好，您有能治疗我疾病的药剂吗？"博格达礼貌地问道。

那位老板抬起头，用深蓝色的眸子扫了博格达一眼，嘴角微翘道："你肝部的疾病很严重啊，但一切的前提是，你有没有钱，足够付药剂的钱？"

他能看得出来？博格达骤然多了几分信心，忙点头道："您的药剂价值多少？"

"十镑，这很公道。"老板随手从柜台下方掏出了一包草药，"加水，足够的水，一起煮成药剂，煮完再加十滴新鲜的公鸡血液，然后立刻喝下去。这包草药能煮三次，三次之后应该就没有问题了。"

说话间，他拆开那黄褐色的纸张，往里面又丢了几种奇奇怪怪的草药。

听起来非常不可信啊……博格达咽了口唾沫道："就这样？"

老板凝望了他一眼，忽地露出笑容，道："你还想要别的？这包怎么样？等你肝部的病好了，保证让你和你的夫人满意。"

他"嘿嘿"笑着，又掏出另一包黑纸草药，压低嗓音道："里面添加了木乃伊粉……相信我，很多贵族都在服食这种东西。放入茶里，或者熬汤喝。"

听到这话，博格达对老板的信心完全动摇，甚至开始觉得恶心。

我相信莫雷蒂先生……他深吸一口气，掏出皮夹，从所剩不多的金镑里抽取了两张最大面额的钞票。

拿着那包由黄褐色纸张包裹的草药，博格达晕晕乎乎地离开了罗森的民俗草药店。

等待有轨公共马车的时候，他霍然醒悟了过来：整整十镑就买了这么一包东西？这接近自己一个月的薪水了！要不是相信安娜和乔伊斯，自己根本不可能带这么多现金去占卜俱乐部！

难道莫雷蒂先生只收八便士占卜费用的背后，是和罗森草药店的黑心老板合作，以赚取更多的利润？这……这很像报纸上的经典诈骗案例啊！

博格达联想前后，竟有点怀疑起克莱恩，甚至怀疑起乔伊斯和安娜。

有轨公共马车停下，他看了看手中的草药，最终还是没能厚着脸皮返回，只能心情沉重地进入车厢。

罗森的民俗草药店里，老板望着博格达的背影远去，忽地回头向堆放草药的后门位置喊了一声："谢尔敏，今天开始不要再去收购草药了。"

"为什么？老师，为什么？"一个顶着乱蓬蓬头发的清秀少年走了出来。

老板笑了笑道："这是第十六个因为我的名气上门的顾客，再这样继续下去，我想值夜者、代罚者和机械之心都会注意到我，是时候考虑去别的城市了。"

"那这家店铺需要转让吗？"谢尔敏恍然点头，关切地问了一句。

老板"嘿"了一声道："如果你想留下，可以做这家店铺的老板，在分辨草药、调配药剂方面，你的能力已经足够了。当然，你每个月利润的百分之五十记得存入我在贝克兰德银行的不记名户头。"

"可是，我还没学会您真正擅长的东西。"谢尔敏既厌倦一个城市待不了一年的生活，又对老师擅长的神奇配方颇为不舍。

老板坐到躺椅上，悠闲地摇晃着，道："那可不是想学就能学会的。"

…………

一杯沸腾的黑绿色液体出现在了博格达眼前，那臭袜子般的味道，那让人想要呕吐的颜色，都使他深刻怀疑起今天的一举一动。

刚流出来的公鸡血液被滴入了药剂，博格达的父亲忧虑地看着儿子道："我认为手术是最好的选择。"

看着不多的公鸡血在沸腾液体里翻腾了几下后消失不见，博格达深吸了一口气，道："如果这次的药剂再没有作用，我就考虑手术。"

"主会庇佑你的。"博格达的父亲在胸口画了三角圣徽。

等到沸腾的液体变凉，博格达抱着不能浪费十镑金钱的念头，右手一抬，眼睛一闭，脑袋一扬，咕噜咕噜将药剂全部喝完。带着些许血腥味的恶臭回荡于他的口腔，让他险些将刚才喝下去的东西全部吐出来。

这一晚，博格达发现自己吃坏了肚子，足足去了六次盥洗室，等到绯红之月快要消失的时候，他才迷迷糊糊睡着。

不知过了多久，他忽然惊醒，因为梦到了公司老板的斥责。

"幸好，幸好，我请了三天年假，不用赶着去公司。"博格达放松地吐了口气，忽然发现自己的精神相当好。

这与过去几周的低沉状态形成了鲜明对比。

博格达下意识伸手，按了按腹部右侧，感觉之前稍微用力就刺痛到无法忍受的区域变得正常，仅有普通的按压痛。

"不会真有效果吧？那个药剂师明显是在糊弄人啊……"博格达又惊又喜又疑惑地翻身下床，活动起身体，只觉得久违的健康又回来了。

他沉思许久，自言自语道："按照那位药师的吩咐，还要喝两次药剂，等喝完了，我就去医院再找一位内科医生看一看……

"那位药师好像没说一天喝几次药剂……我还是觉得他有点像骗子……"

黑荆棘安保公司的文职人员办公室内，克莱恩提前申请，获得了一个无人打扰的环境。他拿着刻刀，抒发着灵性，认认真真地在两块银饰上雕琢咒文和象征符号。

那是祈求避开厄难的赫密斯文，以及象征着黑夜女神、象征着厄难与恐惧女皇的两个神秘学符号。除此之外，克莱恩还添加了女神对应的灵数"7"和有关的魔法标识。

另外，符咒和护身符的两面都必须进行雕刻，而每一面上布置哪些符号、咒文或标识，它们各自占据什么位置，有什么特殊的格式，则属于神秘学的进阶范畴，普通人之间流传的版本通常充满谬误。

此时此刻，克莱恩右手边放着不少雕废了的材料——通过反复的练习，确认自己已熟练掌握，他才敢于为哥哥班森和妹妹梅丽莎制作护身符。

精神沉淀，灵性自他的刻刀尖端涌出，在银饰表面勾勒出了"7"这个数字。银饰另外一面的咒文和符号，他已雕刻完毕，就等待着这一面的收尾。

当最后一刀落下，所有的灵性串联在了一起，克莱恩忽然感觉房间内有奇怪的、磅礴的、恐怖的力量在涌动。

涌动很快消失，银饰两面的咒文在克莱恩的灵视中完全组合成了整体，呈现出宁静而平和的黑色。

他放下刻刀，摩挲着圆形和一竖构成的银饰纹路，只觉触感温润，又带着几分清凉。

"好了！"

他欣喜地将之前制作好的护身符与刚完成的这块一起收入衣服口袋，打算找机会送给哥哥班森和妹妹梅丽莎。

这种由非凡者制作的护身符通常具备一定的效果，能让佩戴者不知不觉避开一定程度的厄难，但不会太过夸张。而且，护身符的灵性会一点点流失，除非使用高阶仪式魔法祈求固化，否则，能达到一年的使用期就是极限了。

只是，高阶的仪式魔法对灵性有极高的要求，远非克莱恩目前能够承担的。

到时候再用灵性重新勾勒一遍……克莱恩若有所思地点点头，开始收拾凌乱的桌子。

他暂时没有为自己制作物品，因为这种等级的护身符对他来说效果有限。他的目标是等到进一步掌握符咒学后，再配合仪式魔法，制作几个用特殊音节开启的符咒防身。

做完收尾工作，克莱恩走出文职人员办公室，正准备上交报废的材料，就看见一身黑色风衣的队长邓恩走了过来。

邓恩幽邃的灰眸一扫，嘴角上翘道："克莱恩，圣堂已经批复，你是我们的正式成员了。"

"真的？这太好了！"克莱恩半真半假地表现着惊喜。

邓恩微笑点头道："你现在就可以去补领这周的三镑薪水，之后每周四点五镑，直到预支的费用还清。

"对了，我提过值夜者的仪式吗？每一位正式的值夜者都必须独立完成一个任务，只有这样，才能获得同伴的认可。

"考虑到你之前的出色表现，我认为可以用被委托的普通任务代替，到那个时候，我再正式向廷根市的所有值夜者介绍你。"

克莱恩毫不犹豫地回答道："好的！"

三镑，加上报销下来的七镑，再添置一套正装完全没有问题，而且还有相当多的余款！

嗯，不知道什么时候我才能接到任务……

克莱恩这一等就等到了周日，等到了赛琳娜的生日晚宴。

换好正装，用刷子和手帕清理了半高丝绸礼帽，克莱恩照了照镜子，非常满意地走下一楼。

这个时候，梅丽莎正在上下打量班森的衣物。

"有问题吗?"班森扬了扬手杖，被妹妹的目光瞧得有点心虚。他自我审视了一番，觉得自己已经穿得足够体面，没有任何问题。

梅丽莎收回视线，表情严肃地说道:"班森，你这一身是很旧的正装了。今天的生日晚宴会有不少出色的小姐和女士参加，我认为你这样的穿着是对她们的不尊重。"

克莱恩本来充满疑问，可听到梅丽莎的强调后，顿时醒悟过来，笑呵呵地凑上去道:"我和班森的身材差不多，他可以穿我另外那套燕尾服。"

他已经向哥哥和妹妹交代过新买了一套正装的事情，说是在检查某些文物时，衣服被挂刺弄坏了，公司慷慨地进行了赔偿。

当然，因为怕吓到梅丽莎和班森，他隐瞒了升职加薪的事情，打算等半年再告诉他们。

这样的解释让班森和梅丽莎非常羡慕，觉得黑荆棘安保公司真是无可挑剔的雇主。

"没有这个必要吧?"班森依旧没弄清楚状况，反问道。

"不，非常有必要。"克莱恩推着班森的肩膀走向楼梯，"我那套燕尾服就挂在衣帽架上。"

目送班森一脸茫然地上了楼，克莱恩才转身对梅丽莎笑道:"你希望班森能借助赛琳娜生日晚宴的机会，与某位小姐开始一段美好的感情?"

他这段时间看了不少报纸和杂志，知道贵族和中产阶级的宴会往往都有相亲的作用。

梅丽莎认真地点头，道:"是的，班森为了我们，已经错过太多。"

妹，你怎么活出了妈妈的感觉……克莱恩看着梅丽莎，忽然摇头失笑。

看见妹妹疑惑的眼神，克莱恩突然觉得这是一个机会，他上下打量了对方几眼，表情严肃地说道:"梅丽莎，你也不够尊重今天的晚宴。"

"什么?"梅丽莎一脸的不解。

克莱恩指着她的脖子道:"作为女士，你还缺一条点缀这里的项链。"

不等妹妹开口，他笑呵呵从口袋里掏出了一条被天使羽毛簇拥着的银制护身符项链:"还好，我替你准备了。"

梅丽莎先是一愣，旋即脱口问道:"多少钱?"

妹，你关心的重点不太对啊……

克莱恩无声吐槽了一句，笑呵呵地解释道："实际上它并不贵，因为最初只是半成品，我仿照之前见过的文物，雕刻了祝福的咒语和漂亮的花纹上去。"

"是你雕刻的？"梅丽莎的注意力果然被带歪了。

"怎么样？我的手艺怎么样？"克莱恩顺势将护身符递给了妹妹。

梅丽莎翻来覆去看了好几眼，轻咬了一下嘴唇，道："我喜欢周围的天使羽毛。"

觉得我雕刻的咒文和符号很丑就直接说嘛，不用掩饰……护身符看的主要是效果！

克莱恩嘴角微抽，正要劝说妹妹接受，就看见梅丽莎一脸勉为其难地将银制项链戴到脖子上，认真摆好了护身符的位置。

"完美。"克莱恩打量了一眼，浮夸地赞美道。

梅丽莎瞥了他一眼，低头看着护身符，闷闷道："克莱恩，你以前不是这样的，这样……"

"也许是因为有了好的工作，有了不错的收入，整个人都变得自信了。"克莱恩打断妹妹的话语，先行做出了解释。

哎，虽然我接收了原主的记忆碎片，在大的方面没什么问题，但一些细节上还是习惯性展现了真实的性格……尤其在和班森、梅丽莎相处越来越自然以后……他暗自叹了口气。

梅丽莎似乎认可了他的理由，抿了抿嘴道："你现在这样很好，真的很好……"

兄妹俩闲聊一阵后，班森也换好衣物下楼了。白衬衣、黑马甲、燕尾服、黑色领结和笔挺的裤子让他整个人焕然一新，像那种拼搏多年后终于有了自己的事业的成功人士。

发际线也很像……克莱恩心中暗笑。

"非常棒，班森，你就适合这么穿。"他笑容灿烂地摊手道。

梅丽莎也在旁边认真地点头附和。

"事实证明，衣服比本人重要。"班森自我调侃了一句。

克莱恩趁机掏出剩下那个护身符，将之前的说辞重复了一遍，末了道："我也给你制作了一个。"

"还不错，我会随身携带的。"班森坦然接受，并打趣道，"克莱恩，即使以后你突然会理发，会做衣服，会修钟表，会喂养卷毛狒狒，我也不感觉奇怪。"

"人生总是充满惊喜和意外。"克莱恩笑着回答。

接下来，兄妹三人各自拾掇好，一起走出大门，乘坐无轨公共马车抵达了赛琳娜家所在的北区法尼亚街。

伍德家也是联排房屋，但和克莱恩他们家不同的是，这里有门廊，有门前小草坪，显得更加雅致。

拉动门铃后，克莱恩、班森和梅丽莎仅仅等待了十几秒，就看见了今天的主角赛琳娜·伍德。

这位有着一头酒红色长发的女孩欣喜地给了梅丽莎一个拥抱："我喜欢你这条裙子，它让你显得特别美丽。"

赛琳娜身旁是她的父亲老伍德先生，贝克兰德银行廷根分行的资深雇员。

"欢迎你，我们可敬的兄长；欢迎你，我们的青年历史学家。"他故作夸张地招呼着班森和克莱恩。

青年历史学家……为什么不加"有良心"的描述……

克莱恩腹诽两句，取下帽子，微笑着回应道："伍德先生，您比我想象中更加精神，也更加年轻。"

他的恭维风格不知不觉就偏向了大吃货帝国。

班森则伸手和老伍德握了握道："我认识不少的银行雇员，但他们都一样高傲、僵硬，就如同最新型号的机器，没有一个像您这么有风度。"

"如果你是在银行见到我，或许就不会这么评价了。"老伍德笑得非常开心。

寒暄之后，穿着新长裙的赛琳娜有点蹦跳地引着兄妹三人往内走，时而音量正常地说"伊丽莎白已经到了"，时而压低嗓音对梅丽莎道"你两位哥哥比我想象中英俊"。

喂，我的听力很好的……虽然你是在说赞美的话……克莱恩无奈地看着前面两位并肩而行的十六岁少女。

也不对，我现在这个样子和英俊还有不短的距离啊……

嘶，赛琳娜小姐，你之前究竟把我和班森想得有多丑？一个内敛阴郁，不修边幅，脸色苍白，眼睛无神；一个头发稀疏，过早衰老？

克莱恩顺手捏了捏眉心，勤快地练习着灵视。

赛琳娜小姐身体健康，情绪兴奋，非常快乐……老伍德先生的肺部有点小问题，对，我看见他的烟斗了……克莱恩心情不错地扫视着在场众人。

"伊丽莎白，梅丽莎来了。"这时，赛琳娜语气轻快地向着前方招呼道。

一位身穿蓝色蕾丝长裙的少女走了过来，她有着天然卷的褐色长发和可爱的婴儿肥。

克莱恩看得愣了一下，因为他认识这位少女。在地下交易市场，他还帮对方挑选过护身符！

伊丽莎白先是和梅丽莎打了声招呼，接着望向了班森和克莱恩。

下一瞬，她怔在了那里，眉头微微皱起，似乎在思索什么。很快，她重新露出笑容，若无其事地礼貌问好。

克莱恩也装作没认出对方，在老伍德的引领下来到客厅沙发区域，被介绍给赛琳娜的哥哥克里斯和其他客人。

看着班森以自家隔壁的肖德先生为话题，和克里斯等事务律师聊得相当愉快，克莱恩不禁有些羡慕。

我就没有这样的交际能力……他从角落的桌上拿起一杯餐前酒，安静地旁听，时不时点头并附和着笑两声。

没过多久，客人全部到齐，晚宴正式开始。

因为邀请的客人太多，伍德家的餐桌容纳不下，所以晚宴是以自助餐的形式举办。女仆将牛排、烤鸡、炸鱼、土豆泥等食物一盘盘端上，放于不同的桌上，男仆则负责切割，让分量适合取用。

克莱恩看到那些典雅的釉质餐盘和银制刀叉，不由得暗自咋舌，觉得仅仅只是中产阶级的伍德家太过奢侈。

"既然这么有钱，克里斯为什么还要为婚礼多准备几年？"他疑惑地想到了妹妹曾经说过的事情，"嗯，也许就是为了积攒这样的餐具，才要多准备几年，对这样的家庭来说，体面很重要！"

思绪纷呈间，克莱恩拿起一个瓷盘，来到餐桌前，叉了一块涂有蜂蜜的烤肉。

就在这时，脸上有着可爱婴儿肥的伊丽莎白靠拢过来，眼睛望着食物，嘴里低声说道："原来你是梅丽莎的哥哥……谢谢你，赛琳娜很喜欢我送的护身符，说刚戴上就感觉身体变得健康。"

赛琳娜……护身符……

克莱恩忽然记起了身旁少女当初挑选护身符的理由：送给一位喜欢神秘学的朋友做生日礼物！

那个朋友是赛琳娜？赛琳娜喜欢神秘领域的东西？克莱恩微皱眉头，礼貌地笑道："那可能只是安慰剂一样的作用。"

说完这句话，他开始等待对方赞美罗塞尔大帝。

可伊丽莎白的反应是一脸的懵懂："什么是安慰剂？"

"就是纯粹的心理作用，有的时候，我们坚信自己会变好，就真的会变好。"克莱恩粗略解释了一句。

"不，她说和她以往买的护身符都不一样，感觉不一样。"伊丽莎白强调道。

她侧头看了克莱恩一眼，好奇道："我没想到梅丽莎的哥哥竟然是一位神秘学专家。"

"你知道的，我是学历史的，总是会接触类似的事物。"克莱恩不着痕迹地将话题带过，转而问道，"你也在廷根市技术学校?"

"不，我和赛琳娜、梅丽莎以前是同学，后来她们去了技术学校，我在附近的伊沃斯公学。"伊丽莎白认真解释道。

公学不是公立学校，而是面向公众招生的学校，由好的文法中学演变而来，以培养能考入大学的毕业生为目标，学费相当昂贵，且会考察学生的家庭背景，即使一般的中产阶级也难以承受。

她没有多聊，挑选好食物就返回了赛琳娜那边。

祝贺过今天的主角生日快乐，晚宴渐渐进入尾声，克莱恩和班森被邀请加入了德州扑克的行列，小盲注半便士，大盲注一便士，而梅丽莎和伊丽莎白、赛琳娜等朋友去了二楼，不知道是聊天还是玩别的游戏。

克莱恩今天运气不佳，玩了二十来把，竟然都没拿到过好的手牌，只能不停地看牌弃牌，充当看客。

他又一次翘起纸牌一角，发现是红心2和黑桃5。

"要不要诈一把?"

克莱恩考虑片刻，还是没能鼓起那个勇气，并克制住了用占卜作弊的冲动。他盖好牌，敲了敲桌子，示意不跟注，然后起身离开长桌，前往盥洗室。

看来罗塞尔也是有强迫症的人，竟然找了奇怪的理由，将这种玩法继续命名为"德州"……

克莱恩边摇头边前行。就在这时，他突然停步，眸子微缩。

他的灵感告诉他，楼上有奇怪的波动!

奇怪的、扭曲的、隐约的波动一闪而逝，快得让克莱恩差点怀疑自己产生了幻觉。要不是他对灵感的掌握已称得上熟练，此时很有可能忽略掉了这个异常。

想到在楼上的妹妹，克莱恩皱起眉头，握紧手杖，绕过盥洗室，拐向了伍德家的楼梯。他快步往上，根据灵感对残余痕迹的把握，来到了靠近阳台的起居室门外。

应该是这里……

克莱恩低语一句，抬手轻敲眉心两下。一个个气场透过墙壁和木制大门映入他的眼眸，绝大部分气场颜色正常，轮廓模糊，但有一个气场表层荡漾着邪异的黑绿，那种缓缓往内侵蚀的黑绿。

"果然有问题。"

克莱恩的表情变得异常严肃，伸出右手解下了缠绕在左腕上的银链。他用左手握住银制的链条，让黄水晶吊坠在面前自然下垂。

等到摆动平息，他勾勒光球，于心里默念了起来：

"我身前房间内存在着超凡导致的危险。"

正常来说，灵摆法只适合占卜与自身相关的事情以及小范围内的客观情况，所以，克莱恩的描述相当讲究："危险"会导致自身被影响，"房间"则就在眼前。

"我身前房间内存在着超凡导致的危险。

"我身前房间内存在着超凡导致的危险。

"……"

念了足足七遍之后，克莱恩睁开眼，看见黄水晶吊坠在做顺时针转动，而且速度相当快。

这表明起居室内确实存在着超凡导致的危险，而且危险程度不低！

赛琳娜是神秘学爱好者，她带朋友们玩某个仪式玩出了大问题？这该怎么办？克莱恩揉了揉眉头，将黄水晶吊坠重新缠好，伸手敲响了房门。

咚咚咚！

他有节奏地敲了三遍，脸上堆出了和善的笑容。

吱呀一声，房门打开，穿着新裙子的梅丽莎出现在克莱恩的眼前。

"克莱恩，有什么事吗？"女孩没想到哥哥会过来，一时颇为诧异。

克莱恩笑得不见一点阴霾，回答道："我听见你们玩得很开心，一时有点好奇。"

"抱歉，吵到你们了。"梅丽莎不好意思地低头道歉，"我们在玩魔镜占卜，赛琳娜懂得很多，很好玩。"

魔镜占卜……妹啊，你们怎么不去玩笔仙、碟仙呢？克莱恩好气又好笑地摇了摇头。

他的目光越过梅丽莎，望向起居室内，看见了笑容阳光、酒窝深深的赛琳娜。然而，在他的灵视里，这位拿着镀银镜子的酒红色长发少女被那邪异的黑绿色侵蚀得更加严重了。

思绪急转，克莱恩斟酌着语言道："呵呵，我就不打扰你们的游戏了。啊对，伊丽莎白呢？我刚才和她聊到了古弗萨克语的语法，她说有问题想请教我。"

"伊丽莎白？"梅丽莎上上下下打量了自家哥哥几眼，语气古怪地强调了一句，"她也才十六岁。"

喂，你想什么呢！克莱恩当即解释道："这是正常的学术讨论，伊丽莎白对历史和古代语言很感兴趣。"

梅丽莎又深深看了哥哥一眼，才道："她就在里面，我让她出来。"

"好的。"克莱恩退后一步，离开房门的位置。

目送妹妹转身，他不太厚道地松了口气，庆幸遭遇危险的不是梅丽莎。

仅仅等待了十几秒，一脸迷茫的伊丽莎白就走了出来，疑惑道："莫雷蒂先生，你究竟有什么事情？我没说过自己对历史和古代语言感兴趣……"

就在这时，她的话语被克莱恩严肃而郑重的表情打断，整个人霍然紧绷，似乎也闻到了什么不好的"味道"。

克莱恩斜走几步，示意伊丽莎白半掩住房门后跟过来。脸颊有着可爱婴儿肥的女孩被陡然降临的凝重气氛影响，不自觉就跟了上去。

"你知道的，我是一个神秘学爱好者。"克莱恩停下步伐，转过身体，直截了当地说道。

伊丽莎白轻轻颔首回应："是的，我甚至认为你是神秘学专家。"

"不，我只是爱好者，但这不妨碍我发现你们的魔镜占卜出了问题。"克莱恩语气凝重地说。

"出了问题？"伊丽莎白险些拔高了音量，忙伸手捂住嘴巴。

克莱恩想了想，道："我知道单纯的言语很难让你相信，你现在就返回起居室，趁赛琳娜不注意，偷看一眼她始终不给你们看的镜子正面。"

"你怎么知道她不给我们看镜子正面？"伊丽莎白脱口而出。

据我们值夜者内部的资料记载，百分之九十以上的涉及邪恶的魔镜占卜案件都会出现类似的情况……

克莱恩微微一笑道："常识。"

等到又疑惑又畏惧的伊丽莎白重新进入起居室，他镇定平静的笑容一下消失，脸上写满了担忧。

虽然都在北区，但从法尼亚街到佐特兰街至少得坐十五分钟的公共马车，一来一回，等队长他们过来，事情恐怕已经恶化到无法收拾了……

要是班森和梅丽莎没在这里就好了……但我对付不了那些隐秘的、未知的存在啊……有没有办法暂时遏制一下……

对了，赛琳娜是神秘学爱好者，她的房间内应该不缺乏纯露、精油和草药等物品……

就在克莱恩竭力思考对策的时候，起居室内，伊丽莎白随意找了个有事商量的借口，坐到了赛琳娜旁边。

"这次帮我占卜什么时候能够遇到一位浪漫、英俊的绅士？"对面一位少女喝了口葡萄酒，在众人调侃的视线里，红着脸蛋，鼓起勇气说道。

赛琳娜轻咳两声，一本正经地摩挲着镜子背面道："魔镜魔镜告诉我，尤妮娜心目中的绅士什么时候才会出现？"

连说三遍后，她拿起镜子，凑到自己面前。

抓住这个机会，伊丽莎白猛地侧身探头，望了一眼。

按照预计，她觉得自己会在镜中看见赛琳娜的面孔，以及自己的半张脸。可是，映入她眼帘的只有赛琳娜。

那面不大的镜子中只有赛琳娜，而且还是全身的赛琳娜！

镜子内一片漆黑，中央立着表情阴冷的赛琳娜！

伊丽莎白浑身一颤，霍然往后，倚住了沙发靠背，短时间内竟忘记了呼吸。她难以克制地战栗起来，顾不得找借口，猛地起身，跌跌撞撞地跑向了门边，不敢再回头看笑容灿烂的赛琳娜。

"尤妮娜的绅士将在半年之后的第二周周日出现……"

嬉笑的嗓音里，伊丽莎白开门而出，看见身穿燕尾服、头戴半高丝绸礼帽的克莱恩正站在走廊的壁灯阴影里。

"莫雷蒂先生，我，我……"她结巴着说不出话来。

克莱恩镇定地笑了一声："不要打扰到里面的小姐和女士。"

被他的笑容感染，伊丽莎白平静少许，伸手拉上房门，快步来到壁灯附近。

"我看见了，我看见那镜子里只有赛琳娜，恶魔一样的赛琳娜……"她压低嗓音说道。

果然……

克莱恩的表情又凝重了几分，他沉声问道："你知道赛琳娜的卧室是哪间吗，知道她的那些神秘学物品在哪里吗？"

"就在那里，她的神秘学物品也在那里。"伊丽莎白毫不犹豫地指着斜对面的房间道。

克莱恩提着手杖走了过去，打开没有反锁的木门，就着窗外的路灯光芒和高空的绯红月华打开阀门，点燃了煤气灯。

在昏黄的光芒下，他一眼扫过，看见了一瓶瓶纯露、花精，看见了一盒盒草药粉末，以及一根根蜡烛，一个个护身符。这些物品或摆放在书桌上，或整齐排列于架子上，都贴着标签，写出了对应的名称。

确认之后，克莱恩对跟在身后的伊丽莎白道："你想拯救赛琳娜吗？"

"想！"伊丽莎白下意识点头后，又愣愣问了一句，"危险吗？"

"有一定的危险，毕竟我只是一个神秘学爱好者。"克莱恩坦然地回答。

"一定的危险……"伊丽莎白紧抿嘴唇，几秒后才道，"需要我做什么？"

克莱恩笑容温和地安抚道："不用紧张，你只需要装作什么事情都没有发生，回到起居室，回到赛琳娜旁边，五分钟之后，记住，五分钟之后，你以给赛琳娜惊喜为借口，带她来到这里，轻敲房门，一长两短，接下来，嗯，接下来就交给我。"

伊丽莎白默默回想了一遍，郑重地颔首："好的。"

看着她返回起居室，克莱恩看了眼怀表，合拢了赛琳娜卧室的门，然后快速将书桌清理出来，并将需要用到的物品一一挑选至椅子上。

紧接着，他拿起两根散发着淡淡馨香的蜡烛，分别放在了书桌的左上角和右上角。

这是"绯红之主"和"厄难与恐惧女皇"的象征。

克莱恩要在这里举行仪式，借助黑夜女神的力量来对抗那神秘的、未知的、影响着赛琳娜的存在！

由于他只是序列9，掌握的仪式魔法不够厉害，要想成功，就一定得让伊丽莎白将赛琳娜引入"密封圈"，引入"祭坛"范围，所以，他必须考虑到对方察觉并反抗的情况！

基于以上因素，克莱恩准备采用中断式的仪式魔法。

所谓中断式仪式魔法，就是指非凡者举行仪式的时候，可以视情况中断，先完成别的事情，等忙完再返回继续仪式，并且依然能得到想要的效果。

这是仪式魔法上千年发展中衍生出来的技巧，毕竟不少高阶的仪式需要的步骤众多，可能得花费一个小时、两个小时甚至半天的时间才能完成，过程中很难保证没有别人打扰，没有意外发生。

经过一位位先辈的血泪教训，经过一次次失败的反馈，能够中断的仪式魔法在高层次之中成为主流，并间接影响到了低阶的部分。

但能够中断，不表示想什么时候中断就可以什么时候中断，想怎么中断就能够怎么中断，而必须遵循神秘学的理论，掌握对应的技巧，否则仪式失效是无法逃避的结局，甚至还会引来恐怖的反噬。

按照克莱恩的理解就是，如果你成功获得了某位神灵的注视，却在祂等待你说出祈求内容的时候，忽然来一句"等等，我先去下盥洗室"，那么可以恭喜你，你永远都不需要再去盥洗室了。

呼……克莱恩吐了口气，让自己保持镇定。他虽然举行过多次转运仪式，还设计了相应的流程让"正义"和"倒吊人"尝试，但真正符合规定的仪式魔法，他今天也是第一次实践。

看了眼靠在床边的镶银手杖，克莱恩拿起第三根蜡烛，将它摆放在了书桌正中央，以此象征自己。

紧接着，他把赛琳娜的仪式用银制小碗放到第三根蜡烛前方，代替有圣徽的大釜，左边是蕴含了月亮花、深眠花等植物的纯露和精油，右侧是一碟盐，一把小型银匕，一张仿羊皮纸，一根蘸水的羽毛笔。

还好赛琳娜的东西比较齐全，否则还真没办法完成布置，而老尼尔那种快速仪式不是"占卜家"能够做到的……

这么看来，赛琳娜是较为资深的神秘学爱好者啊………嗯，不是资深的，也闯不出这样的祸……

她才十六岁啊，接触这个至少一年了吧……是谁领她入门的？

思绪纷飞间，克莱恩从床头位置拿起赛琳娜的杯子，倒进清水，放于粗盐旁边。

掏出怀表，啪地按开，看了一眼之后，他没再耽搁，于脑海中勾勒出层层叠叠的光球，飞快进入了冥想。

荡漾着花香的房间内忽然产生了无形的风，已收起怀表的克莱恩眼眸霍然转深，由褐变黑，像是能看见每一位注视者的灵魂。他伸出手掌，抵于右上角的蜡烛处，于心里默念道：

"黑夜女神啊，您是绯红之主！"

默念之中，克莱恩延伸灵性，摩擦烛芯，多次之后，那根蜡烛腾的一下被点燃，昏黄的光芒里带上了些微宁静的浅蓝。

"黑夜女神啊，您也是厄难与恐惧的女皇！"

依照刚才的办法，克莱恩顺利将左上角的第二根蜡烛点亮。

"我是您忠实的守卫，是黑夜里抵御危险的盾牌，是寂静中刺向邪恶的长矛！"

腾！

象征着克莱恩的第三根蜡烛开始燃烧。

没有丝毫摇曳的烛火里，他拿起银制小刀，模仿着老尼尔的举止，用咒文和粗盐、清水完成了圣化。然后，他让自身积蓄的灵性从银匕尖端喷薄而出，与自然融合为一。

手拿银制小刀，克莱恩绕着卧室走了一圈——经过睡床所在的位置时，他用膝盖代替了双脚——让无形的壁垒密封了这里。

窗外的路灯光芒瞬间消失，但绯红之光依旧安静地照耀着。

克莱恩回到书桌前，拿起羽毛笔，用灵性配合墨水，描绘出避免厄难的咒文和符号。做完这一切，他放下手中的东西，拿起纯露、花精和精油分别往三根蜡烛上滴了一滴。

嗞！

淡淡的雾气弥漫，房间内顿时多了几分神秘的感觉。

依次又燃烧了几种草药后，克莱恩在混杂的香味里退后一步，诵念起了中断式仪式魔法对应的咒文：

"比星空更崇高，比永恒更久远的黑夜女神，

"我祈求您的眷顾,

"祈求您眷顾一位您忠实的信徒。

"我祈求绯红的力量,

"我祈求厄难与恐惧的力量,

"祈求您让您忠实的信徒赛琳娜·伍德脱离邪恶的沾染,脱离厄难的缠绕。

"我祈求您,等待片刻,等待那位不幸的女孩。

"月亮花啊,属于红月的草药,请将力量传递给我的咒文!

"深眠花啊,属于红月的草药,请将力量传递给我的咒文!

"……"

诵念完咒文,克莱恩闭上眼睛,在心里重复了七遍。

见祭台没有任何异常,他再次握住银匕,一步步倒退,退到了赛琳娜的卧室门口。他在胸口连点四下,画了个绯红之月,然后转过身体,举起银匕。灵性又一次从尖端喷薄而出,在无形的墙壁上切割出了一扇门的形状。

克莱恩知道,这个时候,即使自己开门,也不会影响到祭台的宁静和圣洁了。他掏出有枝蔓花纹的银色怀表,核对了时间,预演起后续的流程。

二楼起居室内,伊丽莎白身体轻微战栗着,时不时抬头看一眼壁钟,在两盏煤气灯的光芒里默算着时间。

差不多了……她无声低语的同时,侧头望了眼酒红色长发的活泼少女。对方酒窝很深,笑容灿烂,和周围的每一位朋友都能聊得很好。

可越是这样,伊丽莎白就越是恐惧,镜中那阴冷可怖的"赛琳娜"似乎一直存在于她的脑海,难以遗忘。

不能再等了!必须行动了!

伊丽莎白霍然站起,在众人诧异的目光里结巴着笑道:"赛琳娜,我……我有个惊喜给……给你,你和我出去一下。"

"真的吗?你不是送过生日礼物了吗?"赛琳娜将镜子反扣拿好,颇感诧异地跟着起身。

"惊喜是……是不会,是不会有任何……任何征兆的。"伊丽莎白觉得自己简直毫无表演天分。

她没有再说,当先走向起居室门口,赛琳娜笑容疑惑地跟在后面。

梅丽莎看着两位好友离开,眉头不自觉地皱了起来。

今天的伊丽莎白好奇怪……和克莱恩见过面后,她就更加奇怪了……她刚才突然跑出去,说是急着到盥洗室,可为什么表情会显得那么慌张……

两人很快抵达了赛琳娜的卧室门口。

伊丽莎白深吸了一口气，对面前的女孩道："我们进你的房间。"

"伊丽莎白，我感觉你很紧张，很害怕，为什么？"赛琳娜不解地望着好友，发现她的身体在止不住地颤抖。

"激动，对，激动！"伊丽莎白瞄了眼赛琳娜手中的镜子，半转身体，敲动房门，一长两短。

"为什么敲门……"赛琳娜更加茫然了。

吱呀一声，她的卧室门被打开了，身穿黑色燕尾服，头戴半高丝绸礼帽的克莱恩出现于两位女孩面前。

"惊喜？这就是惊喜？"赛琳娜嘴巴半张，脑袋一片迷糊。

就在这个时候，克莱恩忽然探手抓住她的腕部，将她拉进了房间，看得伊丽莎白愣在了原地。

与此同时，克莱恩手持银匕一点，喷薄出灵性，飞快弥补了切割出来的门形通道。无形的灵性之壁再次密封了房间，也将赛琳娜的尖叫封在了里面。

砰！

克莱恩猛地关上门，看都没看赛琳娜一眼就快步奔回书桌前方。

酒红色长发的少女停住尖叫，抬起脑袋，环视了房间一圈。她的目光迅速变得阴冷，皮肤一点点变得苍白，十指飞快长出了白森森的尖利指甲。

而这个时候，克莱恩早就重归冥想状态，边往三根蜡烛上各滴了一滴用月亮花萃取的精油，边朗声诵念道：

"至高的绯红之主啊，伟大的厄难与恐惧女皇，

"我祈求您降下眷顾，

"眷顾您迷失的羔羊赛琳娜·伍德！"

咒文声里，他拿起那张仿羊皮纸，将它凑向了象征祈求者的蜡烛。

呜！

他感受到了背后的阴冷之风，感受到一股沉重的力量袭来。

羊皮纸被点燃，克莱恩将它丢入了银制小碗，自己则早有准备地蹲下身体，躲过了致命一抓。

呜呜呜！

风声变得异常激烈，克莱恩只觉自身灵性潮水般外涌，根本遏制不住。他看见银制小碗内的羊皮纸燃烧出了宁静的深黑，听到身后有重物坠地的动静。

扑通！乒当！

几乎没有间隔的两道声音里，一缕缕黑绿的无形气体被吸入银制小碗，消失在那片幻觉般的深黑里。

克莱恩半滚向旁边，顺势起身，拔出了腋下的左轮，但他凝目望去，只看见酒红色长发的可爱少女赛琳娜倒在了地面上，镀银的镜子则在毯子上摔成了无数碎片。

那些碎片没再映照出赛琳娜，而是老老实实地呈现着天花板，呈现着克莱恩的剪影。

这时，没关闭灵视的克莱恩看见赛琳娜气场内的邪异黑绿已全部消失，一切恢复了正常，只是显得虚弱很多。

呼……他刚松口气，就感觉眉心一阵阵刺痛，脑袋也一阵阵刺痛。这刺痛很快传遍了他的全身，让他恨不得满地打滚。

克莱恩的拳头猛然紧握，手背青筋一根根凸现，颜色全黑，仿佛活动的蠕虫。与此同时，他听到了无声的呐喊，听到了撕裂自身精神的呢喃。足足十几秒后，他才缓了过来，只觉得额头与背心尽是冷汗。

"刚才的仪式魔法抽空了我的灵性，差点让我的非凡力量失控？"克莱恩粗略判断起情况。

这件事情也让他察觉到，自己似乎消化了不少魔药内的残余力量。因为如果按照服食魔药后的最初强度来推算，他自己刚才根本撑不下来，极有可能会直接崩溃，变成怪物。

扮演法还是很有作用嘛……

克莱恩轻敲眉心，抹了把汗。他转身面向祭台，在胸口点了四下，朗声道："赞美女神！"

接着，他依次熄灭蜡烛，快速收拾好祭台。随意将物品放回书桌后，他用银匕解除了密封的灵性之墙。

呜！

风声回荡，寂静退去，克莱恩长长地松了口气，对刚才的事情深感后怕："要不是我预演过流程，顺利完成了仪式，事情就麻烦了……而且我到现在都还不知道对手是谁，敌人是谁……

"幸运的是，嗯，幸运的是，房间铺着地毯，我翻滚时没有损伤衣物……"

他摇了摇头，探手拉开了赛琳娜卧室的木门。

"怎么样？"伊丽莎白倒退两步，紧张地问。

克莱恩看着她害怕的样子，取下半高丝绸礼帽，温和地笑道："我已经纠正了她魔镜占卜的错误，事情解决了。"

"真的解决了？"伊丽莎白还有点不敢相信地反问道。

克莱恩不慌不忙地笑着点头："是的。事情并不困难。"

后面这句话是骗你的……他在心里默默补充道。

或许是克莱恩一直表现得非常镇定，也或许是这属于仅有的一块"浮板"，伊丽莎白没再怀疑，拍了下胸口，长舒一口气道："谢谢你，你真是一位值得信赖的绅士，我刚才简直吓坏了。

"赛琳娜怎么样，她没事吧？"

"她可能会昏睡几分钟，但没别的问题，嗯，身体虚弱个两三天是正常的事情。"克莱恩说到这里，忽然板起脸孔，严肃地问，"她的神秘学老师是谁，难道没有告诉过她基本的禁忌事项吗？"

伊丽莎白顿时站得笔直，就像受了老师批评的学生。她一边思索，一边说："赛琳娜提过，她的神秘学老师是海纳斯·凡森特，一年前，她到豪尔斯街区的占卜家俱乐部占卜时认识了这位先生。"

海纳斯·凡森特……他表面是指导没有问题的魔镜占卜，私底下在教授"黑占卜"啊……

早知道就早点通报队长，早点查他的瓦斯计费器……克莱恩略感懊恼，沉声问道："赛琳娜的魔镜占卜也是他教导的？"

对克莱恩来说，这件事情最让他后怕的是差点影响到妹妹梅丽莎！

伊丽莎白小心翼翼地点头道："是的，但之前赛琳娜几次尝试魔镜占卜都没有成功，呃，她今天告诉我，她偷看了她老师秘藏的咒文，肯定没问题。"

作死小能手……

克莱恩头疼地捏了捏太阳穴道："你还记得她诵念的咒文吗？"

嗯……虽然海纳斯·凡森特没有主动将危险知识教授给赛琳娜，但可以明显看出他自身在做尝试，而招惹未知的、隐秘的存在，出事情只是早晚的问题。必须尽快处理，避免状况恶化到影响他人……

"记得一部分。"伊丽莎白回想道，"她用的是神秘学里面的赫密斯文，你知道的，我刚接触一段时间，只记得有'徘徊''英灵''造物主''眷属'这几个单词。"

造物主？真实造物主？

很多地下神秘学爱好者确实信奉这位被不少隐秘组织尊崇的古老存在……对，第五纪初期，一千多年前就出现过的古老存在！

克莱恩若有所思地点头道："等赛琳娜苏醒，你记得问清楚完整的咒文，然后找机会告诉我。"

"好的。"伊丽莎白爽快地回答，旋即又疑惑地问，"莫雷蒂先生，你为什么不直接问她？"

"我并不希望梅丽莎知道我爱好神秘学，你能为我保密吗？"克莱恩不答反问。

伊丽莎白轻咬了下嘴唇，眼睛发亮，道："没问题，梅丽莎确实喜欢机械胜过神秘，喜欢理性胜过直觉。"

克莱恩将拿着帽子的手按到左胸，绅士般鞠躬道："感谢你的理解。而赛琳娜，你知道的，她不是一个擅于保守秘密的人。"

"更准确的说法是，她喜欢和别人分享秘密。"伊丽莎白认同道。

克莱恩戴好帽子，想了想道："等赛琳娜苏醒，你记得告诉她，她忽然晕倒，摔碎了镜子。我想她的记忆肯定还停留在刚开始魔镜占卜没多久的时候。"

见伊丽莎白点头，他再次板起脸孔道："记住，不管是进行占卜，还是尝试别的神秘学知识，都不要向除了七位神灵之外的存在祈求！见到不属于这种范畴的咒文，立刻烧掉，远离提供者！

"今天如果不是我及时发现，再等十分钟，赛琳娜就会成为怪物，成为恶灵，而在场的人不会有谁幸存，包括我！"

想到镜子里阴冷的"赛琳娜"，伊丽莎白一点也没有怀疑克莱恩的说辞，后怕地叹息道："我知道，我记住了，我也会监督赛琳娜的。"

"好了，你进去照顾赛琳娜吧。"克莱恩扬了扬镶银的黑色手杖，迈步走向楼梯口。

行走间，他眼眸转深，视线内收，右手从衣兜里掏出一枚1便士铜币，当的一声弹往半空。

"赛琳娜已经没有问题。

"赛琳娜已经没有问题。

"……"

克莱恩飞快重复着这个陈述，伸手接住了那枚翻滚下落的铜色硬币，看见朝上的是乔治三世的头像。

这不是灵摆法的简化，而是梦境占卜法的简化。

刚刚那个瞬间，克莱恩借助冥想，让自身强行入睡，神游灵界，硬币正反面则是外显的象征符号：头像正确，数字错误！

很好，没问题了……克莱恩让黄铜色泽的硬币在指尖欢快地打旋。

刚才那是"占卜家"才能完成的简化。

伊丽莎白凝望着克莱恩的背影，看到了飞舞的便士，看到了随手的接住。

直到克莱恩消失在楼梯口，她才转身进入卧室，看见赛琳娜昏睡在地上，侧方尽是玻璃碎片。

她屏住呼吸，踮起脚看了眼镜子碎片，确认里面不再有阴冷的"赛琳娜"且映照出的是天花板的景象。

呼，伊丽莎白彻底放下心来，长长地松了口气。可是，努力几次，她都没能将赛琳娜扶到床上，反倒惊醒了对方。

"伊丽莎白……我怎么了？喝醉了吗？"赛琳娜略有点无力地问道，明亮的眼眸暗淡了许多，充满着迷茫。

伊丽莎白思索了几秒，异常严肃地回答道："不，赛琳娜，你出问题了，你的魔镜占卜招惹来了不好的存在。"

"是吗？"赛琳娜在伊丽莎白的搀扶下，虚弱地坐到床沿，揉着太阳穴道，"我只记得我刚开始魔镜占卜。"

伊丽莎白半真半假道："你刚才简直像是变了一个人，镜子中的你和现实的你甚至都有点不一样……

"我很害怕，借口给你惊喜，带你进入卧室，抢过你的镜子，将它摔碎在了地毯上，然后，然后，你就晕倒了。

"女神庇佑，你现在正常了！"

"我，我不记得了……"赛琳娜脸色苍白地呢喃道。

她越是回想，脑袋越是一片空白，也越是害怕。下意识间，她抬头望向书桌，发现那上面的东西摆放与之前有明显不同。

究竟发生了什么……赛琳娜苦苦思索，只隐约记得一个穿黑色燕尾服，戴半高丝绸礼帽，不强壮、不高大却颇为挺拔的背影。

"赛琳娜。"伊丽莎白郑重地说道，"我上次去地下交易市场购买护身符的时候，遇到了一位神秘学专家，他告诉我，无论任何时候，都不要向七位神灵之外的存在祈求，否则必然会引来灾祸。答应我，不要再尝试了，刚才我甚至不知道能不能救你！"

赛琳娜也被吓坏了，忙不迭点头道："不会，我再也不会尝试了！"

"嗯，你魔镜占卜时的咒文究竟是什么意思？如果有机会再遇到那位神秘学专家，我会帮你请教的。"伊丽莎白故作随意地问道。

赛琳娜揉着太阳穴，想了想道："徘徊不去的英灵，真实造物主的眷属，凝视命运的眼睛。"

第三章

CHAPTER 03

✦ **死亡怨念** ✦

哒，哒，哒。

克莱恩沿着楼梯下行的时候，认真整理了衣物的褶皱，拍干净了上面的灰尘。然后，他取下半高丝绸礼帽，提着镶银的黑色手杖，慢步回到了长条餐桌旁。

"你去哪里了？快十分钟了。"赛琳娜的哥哥克里斯刚好弃牌，侧头问了一句。

克莱恩笑笑道："盥洗室，接着去二楼认识了几位小姐和女士。"

"我欣赏你的直接。"克里斯哈哈赞道。

他有着红色的头发和家族遗传的不高身材，戴着一副金边眼镜，气质相当干练，是位出色的事务律师。

如果你知道我去二楼弄晕了你的妹妹，你肯定不会这么说……克莱恩谦虚道："只是讨论一些学术问题。"

神秘学方面的……

他放好帽子，回到座位，等到下一把开始，拿到了两张底牌。翘起边缘一角，他看见了一个黑桃K，一个方块A。

手气转好了嘛……这是做好事的回报？克莱恩拿出铜币，准备下注。

既然咒文不是海纳斯主动透露给赛琳娜的，那就不需要太急切地通报队长……他如是想道。

之后的牌局里，他保持着紧手的打法，有了好牌才会下注，也不去抓没有把握的诈唬，整体输赢不大，十点半结束的时候赢了六便士。

"我赢了两苏勒八便士。"班森把玩着手里的纸币和便士。

"没想到你是扑克专家。"克莱恩笑着赞了一句。

"不，我并不怎么打牌，但我知道，这和谈判一样，必须隐瞒自己的底牌，看穿别人的底牌，然后用各种办法吓唬他或者引诱他……"班森还没说完，就看见梅丽莎等人从二楼下来。

"该回家了。"克莱恩瞄了眼妹妹和她的好友们，揉了揉太阳穴道。他脑袋的抽痛依旧存在。

接着，克莱恩去了盥洗室，借助擦身而过的机会，从伊丽莎白那里知道了完整的咒文。

回到哥哥和妹妹的身边，他微笑着说："对了，我忽然想到一件事情，需要回公司一趟，等下我们先去佐特兰街吧？很快的。"

"什么事情？"班森随口问了一句。

梅丽莎则认真看着哥哥，因为她觉得克莱恩今晚的表现同样古怪，只比伊丽莎白和后来的赛琳娜好上一点。

克莱恩早想好了说辞，呵呵笑道："有份文件的某个描述出现了错误，而我已叮嘱同事明早一到公司就提交上去，所以，要么现在顺路过去修改，要么明天早起至少半个小时。毫无疑问，我选择前者。"

"我一直觉得你打牌不够专心，原来是在思考工作的事情。"班森恍然大悟，旋即笑道，"不，我道歉，我应该这样说，打牌有助于思考。"

"好的，我们会等你的。"梅丽莎收回打量的视线，抬手整理了下羊腿袖的荷叶边。

因为早过了有轨和无轨公共马车的运营时间，兄妹三人告辞出门后，只好就近雇了出租马车，两苏勒可以坐四十五分钟。

"我听说每一位出租马车的车夫都会胡乱加价。"班森将赢来的大部分钱心疼地付了出去后，压低嗓音抱怨了一句。

克莱恩笑笑道："我认为可以接受，现在都快十一点了。"

"我只是开个玩笑。我现在的想法是，我们其实可以和其他客人一起联合雇佣，四十五分钟能到很多地方。"班森望着窗外陆续雇着马车的人们道。

我懂，拼车嘛……克莱恩摩挲着手杖顶端的镶银花纹道："我们没有问题，但其他客人有。班森，你没有发现吗，他们都非常注重自身的形象，非常在意体面这件事情，我想，这或许就是中产阶级的共性。"

"嗯。"班森认真地点头，"伍德家也比我想象中奢侈，然而，老伍德的薪水才每周四镑……呵，体面也许就是某些中产阶级和卷毛狒狒最大的区别。"

卷毛狒狒招你惹你了……克莱恩险些没忍住笑意。

梅丽莎没有加入他们的讨论，坐在位置上时不时打量克莱恩一眼，看得克莱恩心里略有点发毛。

轻便的双轮马车在安静、昏暗的街道上飞快行驶，只用十二分钟就抵达了佐特兰街。

"你们在这里等我，五分钟，不超过五分钟，我就会回来。"克莱恩强调了一遍，戴上礼帽，拿上手杖，下了马车。

因为是根据时间而非路程来结算车费，马车夫对等待也没有任何意见。

沿着楼梯往上，克莱恩来到黑荆棘安保公司外面，咚咚咚敲响了大门。不到十秒，大门被打开，披着马甲、穿着衬衣的伦纳德·米切尔出现于他的面前。

"你今晚不用值守。"伦纳德略显诧异地强调道。

克莱恩每周只需轮值查尼斯门一天，其余时间依旧能保持正常作息，至于晚上的突发事件，则由喜欢黑夜的"不眠者"们包揽。

但每天只睡两三个小时，会导致脱发和记忆力衰退……每次想到这些，克莱恩就会忍不住调侃式地腹诽队长邓恩·史密斯。

"我有事情汇报。"他简单说道。

"有任务？"伦纳德让出门口的位置，随口问了一句。

克莱恩刚走入接待厅，就看见邓恩披着黑色风衣出来，灰眸一如既往地幽深。

"队长，我遇到了一件超凡事件。"

"具体情况。"邓恩直接问道。

克莱恩将之前的事情和自己的处理方式原原本本说了一遍，最后道："……所以，我认为有必要对海纳斯·凡森特展开调查。"

他当时是认为既然魔镜占卜请来的邪恶之物还没有制造惨案，还没有让自己得到极端危险的提示，就表明对方可能还需要时间，不愿意提前苏醒或是控制赛琳娜。所以，只要他没直接暴露出自身的目的，邪恶之物肯定会优先选择观望，在这样的情况下，伊丽莎白将赛琳娜骗到卧室门口不是什么太困难的事情。

"你处理得很好，抓住了恶灵还未彻底降临、还未完全附身的时机。"邓恩轻轻颔首道，"接下来的调查就交给我们，你可以回去休息了。"

克莱恩松了口气，呵呵笑道："我还以为队长你会将这件事情作为我的入队任务，让我独自一人去完成。"

从伊丽莎白提供的咒文看，海纳斯·凡森特具有一定的危险性……

"这是因为你的入队任务已经有了。"散漫随意的伦纳德在旁边轻笑道。

"什么？"克莱恩吓了一跳。

邓恩嘴角上翘，嗓音温和地解释道："晚上七点多，我们接收了一起从警察局转过来的案子，初步确认没什么危险，也不紧迫，所以打算让你明天独自去完成。好了，不要问是什么案子，今晚好好睡一觉，你的休息日挪到周二或者周三。"

队长，你这样我更睡不着好不好……而且，周一下午是塔罗聚会的日期……难道要预先给"正义"和"倒吊人"发条推迟消息？

克莱恩摇头苦笑，告辞离开。

出了楼梯口，他忽有察觉，抬头望向自家雇的那辆马车，只见梅丽莎正隔着窗户静静打量自己。

视线接触的瞬间，梅丽莎一下扭过头，端正地坐好。克莱恩嘴角微动，装作什么事情都没有发生一般走上了马车。

绯红的月亮和纯净的夜空之下，双轮马车轻快行驶，穿过了一条又一条街道。

回到家中，克莱恩让班森先去洗澡，自己来到梅丽莎卧室门口，抬手敲了两下。正打算去另一间盥洗室的梅丽莎打开门，疑惑地望着哥哥。

"梅丽莎，你有什么事情想问吗？我知道的，你有。"克莱恩直接开口道。

不要总是暗中观察……

梅丽莎嘴唇翕动了几下，微皱眉头道："克莱恩，你究竟对伊丽莎白做了什么？我感觉她很不对劲。还有，赛琳娜后来也变得非常奇怪。"

克莱恩早有准备地反问道："你知道伊丽莎白和赛琳娜是神秘学爱好者吗？"

"……知道，但我不喜欢，我不认为这个世界上有什么事情是无法理解的。"梅丽莎愣了一下，认真回答道，"所有的不理解，都只是因为我们掌握的知识还不够多。"

"嗯，我也是这么认为的。"克莱恩心虚地附和了一句。

曾经我确实是这么认为的，直到作死成功……

他轻咳了两声，继续说："神秘学包含赫密斯文，这是古代祭祀和祈祷的专用文字，伊丽莎白知道我擅长这方面，呵，毕竟这是历史学家的领域，所以向我请教了几个发音对应的单词和具体意思。"

梅丽莎微微点头，对哥哥的这个解释表示接受，因为符合她对双方的了解。

"至于伊丽莎白和赛琳娜后来为什么会变得古怪，我并不清楚具体的原因。"克莱恩先撇清自己，后又说道，"不过，我可以猜一猜。"

"你猜得到？"梅丽莎诧异地脱口。

克莱恩抬手杵了杵嘴巴，道："我是从伊丽莎白请教我的内容来猜测的。她说的那几个赫密斯文与占卜有关，与一些邪恶的祭祀对象有关，嗯，赛琳娜进行魔镜占卜的时候，是不是诵念过赫密斯文？"

他主动提到这件事情，就是为了让妹妹以后警惕类似的事情，要是能远离赛琳娜和伊丽莎白，那就更好了。

"是的……"梅丽莎迟疑着回答道，"我想我明白伊丽莎白和赛琳娜古怪的缘由了……"

这时，克莱恩故意反问："因为赛琳娜的魔镜占卜涉及邪恶的、非法的信仰，伊丽莎白从我这里弄清楚对应赫密斯文的具体含义后，找到机会指责对方，纠正了对方的错误?"

"我认为是这样的。"梅丽莎对这个结论毫不怀疑,因为是她自己推理出来的。

见自己的诱导见效,克莱恩松了口气,道:"你以后也要多告诫赛琳娜,让她回到信仰的正途上来。"

说这句话的时候,他很有牧师范儿地在胸口点了四下。

"嗯,我会的!"梅丽莎语气坚定地回答。

"还有,不要把我们的推测和我说的内容告诉伊丽莎白和赛琳娜,我原本答应过伊丽莎白不告诉你的。"克莱恩最后强调道。

"嗯。"梅丽莎轻轻点头。

周一上午八点,黑荆棘安保公司。

克莱恩取下帽子,和罗珊、布莱特打过招呼,寒暄完天气,就进入了队长邓恩·史密斯的办公室。

他推开房门,抬眼望去,忽然吓了一跳,因为邓恩的脸色相当苍白,灰眸也略显浑浊,失去了往常的幽深。

"出了什么事情吗?海纳斯·凡森特?"克莱恩又惊讶又关切地问道。

邓恩揉了揉额头,抿了口咖啡,苦笑着说:"海纳斯·凡森特死了。"

"被谁提前杀了?"克莱恩拿着手杖,坐到邓恩对面。

邓恩没有直接回答,叹了口气道:"我和伦纳德昨晚就去找了海纳斯·凡森特,因为他平时没表现出异常的征兆,家里也没有古怪的地方,所以我决定先进入他的梦境寻找线索。在他的梦境里,在他的梦境里……"

邓恩重复了两遍,目光不自觉流露出畏惧,继续说道:"在他的梦里,我看见了一个十字架,巨大的十字架,撑满了天空的十字架。在这十字架上面,一个赤身裸体的男人被黑色铁钉钉着,他两臂张开,双脚在上,头部如同吊坠般垂下,身上有着一道又一道的血痕。

"刚看到这样的画面,我就晕了过去,离开了海纳斯·凡森特的梦境,等我醒来,伦纳德告诉我,海纳斯在睡梦中死亡了。"

"巨大十字架,倒吊的、浑身血渍的男人……这和几个隐秘组织信奉的真实造物主有点像,但又有很大不同……"克莱恩疑惑地推测道。

信奉真实造物主的隐秘组织主要是最近两三百年才出现的那几个,比如极光会,比如铁血十字会,但之前一千多年来,类似的形象从未消失。

邓恩再次揉了揉额头:"我们后续会跟进的,你现在先去完成你的入队任务。"

克莱恩点了下头道:"好的,但我还不知道我的任务究竟是什么。"

"一个不危险的任务，至少现在还看不出危险的征兆。"邓恩先强调了重点，然后才说，"这是从金梧桐区警察局转过来的案子。著名慈善家德维尔爵士连续一个月受到奇怪的骚扰，但无论是他的保镖，他聘请的安保人员，还是警察，都找不到案犯，负责这件事情的托勒督察高度怀疑事件与超凡力量有关，于是提交给了我们。"

我之前在图书馆看见德维尔爵士，发现他情绪很差，精神虚弱，原来是因为受到了骚扰……克莱恩微皱眉头道："是什么样的骚扰？"

这件事情目前还没有产生实质的伤害，确实称不上危险。

"德维尔爵士每晚都会听到痛哭和呻吟，不管他睡在哪里，不管他在不在廷根，这让他的睡眠质量变得非常差。"邓恩翻了下手边的资料，"他去看过心理医生，也询问过身边的管家和仆人，确认不是幻觉，所以怀疑是有人骚扰。"

合拢文件，邓恩抬头看向克莱恩："你去休息室换上你的见习督察服装，到射击俱乐部大厅与托勒督察会合，他会告诉你更加详细的情况。"

"见习督察服装？"克莱恩下意识地反问了一句。

邓恩揉着额头，笑笑道："我们有一半的薪水由警察厅支付，见习督察的名义不仅仅只存在于档案里。你第一次见到我和伦纳德的时候，我们同样穿着制服，这是每一位正式队员都拥有的福利，嗯，罗塞尔大帝说的那种福利。"

可惜平时不能穿，否则就可以多一套换洗衣物了……克莱恩拿上手杖，行礼告辞，退出了队长办公室。

他来到斜对面的休息室，看见里面放着一套包括皮靴在内的黑底白格制服，软帽上镶嵌着双剑交叉、簇拥王冠的纹章，肩部则有黑白交错为底、一颗银星闪耀的徽章。

"这就是见习督察？"克莱恩瞄了一眼，发现肩章的银星下方还有一串不显眼的数字：06-254。

他目前已初步了解鲁恩王国的警察等级划分，明白位于最顶端的是警务大臣和首席警务秘书，其下是各个警察厅的总监、副总监、助理总监，位于中层的是警司和督察，最底层是警长和警员。

关好房门，克莱恩脱掉自身的正装，摘下帽子，换上了那套制服。挂好原本的衣物，他推门而出，进入文职人员办公室，照了照罗珊争取来的全身镜。

镜中的年轻男子黑发抖擞，褐眸温文，一身制服让他比往常多了几分英气。

"不错嘛。"克莱恩心情愉悦地自恋了一句，将手杖留在办公室，转身走出了黑荆棘安保公司。

他的口袋内，警官证和全类武器使用证一样不少。

射击俱乐部的大厅内，克莱恩看见了托勒督察，因为他是这里唯一穿着警察制服的人。

当然，现在要加上我了……克莱恩默默补了一句。

托勒督察的肩章有两颗银星，衣服被肚子撑起，脸上留着浓密的棕黄胡须，身材高大但不威猛，或者曾经威猛过。

"莫雷蒂？克莱恩·莫雷蒂？"托勒上下打量了几眼，微笑着迎了上来。

"你好，托勒督察，我想你应该没有认错人。"克莱恩诙谐地回答，并根据印象，举起右手，合拢五指，行了一礼。

托勒呵呵笑道："看得出来，你是位容易相处的年轻人，这样我就放心了。我们现在就去德维尔爵士的家里？"

虽然他的级别高于克莱恩，但语气里却带着明显的询问意味。

"没问题。"克莱恩想了下，"你可以在马车上给我介绍详细的情况。"

"好的。"托勒摸了摸浓密的棕黄胡须，引着克莱恩走出射击俱乐部，上了对面停放的一辆马车。

马车上绘有双剑交叉、簇拥王冠的纹章，由专门的车夫驾驭。

"德维尔爵士是女神的信徒，所以我们将案子转给了你们。"托勒刚坐下就迫不及待地交代了一句。

"我知道，爵士是报纸内容和杂志封面的常客。"克莱恩温和地笑道。

托勒拿起旁边的文件袋，解开缠绕的线，抽出资料，边翻边说："不管你是否了解，我都需要给你做一次详细的介绍。

"德维尔爵士是廷根市数得上号的富豪，他的事业从制铅工厂和瓷器工厂开始，到现在已遍及钢铁、煤炭、船运、银行和证券，他还是受到过国王赞扬的大慈善家，建立了德维尔慈善基金、德维尔信托公司、德维尔图书馆……他五年前被授予了勋爵的爵位……如果他愿意竞选市长，我想廷根市不会有人是他的对手。

"不过，他的目标在贝克兰德，他想成为王国上院的议员。我们曾经怀疑他被骚扰与这件事情有关，但找不到任何线索。"

克莱恩轻轻颔首道："不排除这个可能性，但我现在什么也无法确定。"

托勒没有过多纠缠这个问题，继续说道："从上个月6号开始，德维尔爵士每晚入睡的时候都会听到让人头皮发麻的痛苦呻吟，就像是垂死的病人在竭力挣扎。他检查过周围的房间，没发现任何异常情况，而管家和仆人们也证实确实有类似的声音，只不过他们听到的动静很轻微。

"最开始，德维尔爵士以为事情很快就会过去，并没有太在意，可痛苦的呻吟越来越频繁，甚至白天也会出现，而且还多了让人心脏抽搐般的哭泣。

"德维尔爵士一次又一次地失眠，不得不离开廷根，前往乡下的别墅。但这没有任何作用，呻吟和哭泣依旧纠缠着他，同样的，哪怕他前往贝克兰德，事情也未获得平息，只是相对没有那么严重了。他请过安保人员排查周围，没发现任何线索，我们的初步调查同样缺乏收获。

"这超过一个月的折磨让德维尔爵士的精神接近崩溃，他一次又一次找心理医生上门，可还是无法摆脱困扰。他告诉我们，如果问题在这一周内还是无法解决，他就搬离廷根，前往贝克兰德，他相信那里肯定有人能够帮助他。"

听完托勒的讲述，克莱恩飞快地分析起各种可能性。

得罪了哪位非凡者，中了诅咒？不对，如果是诅咒，管家和仆人不可能同样听见声音……

难道是仆人和保镖里潜藏着一位不知道什么目的的非凡者？可问题在于，这一个多月里，依旧没人向德维尔爵士提出要求……

莫非德维尔爵士不小心沾上了怨魂、恶灵这种脏东西？不排除这个原因……

克莱恩思绪纷呈间，马车进入金梧桐区，停在了德维尔爵士家门口。

这里有铁栏杆围出的繁盛花园，有耸立着两座雕像的镂空铁门，有不断喷涌的洗浴着大理石神像的喷泉，有占地面积极广的二层房屋，有足以供三辆马车并行的道路。

"爵士家也只有两层啊……报纸上说贝克兰德在尝试建造高达十层的公寓建筑了……"克莱恩走下马车，看见一个肩章上有三条"V"的警员快步迎了过来。

他望了克莱恩一眼，抬手行礼道："上午好，先生！"

"上午好。"克莱恩微笑颔首。

托勒在旁边笑道："这是警长盖特，你有什么事情都可以吩咐他。"

"这是见习督察莫雷蒂先生，郡警察厅的历史学专家、心理学专家。"托勒又向盖特介绍了一句。

我担当不起啊……克莱恩一阵羞愧。

寒暄完毕，盖特指着喷泉后面的二层房屋道："德维尔爵士在等着我们。"

"好的。"克莱恩伸手摸了下腰间的左轮。

这可是他目前对付敌人的最大依仗。因为换上了警服，他可以光明正大地将枪袋放到腰侧，便于拔取了。

说话间，一行三人沿着宽阔的道路，绕过喷泉，来到了正门前面。此时，早有仆人打开了大门，恭谨地等待着。

克莱恩趁还没有入屋的机会，假装整理帽子，捏了眉心两下，打开了灵视。

敞亮的客厅内，方形脸的德维尔爵士正揉着额头，精神相当差，他的暗金头发干枯，蔚蓝眼眸暗淡，整个人仿佛老了五岁。

"上午好，爵士。"克莱恩、托勒和盖特同时行礼道。

德维尔爵士起身，勉强挤出笑容回应："上午好，三位警官，希望你们能解决我的烦恼。"

这时，克莱恩眯了眯眼睛，眉头微有皱起。除了精神很差这一点，他没发现德维尔爵士有任何问题。

这就很古怪了……他想了想道："爵士，你最早听见呻吟时，是在哪个房间？"

"我的卧室。"德维尔爵士摇了下头。

"我们能去看一下吗？"克莱恩询问道。

"你们不是检查过几次了吗？"旁边的中年管家皱着眉反问道。

很显然，他没有认出克莱恩是拾金不昧的好心人的同伴。

克莱恩温和地笑道："那是我的同事，不是我。"

"爵士，这位是警察厅派来的专家。"托勒抓住时机介绍了一句。

德维尔深深地看了年轻的专家一眼，道："好的，卡伦，你带他们去我的卧室。"

"爵士，我希望你和我们一起去。"克莱恩认真说道。

德维尔迟疑了几秒道："如果这能有助于解决问题……"

他边说边拿起手杖，脚步虚浮地走向楼梯，管家卡伦和几位保镖簇拥在他旁边，时刻准备着搀扶。

克莱恩环视一圈，沉默但镇定地跟在后面。

一步，两步，三步……他们来到二楼，进入了主卧。还没来得及审视环境，克莱恩的汗毛霍然根根竖起。

这是来自他灵感的反馈！

德维尔爵士的卧室比克莱恩家的客厅加餐厅还大，由睡床部分、起居部分、更衣部分、盥洗部分和书架书桌部分构成，摆设精致，细节奢侈。

可在克莱恩的感觉中，这里采光阴暗，温度比外面低了至少一半。与此同时，他耳畔仿佛听见了一声又一声的哭泣，以及垂死挣扎般的呻吟。

克莱恩略有恍惚，只见一切又恢复了正常：灿烂的阳光穿透窗户，洒满整间卧室，温度不高也不低；周围的警察、保镖和管家沉默着，没有说话。

这……他侧头望向古典而华丽的睡床，看见阴影里似乎有一双又一双模糊的眼睛在盘旋，像是煤气灯旁边不怕死的蛾虫。

走了几步，靠近那里，克莱恩的灵视中却失去了刚才见到的画面。

不是标准的怨魂，更不是恶灵……究竟是什么呢？克莱恩皱起眉头，回忆着这段时间掌握的神秘学知识。

在他看来，今天的任务交给"收尸人"，交给"掘墓人"，或者交给"通灵者"，都不会有一点难度，但这明显不是他最擅长的领域。

忍着占卜调查方向的冲动，克莱恩缓慢地四下张望，寻找别的痕迹来印证心里的几个猜测。

"这位，督察。"德维尔爵士犹豫了下道，"有什么发现吗？"

"如果那么容易就有发现，我想我的同事不会等到现在。"克莱恩说着套话，下意识看了大慈善家一眼。

就在他打算收回视线的时候，忽然发现德维尔爵士背后的镜子里映照出了一道浅白的人影。

不，是一道又一道重叠在一起，扭曲着的浅白身影！

这身影一闪而逝，克莱恩仿佛又听见了隐约的哭泣。呼……他吐了口浊气，舒缓刚才吓得差点拔枪的恐惧。

提高了灵感，开了灵视，迟早会被吓疯……克莱恩用吐槽自己的方式缓解着自身的紧绷，然后将视线重新投向德维尔爵士。

这一次，他看见了不一样的东西。

身在这间卧室的德维尔爵士，周围时不时就有浅白的、扭曲的影子闪现，让那片区域的光芒都略显暗淡。而每一次闪现，必然都伴随着虚幻的、正常人难以听见的哭泣与呻吟。

正常人正常状态下难以听见？因为白天的缘故？克莱恩若有所思地点了下头。

他对这件案子已初步有了一个判断：纠缠德维尔爵士的是一道道怨念，是人类死亡前最难以释怀的情感造成的灵性残留！

这种怨念和残留如果再积攒一段时间，再强大几倍，就会变成恐怖的凶灵。

可是，德维尔爵士是有名的慈善家，即使班森那么挑剔的人，对他也非常尊敬，怎么会有这么多的死亡怨念缠身？表里不一？不怀好意的非凡者的手段？克莱恩疑惑地猜测着可能性。

他想了想，望向德维尔，开口说道："尊敬的爵士，我有几个问题。"

"请讲。"德维尔疲惫虚弱地坐了下来。

克莱恩组织着语言道："当你离开这里，前往新的地方，比如乡村，比如贝克兰德，是否都获得了至少半夜的短暂安宁，然后情况慢慢恢复，越来越严重，直到白天睡觉也会听见呻吟和哭泣？"

德维尔半眯着的眼睛一下睁开，蔚蓝的眼眸内多了几分光彩："是的，你找到问题的根源了？"

他这才发现，由于长期失眠，精神状况欠佳，自己竟然忘记了将这么重要的线索告诉警察！

见克莱恩的问题得到肯定答复，督察托勒暗自松了口气，明白值夜者找到线索了。而警长盖特又是惊讶，又是好奇，忍不住审视了心理学专家克莱恩好几眼。

符合"怨念逐渐缠绕，一点点集聚"的特性……获得反馈的克莱恩基本确认了答案。

他现在有两种办法帮助德维尔爵士摆脱困扰，一是直接在对方周围布置祭台，靠仪式魔法彻底清除"死亡怨念"；二是用别的神秘学手段找出问题的源头，从根本上解决事情。

考虑到"尽量不要让普通人知晓非凡力量的存在"这项规定，克莱恩打算先试一下第二种办法，如果没有效果，再祈求女神。

"爵士，你这是心理疾病，精神问题。"他看向德维尔，一本正经地胡说八道。

德维尔爵士皱起眉头，反问道："你的意思是，我是精神病人，需要去疯人院？"

"不，没那么严重，实际上大多数人或多或少都有一点心理与精神方面的问题。"克莱恩随口安抚了一句，"请允许我重新介绍一次，我是阿霍瓦郡警察厅的心理学专家。"

"心理学专家？"德维尔和他的管家同时望向了熟人托勒督察。

托勒郑重点头，表示确实是这样。

"好吧，那需要我做什么来配合治疗？而且，我不明白为什么我的管家、我的保镖、我的仆人都能听见哭泣和呻吟……"德维尔双手握住手杖，一脸的疑惑。

克莱恩很有专业范儿地回答："事后我会给你解释的。麻烦你请你的管家、你的仆人和你的保镖出去。托勒督察，盖特警长，请你们也一起离开，我需要一个安静的环境来进行初步的治疗。"

用法术"治疗"……托勒督察默默帮他补了一句，向德维尔爵士点了下头。

德维尔沉默十几秒才道："卡伦，你带他们去二楼的客厅等待。"

"是，爵士。"管家卡伦没有反驳，因为提出请求的是正式警官、见习督察、心理学专家。

目送他们依次离开并关好房门，克莱恩望向暗金头发、蔚蓝眼眸的德维尔，道："爵士，请你躺到床上，放松心情，尝试入睡。"

"……好的。"德维尔将外套和帽子挂到衣帽架上，缓步走至床边，躺了上去。

克莱恩则将窗帘全部拉拢，让房间变得幽暗。

他解下吊坠，快速用灵摆法做了个简单的吉凶判定，然后坐到床尾不远处的摇椅上，勾勒光球，进入冥想，让灵性的世界展现于眼前。紧接着，他靠住椅背，陷入沉睡，让自身的星灵体与外在接触。

他这是在使用梦境占卜的技巧，让自身在类似做梦的灵性环境里，与纠缠德维尔爵士的一个个怨念沟通。

只有沟通，才能获得答案，才能解决问题！

呜呜呜！

悲伤的哭泣虚幻地萦绕于克莱恩的耳畔，他"看见"周围浮现了一道又一道的浅白透明身影。

啊，啊，啊……痛苦的呻吟声传来，勉强找回了思考能力的克莱恩伸出右手，触碰向其中一道。

霍然间，那一道道身影变成了扑火的飞蛾，一只又一只投向了他。

克莱恩的视线陡然变得模糊，脑袋仿佛被人劈成了两半，一半在冷静审视，一半看见了一面"镜子"。

"镜"中是一个工人打扮、身体强壮的年轻女孩，她走在满是粉尘的工厂里，脑袋一阵又一阵地抽痛。

她的视线时而模糊，她的身体日渐消瘦。她仿佛听见有人在喊她夏绿蒂，说她得了一般的歇斯底里症。

歇斯底里症？她望向镜子，看见自己的牙龈上有一条若有似无的蓝线。

"镜头"一转，克莱恩仿佛又看到了一位叫作玛莉的女孩。

她也走在制铅工厂里，年轻而活泼。忽然，她的半边脸颊开始连续抽搐，接着是同一侧的手臂和腿部。

"你患了癫痫症。"她在全身抽搐中听见有人这么说道。

她抽搐着倒下，程度越来越剧烈，最后失去了意识。

……

又是一位女孩，她闷闷不乐，傻了般在街上乱逛，甚至出现了语言障碍。

她的头疼非常严重，她的牙龈有着蓝线，她时不时就开始抽搐。

她遇见了一位医生，那位医生说："拉佛缇，你这是受到了铅的影响。"

那位医生怜悯地看着她，看着她再次抽搐，连续好几下，看着她眼中失去了所有神采……

一幅幅画面在克莱恩脑海中呈现，他半是沉浸入内，半是冷静观察。

忽然，他彻底明白了这些女孩的遭遇：她们是长期接触铅白，长期暴露在粉尘里的女工，她们因铅中毒而死。

而德维尔爵士名下正好有一家制铅工厂，两家陶瓷工厂，雇的全是价格相对低廉的女工！

克莱恩沉默地"看着"这一切，觉得事情只剩一点还没有弄清楚。

这样的死亡怨念微乎其微，即使积累到了一定程度，也不可能对现实、对德维尔造成什么影响，除非有一个更强大、更执着的怨念将它们变成了整体。

就在这时，他又"看见"了一位女孩。

这位女孩不超过十八岁，正在工厂里帮瓷器上釉。

"海莉叶，你最近身体怎么样，有没有感觉头疼？如果很严重，记得告诉我，德维尔爵士规定，严重头疼的人不能再接触铅，必须离开工厂。"一位年长的女性关切地问道。

海莉叶摸了下额头，笑着回答道："有一点，还好。"

"那明天告诉我它是否变严重了。"年长的女性叮嘱道。

海莉叶答应下来，回到了家中，但仍旧时不时按一按额头。她看见父母和兄弟从外面回来，看见他们的脸上充满悲伤。

"你的父亲和兄弟失业了……"她的母亲抹着眼泪说道。

她的父亲和兄弟则垂着头，低声道："我们会去码头找事情做的。"

"可我们连买后天的面包的钱都没有……也许我们得搬到下街最里面去……"海莉叶的母亲红着眼睛看向她，"你的薪水什么时候能够拿到？是十苏勒对吧？"

海莉叶又一次捏了捏额头："嗯，周六，周六。"

她什么也没再说，就像平常一样安静，第二天回到工厂，她告诉主管她的头不疼了，没有问题。她露出笑容，每天步行五公里上班，再步行五公里回家，按揉头部的动作越来越频繁。

"你们还没有找到工作吗？"海莉叶看着煮在汤里的黑面包，忍不住询问父亲和兄弟。

她的父亲苦恼地说："最近不景气，很多地方都在裁员，就连码头也是干一天歇一天，一周才能拿到三苏勒七便士。"

海莉叶叹了口气，什么也没有再说，一如既往地安静，只是悄然将突发抽搐的左手藏到身后。

第二天，她再次步行上班。阳光慢慢变得灿烂，街上的行人逐渐由少变多，忽然，她抽搐了起来，浑身都在抽搐。

她倒在了路边，嘴里吐出白沫。

她望着天空，视线开始模糊。

她看见人来人往，看见有人靠拢，看见一辆马车经过，看见了展翅欲飞的德维尔家族的白鸽纹章。

她努力地张了张嘴，却没能发出任何声音。所以，她还是什么都没有说，就和往常一样安静。

但和往常不同的是，她死了。

画面开始扭曲，逐渐虚化，直至消失。克莱恩脱离了那种梦境般的体验，视线逐渐适应了卧室里的幽暗环境。

他知道，哥哥班森用一镑十苏勒也就是三十苏勒的周薪，按照正常平民的标准养自己和梅丽莎都相当辛苦。

他以为绝大部分工人的周薪能达到二十苏勒。

他听梅丽莎提过，在铁十字街的下街，有的家庭五口、七口乃至十口人住在同一个房间内。

他从班森那里知晓，之前几个月里，受南大陆局势影响，王国出现了经济方面的不景气。

他了解过，包吃住的杂活女仆每周能拿三苏勒六便士到六苏勒的薪水……

克莱恩伸出手，捏着眉心，许久没有说话，直到躺在床上的德维尔爵士开口。

"警官，你不说点什么吗？我之前请的心理医生都会在这个时候、这样的环境里和我聊天，提各种问题。

"不过，我确实感觉到了安宁，我刚才几乎快要睡着，却没有听到任何呻吟和哭泣。你是怎么办到的？"

克莱恩靠着摇椅椅背，不答反问，嗓音平缓："爵士，你知道铅中毒吗？知道铅的危害吗？"

躺在床上的德维尔沉默了几秒，道："以前不知道，后来知道了。你的意思是，我的心理问题，或者说精神疾病，是因为感觉愧疚，对那些制铅女工和上釉女工感觉愧疚？"

不等克莱恩回答，他就像每次把握谈判主动权一样自顾自说道："是的，曾经我确实感觉愧疚，可是，我早就对她们做了补偿。在我的铅白工厂和瓷器工厂里，每位工人拿到的薪水要比同样的工厂多出不少，在贝克兰德，制铅女工、上釉女工的周薪不超过八苏勒，而我支付她们十苏勒乃至更多。

"呵，不少同行指责我让他们失去道义，难以招到工人。要不是《谷物法案》废除，不少破产的农夫进入城里，他们就得跟着我提高薪水了。

"而且我还告诉工厂的主管，让多次感觉头疼、视线模糊的工人离能够接触到铅的地方；如果她们病得很严重，还能向我的慈善基金会申请援助。我想，我已经做得足够多了。"

克莱恩开口了，语气没有丝毫波动："爵士，有的时候，你永远无法想象一份薪水对一位穷人的重要性，即使只失业一周、两周，他们的家庭也会出现不可逆转的、悲惨到极点的损伤。"

他顿了下，转而问道："我很好奇，如此富有爱心的你为什么不在工厂里添置防护粉尘和避免铅中毒的设备？"

德维尔望着天花板苦笑了一声："那会让我的成本高到难以接受的程度，完全无法与别的制铅工厂、瓷器工厂竞争。我已经不太在意这方面的收益，甚至愿意补贴一部分钱，但如果一直这样下去，又有什么意义？

"我这样做，只能帮到很少一部分工人，无法成为行业的标准，更无法带动行业做出改变，只会衍变成我自己纯粹地花钱养着工人。我听说，有的工厂为了节省成本，还在偷偷使用奴隶。"

克莱恩双手交叉相握，沉默了一阵才道："爵士，你的心理问题正是源于这一点一点积累的愧疚，虽然你以为它们已经淡化，已经消失。本来这不会造成太明显的影响，但有件事情刺激到了你，让所有的问题一下被点燃，全部被点燃。"

"有事情刺激到我？我并不知道有这样的事情。"德维尔又疑惑又肯定地说道。

克莱恩让身体随着摇椅轻轻晃动，语气平缓地解释道："你刚才其实已经睡着了几分钟，并告诉了我一件事情。"

"催眠治疗？"德维尔习惯性地做着猜测，预下结论。

克莱恩没做正面答复，直接说道："你曾经在马车上见过一位死在上班路上的女工，她因铅中毒而病逝，生前一直在为你的瓷器上釉。"

德维尔揉了揉两边的太阳穴，不太确定地低语道："似乎有这么一件事情……但我记得不太清楚了……"

长久的失眠让他的精神状况变得很差，隐约间好像真的看见了类似的场景。他想了想，不再压榨自己可怜的大脑，转而问道："那位女工叫什么？嗯，我的意思是，我该做什么来治疗我的心理疾病？"

克莱恩低沉简洁地回答："两件事情。

"第一，那位死在路边的女工叫海莉叶·沃克，这是你告诉我的。她是最直接的刺激，所以，你需要找到她的父母，给予更多的补偿。

"第二，在报纸和杂志上广泛宣讲铅的危害，让你的慈善基金会更多地帮助那些身体受到损害的工人，如果你能成为上院议员，就尽力推动这方面的立法。"

德维尔缓慢地坐起，自嘲地笑了笑道："其他的事情，我都会去做，但立法，呵，我觉得这没有任何可能性。因为还有国外的竞争对手，立法只会让王国的这些行业陷入整体性的危机，一个接一个破产，大量工人随之失业。济贫组织可救不了那么多人。"

他动作不快地翻身下床，理了理领口，望向克莱恩道："海莉叶·沃克，对吧？我会立刻让卡伦去瓷器工厂拿她的资料，找她的父母过来。警官，麻烦你和我一起等待，时刻评估我的精神状态。"

"好的。"克莱恩缓缓站起，拍了下黑底白格的警服。

上午十一点左右，德维尔家的一楼客厅，一直没怎么说话的克莱恩坐在单人沙发上，沉默地看着一男一女被管家卡伦引了进来。

这两位客人皮肤粗糙，脸上已出现了皱纹，男人的背部略显佝偻，女人的眼皮上有颗黑痣。

他们与克莱恩透过海莉叶看到的样子基本吻合，但更苍老更憔悴，瘦得几乎能看见骨头，穿着陈旧而破烂，据说连铁十字街下街都快住不下去了。

呜……

在克莱恩的灵感里，一阵阴冷的风开始打旋。他捏了捏眉心，将目光转向德维尔爵士，看见对方身后不知什么时候浮现了一道接近透明的、扭曲的身影。

"上午……上午好，尊敬……尊敬的爵爷。"海莉叶的父母异常拘谨地行礼道。

德维尔揉着额头，开口问道："你们是海莉叶·沃克的父母？她不是还有一个兄弟和一个两岁的妹妹吗？"

海莉叶的母亲畏惧地回答道："她……她的兄弟前段时间在码头摔……摔断了腿，我们让他在家里照顾他的妹妹。"

德维尔默然几秒，叹了口气道："对海莉叶的不幸，我深表同情。"

听到这句话，海莉叶的父亲和母亲顿时红了眼圈，各自开口，交错着说道："感谢，感谢您的好意。

"警察告诉我们，告诉我们，海莉叶是因为铅中毒而死亡的。应该是这个单词吧？噢，我可怜的孩子，她才十七岁，她一直很安静，很倔强。

"您派人来看过她，资助了下葬的费用，她就葬在拉斐尔墓园。"

德维尔看了克莱恩一眼，改变了坐姿，身体前倾，语气沉重地说道："这其实是我们的疏忽，我需要向你们道歉。我考虑过了，我必须补偿你们，补偿海莉叶。她每周薪水是十苏勒对吧？一年就是五百二十苏勒，嗯，二十六镑，我们假设她还能工作至少十年……卡伦，你拿三百镑给海莉叶的父母。"

"三……三百镑？"海莉叶的父亲和母亲都惊呆了。

他们最最宽裕的时候，手头的积蓄都没有超过一镑！

不仅他们，客厅内的保镖和仆人都是一脸的震惊和艳羡，即使警长盖特也忍不住呼吸变重——他的周薪仅仅两镑，而手下只有一个"V"的警员更是只有一镑。

在一片难以言喻的沉默之中，管家卡伦从书房出来，手里提着一个鼓鼓囊囊的布袋。他将布袋打开，露出了里面一沓又一沓的钞票，有1镑的，有5镑的，但更多的是1苏勒和5苏勒的。

看得出来，德维尔提前让人从银行换取了"零钱"。

"这是爵士的心意。"得到主人首肯的卡伦将布袋递给了海莉叶的父母。

海莉叶的父亲和母亲接了过去，揉了揉眼睛，看了一遍又一遍。他们紧紧握住布袋道："不，这……这太慷慨了，我们不应该接受。"

德维尔沉声道："这是海莉叶应该拿到的。"

"您……您真是一位高尚的、仁慈的爵士！"海莉叶的父母激动地连连鞠躬。

他们的脸上露出了笑意，难以遏制的笑意。他们一遍又一遍地赞美着德维尔爵士，他们反反复复地说着那仅有的几个形容词，他们屡次表示海莉叶在天国肯定会感激爵士。

"卡伦，派人送他们回去。嗯，先送到银行。"德维尔松了口气，吩咐着管家。

海莉叶的父亲和母亲紧紧抱住布袋，不敢停留，快步走向了门口。

克莱恩看见，德维尔爵士背后的那道浅白的接近透明的身影试图向他们伸手，试图跟着他们离开，但他们笑得异常灿烂，没有回头。

那道身影越来越淡，很快就彻底消失不见。而在克莱恩的感应里，客厅的阴冷一下变得正常了。

他从头到尾都只是安静地看着，没有发表任何意见。

"警官，我感觉好多了，你现在可以告诉我为什么我的管家、仆人和保镖同样能听到哭泣和呻吟了吗？这不应该是独属于我的心理问题吗？"德维尔好奇地望了过来。

知道内情的托勒督察一下变得紧张。

克莱恩没有什么表情地回答道："在心理学里，我们称这种现象是群体性癔症。"

"群体性癔症？"这段时间也接触过不少心理医生的德维尔爵士咀嚼着克莱恩给出的名词。

他的管家，他的保镖，以及他的仆人，在未得到他允许的情况下，哪怕心中再好奇，也没有发出一点声音。倒是警长盖特疑惑地看向了克莱恩，一副从未听说过类似概念的样子。

克莱恩控制住用指头轻敲沙发扶手的惯性动作，舒缓低沉地解释道："人类是非常容易被自我感官欺骗的生物，群体性癔症就是精神紧张等因素在同一群体内互相影响而产生的心因性问题。"

他一连串的专业词汇听得德维尔爵士、盖特警长等人一阵迷糊，下意识就选择了相信。

"我举个简单的例子，这是我曾经处理过的案件。某位先生举行晚宴，一共请了三十五位客人，在晚宴上，他突然感觉恶心，当场吐了出来，之后还伴随严重的腹泻。一次，两次，三次，他开始认为自己是食物中毒，一边前往医院，一边将这个猜测告诉了他的客人们。

"接下来两个小时里，三十五位客人里面有超过三十位出现腹泻，二十六位出现呕吐，他们挤满了医院的急诊室。医生们详细地进行了检查和对比，认为最初那位先生并没有中毒，而是天气变化和冰冷烈酒共同造成的肠胃炎症。

"而最让人惊讶的是，来到医院的那些客人不仅没有一位中毒，甚至没有一位真正生病。这就是群体性癔症。"

德维尔微微颔首，赞叹道："我明白了，人类确实容易欺骗自己，难怪罗塞尔大帝说，谎言重复一百遍就会成为真理。

"警官，我该怎么称呼你？你是我见过的最专业的心理医生。"

"莫雷蒂督察。"克莱恩指了指自己的肩章，"爵士，你的困扰已得到初步解决，你现在就可以尝试入睡，让我确认是否还有别的问题。如果你能有个好梦，就请允许我们提前告辞，不再等你醒来。"

"好的。"德维尔揉了揉额头，拿好手杖，一步步上楼，进入卧室。

半个小时之后，有警察纹章的马车驶离了德维尔勋爵门口的喷泉。

等到警长盖特中途下车，返回了所属警局，托勒督察才望向克莱恩，半是恭维半是开玩笑地说道："我刚才竟然以为你是真正的心理学专家……"

他的话没有说完，因为他看见对面穿黑底白格制服的年轻人几乎没露出任何表情。对方眼眸幽暗深邃，嘴角勉强往上扯了扯，道："我只是以前接触过一些。"

托勒督察安静了下来，直到马车停在佐特兰街36号的外面。

"感谢你的帮助，让德维尔爵士终于摆脱困扰，找回了睡眠。"他伸出手，和克莱恩握了握，"替我向邓恩说一声感谢。"

克莱恩轻轻点头道："好的。"

他踏着楼梯，一步一步回到黑荆棘安保公司，敲门进入了队长的办公室。

"解决了？"邓恩正在等待属于自己的午餐。

"解决了。"克莱恩揉了揉额头，简洁又如实地说道，"问题的根源在于德维尔爵士名下的制铅和瓷器工厂，它们从建立到现在，出现了太多次的铅中毒死亡事件，而每一次事件都会让德维尔爵士收获一点残留灵性变成的怨念。"

"正常来说，这些不会带来大的问题，最多让人做做噩梦。"邓恩处理过类似的案件，经验相当丰富。

克莱恩微微颔首道："是的，事情的轨迹原本该是这样的，但很不幸，德维尔爵士有一天在街道上遇见了一位铅中毒的女工。她刚好倒在道路旁边，刚好看见了德维尔家的纹章，同时，她还有着强烈的不甘、忧虑和渴求，直到爵士给了她父母、兄弟和妹妹一笔三百镑的补偿，这些情绪才消散。"

"这是一个社会问题，在这个蒸汽与机械的时代并不少见。"邓恩拿出烟斗，嗅了一口，叹息着说，"制作亚麻的工人，因为湿润材料时也会顺带湿润自己，普遍罹患支气管炎和关节性疾病；粉尘严重的工厂里，即使不会中毒，也会累积出肺部问题……呼，我们不必讨论这些，随着王国的发展，我相信都会得到解决。克莱恩，今晚，今晚我们找家餐厅，庆祝你成为正式队员？"

克莱恩想了下道："明晚吧……队长，我今天使用了太久的灵视，又借助梦境占卜的技巧直接与那些怨念进行了沟通，感觉非常疲惫，我希望下午能够回家好好休息一下，可以吗？嗯，我四五点会去一趟占卜俱乐部，观察会员们对海纳斯·凡森特突然死亡的反应。"

"没问题，这是应该的。"邓恩呵呵笑道，"那就明晚，就旁边的老维尔餐厅，我让罗珊去预定位置。"

克莱恩拿着警察软帽站了起来，行了一礼道："谢谢你，队长，明天见。"

邓恩抬了下手道："等一等，你刚才说德维尔爵士给了那位女工的父母一笔三百镑的补偿？"

"是的。"克莱恩刚点头就明白了队长叫住自己的意思，"你担心他们因为这笔财富遭遇厄难？"

邓恩叹了口气："这样的事情，我见过很多。你将他们的地址给我，我让科恩黎安排他们离开廷根，去别的城市，开始新的生活。"

"好的。"克莱恩沉声回答。

做完这一切，他离开邓恩的房间，进入斜对面的休息室，换上了原本那套正装，将警服留在了属于自己的那格衣柜里。

克莱恩乘坐公共马车，默然地、摇摇晃晃地回到水仙花街，脱掉外套，摘下帽子，找出昨晚的剩菜，热了热，就着最后一根燕麦面包填饱了肚子。然后，他爬上二楼，挂好衣物，一头栽到了床上。

等他醒来，怀表已走至下午两点十分，外面烈阳高悬，光芒穿透了云层。

在这灿烂的金色里，克莱恩立在书桌旁边，望着凸肚窗外面，望着衣服陈旧而破烂的行人，望着他们或进入或离开铁十字街。

呼……他缓缓吐了口气，总算摆脱了低沉的情绪。

路要一步步走，序列要一层层提升，任何事情都得这样。他摇了摇头，坐了下来，开始总结和梳理上周的遭遇，复述之前牢记的重点，免得出现遗忘和疏漏。

两点五十五分。

模糊的、无垠的、灰白的、空寂的雾气之上，一座巍峨宏大的神殿高高耸立，一张古老斑驳的青铜长桌静静安放。而长桌最上首的高背椅上，已坐着一位浑身笼罩着浓郁灰雾的男子。

克莱恩向后靠住椅背，无声思索了一阵，突然伸手虚点象征"正义"和"倒吊人"的深红星辰。

…………

贝克兰德，皇后区。

奥黛丽提着裙摆，脚步轻盈地走向卧室。忽然，她心有所感，侧过头来，望向阳台的阴影处，不出意外地看见了静静蹲坐、静静旁观的金毛大狗苏茜。

奥黛丽无声地叹了口气，在胸口画了个绯红之月，然后靠拢过去，居高临下地俯视着金毛大狗道："苏茜，你这样不对，你这是偷窥，'观众'要在自己的位置上光明正大地观看。"

金毛大狗抬头望着主人，配合地摇了下尾巴。

絮叨了几句，奥黛丽没敢耽搁，重新走向卧室。

在开门关门的几秒钟里，她忽然有了一个奇怪的想法："不知道'愚者'先生能不能让苏茜也进入那片神秘的空间，这样我们塔罗会的成员就有四位了！而且百分之百都是非凡者！"

"不行，苏茜都不会说话，如果让它发表意见、交流想法，该怎么办？汪汪汪？嗷呜嗷呜？呸，我为什么要在这里学狗叫……这样的场景光是想象就感觉非常奇怪……神秘严肃的聚会里突然冒出狗叫……'愚者'先生肯定会直接把我们踢出塔罗会……"奥黛丽反锁住房门，走到床沿坐好，从枕头底下取出了一页黄褐色的陈旧纸张。她反复看了几遍，开始让自身进入"观众"的状态。

…………

苏尼亚海，某处海域，追逐着"倾听者"的古老帆船已远离了罗思德群岛。

"航海家"阿尔杰·威尔逊担心机械挂钟出现误差，提前了足足半个小时进入船长室，免得状况突发，被手下看到。

他面前摆放着一杯几乎透明的烈酒，浓郁的香味一丝一缕钻入了他的鼻孔。

想到即将开始的聚会，想到旅店走廊上呈现于自己眼前的无垠灰雾和那位端坐于灰雾中央的神秘"愚者"，阿尔杰又一次轻微战栗。

他端起酒杯，一口喝下，用灼烧喉咙般的火热缓解着心里的感触。很快，他恢复了镇定，依旧那样的冷静，那样的沉稳。

第四章
CHAPTER 04
✦ 堕落造物主 ✦

灰雾之上，根根巨大石柱支撑出一个恢宏的神殿，古老而斑驳的青铜长桌旁边突然出现了两团深红，模糊着拉伸成虚幻的人影。

"下午好，'愚者'先生。"附加了朦胧效果般的奥黛丽行了一礼，浅笑道，"可惜这里没有美酒，否则就能为您的尝试成功干杯了。"

她指的是仪式魔法那件事情。

"您的强大远超我们的想象。"阿尔杰·威尔逊也跟着赞美了一句。

克莱恩周身依旧笼罩着浓郁到极点的灰雾，他右手虚按，仿佛在回答一件普通平常的事情般开口："很好，这表明我们走在卓有成效的道路上，以后如果你们有事情，周一下午脱不开身，那就提前举行仪式，向我告知，嗯，只需要将咒文里的'祈求一个好梦'等内容修改为具体的理由。"

"好的。"奥黛丽语气轻快地点头，"'愚者'先生，我又获得了一页罗塞尔大帝的日记，我应该还欠一页。"

"这一周，我远离了陆地，没能找到新的。"阿尔杰右手按胸，向前弯腰，表示歉意。

"不必在意，完成这件事情的周期注定漫长。"克莱恩靠着椅背，用食指轻敲扶手，望向"正义"小姐，"你现在就可以将日记表达出来了。"

奥黛丽微微欠身道："遵循您的意志。"

她拿起桌上突然出现的钢笔，于脑海内仔细回忆着强行背下来的那些符文，并给予想要表达的意愿。

不过几秒的时间，奥黛丽就看见面前的羊皮纸上写满了内容，密密麻麻，整齐而有序。

检查了一遍，她放下钢笔道："好了。"

克莱恩轻轻抬手，那张羊皮纸霍然出现于他的掌中。他目光下移，没有情绪起伏地开始阅读。

7月9日，我忽然想到了一个很有趣的问题，既然序列途径又被称为神之恩眷、神之途径，那为什么记载了完整的二十二条序列途径的石板会被称为亵渎石板？"亵渎"，真是一个意味深长的词汇啊……究竟亵渎了谁？

又是谁制造的亵渎石板？为什么那个人能掌握所有的序列途径？上面还记载了什么内容？真想看一看啊……

7月12日，今天知道了一个事实，封印物是教会实力的重要组成部分，即使它们之中的一些非常非常危险，而七大教会里，工匠之神教会拥有的封印物数量最少，相对的危险程度也最低……我是不是加入了一个没什么前途的组织？不，应该这样想，只有白纸才好作画，弱小的组织才有利于我发挥！

7月14日，我又见到了那位神秘的查拉图先生，他竟然是古老组织密修会的首领！

看到这里，克莱恩瞳孔一缩，险些表现出了异常。

在黑夜女神教会的资料上，查拉图家族只是和密修会有一定联系，到了罗塞尔大帝这里，神秘的查拉图先生就更进一步被证明为密修会的首领。这么看来，密修会掌握"占卜家"序列途径是没有疑问的事实……

就在克莱恩阅读日记的时候，奥黛丽望向上首，习惯性开始观察，但她的视线依旧被浓郁的灰雾完全阻隔。

愣了愣，奥黛丽猛然回神，惊慌地扭头，望向那一颗又一颗虚幻的深红星辰。

"我真是太鲁莽、太大胆、太愚蠢了，竟然想观察'愚者'先生……还好，还好，他没有生气。"奥黛丽悄然吐了下舌头，装出欣赏风景的悠闲模样，只差嘴里哼上一节轻快的旋律。

阿尔杰沉默地坐在那里，目光直视着青铜长桌的表面，安分得就像在面对一位真正的神灵。

克莱恩收回思绪，目光扫向手中日记的最后。

知道我成为"通识者"后，查拉图先生说我选择了一条注定艰险但前期相对安全的道路。我问为什么，他只是笑笑说序列途径里隐藏的秘密比我想象中多很多。我忍不住问他的序列途径是哪条，他告诉我他的序列9是"占卜家"。

我故意嘲讽说，难道每一位"占卜家"都是这样说一半藏一半，从来不把事情讲明白？而且他明显是高序列强者，早就不需要做"占卜家"的扮演了！

那位查拉图先生说这是他从"占卜家"开始就养成的习惯，而且只有这样才能勾起我的好奇心，让我与他合作。他希望我能帮助他从工匠之神的教会窃取出一件危险的封印物，那是安提哥努斯家族的遗物。

很显然，这件事情必须等我成为工匠之神教会的核心成员之后才有可能实现。我又问查拉图先生，使用"扮演法"，要多久才能消化掉魔药，用什么标准来衡量。

他告诉我，在低序列，只要能够严格扮演，不超过半年就能消化掉魔药，最快甚至只需要一个月；而衡量的标准很简单，一旦彻底消化，每位非凡者自己就能立刻体会到，是就是，不是就不是。我继续问详细的、具体的情况，他笑而不语。

去他的笑而不语，等我成为高序列强者，看到一个"占卜家"就揍一个！

大帝你安息吧……克莱恩反复读了几遍，将目光重新投向"正义"和"倒吊人"："让你们久等了。"

"这是我们的荣幸。"奥黛丽惊魂未定，哪儿还记得自己是"观众"。

她望向"倒吊人"，组织着语言道："我去哪里可以找到心理炼金会？"

心理炼金会……克莱恩突然想起了廷根市地下交易市场内购买"观众"魔药辅助材料的那位先生，或许他就是心理炼金会的一员？

就在克莱恩考虑怎么接触对方的时候，"倒吊人"阿尔杰·威尔逊摇头道："'正义'小姐，第一，我并不知道线索；第二，我认为你没有必要这么着急寻找心理炼金会，你当前的重点应该放在消化'观众'魔药上面。"

奥黛丽快速瞄了眼"愚者"，见他并没有补充的意图，略显失望地点头道："我只是希望有充裕的时间做准备，更加自然地接触他们。好吧，那我什么时候才能消化掉'观众'魔药，结束扮演？有什么判断标准吗？我几乎没有再出现心情烦躁、听见呓语等情况了。"

"倒吊人"阿尔杰看了眼灰雾里的"愚者"，见他没什么表示，于是斟酌着开口道："如果没用'扮演法'，一般的原则是至少等三年，确认完全没有躁狂、幻听、幻视等情况后，用一个简单的方法来判定。那就是让自身消耗到极限，在这种状态下，如果依旧没听见疯狂的耳语，没看到奇怪的事物，就表明可以晋升了。而'扮演法'，我也是刚开始接触，感觉很好，应该不用三年。"

说了等于没说……三年，这太久了……奥黛丽在心里腹诽了一句。她想法刚现，突然听见了笃笃笃的轻敲声。

奥黛丽先是一怔，旋即欣喜，扭头望去，果然看见"愚者"在轻敲长桌边缘。

阿尔杰坐得更加端坐，等待着"愚者"开口。

克莱恩语气如同平常般道："在低序列，只要严格扮演，半年之内就能彻底消化，一个月也不是不可能。"

他看向"正义"，声音舒缓地补充道："彻底消化的征兆，到时候你自然就会懂得，不用别人教导。"

"一个月……真好！谢谢您，'愚者'先生！"奥黛丽的喜悦简直溢于言表。

"正义"小姐，不要以为自己是天选之子，重点是半年……克莱恩抬起右手，放于嘴边。

"半年……"阿尔杰低声重复道。

从他的语气里，奥黛丽敏锐地听出了喜悦、放心，以及强烈的疑惑。他在疑惑什么？

奥黛丽若有所思地开口道："'愚者'先生，您有增加新成员的打算吗？"

克莱恩放松地后靠，早有准备地回答道："最开始是尝试，没有那么多额外的考量。但现在，作为一个定期的聚会，成员必须严格挑选，隐秘是我们的宗旨。"

奥黛丽微微点头道："也就是说，需要观察、推荐和考核等程序，嗯，程序。"

"你这样理解也没有错。"克莱恩给予了肯定答复，心里则在琢磨该怎么询问密修会和"小丑"魔药的事情。

该怎么问才符合我的"身份"？克莱恩陷入了为难。

这时，见"正义"暂时没别的事情，阿尔杰主动开口道："我听说有一位极光会的'倾听者'在寻找真实造物主的痕迹，也就是他们宣扬的'圣所'。"

"真实造物主？"奥黛丽疑惑地问道。

"那是不少神秘组织和隐秘教派共同信奉的一位古老存在，他们认为造物主并没有彻底死去，祂残留的核心就是真实造物主。"阿尔杰粗略地解释道，"自第五纪以来，真实造物主以多种形象出现过，比如'倒吊的巨人''阴影帷幕后的眼睛'。呵呵，很多人相信，罗塞尔大帝在发明塔罗牌时，参照过真实造物主的形象，于是有了'倒吊人'这张牌。"

说到这里，他望向克莱恩道："我说的没有问题吧，'愚者'先生？"

这是在试探我对真实造物主的看法？克莱恩想起了队长在海纳斯·凡森特梦里见到的那个被倒着钉在十字架上的鲜血裸男，心中顿时有了想法。

无论倒吊，还是阴影，不都有邪异的味道吗？于是，他轻笑一声道："我更愿意称呼祂为，堕落造物主。"

"堕落造物主……堕落……""倒吊人"阿尔杰咀嚼着"愚者"的话语，仿佛陷入了沉思，而在他心中回荡的却是对方轻松、自然、毫不在意的态度，那是一种平视、平等的态度！

如果没有之前仪式的遭遇，阿尔杰或许会认为"愚者"只是虚张声势，用抬高自身的手段来震慑自己和"正义"，但现在，他更宁愿相信"愚者"就算不如真实造物主，也接近那个层次了。

是危险……也是机遇……阿尔杰无声低语了一句，接着带上几分笑意道："'愚者'先生，您的描述确实更加恰当。根据我们的观察，凡是信奉真实造物主，不，堕落造物主的非凡者，失控的比例远高于正常值，剩下的也大部分是疯子。"

这一点，值夜者的内部资料也提到了……而且所谓的"疯子"不是说失去理智，而是三观变得异常扭曲……克莱恩保持着坐姿不变，没有接"倒吊人"的话茬儿。他还在考虑该怎么恰当地询问密修会和"小丑"魔药的事情，但始终没能找到符合身份的办法。

可惜啊，这里和网络交友平台还是有本质区别，否则我可以自己建个小号加进来，专门负责问我不方便问的问题……也许有一天，我学会了类似镜像的魔法，可以尝试尝试，比如，让一半成员是我的小号……

这里有二十二张椅子，塔罗牌有二十二张，对应得很完美嘛，可我"想"要一个神殿的时候，根本还没有自称"愚者"，也没有想过建立塔罗会……嗯，这是象征二十二条序列途径？

我想要一个神殿，于是出现了神殿，那我想要一个小号，会不会也出现一个小号呢……

见笼罩于浓郁灰雾里的"愚者"未再言语，"正义"奥黛丽半是感叹半是好奇地开口道："听起来很可怕，唔，'倒吊人'先生，你能详细讲一讲各个神秘组织、各个隐秘教派的事情吗？我在日常生活里很难接触到这些，只能通过你们了解，我会支付报酬的，不知道你想要什么？"

问得好！"正义"小姐，你简直在某种程度上担当起了我小号的责任……这么一来，"倒吊人"肯定会提到密修会的事情……你是最佳捧哏！克莱恩听得精神一振，但没有让自己的情绪通过表情和动作外露分毫。

阿尔杰想了想，道："我需要一笔金钱，一千镑，最好是不连号的钞票，或者刚开采出来的宝石，按贝克兰德珠宝交易市场的月平均价格计算。"

一千镑？这可是巨额现金，能在廷根市的高级街区买上一栋房屋了！不是谁都能一下拿出来的……队长也就是这个年薪吧？海莉叶的"死亡补偿金"也才三百镑……"正义"小姐虽然是贵族，但明显没有继承家产，只能拿到对应的年金收益……嗯，难怪"倒吊人"说可以用宝石来抵扣……克莱恩对金钱数字特别敏感，还好他的身周有浓郁的灰雾笼罩。

对一位单身的小姐或女士来说，两千镑足够让她过上一辈子的体面生活了！

——两千镑的稳定年金收益在一百镑左右。

"一千镑？"奥黛丽诧异地脱口，接着语气轻快而愉悦地回答，"没有问题，还是送到之前那个地址吗？"

听"正义"小姐的口吻，她觉得很便宜？克莱恩没让自己的目光转移过去。

阿尔杰沉默了足足二十多秒才道："是的，普利兹港白玫瑰区鹈鹕街勇士与海酒吧，给老板威廉姆斯，说是'船长'要的。"

"好的。"奥黛丽略微后靠，摆出"观众"的架势道，"'倒吊人'先生，你可以开始了。"

阿尔杰看了"愚者"一眼，斟酌片刻，缓慢开口道："我们从摩斯苦修会开始吧，它是最早的隐秘组织，当然，有不少人认为最早的隐秘组织应该是黑夜女神教会、大地母神教会和战神教会。"

"这些人肯定是风暴之主教会、永恒烈阳教会或者知识与智慧之神教会的成员。"奥黛丽闷闷地反驳了一句。

女神教会是最早的隐秘组织？克莱恩还是第一次听到类似的说法。在第四纪，或者第三纪，究竟发生了什么事情？

阿尔杰笑笑道："这些真相早就埋葬在了那古老的历史里，唯一可以肯定的是，从来没有谁说过，风暴之主教会、永恒烈阳教会、知识与智慧之神教会曾经是隐秘组织。

"好了，让我们节约时间，回到正题。摩斯苦修会最早是由几位观看了亵渎石板的人类组建的，他们信仰一位非人格化的神灵，叫作隐匿的贤者。

"虽然描述为神灵，但更接近于一种理念，一种自然法则，比如万物皆有灵数，隐匿贤者就是灵数的化身，比如知识至上，隐匿贤者就是知识本身，所以早期的摩斯苦修会是一个非常受人尊敬的组织，和各大教会的关系都很好。

"这个组织的成员用苦修来对抗失控，化解魔药残余的影响，并严格守秘，坚持道德和戒律，认为人死后会不断转世……他们掌握的序列9叫'窥秘人'……'巫师'这个词汇也是从这个组织流传出来的。"

奥黛丽品味着"倒吊人"的讲述，敏锐地反问道："你说早期的摩斯苦修会是一个非常受人尊敬的组织，难道他们现在不是了？"

阿尔杰微不可见地点头道："是的，他们已经堕落成了邪恶组织。"

"为什么？我觉得他们的理念很好，很正常。"奥黛丽表达了自己的疑惑。

这也是克莱恩的疑惑，他的保密等级所能接触到的资料并没有记载摩斯苦修会堕落的原因。

阿尔杰又看了眼高深不言的"愚者"，"嗯"了一声道："真实的原因，我并不清楚，这也许已经被历史的尘埃彻底掩埋，但我知道一个骇人听闻的解释。

"在那个解释里，摩斯苦修会堕落的主要原因是他们信奉的神灵，也就是'隐匿贤者'，活了！祂变成了人格化的邪神！"

"活了？这……怎么会活了？"奥黛丽用无法想象、难以理解的语气反问道。

她不知不觉就退出了"观众"状态。

就跟鬼故事一样……而且那个"鬼"还是神灵……克莱恩的心里也掀起了一阵狂风巨浪。

"很抱歉，没人知道答案。"阿尔杰本想故作随意地来一句"也许'愚者'先生清楚"，但他强行忍下了这个冲动，因为他今天已经在危险的边缘尝试过一次了。

《风暴之书》第五章第七节有一句话，阿尔杰记忆犹新，那就是：不可试探神！

奥黛丽收敛情绪，没再追问，示意继续。

克莱恩保持着坐姿，保持着沉默，将"倒吊人"讲述的内容与自身知道的情况一一印证。等到最后，他发现有四点是自己需要注意的。

第一，魔女教派在第四纪又被称为魔女家族，那时候她们成员稀少，靠血脉繁衍来维持，而且她们会杀掉孩子的父亲，并抛弃男婴，所以全部的成员都是女性。当然，这都是阿尔杰的说法，具体是真是假暂时无法验证。

第二，信仰死亡的灵教团，喜欢血腥祭祀的玫瑰学派，都发源于南大陆，在殖民时代到来后，被七神教会打击得近乎灭亡，但也因此传播到了北大陆。

第三，心理炼金会目前与早期的摩斯苦修会类似，信奉非人格化的存在，认为人的精神可以衍化一切。

第四，密修会是所有隐秘组织里活动频率最低的组织，因此最不被别人了解，他们每一次出现，都似乎只是在追逐什么，寻找什么。

追逐什么？寻找什么？克莱恩霍然想到了刚才阅读的日记：密修会的首领查拉图与罗塞尔合作，目的是拿到一件安提哥努斯家族的遗物。

而他们这次出现，目的是找回丢失的笔记，安提哥努斯家族的笔记……克莱恩眼睛微眯，感觉自己似乎把握到了密修会行动的核心要素：他们在追逐安提哥努斯家族遗留的物品！

克莱恩克制住轻敲桌缘的冲动，心里想法纷呈。

嗯，他们在寻找安提哥努斯家族残余的痕迹？要想从密修会那里得到"小丑"

魔药的配方，需要从这方面着手？

又各自交流了一阵信息，克莱恩宣布本次的聚会到此结束。

"遵循您的意志。"奥黛丽和阿尔杰同时起身。

切断联系，看着他们的身影破碎消失，克莱恩揉了揉眉心，尝试着想象一个小号出来。

他念头刚落，就看见青铜长桌最下方出现了一道身影，那身影穿着黑色燕尾服，戴半高丝绸礼帽，表情呆滞，行动木讷，即使有虚幻灰雾笼罩，也能明显看出它的不对劲。

不行啊……克莱恩又实验了多次，叹了口气，打消了创建小号的想法。

又试了试别的事情，他继续坐在灰雾之上，坐在青铜长桌主位，考虑起奥黛丽之前的话语，好奇地将目光投向那些虚幻的、深红的星辰。

沉默片刻，克莱恩开始以回应祈求而不是建立联系的方式接触那些星辰。一片安宁与死寂中，他没有从附近十来颗深红星辰上获得任何信息。

只有先建立联系，将人拉入灰雾之上，才能回应？

克莱恩若有所思地点头，略感失望。他并不想违背别人的意愿，强行将对方拉入这片神秘空间。

嗯……克莱恩准备离去，但惯性地接触到了附近一颗虚幻星辰。就在这时，他突然感觉到那深红里有微弱的不明显的祈求！

"祈求？"

克莱恩精神一振，按照上次窥视"倒吊人"的办法，让自身灵性蔓延，触碰那团深红。

他的眼前顿时浮现出模糊而扭曲的画面，隐约能看见一位棕黄色头发的少年双膝着地，面对着一个纯净的水晶球。

那位少年穿的黑色紧身衣物与鲁恩王国的流行趋势截然不同，也和克莱恩从杂志上看见的弗萨克帝国、因蒂斯共和国等外国的传统服装存在较大区别。他周围环境昏暗，桌椅陈旧，时不时被乍现的光芒照亮，但克莱恩却听不到雷霆轰鸣和雨水滴落的声音。

画面中，那位少年双手交握，抵住额头，身体前弓，正不断祈求着什么，厚实的嗓音嗡嗡嗡缭绕于克莱恩耳畔。

克莱恩专注地倾听，却发现了一个让他尴尬的事实：他听不懂对方在说什么，那是一门他从未接触过的语言！

……作为灰雾之上的神秘主宰，我竟然不懂"外语"……克莱恩自嘲一笑，又不甘心地仔细分辨了一阵，比当初考英语听力还要认真。

这么听着听着，他逐渐察觉，对方的语言虽然不属于自己学过的任何一门，却很接近古弗萨克语，有类同迹象！

"父亲……母亲……这两个单词应该是这个意思吧？和古弗萨克语很像，但又有一定不同……"克莱恩皱起眉头，陷入了思考，"古弗萨克语是第四纪人类的通用语，是当代所有语言的源头，而且它本身也是在逐步演变的……我现在根本没办法确定啊……"

他听了又听，从语法结构等方面排除了鲁恩语、弗萨克语和因蒂斯语等当代语言。

"是古弗萨克语在漫长历史里的一个变种？就像那本安提哥努斯家族笔记上书写的文字？"克莱恩手指连敲青铜长桌边缘，微不可见地颔首道，"还有另外一个可能性，古弗萨克语也不是凭空产生的，它由巨人语衍变而来……北边的弗萨克帝国一直号称自己的国民有巨人血脉……这也许是古老年代里的巨人语……"

到了这一步，知识储备不够的克莱恩只好暂停，将灵性收回，不再注视，不再倾听。

他没打算立刻就将那位祈求的少年拉入灰雾之上，而是准备先弄懂对方在说什么。当然，于此之前，会经常观察，做基本的"考核"。

呼……克莱恩吐了口气，在恢宏的灰雾神殿里向后一靠。

他用灵性包裹住自己，模拟下坠的感觉。

"复习"完罗塞尔日记，克莱恩换好正装，出门前往占卜俱乐部。

薪水翻倍的他依旧选择乘坐公共马车，只是奢侈地照顾了一把温蒂太太的生意，花费一点五便士买了杯甜冰茶，以驱散午后的炎热。

到了豪尔斯街区，克莱恩将纸杯丢入垃圾桶内，一步步抵达二楼。进门之前，他捏了捏眉心，提前开启了灵视。

刚走入接待大厅，克莱恩立刻感受到这里洋溢着淡淡的悲伤。

漂亮的接待女郎安洁莉卡坐在那里，目光涣散，眼眶隐有发红。

"悲伤总会过去的。"克莱恩来到安洁莉卡面前，温和沉稳地开口。

安洁莉卡猛地抬头，略显茫然地呢喃道："莫雷蒂先生……"

很快，她清醒过来，诧异地问道："您……您知道凡森特先生的事情了？啊对，我忘记了您是一位出色的占卜师。"

克莱恩配合着叹息道："我只能占卜出模糊的情况……凡森特先生究竟遭遇了什么？"

"老板告诉我们，凡森特先生在睡梦中突发心脏疾病，安详地离开了人世。"

安洁莉卡说着说着就带上了几分哭腔，"他是一位和蔼的、客气的、真正的绅士，他是很多会员的精神导师，他，他还那么年轻……"

"很抱歉让你更加悲伤。"克莱恩没多做安慰，缓步走向了会议室。

安洁莉卡拿出手帕，擦了擦眼睛和鼻子，然后望向克莱恩的背影，拔高声音道："莫雷蒂先生，您要喝什么？"

"红茶。"比起咖啡，克莱恩更喜欢这个，虽然感觉也并不怎么样。

相对而言，他更喜欢姜啤，更喜欢甜冰茶，只不过作为一名绅士，在正式场合不该表现得像个小孩子……

因为周一的缘故，会议室内只有五六名会员，在克莱恩的灵视里，他们的情绪颜色各自不同，有的真切悲伤，有的略微暗淡，有的几乎没受什么影响。

"都很正常……正常的反应。"克莱恩微不可见地颔首，拿着手杖，随意找了个位置。他正要顺手关闭灵视，忽然看见安洁莉卡进来，走向了自己。

"莫雷蒂先生，有顾客找您，嗯，是上次那位。"这位漂亮的女士压低嗓音道。

"你还记得他？"克莱恩含笑反问。

嗯，不知道那位先生有没有按照我的提示买到神奇的药剂……不知道他是否还需要手术……

安洁莉卡抿了抿嘴道："愿意在俱乐部等待一个下午的求卜者只有他一位。"

克莱恩握住手杖，站了起来，什么也没说地走向外面。

在接待大厅，他看见了上次来占卜的先生，也看见对方肝部的气场颜色恢复了正常，整体的协调同样如此。

"恭喜你，健康的滋味是如此美好。"克莱恩微笑着伸手。

博格达先是一愣，旋即同时探出双手，牢牢握住克莱恩的右掌："莫雷蒂先生，您果然能看出我的情况！

"是的，我痊愈了！医生询问了一次又一次，检查了一遍又一遍，依旧不敢相信我就这样痊愈了！"

听着博格达欣喜若狂的陈述，克莱恩冷静地确定了一件事情：罗森民俗草药店的那位药师绝对是非凡者！

面前这位先生的肝部疾病有多么严重，那是自己亲眼看见的，他能在几天内被治好，已经超过草药和医术的力量范畴了，唯一的解释只有非凡力量！再加上格拉西斯的事情，答案只剩下一个……

"我要向神忏悔，我竟然怀疑您，怀疑那位神奇的药师。"博格达握着克莱恩的手不肯松开，一直絮絮叨叨地表达着惭愧和感激，"……那十镑花得太有价值了，它买回了我的生命！"

什么？十镑？你为神奇的药剂花费了十镑？而你给我的占卜费用才八便士……才八便士……八便士……便士……克莱恩听得险些呆住。

这时，博格达松开双手，笑容满面地退后一步，恭敬行礼道："我今天是来表达感激的，谢谢您，莫雷蒂大师，您为我指明了方向，挽救了我的生命。"

"这是你付钱占卜来的结果，不需要感谢任何人。"克莱恩略微扬头，忧郁地看着墙壁与天花板的交界线，回答得很有神棍风范。

"您是一位真正的占卜家。"博格达赞叹道，"我接下来还要去弗拉德街感谢那位药师，并购买他推荐的那种药剂。"

"你不是已经痊愈了吗？"克莱恩很好地隐藏住了自己的诧异。

博格达环视四周，见漂亮的接待女士没有注意这边，于是低笑道："那是添加了木乃伊粉的草药，可以熬制出让男人和女人都满意的药剂……我之前不相信那位药师，现在一点也不怀疑了。"

……还有这种药剂？克莱恩一时竟觉得那位药师是个骗子，怀疑自己是不是将对面的先生推入了火炕。他上下审视了博格达几眼，确认对方的气场颜色没有任何问题。

"木乃伊粉？"克莱恩谨慎地抓住一个词语反问道。

"对，木乃伊粉。我请教过朋友了，他说贝克兰德的贵族们一直在疯狂追逐着这种东西。这种用木乃伊磨成的粉末能让男人在床上的表现更加完美，虽然它很恶心，听起来很肮脏，但它是真正的贵族材料……"博格达详细解释道，眼神里充满了迫切。

木乃伊？尸体制成的木乃伊？用它磨成的粉末？克莱恩听得瞠目结舌，差点当场吐给博格达看。

那些贵族会玩……他正要劝阻对方时，之前患了肺病的格拉西斯刚好入门，听见了博格达后面的话。

"是的，非常有效，我推荐你去弗拉德街罗森的民俗草药店，罗森先生的秘传配方非常有效！"格拉西斯摘下单片眼镜，颇感兴趣地靠拢过来，压低嗓音推荐道，"我的体验非常，非常，非常完美。"

"你也知道？我正要去罗森先生的民俗草药店。"博格达彻底放心了，又寒暄几句，才迫不及待地离开了占卜俱乐部。

克莱恩还残留着些许呆滞，好一会儿才缓解。

下午五点二十分，克莱恩戴上半高丝绸礼帽，拿好镶银的黑色手杖，直接乘车前往弗拉德街，打算先暗中观察那位叫罗森·达克威德的药师，然后决定是否报告队长。

弗拉德街18号，克莱恩立在草药店外面，看见大门紧闭且贴着转让的布告。

"……很警觉嘛……"他无声低语了一句。

这样一来，他就不需要为难，不需要观察了。

第二天上午，彻底恢复状态的克莱恩步伐稳健地走入了黑荆棘安保公司。

"上午好，克莱恩，今天的天气很凉爽啊，我期待着晚上的大餐。"身穿淡绿色长裙的罗珊立在接待台后方，笑吟吟地打了声招呼。

克莱恩故意摸了下肚子道："罗珊小姐，你不应该在这个时候讨论这种话题，我已经开始厌倦今天还未到来的任务，只希望夜晚早点来临。"

"我也是。"罗珊呵呵笑道。

她左右望了望，招手示意克莱恩靠拢，然后压低嗓音道："我刚才看见戴莉女士了。"

"'通灵者'戴莉女士？"克莱恩略感诧异地反问。

这位阿霍瓦郡最有名的"通灵者"一直居住在恩马特港，距离廷根不算近。

"是的。"罗珊用力点头道，"不过她已经离开了，啊，她就是我心目中最理想的非凡者，如果我能成为通灵者，我就要离开廷根，独自一个人满世界旅游，去因蒂斯，去弗萨克，去费内波特，去南大陆，去大草原，去原始森林，去冰雪的平原！"

小姐，值夜者规章制度了解一下……克莱恩好笑地摇头道："即使是戴莉女士，想离开恩马特港，也需要申请，需要获得批准。"

"我知道，但你不能在这个时候提醒我，打破我的幻想！"罗珊气鼓鼓地说道，"事实上，我不可能成为非凡者，那太危险了，不知道什么时候就会砰的一下死掉。在我看来，所谓非凡者，就是为了对抗怪物，将自己变成了怪物。"

"查尼斯大主教说过，我们是守护者，也是一群时刻对抗着危险和疯狂的可怜虫。"克莱恩叹息着回答了那句让他印象深刻的话语。

为了对抗深渊，所以我们必须承受深渊的腐蚀。

两人同时沉默了一阵，罗珊率先缓了过来，嘴巴向着隔断位置努了努，道："队长让你一来就去找他。"

"好的。"克莱恩拿着帽子，提着手杖，通过隔断，敲门进入了邓恩的办公室。

灰眸深邃、发际线很高的中年绅士放下咖啡杯，笑笑道："戴莉来过。"

"这并不是一件让人意外的事情，因为罗珊已经提前告诉过我。"克莱恩微笑着回应道。

邓恩没在意他的幽默，叹了口气道："戴莉被调去贝克兰德教区了，那是全世界最繁华最拥挤的城市，也拥有着最多的非凡者和最多的机会……她比我更有希望成为大主教或高级执事。"

"为什么?"克莱恩端正坐姿,疑惑地反问。

邓恩思索了十几秒道:"她在掌握和挖掘序列魔药方面有着独特的天赋……我之前告诉过你,值夜者的内部规定是,要想服食下个序列的魔药,必须先等待三年,再经受严格的考查,避免失控,但正常来说,三年往往不够。我从'不眠者'到'午夜诗人'用了三年,从'午夜诗人'到'梦魇'用了九年,整整九年,而从'梦魇'到序列6,我已经花费了三年,不知道还需要多少年。

"等到我们身体老去,精神开始衰退,即使克服了隐患,也不该再尝试晋升了,因为失控的风险高到没人愿意去冒险。

"而戴莉和我,和绝大部分非凡者不同,她成为'收尸人'后,仅仅一年就提交特别申请,希望可以立刻服食后续魔药。让所有人惊讶的是,她真的顺利通过了更加严格的考查,得到了'掘墓人'魔药。

"从'掘墓人'到'通灵者',她也只用了一年,呵,今年才是她成为非凡者的第五年,她才二十四岁,还足够年轻,还有足够的机会。"

表面身份是阿霍瓦郡最有名的通灵者,实际上是真正的"通灵者"……这不就是扮演吗?老尼尔似乎提过戴莉女士有类似的倾向……克莱恩觉得自己把握到了"通灵者"戴莉快速晋升的核心要素。

"队长,你也还足够年轻,你才三十多岁。"克莱恩宽慰了邓恩一句,并在心里默默补充道,只是记忆有点不好……

邓恩喝了口咖啡,摇头苦笑。

"为什么你不去找戴莉女士请教掌握和挖掘序列魔药的办法呢?"克莱恩故意问道。

邓恩放下咖啡杯,揉了揉两边眉骨道:"她让我成为真正的'梦魇'……不知道是什么意思。"

扮演梦魇……嘶,梦魇让人觉得很邪恶啊……克莱恩眉头微皱,陷入了短暂沉默。

这个时候,邓恩翻出烟斗,嗅了一口道:"我和戴莉讨论了'占卜家'魔药后续是'小丑'的事情,在先不考虑密修会成员故意欺骗你的情况下,她提出了一个有趣的猜测。"

"什么猜测?"克莱恩眼睛一亮,急切地问。

他曾经用占卜的方法求证过"小丑"是否为"占卜家"的后续魔药,得到了模糊但更接近肯定方向的答案。

邓恩用幽邃的灰眸扫了他一眼,边思索边说道:"正常的序列途径是递进的关系，遵照某个共同点，在一个领域内层层递进，比如'不眠者''午夜诗人'和'梦魇'，很显然，它们都与黑夜以及黑夜衍生出来的安眠、宁静有关，可以想象，后续也会这样，只是将更加厉害，牵涉更广，可能会有隐秘、厄难、恐惧和绯红之月等要素……

"某些序列途径，表面看起来不是这样，但仔细分析，还是能发现共通的地方，比如'刺客'和'教唆者'，它们暗含的相同点是给人带来灾祸，带来痛苦，带来悲伤，带来绝望，后面的序列应该也会符合这个规律。"

克莱恩听得相当专注，主动问道："但'占卜家'和'小丑'不是这种关系？"

"嗯。"邓恩轻轻颔首道，"戴莉认为或许存在着另外一种关系的序列途径，毕竟我们知道的还远不够多。"

他顿了顿，又道："戴莉说，在类似的途径里，中低序列魔药会分别给非凡者提供一种全新的、和之前似乎没什么关系的能力，等到了某个质变的阶段，这些能力则会糅合在一起，衍变出包含它们的异常强力的'职业'。也就是说，并非递进，而是分解和组合的关系。"

见克莱恩听得有些迷茫，邓恩抬起右手道："正常的序列途径是递进的，就像每个人的身材，从小时候开始，一节一节变高，夹杂着变壮、变重和成熟。而特殊的序列途径是这样……"

说到这里，邓恩屈起了拇指："这是序列9。"

然后，他屈起食指："这是序列8。"

紧跟着，他缓慢地一根根屈起剩下的指头："每根手指彼此独立，似乎没什么关系，但到了最后……"

吐出"最后"这个单词时，邓恩的五根手指已全部屈起，握成了一个坚硬的拳头！

"我明白了。"克莱恩恍然大悟，对戴莉女士的猜测和队长的比喻深感认同。

或许真是这样呢！他若有所思地点头。

序列8"小丑"和序列9"占卜家"截然不同，拥有全新的能力，而根据值夜者内部资料的描述，对应的序列7和序列8"小丑"也没有类似的地方……

克莱恩沉默了一阵，好奇地追问道："不同能力会在哪个阶段组合在一起，发生质变呢？"

邓恩抿了口咖啡，呵呵笑道："我和戴莉都猜是序列4。"

"为什么？"克莱恩脱口而出。

"因为按照教会对序列途径的划分，序列4是高序列的起点，据说自身就会带来生命和精神的质变。在古代，在第四纪，序列4的强者已有资格被称为半神半人，可惜，在现代，这样的强者已经非常非常稀少。"邓恩感慨道。

"序列4到序列1是高序列强者，那低序列又是指哪些呢？"克莱恩颇感兴趣地问道。

"序列9，序列8，序列7，在一千年前都属于低序列，但最近几百年，非凡者数量的稀少程度让各大教会将序列7也视作中等序列了。"邓恩自嘲一笑。

序列9和序列8是低序列，序列7、序列6和序列5是中序列，序列4及以上是高序列……克莱恩在心里重复了一遍，难免有点向往。

罗塞尔大帝就是高序列强者！不过，序列越高，失控风险越大啊……克莱恩颇为畏惧地想着，又状似随口地问了一句："女神教会的序列4魔药叫什么呢？"

"事实上，我并不清楚，我的保密等级还接触不了对应的资料，等我成了教区主教或者值夜者执事，才能翻阅它们。"邓恩摇头笑道，"事实上，处在教会顶层的十三位大主教和九位高级执事，至少有一半在序列4以下，嗯，我的说法属于比较乐观的那种。之前被通缉的那位大主教因斯·赞格威尔，就是尝试晋升序列4失败才失控的。"

带走封印物0-08的那位？他的魔药名称似乎叫作"看门人"……克莱恩想了想，试探着问："'不眠者'途径的序列5是'看门人'？"

"不，那是'通灵者'途径的。等你成为序列7，成为主教或值夜者小队队长，就能看到对应资料了。"

"看门人"是"通灵者"途径的序列5？意思是看守地狱的大门？或者，看守灵界的大门？克莱恩有所猜测地想着。

"好了，去找老尼尔吧，继续你的学习。"邓恩笑笑道，"不要忘记晚上的大餐，就在老维尔餐厅，已经订好位置了，这次我会将你正式介绍给其他值夜者。"

"好的，我已经准备好现金了。"克莱恩强制让自己的嘴角上翘。

"不，不需要，你忘记我们有额外补贴吗？你们完成委托任务之后上交的部分。"邓恩摆手说道。

克莱恩怔了一下，笑容满面道："好的，队长！"他转过身体，走向门口，心里开始了默数。

"三，二，一……咦，队长没喊住我……"克莱恩"一"了很久，惊讶地发现队长邓恩·史密斯这次竟然没有什么事情要补充。

奇迹……他在心里无声评价了一句。

武器库内，老尼尔瞄了一眼心情愉悦的克莱恩，说道："不要再去想晚上的大餐了，你还有很多东西要学，比如更多的仪式魔法，比如古赫密斯语、巨龙语、精灵语等。

"对了，你休息日之外的每天下午还得跟着老师练习至少两个小时的格斗。"

"格斗？队长刚才没提过啊……"克莱恩吓了一跳。

老尼尔点了点头，毫不犹豫地回答："他忘了。"

下午两点，北区城郊，一栋风格古朴、年久失修般的二层房屋外面。

一身见习督察警服的克莱恩看着杂草丛生的花园和爬有不少植物的墙壁，略感愕然地侧头问道："我的格斗老师就住在这里？"

能被值夜者小队挑中的格斗家肯定很出色才对啊……

领着他过来的伦纳德·米切尔低笑一声道："不要因为居住的环境而轻视高文先生，他虽然最终没能获得爵位，但曾经也是真正的骑士。"

说到这里，这位随意穿着白衬衣、黑长裤和无纽扣皮靴的有着诗人气质的值夜者忽然满是感伤："他活跃于骑士最后的辉煌年代，那些穿着胸甲的勇士向着排成阵列的火枪和火炮疯狂冲锋，摧毁对手，踏平阵线，可惜，他们很快就迎来了高压蒸汽步枪和六管机枪的发明与列装，从此之后，骑士们就逐渐退出了舞台。

"高文先生也是这样，二十多年前，他所在的阿霍瓦骑士团遭遇了因蒂斯共和国拥有最先进武器的军队……哎，每当想到这些，我就仿佛触及了历史的尘埃，被那种无法扭转的沧桑和宿命震撼，心中有诗篇在酝酿，在涌动，然而，我并不会写诗。"

……那你说这么多做什么？克莱恩假装没听出伦纳德的自嘲，正经而严肃地建议道："我的大学同学告诉我，写诗是一件非常需要天赋的事情，最好从阅读《鲁恩早期古典诗歌集》开始。"

伦纳德的情绪说变就变，轻松愉快地接口道："我早就买好了这本诗歌集，另外还有《罗塞尔诗选》等图书，我会努力让自己成为一位'午夜诗人'的，'占卜家'先生。"

这是在暗示……扮演法？克莱恩仿佛什么也没听懂地回答："那你还需要文法方面的书籍。"

"好的，我们进去吧。"伦纳德伸手推开了半掩的铁栅栏大门，沿着可供两人并行的道路走向房屋。

还未靠近，克莱恩就看见正门向后敞开，屋内走出来一位身材高大的男子。他金发很短，两鬓已出现白色，脸上的皮肤有着风霜侵染的痕迹，抬头纹、鱼尾纹和法令纹深刻而明显。

"你们来做什么？"这位中老年男士沉声问道。

"高文先生，根据你与警察厅签署的合约，我们这位见习督察将跟随你学习格斗。"伦纳德微笑着解释道。

"格斗？现在的时代不需要学习格斗。"高文用略显浑浊的眼睛望向克莱恩，死气沉沉地说道，"你该练习拔枪和射击，掌握最先进的武器。"

这是被六管机枪和高压蒸汽步枪打出心理阴影了？克莱恩没有鲁莽回应，好笑地侧头看着伦纳德。

"对警察来说，格斗依旧是必须掌握的科目，我们所面对的大部分罪犯都不是必须立刻处死的恶魔，他们甚至不一定有武器，这种时候就需要格斗技巧了。"伦纳德早有准备般开口。

高文阴着脸，沉默了十几秒道："你试一试出拳。"

他是对克莱恩说的。

没拿手杖的克莱恩回忆着上辈子看过的拳击比赛，抬起手臂，往前挥动。

高文嘴角微不可见地抽了一下，想了想道："踢腿。"

半侧身体，甩动胯部，克莱恩绷紧大腿，踢出了右脚。

"咳……"高文用手抵住嘴巴，轻咳了两声，看向伦纳德道，"我会遵守合约的，不过以他的情况，最开始的一个月，每周只需要来四次，每次三个小时。"

"你是格斗专家，你决定。"伦纳德毫不犹豫地点头，笑眯眯对克莱恩道，"晚餐见。"

等到他走出铁栅栏大门，克莱恩才好奇地问道："老师，我该从哪里开始练习？出拳，还是步法？"

作为合格的"键盘强者"，他知道格斗的步法也相当重要。

高文双手垂于身体两侧，暮气很重地摇头道："你现在最需要的是力量练习。看到那里了吗？有两个铁制的哑铃，它们就是你今天的同伴。

"除此之外，你还需要练习深蹲、跑步和跳绳等内容，我们一组一组地来。"

在克莱恩发愣的时候，他的嗓音突然拔高，威严问道："明白了吗？"

"明白了！"这一刻，克莱恩感觉自己回到了军训的时候，面对的是不近人情的教官。

"先去把衣服换掉，沙发上有一套骑士练习服。"高文忽然叹了口气，背手转身，走向那对铁黑色的哑铃。

晚上六点，老维尔餐厅一角。

除了轮值查尼斯门的弗莱，黑荆棘安保公司的成员全部到齐，共六位值夜者、五位文职人员。

白色的餐布安静地铺在长条桌上，侍者们端着一盘又一盘的食物过来，他们先分餐，再送到每位客人面前。

克莱恩看见了浇着黑胡椒汁的牛排，看见了培根，看见了配土豆泥的香肠，看见了乳蛋羹，看见了芦荟，看见了特色起司，看见了琥珀色的香槟酒，但是，他没有一点胃口，下午的训练让他差点吐出来。

瞄了眼脸色发白、眼神涣散的新晋值夜者，邓恩端起面前的那杯红葡萄酒，笑笑道："让我们欢迎新加入的正式成员，克莱恩·莫雷蒂，干杯！"

冷淡内敛的黑发女士洛耀·莱汀，矮小精悍的"不眠者"科恩黎·怀特，不修边幅的浪荡男士伦纳德·米切尔，以及白发黑瞳的"午夜诗人"西迦·特昂，齐齐举杯，望向了新加入的队友。

克莱恩忍着训练残留的不适，端好那杯琥珀色的香槟酒，站起身道："谢谢。"

他逐一与每位值夜者碰杯，仰头喝干净了不多的香槟。

"这种时候，我们的作家小姐不说点什么吗？"邓恩含笑望向了西迦·特昂。

西迦·特昂是位三十岁上下的女士，容貌相当普通，但气质非常出众，沉静而安宁，再加上她那少见的白色长发，竟颇有几分独特的魅力。

克莱恩听老尼尔提过，这位"午夜诗人"业余是写作爱好者，并且尝试着给报纸和杂志投过稿，可惜只有几份小报通过。

西迦笑了笑，看了邓恩一眼道："为了让你们称呼的'作家小姐'成为事实，队长，我想你该特批我一笔费用，以便自己付钱出版小说。"

邓恩摊手笑道："你应该向老尼尔学习，找个更加合适的理由。"

"在这方面，我最佩服尼尔先生了！"罗珊咽下一块烤羊腿肉，嚷嚷着附和道。

众人说说笑笑之间，伦纳德望了眼克莱恩，轻笑道："太累了，没有胃口，吃不下？"

"是的。"克莱恩叹了口气。

"如果你还没有碰过，那我可以帮忙。"伦纳德一副不要浪费食物的样子。

克莱恩半点也不介意地点头道："没问题。"

就这样，他面前的绝大部分食物都被伦纳德等人吃掉了。

到了晚餐尾声，侍者们端上来一个个牛肉布丁和一份份冰激凌。克莱恩尝了后者一口，只觉冰冷带甜，分外开胃。

不知不觉间，他吃完了自己那份浇蓝莓汁的冰激凌。而正是因为这样，他开始感受到抓挠心脏和胃部般的饥饿，那是大量消耗后身体亟待补充的渴望。

咽了口唾沫，克莱恩望向身前，只见餐盘狼藉，几乎没有剩余。

"到这里吧，让我们最后再为克莱恩干一杯。"这时，邓恩提议道。

他话音未落，克莱恩脱口而出道："队长，我能再来一份晚餐吗？"

听到这个要求，众人一阵沉默，接着小声笑了起来。

"哈哈，你终于恢复了，没问题，再来两份都行。"邓恩摇头笑道。

在焦急而难耐的等待中，克莱恩听见了自己肚子的鸣叫声。

终于，刚煎好的一块黑胡椒汁牛排端了上来。刀叉飞舞，差点流下眼泪的克莱恩只用了一分半钟，就解决掉了那份七分熟的食物，口腔内有肉香和汁水回荡。

不知过了多久，看着一个个空荡荡的餐盘，他满足地吐了口气，放下刀叉，喝了口香槟。

"服务生，结账。"邓恩转头对旁边的侍者道。

那位侍者先是去了前台，然后拿着账单归来，详细解释道："你们一共开了五瓶迪西香槟，每瓶十二苏勒三便士；一小杯南威尔红葡萄酒，十便士……每份黑胡椒汁牛排一苏勒两便士……每个牛肉布丁六便士，每份冰激凌一苏勒……总计是五镑九苏勒六便士。"

五镑九苏勒六便士？差不多吃了我一周的薪水！餐厅果然比自己在家吃贵很多！克莱恩听得一阵咋舌，非常庆幸队长说过值夜者有小金库，有额外经费，不用自己请客！他仔细算了算，发现晚餐最昂贵的一部分是酒水，仅仅五瓶香槟就三镑出头了！

这和大吃货帝国没什么区别……克莱恩悄然摸了下肚子，强撑着将最后的那口香槟喝完。

第二天清晨，克莱恩迷迷糊糊中感觉下腹憋胀，翻身想要起床。他刚发力，立刻被肌肉的酸痛激得彻底清醒，只觉得身体完全不属于自己了。

"好熟悉的感受啊……就跟以前被罚蛙跳后第二天的感觉一样一样的……今天是休息日，还要去拜访导师，看能不能从大学图书馆借到那本霍纳奇斯主峰的学术专著……"克莱恩嘴角抽搐了一下，艰难地挪动着走向外面，每走一步，他都想倒吸一口凉气。

"克莱恩，你怎么了？"刚从盥洗室出来的梅丽莎疑惑地打量着姿势古怪、动作缓慢的哥哥。

面对妹妹的问题，克莱恩只能苦笑道："肌肉酸痛。"

他原本以为服食了序列魔药，成为非凡者的自己或多或少会有身体素质的提高，但残酷的事实告诉他，"占卜家"的技能都点在了灵性、精神、直觉和解读之上，并不能让他很快地适应格斗训练。而原主之前多年专注读书且有些营养不良，身体素质一直处在中等偏下的程度，今天出现这样的"后遗症"只能说相当正常。

"肌肉酸痛？我记得你昨天晚餐后就回来了，并没有做别的事情……难道酒精会让人肌肉酸痛？"梅丽莎很有探求精神地询问道。

难道酒精会让人肌肉酸痛……妹啊，你这句话问得……问得真是让人不自觉就想歪了……克莱恩干笑两声道："不，和酒精无关，是昨天下午的事情，我加入了公司的格斗训练。"

"格斗？"梅丽莎更加惊讶了。

克莱恩飞快组织着语言，道："是这样的，我考虑到，我认为，作为一家安保公司的历史和文物顾问，我不可能永远都待在办公室里，待在码头仓库中，也许将来会有那么一天，我需要和他们一起去乡下，去古堡，去获取文物的最初地点，途中会爬山，会过河，会走很多很多的路，会接受自然的各种各样的考验，这就必须拥有足够健康的体魄了。"

"所以你加入了格斗训练，想提高自己的体魄？"梅丽莎听明白了哥哥的意思。

"是的。"克莱恩给予肯定的答复。

梅丽莎微皱眉头道："但这就不绅士了……你不是一直以教授的标准要求自己吗？教授只需要阅读文献，考虑难题，斯文而有风度。

"当然，我并不是说这样不好，我喜欢能自己动手解决问题的男士，不管他们是用肌肉，还是脑子。"

克莱恩笑笑道："不不不，梅丽莎，你对教授的定义存在一定的误区。真正的教授既能够斯文温和地与人交流，也可以在交流出现障碍的时候提起手杖，用物理的方式说服对方。"

"物理的方式……"

梅丽莎一下没有反应过来，但很快就明白了哥哥想表达的意思，一时竟找不到语言反驳。

克莱恩没有多说什么，艰难地挪动自己的双腿，移向盥洗室。

梅丽莎站在那里看了几秒，忽然摇了摇头，两步追了上去，问道："需要我帮忙吗？"

她给出了搀扶的姿势。

"不，不需要，我刚才有些表演的成分。"克莱恩感觉自己受到了侮辱，猛然挺直腰背，正常迈步。

看着哥哥步伐稳健地走入盥洗室，关上房门，梅丽莎抿了抿嘴，低声嘀咕道："克莱恩真是越来越浮夸了……我还以为他的肌肉酸痛真有那么严重……"

盥洗室内，克莱恩站在紧闭的门后，脸庞忽然扭曲："痛痛痛……"他屏住呼吸，紧绷身体，缓了七八秒。

一直到艰辛下楼，用完早餐，目送班森和梅丽莎出门，克莱恩才感觉酸痛不再那么要命。休息了一阵，他拿上手杖，戴好礼帽，缓步出门，走向有轨公共马车的站点。

暑假的霍伊大学绿树成荫，花鸟繁盛，安宁又恬静。

沿着河流走了一阵，克莱恩拐入通向历史系的道路，找到了那栋有些年头的三层灰石小楼，找到了导师科恩·昆汀的办公室。

他敲门入内，诧异地看见导师的位置上坐着教员阿兹克。

"上午好，阿兹克先生，我的导师呢？我们在信中约好十点见面。"克莱恩疑惑地问道。

科恩·昆汀的好友，时常与他因学术问题而争执的教员阿兹克笑道："科恩临时有个会议，去了廷根大学，让我在这里等你。"

阿兹克皮肤呈古铜色，身材中等，黑发褐瞳，五官柔和，眼眸里总是有种难以言喻的沧桑感，右耳下方则藏着一颗不仔细瞧无法发现的小痣。

说完缘由，阿兹克忽地皱起眉头，仔仔细细看了克莱恩几眼。

"我身上有什么失礼的地方吗？"克莱恩茫然地打量起自己的穿着，燕尾服、黑马甲、白衬衣、黑领结、深色长裤、没有纽扣的皮靴……很正常嘛……

阿兹克舒展眉眼，呵呵笑道："不需要在意，我只是突然发现你比以前精神了许多，更像一位绅士了。"

"谢谢您的称赞。"克莱恩坦然接受，转而问道，"阿兹克先生，导师有在学校图书馆找到那本《霍纳奇斯主峰古代遗迹研究》吗？"

"找到了，在我的帮助下。"阿兹克笑容柔和地说了一句，然后拉开抽屉，拿出一本封皮为灰色的书籍，"你已经不是霍伊大学的学生了，只能在这里看，不能带走。"

"好的。"克莱恩欣喜中隐含畏惧地接过了那本学术专著。

这本图书的外观设计完全符合当前的流行趋势，硬纸做成封面和封底，花纹是图画，凑成了霍纳奇斯主峰的抽象模样。

克莱恩瞄了一眼，找了个位置坐下，翻开书籍，一行一行地仔细阅读。正看得入迷，他忽然发现手边多了杯咖啡，香味醇正而浓郁。

"自己加糖和牛奶。"阿兹克放下银制的小盘，指着牛奶罐和方糖盒说道。

"谢谢。"克莱恩感激地点头，随手加了三颗方糖和一勺牛奶，食不知味地继续看书。

《霍纳奇斯主峰古代遗迹研究》这本书并不厚，临近中午的时候，克莱恩翻阅完毕，把握到了几个需要注意的点。

"第一，霍纳奇斯主峰及周围区域的生物聚居点已明显形成了文明，存在一个古老的国度。

"第二，从壁画来看，他们的外形和人类没有任何区别，可初步视为人类。

"第三，他们崇敬又畏惧黑夜，并由此人格化了一位神灵来信仰，称呼这位神灵是黑夜的主宰，天的母亲。

"第四，最奇怪的是，整个区域内都没有发现这个国家的墓葬，给人一种奇怪的错觉，似乎他们的居民不需要安葬，甚至可能不会死亡，而这与壁画反映的内容相矛盾。在壁画里，这个国度的人民相信死亡不是终点，相信死去的亲属会在黑夜里庇佑自身，所以，他们会将死亡的亲属留在家里，留在床上，留在枕边，足足三天。

"再之后，壁画到此为止，不涉及下葬的部分。"

克莱恩喝了口咖啡，继续在自己的笔记本上写着"读后感"。

"天的母亲，天母，很高大上的称呼了，而黑夜的主宰明显和黑夜女神重叠……这就是矛盾的根源？

"在霍纳奇斯主峰及周围区域的古代遗迹内，所有的陈列和摆设都保存完好，壁画也没什么破损的痕迹。被发现前，这里似乎并未受到丝毫惊扰……桌上摆着餐盘，餐盘里有食物腐烂后干涸的痕迹……有的房间内，还有半瓶几乎变为清水的酒……

"这个国度的人民呢？他们似乎在匆匆忙忙间全部离开了家园，什么都没有收拾，之后再未返回。联想到没有墓葬这件事情，那就更加奇怪了。

"作者乔瑟夫先生也谈到，最初发现这些遗迹的时候，他甚至以为这里的居民瞬间蒸发了。"

克莱恩停下钢笔，将目光投向了一副插图，那是约翰·乔瑟夫第三次前往霍纳奇斯主峰时用新型照相机拍下的黑白照片。

照片里，宫殿巍峨，墙壁坍塌，杂草丛生，风格以宏大为主。

刚才翻至这张照片的时候，克莱恩瞬间就想起了自己在梦中见到的那座宫殿。两者的风格趋于一致，只是自己梦到的那座位于峰顶，更加恢宏，而且有一张不属于人类般的巨大座椅位于最上首，有无数透明的蛆虫抱成一团，缓慢蠕动。

可以确认我的梦境与霍纳奇斯主峰的古代遗迹有关了……那应该就是安提哥努斯家族笔记里提到的夜之国……

克莱恩微不可见地点头，合上了书籍。

这个时候，阿兹克坐到他的对面，摸了摸右耳下方那颗不起眼的黑痣道："怎么样？有收获吗？"

"有不少，您看，我记了好多页笔记。"克莱恩指着桌面笑道。

"我不明白你为什么突然对这件事情感兴趣。"阿兹克随口感叹了一声，转而说道，"克莱恩，我在贝克兰德读大学的时候接触到了一些占卜的东西，对这方面有一定的研究，嗯，我发现你的命运有不协调的地方。"

啥？占卜？和我谈占卜？作为一名"占卜家"，克莱恩好笑地望向对面的阿兹克教员道："有什么不协调？"

阿兹克想了想道："你最近两个月，是不是经常遇见巧合的事情。"

"巧合的事情？"因为受过阿兹克先生的恩惠，克莱恩并没有抗拒对方的问题，下意识开始了回想。

真要说巧合，最明显的一件事情就是追捕绑架犯的时候，竟然在他们藏身的房间对面发现了失踪好些天的安提哥努斯家族笔记的线索。

还有，瑞尔·比伯没逃出廷根就匆匆忙忙找地方消化笔记赐予的力量，让封印物2-049能够轻松追踪到他的下落，这也算是有些违背常理了……虽然艾尔·哈森先生的解释不错，但我总觉得有些巧合……

嗯，赛琳娜偷看海纳斯·凡森特的秘密咒文后，一直忍到生日晚宴才尝试，恰好被我发现，也有点巧合……否则海纳斯·凡森特不会就那样戛然死亡……

克莱恩认真想了几分钟道："有三件，不是太多，不是太经常，而且找不到有其他人干涉和引导的痕迹。"

阿兹克轻轻颔首道："罗塞尔大帝说过，单纯只有一次的巧合，谁都会遇见，两次也属于正常的范畴，三次就必须思考有什么内在因素在引导了。"

"您能看出什么吗？"克莱恩试探着问道。

阿兹克笑了一声，摇头回答："我只能看出一点不协调，其他什么也发现不了，你要知道，我并不是真正的占卜家。"

那不就是说了等于没说吗……阿兹克先生有些奇怪啊……在我这个神棍面前装神棍……

克莱恩吐了口气，趁对方起身的机会，捏了捏自己眉心，打开了灵视。一眼望去，阿兹克的气场尽数映入他的眸中，各方面都很正常。

可惜我只有在灰雾之上才能看见别人以太体的深处和星灵体的表面……克莱恩轻敲眉心，顺势站起，悠然想道。

下午时分，回到家中的克莱恩拉拢窗帘，让卧室处于昏暗之中。

他翻出纸笔，思考许久，终于写下了一段话语：艾略特被绑架案存在超凡因素的引导。

作为一名"占卜家"，克莱恩之前其实也占卜过那几件感觉巧合的事情是否存在不自然的发展，而结果证明他想多了。

这一次，受到阿兹克教员的影响，他又重视起这个问题，并吸收燕尾服小丑的教训，认真设计了占卜语句，从开始就排除掉一些模糊的、容易混淆的描述。

"嗯，把三次巧合分解，各自占卜……"

克莱恩若有所思地点头，从袖口里缓慢地解下黄水晶吊坠，用左手握住灵摆，让吊坠垂于纸面的占卜语句之上，近乎接触。

收敛心神，进入冥想，克莱恩闭住眼睛，开始重复默念："艾略特被绑架案存在超凡因素的引导。

"艾略特被绑架案存在超凡因素的引导。

"艾略特被绑架案存在超凡因素的引导。

"……"

一遍又一遍，他睁开双眼，看向灵摆，只见黄水晶吊坠正小幅度地逆时针旋转。

"还是否定……"克莱恩低语一句，又重新设计了好几次占卜语句，可结果依旧是那件事情不存在巧合。

他又分别占卜了"瑞尔·比伯滞留廷根事件""赛琳娜魔镜占卜事件"，得到的答案都是正常。

呵，我作为真正的"占卜家"，被阿兹克先生这个假神棍唬住了？再说，队长他们也没感觉古怪啊……克莱恩好笑地摇头，但还是抱着谨慎的心态，准备用梦境占卜做最后的确认。

思考片刻，他改变占卜语句，以适应不同的方法。

"艾略特被绑架案的真正起因。"

钢笔唰唰书写，克莱恩时而停顿，斟酌用词。反复读了几遍，他撕下纸张，起身走到床边，放松地躺了下去。

握住写有占卜语句的纸张，克莱恩借助冥想，飞快入睡。

一片朦胧扭曲、支离破碎的世界中，他找回了部分知觉，迷糊着游荡在那里。渐渐的，他看见了那几位绑匪，看见他们在赌桌上输掉了最后一个筹码，看见他们从地下渠道搞到了枪支，看见他们几次踩点，并临时租赁瑞尔·比伯家的对面房屋作为藏身处……

这些画面不算连贯，只是闪现，但克莱恩找不到半点违和的地方，而且这与他了解到的绑匪供词基本吻合。

退出梦境，克莱恩又分别占卜了另外两件事情，结果都是一样，发展符合规律，巧合真的只是巧合。

"确实是我想多了，阿兹克先生只是占卜爱好者……"克莱恩缠稳灵摆，摇头苦笑。他正要拉开窗帘，让下午的阳光照进卧室，指尖忽然停顿了。

"从原主的印象看，阿兹克教员是位沉稳可靠，值得信赖的先生，几乎从来不会说没有根据的话语，即使他经常和导师争执，那也仅限于学术问题，各有各的道理……如果只是单纯的占卜爱好者，他不会以这种方式和我交流……而且原主根本就不记得他喜爱占卜……当然，也有可能是对应的记忆碎片缺失……"克莱恩皱起眉头，觉得还是不够放心，总想再找办法确认一下。

他怀疑阿兹克先生在偶然间知道了什么内幕消息，遂借口"占卜"提醒自己。

"该找什么办法再做个确认？"克莱恩在只能勉强看见书本文字的昏暗卧室里来回踱步，回忆着自身掌握的其他占卜法。

一步，两步，三步，他突地停住，有了一个思路。

"先假设巧合确实有问题，我占卜不出来是因为我序列还不够高，是因为受到了外在干扰，那可以换一个环境嘛，换一个比这些事情更加神秘更加难以理解的环境！"克莱恩精神一振，拉开抽屉，拿出一把银制的小刀。

然后，他积攒精神，让灵性从银匕的尖端流出，和周围的自然连成整体。随着他的步伐，灵性之墙逐渐密封了整个卧室。

克莱恩的打算是去灰雾之上占卜，去那神秘的世界占卜！

Story is going on.

第五章
CHAPTER 05
✦ 正面冲突 ✦

　　无垠而朦胧的灰白雾气之上，巍峨宏伟的古老神殿之中。

　　克莱恩的身影端坐于青铜长桌最上首，面前摆放着一张刚刚具现出来的羊皮纸。他提起圆腹钢笔，按照之前的尝试，写下了占卜语句：艾略特被绑架案存在超凡因素的引导。

　　手握灵摆，低垂吊坠，克莱恩让自身的精神飞快沉淀，安静而空灵。他半闭眼睛，默念了七遍占卜语句，使灵性与高居一切之上的灵界交感。

　　感受到银链的轻微拉拽，克莱恩睁眼望向了灵摆。

　　这一看，他顿时愣在了那里：黄水晶吊坠在做顺时针的转动！

　　这就意味着艾略特被绑架案存在超凡因素的引导，而这和克莱恩在外界的占卜结果完全相反！

　　没有一点痕迹的引导……这样的力量，或者说手段，简直可怕……幕后之人的目的又是什么呢？安提哥努斯家族笔记和我的宿命纠缠？克莱恩心中大骇，失去了宁静，以至于灵摆的转动一下变得混乱了。

　　他放好黄水晶吊坠，捏了眉心一下，表情异常凝重。

　　考虑了几秒钟，他没再尝试占卜另外两件事情，而是写下了新的占卜语句：艾略特被绑架案的真正起因。

　　握住纸张，默念七遍，克莱恩往后靠着椅背，在灰雾之上进入了沉眠。

　　很快，他看见了一片无垠的、虚幻的、灰白的雾气。

　　雾气缓慢分开，露出了缤纷的花朵和青碧的草坪。

　　在花朵和草坪的后方，空间扭曲着重叠，就像变成了活着的怪物。

　　克莱恩竭力看去，勉强看见那里藏着一个暗红色的烟囱。

　　就在这时，眼前的万事万物垮塌粉碎，梦境霍然崩解。恢宏的神殿之中，克莱恩猛然弹直腰背，只觉心脏在怦怦乱跳，没有缘由地怦怦乱跳。

　　"呼……感觉窥视到了什么可怕的事物……"他深吸了两口气，平复着凌乱的情绪。

片刻之后，克莱恩轻敲着长桌边缘，又一次陷入沉思："红烟囱……花园……草坪……这是与幕后之人有关的地方？但这些巧合还看不出他的目的，甚至可以说没有任何恶意存在……"

思绪纷呈间，克莱恩一阵心惊，为自己，也为队长和弗莱等同伴。他发现自己和同伴们就像牵线木偶，被操控着进行表演，更加可怕的是，他们这些人还自我感觉良好……

"哎……这件事情还不知道怎么和队长提，老尼尔的占卜结果和我在外界的占卜结果一模一样……如果让我现场做一次确认……根本没法确认啊……"克莱恩头疼地揉了揉太阳穴。

平静了十几秒，克莱恩开始占卜"瑞尔·比伯滞留廷根事件"，同样，他先用了灵摆法。这一次，他愕然地看见自己的黄水晶吊坠停在那里，一动也不动，既不肯定，也不否定。

"有古怪……"他低语一句，思绪发散，开始猜测原因，"那位幕后者察觉到了我的占卜，做出了应对？"

接下来，他又尝试起梦境占卜，可是，只能看见不连贯的、破碎朦胧的灰雾，再没有别的发现。

而"赛琳娜魔镜事件"的结果也是一样。

克莱恩几乎确认了刚才的想法，在一时之间找不到好契机提醒队长邓恩·史密斯的情况下，他对提升自己有了前所未有的迫切感。

"等下继续去占卜俱乐部，争取尽快扮演成功，消化掉'占卜家'魔药……还有，确认'小丑'魔药是否为'占卜家'的后续，并找到它的线索……另外，多和阿兹克先生接触，看能否挖出他所知道的内幕消息……"克莱恩右手扶额，飞快制定了接下来的计划，明确了重心。

想了想，他又在面前具现出一张羊皮纸，提笔书写道：序列9"占卜家"对应的序列8是"小丑"。

——有了刚才的经历，此时此刻的克莱恩完全相信自己的占卜水平在灰雾之上能得到加持，获得升华。

"就跟跑团总是能掷出大成功一样……这就是执掌好运？"他无声低语，重新拿起了灵摆。

没过多久，克莱恩就获得了肯定的答案，序列9"占卜家"对应的序列8的确是"小丑"！

紧跟着，他又书写道："占卜家"对应的序列8、序列7、序列6、序列5将分别获得至少一种全新的、互不统属的能力。

呼……吐出浊气，克莱恩又一次尝试灵摆法。然而，他再次看见黄水晶吊坠停在那里，没有任何转动。

"前置信息不够，无法完成占卜，获得启示？"仿佛在思考般自语了一句，克莱恩放下银链，开始斟酌梦境占卜需要的语句。

过了十几秒，他提起钢笔，郑重书写道："小丑"魔药的线索。

古老而斑驳的青铜长桌上首，克莱恩反复读了几遍占卜语句，往后一靠，进入沉眠。

他的周围很快变得安宁而寂静，眼中所见缥缈又朦胧，无数扭曲的、难以辨认的画面飞快闪过，就像清晨柔嫩花瓣上的一滴滴露水。

渐渐地，克莱恩把握住了自身灵性，找回了一定的知觉。他看见面前有一个壁炉，壁炉前方是一把摇椅，摇椅上坐着一位穿黑白相间的长裙的老妇人。

虽然对方低着头，看不到样子，但克莱恩发自内心地觉得她就是一位老太太，并且相当笃定。

老妇人正对的地方有一张桌子，桌上有报纸，有镶嵌着白银的锡罐。

"这是……"感觉场景异常熟悉的克莱恩很快辨认出了眼前所见：这是瑞尔·比伯和他母亲的住处！是自己第一次现场看到"巨人观"的地方！

"这里有'小丑'魔药的线索？"克莱恩的想法刚刚闪过，周围的场景就发生了变化。

那是一座灰白色的仓库，它藏在相同建筑的最里侧，里面散布着一根又一根白森森的骨头，有几团仿佛被巨石压扁的血肉烂泥。

克莱恩刚认出这是什么地方，刚想起那是什么东西，眼中画面就如同水上倒影被搅动般扭曲破碎了，衍化出新的朦胧景象：一具赤裸的身体躺在铺着白布的长条桌上，身前飘浮着一个带有些许蓝色的血球。

克莱恩顿时皱起眉头，泛了嘀咕："刚才是瑞尔·比伯藏身的地方和他的残留物，现在是燕尾服小丑手腕烙印化成的东西？"

就在他试图推测这些画面究竟象征着什么的时候，场景的变幻陡然加剧——

大理石茶几，一主二副格局的皮制沙发组合，高悬于天花板上的吊灯。

黑发褐瞳、有书卷气质的克莱恩·莫雷蒂，身材圆滚滚、皮肤白皙的富态男子，容颜娇美、戴着薄纱手套的年轻女士。

褐发浓密刚硬、根根竖立的黑袍中年男士，身材圆滚滚、皮肤白皙的富态男子，眉毛杂乱、棕发稀疏、眼眸灰蓝的半百老头，以及放在他们之间的圆桌上的一本深黑色笔记，气息古老而悠远的笔记。

安提哥努斯家族的笔记！

克莱恩霍然坐直，梦境再无丝毫残留。

望着恢宏神殿之外的无垠灰雾和深红星辰，他又是惊愕又是疑惑地想道："我是在占卜'小丑'魔药的线索啊……怎么会冒出来安提哥努斯家族的笔记？

"我想想，我想想，那个身材圆滚滚的家伙是韦尔奇，对，韦尔奇，购买到安提哥努斯家族笔记，引发了后续一系列事件的倒霉鬼……戴着薄纱手套，容貌娇美的年轻女士是娜娅……

"我想起来了，那张大理石茶几和皮制沙发的组合是韦尔奇住所的标志，我在那里见到了'通灵者'戴莉。

"也就是说，我刚才看见了韦尔奇住所的客厅，看见了原主和两位同学讨论笔记的场景。"

克莱恩心绪沉淀，恢复冷静，手指有节律地敲动着青铜长桌边缘："那最后一幅画面又代表着什么呢？出现了笔记，出现了韦尔奇，难道是他购买那件古物时的场景？

"在场的另外两人，有一个很眼熟啊，那位穿黑色古典长袍的中年男士好像在哪里见过……刺猬般的褐发，浓重的黑眼圈……对，我知道他是谁了，海纳斯·凡森特，占卜俱乐部的海纳斯·凡森特，因赛琳娜偷学了秘密咒文，被队长潜入梦境，'安详'死去的海纳斯·凡森特！

"嘶，那本笔记是他卖给韦尔奇？绕了一圈，竟然这么连上了，世界还真是小啊，不，廷根真小！

"仔细想想，真有这个可能性。海纳斯·凡森特不是普通的占卜师，他明显深入了神秘领域，得到了某位古老邪神的注视，有渠道、有能力、有机会获得密修会偶然外泄的笔记……

"难怪队长他们一直没查到韦尔奇是从哪里买到笔记的，因为方向完全错误了，他们一直在试图排查古物市场……后来有了笔记的具体下落，更是放弃了这方面的调查。

"可惜啊，海纳斯·凡森特刚死没多久，否则肯定能从他那里查到一些与笔记有关的东西……作为一名深入了神秘领域的人，他应该研究过那本笔记……他的死，还真是巧了！

"不过在场还有一个人，一个五十来岁的老者，他或许也知道不少事情。"

克莱恩轻敲桌缘的手指停顿下来，将刚才在梦境占卜里看见的画面全部过了一遍。

"瑞尔·比伯的家，瑞尔·比伯的藏身处，瑞尔·比伯的残留物，燕尾服小丑手腕烙印化成的东西，韦尔奇的家，韦尔奇、娜娅和原主交流的场景，韦尔奇、海纳斯·凡森特和安提哥努斯家族笔记的'合影'……嘿，除了燕尾服小丑的烙印，其他全部与安提哥努斯家族笔记直接相关！

"可我占卜的是'小丑'魔药的线索啊……这不科学，不，这不神秘学！"

在成为"占卜家"后，克莱恩曾经占卜过韦尔奇从哪里买到的安提哥努斯家族笔记，但当时没考虑到灰雾之上的特殊，未能获得启示，而现在，他占卜另外一件事情的时候，竟状似偶然地带出了真相。

冷静了十几秒，克莱恩结合罗塞尔日记的内容，开始尝试着解读刚才的梦境。

"第一种可能性，查拉图，或者说密修会，在寻找和追逐安提哥努斯家族的遗物，所以这个梦境的象征意义是，借助安提哥努斯家族有关的事物，引诱密修会出现，从而获得'小丑'魔药的配方。

"第二种可能性，安提哥努斯家族的笔记里直接记载了'小丑'魔药的配方……查拉图家族在寻找安提哥努斯家族的残留痕迹，说明他们之间有很深的渊源，或许是朋友，或许是敌人，所以，安提哥努斯家族掌握了对方的部分序列就很正常了。朋友不必说，敌人更是最了解彼此的存在……

"但第二种解释没办法和燕尾服小丑的烙印之物联系起来，哎，我倒希望是第二种，等圣堂找专家解读完笔记，我就可以没有风险地获得'小丑'魔药了。

"目前看来，第一种解释的可能性最大，但'占卜家'的直觉告诉我，应该还有更深层次的象征意义。"

想到这里，克莱恩揉了揉额头，对"占卜家"的局限突然深有感触。

除非是面对很简单、很直观的象征，否则"占卜家"的解读都必须小心翼翼，如同走在深渊边缘，走在薄冰湖面，一旦解读失误，或是没能解读出最关键的意思，燕尾服小丑就是活生生的、血淋淋的例子！

这个瞬间，克莱恩有种自身把握到了"占卜家"真谛的幻觉，似乎只差那临门一脚，他就能彻底消化魔药了。

"感谢你用生命提点我……赞美女神！"他低语一句，在胸前画了个绯红之月。

紧接着，他又占卜了阿兹克是否出于善意和是不是厉害的非凡者的事情，都得到了肯定的答案。

这时，连续的占卜和灰雾之上的消耗让克莱恩开始感觉疲惫，他不得不停止思绪的发散，敲定之后要做的关键事情："尽快找到和韦尔奇、海纳斯·凡森特、安提哥努斯家族笔记出现于同一副画面的老者！这可以先从占卜俱乐部着手。

"有事没事多往阿兹克先生那里跑，嗯，他或许是中序列的生命学派成员，但这缺乏某些信息，没法占卜……"

呼，克莱恩吐了口气，让面前陡然具现的羊皮纸上凸显出那位眉毛杂乱、棕发稀疏、眼眸灰蓝的半百老者画像。

这就是韦尔奇和海纳斯·凡森特交易安提哥努斯家族笔记时在场的第三个人！

看着画像，克莱恩突然陷入了为难："……我不会画画啊，小学的美术课上，我一直是老师批评的对象。

"用仪式魔法，像老尼尔那样？可这是向女神祈求啊……事情则借助了灰雾之上的特殊性……要是被神灵发现端倪，我就没法做人了！

"等一下，或许我可以向自己祈求！传递画面和传递声音差不多嘛……虽然我暂时没法撬动灰雾之上的神秘力量，但这种小事应该还是不成问题的！"

有了思路的克莱恩立刻蔓延灵性，包裹自身，模拟出下坠的感觉。

回到卧室，他随手点亮煤气灯就低声祈求了起来：

"不属于这个时代的愚者啊，

"你是灰雾之上的神秘主宰，

"你是执掌好运的黄黑之王，

"我祈求你给予启示，祈求你让我描绘出所见的画面。"

念完这几句咒文，克莱恩没滴精油，没烧草药，没有借助它们的力量——向自己祈求就是这么随便！

耳畔忽有呢喃，他看见手背上浮现了那四个构成正方形的黑点。

逆时针走了四步，边走边念咒文，克莱恩重又穿透疯狂，穿透狂乱，回到了灰雾之上。

这一次，他没有发现哪颗深红星辰在收缩和膨胀，但注意到青铜长桌最上首那张高背椅的后面，由部分"无瞳之眼"和部分"扭曲之线"构成的古怪符号在闪烁着微弱光芒，荡起了虚幻的祈求。

克莱恩侧耳听了一下，确认无误后重新具现出那第三个人的画像，按照回应祈求的方式，将它投向了那流淌的微光。做完这一切，他立刻脱离灰雾之上的神秘世界，返回了自己的卧室。

才刚刚站稳，克莱恩的眼前就浮了那张画像，并感觉有虚幻而微弱的力量加身。

他拿起钢笔，找了张白纸，给予表达的意愿。让他惊奇的是，他的右手不受控制地动了起来，飞快描绘着线条，没过多久，他就看见了栩栩如生的"第三人"画像。

写下发色、瞳色等特点，右手轻微抽搐的克莱恩长舒了口气，他眼前所见的幻景也正在飞快消退。

豪尔斯街区，占卜俱乐部。

克莱恩按了下头顶的半高丝绸礼帽，沿着楼梯，一步步走向大门。

他不再是往常的正装打扮，而是白衬衣配浅色马甲，外面套了件及膝的黑色薄风衣，整个人平添了几分精悍的气质。

这套便于战斗的衣物只花费了他一镑，包括在内侧缝制一个个小口袋的手工补贴，和燕尾服正装相比，便宜得让人想流泪。

摸了摸腋下枪袋内的左轮和内侧小口袋里的一个个金属小瓶，克莱恩掏出那张画像，走入了占卜俱乐部。没有意外，他看见了负责接待的漂亮女士安洁莉卡。

"下午好，莫雷蒂先生，我原本以为您要隔几天才来。"安洁莉卡先是一怔，旋即勾起一个灿烂的笑容。

克莱恩摘下帽子，轻叹一声道："下午好，安洁莉卡小姐。我中午做了一个梦，梦见了海纳斯·凡森特先生，梦见了和他有关的一些事情，你知道的，作为一名占卜师，绝对不能忽视每一个梦境，那或许就是神灵的启示。"

被充满神棍气质的话语迷惑，安洁莉卡若有所思地点头，好奇道："您梦见了什么？"

"我梦见海纳斯·凡森特在和这个人争执。"克莱恩将手中叠好的纸张递了过去。

趁安洁莉卡埋头展开画像的机会，他捏了捏眉心，注视起对方的情绪颜色。

"这个人……"安洁莉卡看着仿佛照片般的画像，陷入了沉思。而在克莱恩眼中，她的情绪气场呈现"思考蓝"，属于正常的反应。

"这个人……"安洁莉卡又低语了一句，缓缓抬头道，"我见过他。"

克莱恩精神一振，当即反问道："什么时候？"

"我想不起具体的日期，应该有一个月了。当时我看见他将凡森特先生送到门口，低声交谈着什么，因为他浓密杂乱的眉毛，因为凡森特先生少见的笑容，我印象非常深刻。"安洁莉卡边回忆边描述道，"对，他有双灰蓝色的眼眸，头发就和他那个年纪的大部分男士一样，没剩下多少。"

"之后，或者之前，你还有没有见过他？"克莱恩温和地问道。

安洁莉卡摇了摇头："没有，肯定没有，我甚至不知道他的姓名是什么。老实说，如果不是您，我会怀疑拿出这张画像的人是调查凡森特先生死因的警察，呵，您获得什么启示，我都不会感觉奇怪，您是一位真正的占卜家。"

很抱歉，我就是一个警察……克莱恩无声吐槽了一句，叹了口气道："真正的占卜家会明白自身的渺小，命运的伟大，我们永远只能看见模糊的一角，永远只能获得启示而不是答案，必须时刻反省，保持敬畏，谨慎解读，不能把自身看成掌握了命运的智者。"

用总结的方式说完这段时间的心得体会，克莱恩突然发现自身的灵视清晰了几分，隐约间甚至能分辨出安洁莉卡气场颜色的某些细节。这个瞬间，他就像近视患者戴上了度数合适的眼镜。

这……我的"占卜家"魔药开始出现明显的消化迹象了？克莱恩怔在那里，一时竟不敢相信。

"没想到您这样的占卜家还能一直保持对命运的畏惧，真是让人敬佩啊。"安洁莉卡诚恳地说道。

她在俱乐部早就见过了太多刚学会几种占卜方法就宣称要窥视真相、改变命运的人。

克莱恩收回视线，低笑道："知道的越多，越能明白自身的渺小。"

说话的同时，他审视完自身状态和过往经历，大致把握到扮演法的精髓是做出符合魔药名称的行为，明悟暗藏的规律，并以此严格要求自己。只有这样，才能调整身、心、灵的状态，贴近魔药内残余的精神，逐渐消化它。

别人对占卜家身份的认可，只是表面的因素，它之所以能让人感觉自身灵性变得轻盈，是因为这种反馈强化了自身对某些占卜行为的确认，而这些行为共同构成了能让魔药消化的"占卜家守则"。

"帮助别人解读启示，引导他们往好的方向前行，但又必须时刻保持对命运的敬畏，不膨胀，不自大，不盲信自身的解读……这就是我目前总结出来的规律，也是接下来扮演的精髓，如果真的能一直有效，那我用不了半年，或许两三个月，或许两三周，就可以彻底消化魔药。

"……刚才的征兆非常明显，难怪那位神秘的查拉图先生说，魔药被彻底消化的时候，非凡者本人能清晰体会到，不用别人教导，是就是，不是就不是……就像现在，虽然我的灵视有一点提高，但我非常清楚，这只是消化的节点，而非终点。"

想到这里，克莱恩忍不住又感谢起那位燕尾服小丑，感谢他用生命教育了自己！如果没有他，自己或许还需要在占卜俱乐部花费几个月的时间，才能通过一次次或好或坏的案例总结出"占卜家守则"，开始严格的扮演。

"莫雷蒂先生，有的时候，我甚至感觉您是一位哲学家。"听到克莱恩的回答，安洁莉卡叹息道。

"在我的圈子里，'哲学家'是骂人的词语。"克莱恩的心情变得不错，说完，他行了一礼，戴好帽子，告辞出门。

虽然安洁莉卡并不知道画像上那位先生的姓名和身份，但克莱恩一点也不沮丧，这样的收获已经足够让他进行下一步的计划了。

佐特兰街36号，黑荆棘安保公司内。

邓恩用深邃的灰眸看着手中画像，问道："你想用排查的方式找到这个人？"

"是的。"克莱恩早就组织好了语言，"队长，我之前不是说过要到占卜俱乐部观察会员们对海纳斯·凡森特突然死亡的反应吗？昨天我没有发现，但今天意外知道了画像上的人曾经和海纳斯·凡森特一起出现过，并秘密交谈着什么，我刚才翻了小队的调查记录，没看到上面记载过类似的人。"

他的描述没有任何问题，哪怕邓恩·史密斯现在拿着画像去占卜俱乐部，也会从安洁莉卡那里得到证实。

邓恩将视线从画像上移开，笑笑道："看来那笔经费没有浪费。"

……队长，你不是记忆力不好吗，怎么这个时候记起了经费的事情……克莱恩保持着微笑，没有说话。

"这是你画的？"邓恩随意问了一句。

"嗯，我借助仪式魔法画出来的。"克莱恩用百分之百的真话回答道。

当然，说真话和全部说真话是两回事情。

邓恩轻轻颔首道："你让老尼尔多弄几份，我等下就让科恩黎和洛耀他们去追查，并请警察部门协助。如果这条线索确实有用，你又立下功劳了。"

"女神庇佑着我们。"克莱恩在胸口点了四下，态度异常虔诚。

对他来说，邓恩他们能查出画像上那位先生的姓名和身份就足够了，他可以在灰雾之上占卜对方的下落！

出了黑荆棘安保公司，仍在休息日的克莱恩并没有立刻回家，而是乘坐公共马车前往码头区，抵达了恶龙酒吧门口。

他考虑过了，虽然"占卜家"缺乏直接的克敌手段，没有快速施展的法术，但战斗分成许多类型，并不是所有都属于遭遇战，只要有充分准备的时间，"占卜家"同样能使用仪式魔法对付敌人，就像他在赛琳娜家解决魔镜占卜事件一样。而这就意味着，"占卜家"最好还是随身携带些草药、精油和小蜡烛等物品，免得需要的时候拿不出材料，只能等死。毕竟不是谁都像赛琳娜一样，在自己家里放了一堆神秘学物品，刚好能够用上。

至于申请下来的那些，克莱恩的练习太频繁，已经用得差不多了，他衣服内侧的一个个小口袋里正装着剩余的部分。

克莱恩摸了下口袋内的纸币，推开恶龙酒吧的沉重大门，迈步走了进去。

此时正值下午，酒吧内顾客并不多，没有狗抓老鼠比赛，没有拳击的较量，显得相当冷清，不够热闹。

克莱恩望了眼喝酒打牌的两桌客人，准备走向那间通往地下交易市场的桌球室。就在这时，他看见一位身材魁梧、披着破旧海军军官外套的老者出来了。

"你是老尼尔上次带来的朋友？"那位褐发乱糟糟、浑身散发着浓郁酒味的蓝眼老者打量了克莱恩一眼，笑呵呵地开口道。

克莱恩隐约猜到了对方的身份，脱帽行礼道："是的，不知道该怎么称呼你？"

"老尼尔应该向你提过我，我是这里的老板斯维因。"蓝眼老者胳膊粗壮，肌肉结实，很有军官的气质。

前廷根市代罚者小队队长……据说曾经还当过皇家海军……克莱恩礼貌地回应道："是的。"

"如果你临时缺钱，可以来找我。"斯维因笑着提了一句，准备走向吧台。

就在这时，克莱恩心中一动，连忙喊道："等一下，斯维因先生，我有件事情想请教你。"

斯维因停住脚步，半转过身，笑呵呵道："你和你们，嗯，你们头儿真像。"

不，我没有记忆问题……克莱恩嘴角动了动，直截了当地掏出那张画像，问："你有没有见过这位先生？"

他刚才忽然想到，赛琳娜应该是被海纳斯·凡森特领进这个地下交易市场的，连带着让伊丽莎白也知道了恶龙酒吧，那么，画像上这位和海纳斯·凡森特有一定关系的先生会不会也曾经来过这里？

斯维因仔细看了一眼，肯定地回答道："我记得他，他来找我，问有没有霍纳奇斯主峰相关的文献和物品。"

霍纳奇斯主峰相关的文献和物品？克莱恩愣了一下，突然联想到了另外一件事情。

自己在德维尔图书馆借阅霍纳奇斯主峰相关的期刊时，管理员随口提了一句说有人刚刚归还，所以他记得很清楚，不需要再翻卡片确认是否存在。

难道在我之前借阅那些期刊的就是画像上这位先生？见证了安提哥努斯笔记交易过程的这位先生？

克莱恩越想越觉得有这个可能性，否则谁会没事借那几本期刊？

"嗯，霍纳奇斯主峰古代遗迹研究这么冷门的领域，除了相应的讲师和副教授们，一般的爱好者估计听都没听说过，就连原主这个历史系毕业的大学生也是从安提哥努斯家族笔记上才了解到……廷根市虽然是大学之城，但也不该有太多对此感兴趣的人……即使有，也多半存在于大学校园内，没必要专门到德维尔图书馆借阅……最为重要的是，借阅的节点恰好是最近这段时间……

"这么一分析，还真是有问题啊，我当时也是不够敏锐，竟然没有想到……哎，看来我没有当侦探，扮演福尔摩斯的天赋……"

他想法纷呈间，恶龙酒吧的老板斯维因疑惑道："有什么问题吗？"

因为周围有客人，有酒保，所以他只能笼统地询问。

"没有问题，我只是在想该怎么调查这位先生，你知道的，海纳斯·凡森特死在了家里。"克莱恩早就准备好了说辞，他可不想让代罚者们也对霍纳奇斯主峰的古代遗迹产生兴趣。

"凡森特是廷根市比较有名的占卜师，经常到我这里来。"斯维因果然被敷衍了过去，回忆着道，"仔细想想，画像上的这位先生最开始确实是和凡森特一起过来的……"

"这正是我想知道的，你有记住他的姓名吗？"克莱恩当即追问道。

斯维因呵呵笑了起来，摇头道："我不会去询问我顾客的姓名和身份，除非是原本就认识的，比如老尼尔。"

"好吧。"克莱恩故意流露出些许沮丧。

对他来说，斯维因知不知道其实已无关紧要，因为他可以去德维尔图书馆调查。

在这种私人捐赠的图书馆内借阅图书，必然会留下个人信息，并且是有足够可信度的那种！

要知道，克莱恩当初可是靠着资深副教授盖了印章的介绍函才办好借阅证的。

即使那位先生伪造了资料，也很有可能留下了什么线索，有助于我占卜……克莱恩目送斯维因走向吧台，若有所思地进入桌球室。

他没急着前往德维尔图书馆调查，打算先完成采购，毕竟谁也说不清楚后续会不会遇到危险，有没有需要使用仪式魔法的地方。

穿过几个房间，克莱恩进入了地下交易市场。此时摊位和顾客都相当稀少，显然还未到达高峰时期。他刚往前走了一步，忽然看见上次说他有死亡味道的"怪物"阿德米索尔站在角落里。

这位脸色苍白，眼神涣散中透着可怕疯狂的年轻人也有所察觉，望了过来。视线相触，阿德米索尔突然伸手捂住脸孔，惊慌失措地靠向墙角，一步一步挪动着。很快，他挪到侧门旁边，踉跄着跑了出去。

"有必要这样吗？不就是上次差点让你瞎了眼睛……可我什么都没有做啊……真是的，就跟我是大恶魔一样。"克莱恩的表情略微僵硬。

他摇头一笑，没再想"怪物"的事情，来到摆好的摊位前，开始进行有目的的挑选与购买。

半个小时之后，克莱恩花掉了大部分私房钱，用了足足好几镑。他数了数身上剩余的三镑十七苏勒纸币，又是心疼又是满足地抚摸起黑色风衣内侧小口袋里的一个个金属瓶子。

"这是戴莉女士用过的'安曼达'纯露。

"这是龙纹树树皮和叶子混杂的粉末。

"深眠花萃取出来的精油。

"干的洋甘菊花瓣。

"这是我刚才自己用材料调制的'圣夜粉'。

"……"

克莱恩一遍又一遍地回忆着每个小口袋内装的物品，免得紧急关头手忙脚乱，找不到想要的材料。靠着在神秘领域的特殊能力，他很快记忆完毕，迈步走向出口。

忽然，他眼角余光看见了一道略显熟悉的身影。

那是一位穿着嫩绿色轻便长裙的年轻女士，她的黑发柔顺有光泽，脸蛋较圆，眼睛细长，容貌甜美，气质温文。

是上次那位身体不正常颤抖的小姐？她看起来确实没事了……没想到她也是神秘学爱好者……克莱恩放缓脚步，思索了几秒，终于回忆起对方是谁。他不得不承认，除了目前看不清长相的"正义"，这位年轻女士是他穿越到异界后见过的姑娘里颜值最高的一个。

甜美温文的小姐站在一个卖神秘学图书的摊位前，略显失礼地半蹲下来，手指摩挲过一本古籍。

那古籍用深黑色的硬纸做成封面，上书着"女巫之书"这几个赫密斯文。

"里面记载了女巫的黑魔法，虽然我没敢尝试，但有人试过，确实有效。"摊主抓住机会推销道。

温文甜美的女士沉吟了几秒道："在你心里，女巫是什么样子的？"

"女巫？带来灾祸、疾病和痛苦的邪恶者。"摊主想了下，回答道。

他们的对话，克莱恩都没有听见，因为他已快步走出了大门——他急着去德维尔图书馆，急着办完一切回家给哥哥和妹妹做晚餐，做西红柿牛尾汤。

贝克兰德，王冠赛马场。

奥黛丽·霍尔穿着羊腿袖、荷叶边、胸前有蕾丝的白色长裙，站在贵宾包厢内，眺望着飞快冲刺的马匹。她头戴一顶镶嵌蓝色缎带和丝绸花朵的纱帽，双手套着浅色的薄纱手套，目光清冷而疏离，仿佛无法投入这热闹的场合。

就在赛马冲线之际，她的朋友格莱林特子爵靠拢过来，压低嗓音道："奥黛丽，每次看见你，你都有不同的美丽。"

"有什么事情吗？"以往的奥黛丽或许会短暂地沉浸于对方的赞美，但现在，她从格莱林特的语言和神态看出这位朋友另有目的。

格莱林特因为父亲早逝，刚满二十就继承了爵位，是个略显瘦弱的年轻人。他左右看了一眼，低笑道："奥黛丽，我认识了一位真正的非凡者，不属于王室的非凡者。"

你每次都这么说，每次都让人失望……奥黛丽目视前方，笑容优雅地开口："真的吗？"

"我用我父亲的名誉保证，我见过他的超凡力量。"格莱林特小声回答。

奥黛丽已不像以前那样会为此而激动，因为她本人也是一位非凡者了，但考虑到不能让格莱林特产生怀疑，她还是睁大了眼睛，勾出一个惊喜的笑容，颤声问道："我什么时候能见到他？"

嗯，见一见别的非凡者也好，不能一点小事都拿到塔罗会上解决……而且我也得有自身的资源，可以拿来与"愚者"先生、"倒吊人"交换的资源……不是任何事情都可以用金钱解决的……呼，寄出那一千镑以后，我也得节省一点了……

格莱林特很满意奥黛丽的反应，看着外面的赛马场道："明天下午，我的家里将有一场文学与音乐的沙龙。"

德维尔图书馆内，克莱恩从口袋里掏出证件和徽章，摆到几位管理员面前。

"我是阿霍瓦郡警察厅特殊行动部的见习督察，我有事情需要你们配合调查。"他回忆着以往看过的警匪片，沉声说道。

几位管理员翻看了证件和徽章，互相望了一眼，点头道："警官，您尽管提问。"

克莱恩念出《新考古》等期刊的名字，末了道："我要这些期刊的借阅记录，最近两个月的。"

他发现图书馆管理员里有上次接待过自己的人，但对方显然没能认出他。

"好的，您稍微等待一会儿。"

几位管理员开始忙碌，很快就找出了最近的借阅记录。克莱恩认真翻看起来，寻找与自己借阅了同几本期刊的名字。

这样的名字并不多，只有一个。这人陆陆续续来借了几回，借的那些期刊基本包含了克莱恩知道的部分，最早的借阅记录在五月底，最近一次则在上个星期六，海纳斯·凡森特死亡的前一天。

克莱恩用手指摩挲着那位借阅者的资料，将它们牢牢记在心里："西里斯·阿瑞匹斯，布料商人，家住豪尔斯街区19号……"

家住豪尔斯街区19号？记忆资料的时候，克莱恩敏锐把握到了一个信息。

"嗯，韦尔奇的住所在豪尔斯街区，占卜俱乐部在豪尔斯街区，这位叫作西里斯·阿瑞匹斯的布料商人也在豪尔斯街区……这么看来，韦尔奇认识海纳斯·凡森特就不是什么奇怪的事情了，甚至他就是通过西里斯·阿瑞匹斯认识的……"

霍然之间，克莱恩觉得线索连了起来，思绪一下变得通畅。

克莱恩原本对韦尔奇为什么会认识海纳斯·凡森特充满疑问，因为这位银行家的儿子不是一个爱好神秘学的人，对他来说，钱比占卜更加有用。而现在，克莱恩觉得自己可以初步推断双方结识的过程了。

"根据各种期刊资料，中产和富豪阶层很乐意拜访同层次的邻居，以形成一个有助于自身的社交圈子。同样处在豪尔斯街区的韦尔奇和布料商人西里斯完全有动力、有机会成为朋友……

"西里斯认识经常到豪尔斯街区占卜俱乐部的海纳斯·凡森特也不是特别难以理解的事情，也许是一个偶遇，也许是一次帮忙，就能让长期出现于同一个区域的人熟悉……

"海纳斯·凡森特想出售手里的古籍，于是通过西里斯的介绍，找上了历史系大学生韦尔奇……

"海纳斯梦里出现了疑似邪神真实造物主的影像，自身也掌握着正确的咒文格式，这些都说明他在神秘学领域走得很深入，不排除是某个隐秘组织成员的可能性……也不排除他加入隐秘组织是受到西里斯引导的这个可能性。

"……"

种种想法涌动之间，克莱恩即使没用占卜手段，也几乎可以确定对方留下的资料有不小的可信度："哪怕不叫西里斯·阿瑞匹斯，不是布料商人，不住在19号，他也肯定住在豪尔斯街区，或者附近区域！"

克莱恩边思索边重新审视对方的借阅记录："最后一次到德维尔图书馆是上个星期六，赛琳娜生日晚宴前一天，也就是海纳斯·凡森特死亡的前一天，到现在，好几天过去了，他依旧没将借走的期刊归还。

"根据前面的记录，在只借两本期刊的情况下，他一般隔天就会再来。这是否表示西里斯得知了海纳斯的死亡，受到惊吓，不敢再来德维尔图书馆？

"嗯，他最开始借了很多无关的历史图书和期刊，后来才逐渐明确目标，与我借阅过的那些出现大规模重合……这说明他没人指导，没有向大学历史系资深副教授请教，全靠自己摸索。

"受到惊吓的目标在正常情况下会怎么做呢？两种选择，一，在资料基本齐备的情况下，他会直奔霍纳奇斯山脉主峰；二，还欠缺主要条件时，他会先躲起来，看一看风头，等确认海纳斯的死亡牵扯不到自身后，才再次出现。"

想到这里，克莱恩合拢借阅记录，将它归还给图书馆管理员，并拿出画像，询问几位管理员是否见过目标。可惜，每天来这里的借阅者不少，这些管理员对没什么明显特点的人很难有印象。

"好的，麻烦你们了。"克莱恩收起证件和徽章。

他可没打算自己一个人单枪匹马地查下去，这不仅危险，而且烦琐。他计划再去一次佐特兰街，将接下来的事情交给队长和队友，自己则回家给哥哥和妹妹做西红柿牛尾汤，顺便借助灰雾之上那片神秘空间占卜一下目标的状况和行踪。

"警官，没有别的事情了吧？"一位管理员松了口气，恳切地问道。

克莱恩微微点头道："没有了，如果出现新的线索，我会再来的。"

他左手握住黑色镶银手杖，快步走向门口。就在这时，他看见一位穿黑色双排扣礼服并让领子高高竖起的男士低着头走进来。

双方擦身而过的瞬间，克莱恩瞄到了对方浓密而杂乱的眉毛，瞄到了一双灰蓝色的眼眸！

这些都是高高的领子无法遮掩的部位！

西里斯？西里斯·阿瑞匹斯？这么巧？克莱恩愣了一下，没想到自己会直接遇见目标。

这叫什么运气！这未免也太巧了吧？他衡量了一下自身的状况，感受到了肌肉的酸痛，于是装作什么也没有发生一般，继续走向门口。

嗯，做人就得遵从心的意愿，稳字当头！只要西里斯还没有离开廷根，这次错过无关紧要！

这个时候，穿着黑色双排扣礼服的男子走到接待台前，将手中的期刊递给其中一位管理员。

"归还。"他压低嗓音，含糊着说道。

那位图书馆管理员随手接过期刊，看了一眼，忽然怔住。他下意识抬头望向对面，身体开始控制不住地颤抖起来。

"有问题吗？"那位将领子高高竖起的男子沉声问道。

他的这句话就像点燃炸药桶的火星，让那位管理员瞬间失控，边往旁边奔跑，边高声喊道："警官！那个罪犯在这里！"

此时此刻，还没来得及出门的克莱恩心里只有一句"我靠"在疯狂回荡。他本能地将右手伸入腋下，取出了左轮。

而那名男子先是一愣，旋即转身噔噔噔地跑了起来。但是，他没有奔向门口，而是往侧面的凸肚窗逃去，似乎要撞破玻璃，跳向外面。

正慌得不行的克莱恩回头看到这一幕，心里突然安定了下来。因为他发现虽然自己怕目标，但目标更怕自己！

"在这样的仓促遭遇中，对方肯定无法判断我的实力，弄不清楚我究竟擅长什么，所以，本就心虚的他肯定会下意识避开正面冲突，寻求别的逃脱办法！"心中一定，克莱恩抬起左轮，乓的一下扣动扳机。

就在这个时候，穿着黑色双排扣礼服的男子猛然一滚，试图避开子弹。紧接着，他右手一按，整个人腾空而起，撞向了凸肚窗的玻璃。

噗！克莱恩的第一枪是空弹。

然而，这是他早有预料的事情，他趁着西里斯在半空中难以躲避的机会，向着最方便射击的躯干部位再次扣动扳机。

乓！

银色的猎魔子弹穿透空气，稳稳钻入西里斯的背部。

哐当！玻璃破碎，西里斯撞了出去，在窗台上留下一滴滴赤红的血珠和一块块晶莹的碎片。

见对方受伤，克莱恩不再胆怯，噔噔几步跑了过去，借助椅子跳上窗台，跃向外面。

那里是德维尔图书馆一楼的后面，一排排挺拔的树木隔出了一片绿油油的草坪，中了一枪的西里斯正往侧方跑去，试图进入两栋建筑间的小巷。克莱恩还没练出奔跑时的命中率，不敢盲目开枪，只能一手持杖，一手握枪，跟着那道穿黑色礼服的背影大步急追。

噔噔噔！他沿着地面的血迹，努力缩短着两人的距离。

眼见拐角在望，眼见受伤的西里斯速度越来越慢，正待抓住机会的克莱恩忽然心有悸动，只觉前方那位似乎不是人类，而是恶狼，是老虎，蕴藏着可怕的危险。

这是他身为"占卜家"的本能，这是灵性对他的示警！

克莱恩立刻放缓脚步，眼角余光扫到了地面的血液：和最初相比，西里斯现在滴落的血液已变成了黑色！

就在这时，一阵狂风扑面，克莱恩的眼眸中映照出了西里斯的脸庞。那是浓密而杂乱的眉毛，那是灰蓝色的眼眸，那是一颗又一颗凸起的肉瘤，那是裂开了的嘴角，那是白森森的牙齿。

西里斯竟然在这一刻展开了反扑！

克莱恩眼中的脸庞越来越清晰，他似乎能闻到某种恶臭的气息！

啪！西里斯一下就扑出了七八米的距离，明显超出了正常人的范畴。好在克莱恩及时停止了追赶，双方之前的距离有差不多十米，现在还剩不到两米。

隔着较短的距离，垂着黏稠唾液的嘴巴和恶心到极点的密集肉瘤构成了一幅清晰而惊悚的画面，让克莱恩的精神高度紧绷。他想都没想，趁着对方一扑落空的短暂僵硬，抬起右手乓乓连击，将子弹尽数射向了目标的头部。

乓！乓！乓！乓！

极近距离的射击让一颗又一颗的银色猎魔子弹钻入了西里斯的脑袋，打得对方血液飞溅、面目模糊，打得对方后仰停滞。

一口气射光了左轮手枪内的所有子弹，克莱恩下意识想后退，以便确认战果。但这个时候，努力站直的西里斯给了他极大的惊吓，让他猛然挥出了左手持握的手杖。

啪！坚硬的黑色镶银手杖抽中了西里斯的脖子，留下一道深红色的痕迹。

啪啪啪！克莱恩本能地连续抽打着对方，直到西里斯摇摇晃晃地倒地。

呼！呼！呼！克莱恩边用手杖杵地，大口喘气，边死死盯着目标，害怕对方突然诈尸。

此时，西里斯的头部几乎成了摔碎的熟西瓜，残余的密集肉瘤开始消退，身体则在抽搐了几下后归于平静。

克莱恩没急着去检查尸体，而是丢下手杖，掏出随身携带的猎魔子弹，一枚一枚塞入左轮。做完这一切，他才稳住精神，强忍恶心，半蹲下去，摸索起西里斯黑色双排扣礼服的口袋。

一个口袋，两个口袋，三个口袋……克莱恩很快翻找出了一个沾血的皮夹，一张德维尔图书馆的借阅证，两把挂在一起的黄铜色钥匙，一个没有塞任何东西的烟斗，一把带鞘的匕首，以及几张折得整整齐齐的信纸。

将信纸之外的全部东西放在一旁的地面后，他站直身体，顺势瞄了两眼皮夹，确认里面只有十几苏勒的纸币和少量铜便士。

"这个皮夹做工还挺精良嘛，可惜了……"克莱恩无声暗叹，思绪有些发散。

如果不是今天花了太多私房钱，购买皮夹已经在他的日程安排上了。

摇了摇头，克莱恩展开信纸，以浏览的方式飞快阅读。

尊敬的Ｚ先生：

请允许我为自己辩护，我和海纳斯将安提哥努斯家族的笔记转手卖掉并不是愚蠢，也不是背叛，在我们手里的时候，它表现得没有一点特殊之处。

我怀疑它活着，怀疑它是具备一定生命和智慧的邪恶物品，是必须被封印的危险事物。

它在不同阶段、在不同的人面前呈现的内容并不一样！这一点，我从警察厅内部的羔羊那里获得了证实。

虽然那本笔记每次呈现的内容都足够真实，有许多的佐证，但我认为，只有在安提哥努斯家族的后裔手中，它才会露出完整的模样。

我和海纳斯得到它的时候，只能看见一些安提哥努斯家族的琐事，看见霍纳奇斯主峰上那个夜之国的大概情况，以及上次提交给您的三份序列魔药配方。

您知道的，密修会掌握着"占卜家"途径，拥有极强的追踪能力，所以，我和海纳斯都认为继续保管那本笔记是非常冒险的行为，而当时它所体现出来的价值并不足以让我们去冒这个风险。

在来不及等待您回信的情况下，我们经过商量，将笔记卖给了同一个街区的韦尔奇，他喜欢搜集文物和古籍，出得起大价钱。后来就是您所知道的那些事情了。

这是我想说明的第一件事情，而在我书写这一行文字的时候，海纳斯死了，死因是睡梦中突发心脏疾病，这肯定是主对他的恩赐，让他避免了落入异教徒手中的结局。

我不得不转移到更加安全、隐蔽的地方，甚至不敢出门。幸运的是，那个羔羊告诉我，海纳斯被异教徒盯上不是因为安提哥努斯家族的笔记，也不是因为他暴露了身份，而是他愚蠢地收了个女学徒，想慢慢发展对方成为我们的一员。

他的女学徒偷看了他的秘密咒文，在有值夜异教徒注视的情况下，尝试了魔镜占卜，接下来的发展相信您能猜想到，不需要我再描述了。

可惜的是，那个羔羊的身份还不够高，无法弄清楚具体的细节。

从各种反馈来看，异教徒们并没有怀疑我，他们的调查因为海纳斯的及时死亡而中断。所以，我回到了街上，打算先去德维尔图书馆再借几本期刊，寻找更多的线索。

作为同样掌握了"占卜家"途径的势力，安提哥努斯家族对自身的覆灭应该有一定的预料，他们肯定留下了支持复兴的秘密宝藏！

有足够的理由相信，那个宝藏就在霍纳奇斯山脉的主峰，就在夜之国的遗迹某处！

看到这里，克莱恩的瞳孔急剧收缩，差点让信纸从手上飘落。

安提哥努斯家族掌握的那个序列是"占卜家"途径？这还真是巧了！

一个个惊雷在克莱恩脑海中炸响，炸得他精神纷乱，又有了宿命的感觉："让原主死亡，间接帮助我穿越的笔记来源于掌握了'占卜家'途径的安提哥努斯家族，让我最终选择了'占卜家'魔药的是罗塞尔大帝的日记，而罗塞尔大帝倾向于'占卜家'序列则是因为神秘的查拉图先生，同样掌握了'占卜家'途径的密修会首领！

"这简直就像命运编织了一个让人喘不过气的罗网……所有这些的背后又到底藏着什么呢?"

克莱恩拿着信纸,来回踱了几步,试图从别的方面寻找刚才那些内容的佐证。

"嗯,查拉图家族掌控的密修会在追逐和寻找安提哥努斯家族的遗留物……从双方属于同一非凡途径来看,这样做的理由和动机都足够充分——也许是想补完序列,也许是想获得高序列晋升的稀有材料,也许是贪图对方积攒下来的避免失控的经验……

"这样一想,安提哥努斯家族至少掌握了'占卜家'途径的部分序列链条是相当合理的事情。

"对了,我占卜'小丑'魔药的线索时,出现的画面几乎都与安提哥努斯家族有关,唯一的例外是密修会的燕尾服小丑……所以,那些象征的真正意义是,每一幅画面都是一个获得'小丑'魔药的可能性,都藏着一条线索,只是我不明白关键,所以遗憾地错过了。"

有了这两方面的佐证,克莱恩几乎相信了西里斯在信上提到的事情,也明白了自己听见不该听见的声音时为什么总是有"霍纳奇斯"这个单词。

"最早出现类似状况那次,就是我刚服食完'占卜家'魔药的时候!"他表情严肃地在心里自语道。

与此同时,他猜测"接触过安提哥努斯家族的遗留物且还活着"与"成为'占卜家'途径的非凡者"是听见"霍纳奇斯"相关耳语的两个必要条件。

在霍纳奇斯主峰的古代遗迹里,真的藏着安提哥努斯家族留下的秘密宝藏吗?不,不能去想这个!仅是那本笔记就害死了一堆人,完整的宝藏只会更加可怕!克莱恩下意识摇头,将目光投向了第三张,也就是最后一张信纸的末尾。

尊敬的Z先生,我希望得到您的帮助,我想您对那个宝藏应该也有足够的兴趣。

在此之前,我会让自己像一个正常人,正常的历史爱好者。

最后,等到毁灭日降临,我将向主奉献廷根市的全部羔羊。

主卑微的西里斯·阿瑞匹斯

看完西里斯的信,克莱恩忽然有些想笑:"嘿,怎么有种我拯救了廷根市的感觉?这家伙究竟想做什么啊?邪教徒真是不可理喻……

"那位Z先生是谁,位格很高的样子嘛……至少也是队长那个序列的。"

"西里斯的这封信要寄往哪里？他没有写地址啊……看来这就是邪教徒的谨慎，不到寄出去的最后时刻，不会写下地址……

"对了，既然安提哥努斯家族掌握了部分'占卜家'途径，那西里斯提交上去的从安提哥努斯家族笔记中获得的三份配方是不是包含了'小丑'魔药？

"很有可能!"

这个瞬间，克莱恩似乎找到了"小丑"魔药的线索。虽然西里斯没有随身携带配方，但他的家里，他藏身的地方，或许留着相应的记载，而他的脑袋里，他的记忆中，则肯定有！

克莱恩将目光投向了面前的尸体，思考着怎么让死人开口。几乎不需要考虑，他脑海内直接冒出了一个办法：通灵！

"通灵者"可以直接与还未散去的灵沟通，"占卜家"和"窥秘人"等职业借助仪式魔法也能勉强办到。

上一次面对燕尾服小丑的尸体时，克莱恩一是急着救人，二是没带材料，三是缺乏把握，这才没考虑通灵，错过了最佳的时机，等回到黑荆棘安保公司，灵早已消散了大半，即使"通灵者"来，也只能获得一些粗浅的信息。而现在，克莱恩正好将材料配置齐全，又有了借助梦境占卜技巧与残留怨念沟通的经验。

"就怕通邪教徒的灵，会像队长入海纳斯的梦一样，看见恐怖的存在……不过，队长也只是萎靡了两天，受伤不算太严重，不算太严重，嗯，可以试一试!"只犹豫了十几秒钟，克莱恩就做出了决断，他还是不想错过这次机会。

他抬起头，转过身，将目光投向玻璃破碎的地方，投向正往这边张望的围观群众。

掏出证件和徽章，克莱恩先行返回那里，隔着玻璃嶙峋的凸肚窗，对围观者道："我是阿霍瓦郡警察厅特殊行动部的见习督察，我已经击毙了那名歹徒，麻烦你们找个人带上这枚徽章去附近警局，请他们派人过来处理后续。剩下的几位帮我封锁这里，不要让别人靠近，破坏了现场痕迹。"

"是，警官!"那位坑了克莱恩一把的管理员当即接过了徽章。

等到现场被封锁，再没有人进入这片草坪，克莱恩才重回接近拐角的位置，站在了尸体的侧方。

他一边庆幸无辜群众看不到样子更接近怪物的尸体，一边放好手杖和左轮，伸手从黑色薄风衣内侧的那排口袋里掏出一个金属小瓶。

他要用通灵仪式和梦境占卜的技巧，让死人开口！

第六章
CHAPTER 06
✦ 值守查尼斯门 ✦

克莱恩拧开金属小瓶的盖子，将它凑至鼻端，闻到了略显刺激但让人精神一振的味道。

这是由深眠花、龙血草、深红檀香和薄荷等草药调配成的"圣夜粉"，因为制作简单，克莱恩在地下交易市场补充完材料后，当时就找机会配了一瓶，如今正好派上用场。

克莱恩往掌心倒出部分"圣夜粉"，随之沉淀精神，让眼眸转深，然后，他收好金属小瓶，捻起粉末，将灵性灌注入内，并撒向地面。

他边撒边走，绕了西里斯的尸体一圈，无形的墙壁霍然立起，将这里与外界隔离。

克莱恩抖掉剩余的"圣夜粉"，又拿出别的金属小瓶，将里面的"安曼达"纯露等液体依次滴向四周。

他布置仪式的顺序与老尼尔在瑞尔·比伯家那次有所不同，因为想要祈求的事情不同，希望达到的目的也不同。

比如，老尼尔是先洒液体，后用"圣夜粉"，这能营造出仅次于正式祭坛的宁静与圣洁，而克莱恩则是先用"圣夜粉"，后洒液体。因为他的目的只是避免西里斯残留的灵性被周围的事物打扰，并拥有一个勉强满足仪式需求的环境。如果他换用老尼尔的方式，那西里斯残留的灵性将被驱除出去，根本无法沟通。

做完这一切，克莱恩收好材料，保持冥想的状态，用赫密斯语低声诵念起咒文：

"我祈求黑夜的力量，

"我祈求隐秘的力量，

"我祈求女神的眷顾。

"我祈求您让我与祭台内的邪教徒灵性沟通。

"……"

随着咒文在密闭环境里回荡，克莱恩猛然感受到了磅礴的、恐怖的、隐秘的力量降临。他的眸子完全变黑，似乎失去了瞳孔，失去了眼白。

抓住这个机会，克莱恩在心里默念起占卜语句：

"'小丑'魔药的配方。

"'小丑'魔药的配方。

"……"

默念之中，他借助冥想让自己短暂进入了梦境，站着进入了梦境。

在没有天空和大地的灰蒙蒙的世界里，克莱恩这次异常清醒地注视着一道透明的、虚幻的身影。

他伸出右手，触碰向西里斯残留的灵，伴随着轰的一声，他眼前的场景霍然改变。

那是一张涂了暗红油漆的书桌，那里立着承载三根蜡烛的银制烛台，那里摆放着一页空白的信纸。

西里斯正持握钢笔，书写出通用的鲁恩语。

> 这是第二份配方，笔记记载的名称是"小丑"。
>
> 纯水80毫升，曼陀罗汁液5滴，黑边太阳花粉末7克，金斗篷草粉末10克，毒堇汁3滴，以上是辅助材料。
>
> 主要的非凡材料是：成年的霍纳奇斯灰山羊独角结晶1枚，完整的人脸玫瑰1朵。

西里斯似乎不需要回想，唰唰唰就写完了"小丑"魔药的配方。

写完后，他略微停顿，喝了口咖啡，然后解下了缠在手腕部位的银制吊坠。他握住吊坠，半闭上眼睛，喃喃自语着"毁灭日""心的宁静""愿主庇佑""向您忏悔"等单词和句子。

等西里斯祈祷完毕，克莱恩终于看清了那枚吊坠的样子。

一环一环扣住的银制手链下方，垂着一个拇指大小的人形雕像。这雕像有着巨人独特的竖直单眼，头部朝下，双脚被链条捆住，连接着上方。

就在这时，那巨人的竖直单眼突然闪过一道血红色的微光。

咔嚓！

克莱恩眼中的场景瞬间支离破碎，他双腿一软，险些跪倒于地面。

脑袋传来被人狠狠抽了一棒的疼痛，克莱恩眼前尽是血红，双手不由自主地撑在膝盖上。

过了几秒钟他才缓过来，重新站直，只觉自身灵性异常虚弱，似乎又听到了刺穿精神的耳语。

不过，得益于他消化魔药的进展，异常的反应很快就全部归于平静。

"倒吊的巨人，真实造物主……西里斯和海纳斯是极光会的成员？可是，队长在海纳斯·凡森特的梦里看到的是巨大十字架，是倒吊着被钉于十字架上的恐怖存在，并非极光会的'倒吊巨人'……"

克莱恩做了两次深呼吸，等待着灵性的缓慢恢复。

极光会是最近两三百年才出现的隐秘组织，他们崇拜真实造物主，以倒吊的巨人作为那位存在的象征，他们相信每个人都拥有神性，只要精神足够坚韧，能承受住一次又一次的考验，就可以积攒到丰厚的神性，成为天使。

根据值夜者内部资料记载，极光会掌握的序列9叫作"秘祈人"，这些非凡者能够察觉到某些神秘恐怖的存在，掌握了一定的祭祀知识和少量仪式魔法。

有足够的证据表明，资深的"秘祈人"或多或少都会出现认知上的扭曲，且容易失控。

极光会掌握的序列7不详，序列8是"倾听者"，这是相当可怕的非凡职业。

每一位"倾听者"都能直接听到对应的隐秘存在的耳语，所以，他们往往可以获得不少强大的、扭曲的、独特的能力，但相应的，"倾听者"如果无法获得晋升，那他们很难存活超过五年。

另外，值夜者内部资料给予的评价是，所有的"倾听者"都是疯子，哪怕平时表现得很正常，也必然是隐藏的疯子。

克莱恩在脑海内飞快过了一遍极光会的资料，初步判断西里斯是"秘祈人"。

"从描述看，'秘祈人'和'占卜家'在遭遇战上面一样的烂，这倒是符合西里斯的表现，后来是重伤造成了失控？呃，弗莱说过，每位非凡者死亡后，或多或少都会有些奇怪的变化……"

克莱恩边想边在胸口点了四下，赞美女神。紧接着，灵性稍微恢复了一点的他按照顺序结束了仪式，解开了密封的灵性之墙。

呜呜的风声吹拂，克莱恩强迫自己再次看向西里斯的尸体。

他注意到西里斯血肉模糊的脸上还残留着一颗明显的肉瘤，一颗深紫近黑的肉瘤，里面似乎有液体，还有光芒在晃动。

"这究竟是什么变化啊？"

克莱恩揉着太阳穴，没敢去触碰。他弯腰拿起手杖，让手杖承担了身体的部分重量。

经过刚才的反噬变化，他知道西里斯残留的灵性已彻底被毁坏，即使"通灵者"戴莉也无法与对方沟通了。

等了一阵，克莱恩等来了队长邓恩和队友伦纳德、科恩黎。

"我感觉你和非凡者、和邪恶力量有着宿命的羁绊，你这段时间遭遇的超凡事件比我们以前一个季度见到的还要多。"伦纳德望了眼地面的尸体，状似随口地开了句玩笑。

"或许不是巧合。"

克莱恩霍然想到了在梦境占卜中看见的那个红烟囱，以及上次看见的霍纳奇斯山脉主峰的巍峨宫殿和无形注视，于是趁着机会点了一句。

邓恩环视一圈，用幽邃的灰眸看着克莱恩道："你尝试过通灵了？"

现场的"圣夜粉"和纯露精油味道还有残留。

"是的。"克莱恩坦然回答，"我担心你们到来太迟，残留的灵性会消散。"

"看你的状况，不是太好？"矮个子的科恩黎关心了一句。

克莱恩一边将西里斯还未寄出的信递给队长，一边从最初开始讲起："我去地下交易市场购买仪式材料时，忽然想到赛琳娜曾经到过恶龙酒吧，而且是海纳斯·凡森特引她进入的，这就表明海纳斯是那里的常客，所以，我怀疑画像上的先生，那位与海纳斯有一定关系的先生，可能曾经也到过地下交易市场。

"我拿着画像询问老板斯维因，他给予了肯定答复，告诉我这位先生试图购买霍纳奇斯主峰相关的文物和古籍。这让我一下联想到了这里，联想到我借阅对应的期刊时，有人刚刚归还……"

伦纳德正微笑着旁听，忽然插嘴道："于是你拿着见习督察的证件和特殊行动部的徽章来到这里，调查那些期刊的借阅记录？

"其实，我很好奇，你为什么会和这位先生发生冲突？即使你们直接相遇了，以你的做事风格，也应该装作不认识，然后尽快离开图书馆，到佐特兰街找我们帮忙。"

"是的，你没必要冒险，只要确定了目标，只要他还没离开廷根，后续总会有方法找到的。"浏览信件的邓恩跟着补充了一句。

克莱恩顿时有点尴尬："图书馆的管理员认出了他，大声喊警官帮忙。我不可能假装没听到……"

伦纳德和科恩黎当即对视了一眼，一个没有掩饰笑意，一个将头扭向了旁边。

邓恩轻轻颔首，让目光从信上移开道："通灵有什么收获？"

"我看到了一个雕刻着'倒吊巨人'的坠子，看见巨人的独眼闪过血红，然后就退出了仪式。"克莱恩如实说道。

他暂时没说"小丑"魔药的事情，这是基于两方面的考量。

一方面，如果邓恩等人能在后续的追查里从西里斯的藏身处找到对应记载，那他说和没说毫无区别，不会额外增加功劳。

另一方面，要是邓恩等人没有找到，他可以在将来找机会上报，为申领材料、调配魔药积攒更多的功劳。这就是一份功劳分成两次领的办法，来源于老尼尔这段时日的言传身教。

"极光会吗？"邓恩若有所思地低语了一句，然后问了一些相关的问题。

等到克莱恩一一回答完毕，他看了眼对方疲惫的神态，扬了扬手杖道："不错，你破坏了一起针对廷根市的阴谋，可以回去休息了。

"科恩黎，你去找老尼尔过来。"

吩咐完，邓恩摇头苦笑道："序列6之前，'不眠者'途径的非凡者缺乏许多辅助能力，甚至连仪式魔法都只能掌握最简单最基础的几个。"

"队长，你的意思是，从序列6开始，'不眠者'途径的非凡者会得到相应的增强？"克莱恩好奇地反问道。

"嗯。"邓恩给予了肯定的答复。

离开德维尔图书馆后，乘坐公共马车返回水仙花街的克莱恩好几次险些在途中睡着。

他强撑着进门，取下帽子，脱掉外套，靠着沙发就睡了过去。不知过了多久，他猛然醒来，掏出怀表，啪地按开。

"梅丽莎还有半个小时回来，班森还有四五十分钟……得让他们等一个半小时才能享用晚餐了……"

克莱恩揉着额头，走入厨房。他先用冷水洗了把脸，然后取出中午就买好的牛尾、西红柿、胡萝卜和洋葱等食材。

做完准备，他忽然怔住，总觉得这和下午遭遇的事情不太搭。

"我可是刚拯救了廷根市的男人……"克莱恩好笑地嘟囔了一句，穿上白色的围裙，提起菜刀，开始了忙碌。

八点之后，莫雷蒂家的餐厅内。

看着只剩浅浅汤底的餐盘，班森抬手捂住嘴巴，满足地打了个嗝。

"虽然已经是第三次吃到它，但我依旧觉得足够美味，西红柿的酸甜和牛尾富有弹性的肉质、非常特别的鲜味完美融合在了一起。克莱恩，我真遗憾，黑荆棘安保公司让廷根市损失了一位出众的厨师。"

梅丽莎往后靠住椅背，无声地附和着点了下头。

"这只是因为你们没见识过真正的厨艺。"克莱恩谦虚地笑道，"以后如果有机会，我们去豪尔斯街区的波拿巴餐厅品尝正宗的因蒂斯大餐，去金梧桐区的海岸线餐厅品尝南方的美味。"

这都是经常上报纸的餐厅,前者人均消费是一镑半。

"我更喜欢你做的。"梅丽莎没有犹豫地回答。

班森呵呵一笑,转而说道:"但我始终感觉你做的西红柿牛尾汤差了点什么,或许,或许是它不该搭配面包?"

克莱恩赞同地点头:"它的最佳搭档应该是米饭。"

"米饭……"梅丽莎低语了一句,神色间竟颇有几分向往之情。

处于偏北位置的廷根,不算大都市的廷根,除了去特定的几家餐厅之外,很难吃到米饭。对班森和梅丽莎来说,这种食物几乎只存在于报纸的描述里,只存在于课本偶尔的介绍中。

看见妹妹的表情,克莱恩哈哈一笑道:"等我们再攒半年的钱,就找机会去迪西海湾度个假,品尝那里的美食。"

迪西海湾位于鲁恩王国最南方,有三分之一属于费内波特王国,那里阳光充沛,风景宜人,海鲜饭非常出名。

不等梅丽莎发表要节俭的意见,克莱恩主动提道:"再等三个月,我的薪水会有一次较大幅度的提升,完全可以同时满足旅行和攒钱的需求。"

"为什么?"班森和梅丽莎果然都被带歪了注意力。

克莱恩轻咳两声,微笑着解释道:"基于我不错的专业素养,时常和我们公司合作的警察部门也有意请我兼职历史方面的顾问,他们会额外支付我一份薪水,每周至少两镑。以后你们如果看见我穿着警察制服,拿出相应证件,千万不要感到惊讶。

"当然,你们都知道的,政府部门的办事效率就像九十岁老太太的脚步,他们还需要一个漫长的流程,还需要一次对我的考核,所以我这两个月的休息日会经常去霍伊大学,找我的导师,找认识的教员,学习更多的知识。"

在哥哥和妹妹诧异的眼神里,他顿了顿,表情略显古怪地开口:"就像罗塞尔大帝说过的那句话一样,活到老,学到老。"

班森沉默几秒,半是感慨半是自嘲地说:"我现在报考大学还来得及吗?知识果然就等于财富。"

还等于力量……克莱恩默默补充了一句。

"班森,你需要克莱恩的文法书籍,需要他的古典文学教材。"梅丽莎冷不丁地帮克莱恩说出了他想说的话。

班森的表情似有变幻,他咬了咬牙齿道:"克莱恩,你今晚就把那些书籍给我。即使它们再有助于睡眠,我也要每天坚持着读一个,不,一个半小时。"

"我以女神的名义发誓！如果做不到，我就是卷毛狒狒！"

克莱恩当即笑容满面："没有问题。"

第二天上午，克莱恩将外套和帽子挂于休息室的衣帽架后，按照罗珊转达的话语走入地底，一路前行至查尼斯门外面的值守室。

队长邓恩，队员弗莱、西迦、洛耀、伦纳德和科恩黎已全部到齐。

有着一双灰眸的邓恩扫过门口的新晋值夜者，笑笑道："我们每周四都会有一次例行的会议，总结之前的任务情况，讨论面对的各种疑难。"

我也是经受过无数次例会考验的人……克莱恩腹诽一句，找了个位置坐下，开玩笑道："需要先自我介绍吗?"

邓恩笑了一声，转头望向科恩黎："你把西里斯·阿瑞匹斯的后续调查情况简要讲一讲。"

科恩黎也是从文职人员转成的值夜者，个子不高，褐发还算浓密，身材相当匀称，肌肉非常结实，给人精明强干的感觉。

他想了想道："我们在老尼尔的帮助下找到了西里斯的秘密藏身点，现场有不少的书籍和物品，基于它们，可以确认西里斯是隐秘组织极光会的下属成员，是一名'秘祈人'。

"有足够的证据表明，安提哥努斯家族笔记就是他和海纳斯·凡森特卖给韦尔奇的。不记得韦尔奇的人，可以询问克莱恩。

"我们找到的有价值的物品包括三份序列魔药的配方，分别是序列9'占卜家'，序列9'学徒'，序列8'小丑'……

"接下来的任务是，根据还未销毁的部分信件和西里斯平时的交往圈子，找出信奉了邪神的极光会外围成员，重点是那位藏在警察部门的邪教徒。还有，与海纳斯有接触的人也需要重新排查。"

邓恩轻轻颔首，望向克莱恩："你也听到了，我们获得了'小丑'的魔药配方，但暂时无法确认是否真实，有待于圣堂给我们反馈。

"极光会有关的任务，你做出了主要的、关键的贡献，加上射杀密修会成员那件事情，你甚至不需要多久就能获得足以晋升的功勋。

"但我必须提醒你，并非每个人都是戴莉，你要忍耐住渴望，忍耐三年，不能被'小丑'魔药的配方影响心态，以免出现失控。"

队长，这是因为你不明白扮演法的神奇……我昨晚在灰雾之上已用占卜的方法初步确认了"小丑"魔药的配方正确……克莱老实点头道："我会控制住自己的情绪。"

接着，白发黑瞳、气质沉静的"午夜诗人"西迦·特昂道："依旧没能找到'教唆者'特里斯的线索，我怀疑他已经逃离了廷根。"

一件一件事情交流完毕，克莱恩离开值守室，找老尼尔继续神秘学的课程，下午则前往格斗老师高文那里，做基础的力量、耐力和整体协调性训练。

下午五点，阳光依旧灿烂。

克莱恩脱掉练习服，快速洗好澡，换上原本的衣物，乘坐公共马车来到贝西克街。

他没有忘记在梦境占卜中见到的红烟囱，也没有忘记在地下交易市场购买了"观众"魔药辅助材料，疑似心理炼金会成员的男子，但这都不方便借助值夜者的力量展开调查。

"27号，亨利私家侦探事务所……对，就是这里。"

克莱恩根据报纸上的描述找到了一家据说很值得信赖的私家侦探事务所。他戴上口罩，压低礼帽，竖起领子，沿着楼梯往上，来到位于二层的事务所。

咚咚咚！他敲响了半掩的大门。

"请进。"一道仿佛含着老痰的嗓音传了出来。

克莱恩提着手杖，推门而入，看见这家侦探事务所采用了半开放式的格局，雇员共有四位，各自坐在用挡板隔出的位置上。

"你好，我是侦探亨利，请问我有什么能够帮助到你？"一个穿白衬衣、黑马甲的男子迎了过来。

他手里拿着烟斗，脸庞线条刚硬，眉毛如同利剑，深蓝色的眼睛则职业性地上下打量起对面的雇主。

克莱恩用高高竖着的风衣领子遮住小半张脸，道："我有两件事情委托，不知道你怎么收费？"

"这要看事情的难度。"侦探亨利收回视线，指着有组合沙发的待客区域道，"我们去那里交流。"

克莱恩跟着他走到那半隔开的地方，坐至单人沙发，没有脱掉外套，没有取下帽子，也没有摘去口罩。

他故意沉哑着嗓音道："第一件事情，我需要你帮我调查廷根市有哪些房屋的烟囱是这个样子，并明确房东是谁，当前居住者是谁。"

说话间，他取出了一张折好的纸，展开之后就是标注了颜色的红烟囱及周围景象。这是他再次利用灰雾之上的特殊和自我祈求的办法完成的图画。

"这画得可真好啊……"侦探亨利下意识赞了一句，微皱眉头道，"这个委托不复杂，但很烦琐，需要很长的周期和大量的帮手。"

"我明白。"克莱恩轻轻颔首。

侦探亨利沉吟片刻道："七镑，这个委托的价格是七镑，另外，你至少得给我两周的时间。"

"嗯，第二件事情，帮我找到这位先生，弄清楚他的身份。我唯一知道的信息是他偶尔会出现在码头区的恶龙酒吧。还有，不要让他察觉，他是一个非常敏锐的拥有可怕观察力的人。"克莱恩又掏出了第二张画像。

他试图接触心理炼金会的成员，看能否获得有价值的情报和材料，比如，可以与"正义"交换的配方。

"三镑，类似的任务都是三到四镑，而你出色的画技能有效帮助我和我的助手节约时间。"侦探亨利熟练地回答。

"一共是十镑?"克莱恩对这个价格感觉牙疼。

侦探亨利抽了口烟斗，道："是的，你需要预付两镑，事情获得进展后再支付三到五镑，剩下的则在全部完成以后给我。"

"那我下周来确认进展。"克莱恩没怎么讨价还价，免得被擅长观察的侦探先生记住特点。

签署完制式合同后，他取出两张1镑的纸币递给对方，私房钱只剩下一镑十七苏勒。

目送戴纱布口罩、穿黑色风衣、高高竖起领子的先生快步离开，侦探亨利抽起烟斗，目光多有疑惑："他找有那种烟囱的房屋做什么? 应该是一位画家，至少也是学过素描的专业人士……"

下午时分，格莱林特子爵在贝克兰德的豪华别墅内。

身后跟随着女仆的奥黛丽遵循礼仪，将手交给主人，看着他虚吻了一下。

"你的美丽让我的沙龙充满光彩。"格莱林特先是正常地赞美了一句，接着压低嗓音道，"那位女士已经来了，她既是非凡者，也是一位作家。"

"作家?"奥黛丽观察着格莱林特的反应，状似随意地问了一句。接下来都是正常的话题，她并未避讳跟在旁边的贴身女仆安妮。

格莱林特挺直身体，呵呵笑道："是的，我想你应该看过她的作品，最近两个月受到广泛称赞的《暴风山庄》。"

"我喜欢这本书，尤其喜欢冷静的茜茜女士。"奥黛丽浅笑着回答。

与此同时，她在心里对自己的虚伪翻了个白眼。

事实上，她最近的爱好根本不是小说，《暴风山庄》的阅读进度停滞在三分之一的位置已经接近一个月了。

自从加入塔罗会，认识了强大的"愚者"，成为真正的非凡之人，她就在整合自身了解到的神秘知识，系统学习心理方面的内容，对别的事情缺乏兴趣。

格莱林特子爵边领着奥黛丽向布置有沙发的客厅走去，边笑容满面地说："那我肯定你对佛尔思·沃尔女士将有一个良好的印象，因为她就和《暴风山庄》里的茜茜女士一样，冷静，智慧，慵懒。

"还有，我亲爱的奥黛丽小姐，等下是否要为我们弹奏钢琴，这是对文学、对小说的最佳褒奖。"

奥黛丽望着格莱林特的侧脸，从他的表情、语气和某些肢体动作感受到了对方想要炫耀的情绪。

他想让我成为他炫耀的资本……奥黛丽仿佛第一次认识这名好友般想道。

她保持着优雅的笑容道："我的音乐老师、钢琴家维卡纳尔先生认为我最近的水准有明显下降，需要更多的练习。"

"好吧。"格莱林特正想说些什么，忽然看见了一位到长桌位置取食甜点的女士，"奥黛丽，这位就是佛尔思·沃尔女士，《暴风山庄》的作者。"

奥黛丽抬眼望去，只见那位佛尔思女士二十三四岁，身高一米六五左右，穿着一套米黄色的有荷叶边的立领长裙，披着微卷的褐发。她淡蓝色的眼睛因为格莱林特的介绍转了过来，带着几分似戏谑似玩味的笑意。

只是不超过三秒钟的观察，奥黛丽就注意到了许多小细节："佛尔思女士的手指有熏黄的痕迹……她喜欢卷烟……

"握笔的位置有明显的厚茧，符合作者的身份……

"她的手臂动作表明她拥有不错的力气，这不是一位作家应该具备的特点，除非她热爱锻炼，或者天生就是这样，也或者曾经从事另外的职业……

"她的《暴风山庄》呈现出冷静、理智和精准的风格，这和她以前从事的职业应该有一定关联……

"她现在的眼神和表情都很放松，有一种在俯视我和格莱林特的感觉，这是非凡者对普通人所拥有的心理优势？

"如果她是偶然间被格莱林特发现非凡者身份的，那她肯定会有一些局促和不安的情绪，毕竟无法猜测对方的反应和后续的发展，而未知将会带来恐惧。这说明是她主动接触格莱林特的，并事先了解过我们的爱好，对接下来的事情有一定把握……

"一名非凡者为什么会主动接触格莱林特？需要金钱的资助，还是藏在宝库里的超凡材料？

"或者有某件事情想得到帮助……"

这个时候，格莱林特向佛尔思介绍道："女士，这位就是我提过的奥黛丽小姐。她是贝克兰德最耀眼的宝石，她的父亲是霍尔伯爵，一位备受国王信任、备受贵族尊敬的上院议员。"

"下午好，佛尔思女士，你的《暴风山庄》至今仍在我的床头。"奥黛丽严格按照贵族的规矩行了一礼。

然后，她在心里默默补充道：那是因为我看了一个月还没有看完……

佛尔思简单还礼道："下午好，奥黛丽小姐，你的美貌真是让我印象深刻，我想我已经拥有了下一本小说的素材，呵，格莱林特子爵还称赞你拥有出众的音乐才华。"

在大庭广众之下，双方只寒暄了几句，没有多说别的事情。

目送佛尔思走向餐桌，目标直指一块涂着奶油的小蛋糕，奥黛丽收回视线，跟着格莱林特前往客厅。

她回忆着刚才看到的种种细节，试图准确把握到对方的想法，从而为之后的接触赢取主动。

往前迈出一步，清冷如同中立观众的奥黛丽忽然踩到了垂下的裙摆，身体骤然一晃，险些摔倒。就在这时，贴身女仆安妮早有准备地扶住了她，挽回了她的美好形象。

"小姐，这条裙子的独特设计要求您不能走得太快。"安妮凑到奥黛丽耳边，压低嗓音提醒了一句。

"我知道了。"奥黛丽脸蛋涨红，点头回答。

我只是太专注于观察别人，忘记注意脚下了……她委屈地在心里申诉道。

在之后的沙龙里，奥黛丽面对殷勤的作家、评论家和音乐家们，始终保持着优雅而甜美的笑容。

终于，脸颊肌肉开始酸痛的她接到了格莱林特子爵的暗示。等待了几分钟，她以去盥洗室为借口，提住裙摆，缓慢站起，离开了沙龙。

确认再没有视线追逐自己后，她绕向位于一楼的书房，并对贴身女仆安妮道："我有事情需要和格莱林特商量，你在门口守住，不让其他人进来。"

"好的。"

安妮并没有感觉奇怪，因为她知道自家小姐和格莱林特子爵拥有相同的爱好，经常会私下交流神秘学方面的事情。

进入书房，反锁房门，奥黛丽看见格莱林特坐在桌子后方正把玩着钢笔，而佛尔思·沃尔立于书架前，正随意翻看着藏书。

"重新介绍一下，佛尔思女士，一位真正的非凡者。"格莱林特放好钢笔，迎了上来。

"是吗?"奥黛丽故意表现出了自己的怀疑。

佛尔思将书籍塞回原本的位置,扭头笑道:"看来我需要证明自己。"

她缓步走到门边,伸出右掌,按住了把手。

霍然间,奥黛丽眼前一花,似乎看见佛尔思女士变成幻影,穿透了大门。她心中惊骇,凝神再看,发现佛尔思已不在原地。

几秒之后,把手转动,反锁住的房门被直接打开,佛尔思·沃尔思含笑从外面走了进来,守在门口不远处的女仆安妮却丝毫没有察觉到背后发生的事情。

"这真是神奇的能力啊。"格莱林特赞叹出声。

奥黛丽轻吸了口气道:"我没有疑问了。"

与此同时,佛尔思表现出来的能力也让她确认了对方真正的想法,因为无论金钱,还是材料,都难不倒这样的非凡者。

格莱林特家里可没有非凡者守护……佛尔思是希望借助我和格莱林特的身份与资源完成某件事情?奥黛丽努力让自己表现得像一名"观众"。

佛尔思低笑两声道:"让我们坦诚地交流吧,留给我们的时间并不多。

"我曾经是一名诊所医生,在某个偶然的机会里成了非凡者,到今天已经超过了两年。

"我希望你们帮我做一件事情,而我给予的报酬是引领你们进入真正的非凡者的圈子,卖给你们某些序列魔药的配方和相应的材料。"

听到这样的承诺,格莱林特迫不及待地问道:"是什么事情?"

"我有位同伴被关入了监狱,正等待着最后的审判,我希望你们能够救她出来,无论用什么办法。"佛尔思简洁地描述道。

奥黛丽微微皱起了眉头:"佛尔思女士,你表现出来的能力应该很适合做这种事情……"

佛尔思摇头笑道:"不,并不是这样。我能通过的地方,她无法通过,我只能经常进去看看她,和她聊会儿天。

"而且我认为冒险营救不是一个好主意,人生本来就很短暂了,需要做的事情却很多。"

奥黛丽观察着对方的脸庞和肢体,斟酌着问道:"我明白了。你那位同伴是因为什么罪名被关押的?"

佛尔思的表情顿时有点尴尬:"我的同伴其实非常受人尊敬,让人发自内心地想要服从,她的品格高尚而善良……

"唔,呃,她只是在说服某个恶棍的时候,采取的方法过激了一点……"

将任务委托出去后，克莱恩保持着上午神秘学、下午格斗练习的日程安排，生活规律得让他几乎忘记了自己是个值夜者，而总是频繁遭遇超凡事件的"诅咒"似乎也消失不见了。

周六来临，轮到他值守查尼斯门了。

"我留在这里的咖啡和文职人员办公室内的红茶，你都可以随意享用。"邓恩用幽邃的灰眸扫了值守室一圈，对克莱恩说道。

已编了个理由提前向哥哥和妹妹解释过的克莱恩欣喜点头道："好的，队长，你真是一位慷慨的绅士。"

邓恩笑笑道："这有助于你放松精神，太紧绷不利于健康。"

他拿上帽子，提着手杖，缓步走向门口。快要出去的时候，他忽然转身道："忘记提醒了，无论听到什么声音，都不要打开查尼斯门，除非它从里面被打开。

"记住，无论听到什么声音，无论发生了什么事情。"

队长，你这么说我会害怕的……克莱恩的精神一下绷紧，只觉地底的昏暗胜过了典雅煤气灯的光芒。

凌晨时分，通风良好但寂静幽深的地底，昏黄的煤气灯光芒受到玻璃的庇佑，毫不摇曳地照耀着无人的安宁的过道。

克莱恩坐在值守室内，随意翻看着面前堆叠的报纸、杂志和书籍，并分出小半精神注意外面，防备有人闯向查尼斯门。

他的外套和礼帽都挂在入口位置的衣帽架上，手杖正静静靠着墙壁，位于方便拿到的地方。

浓郁的咖啡香味弥漫而出，克莱恩不由自主吸了一口，捏了捏太阳穴，以此对抗脑袋的沉重和身体的疲惫。

虽然他在地球读大学时，是经常凌晨五点睡、中午十二点起的猛男，工作这两三年，时不时也会熬个夜，第二天还能精神抖擞地去上班，但是这都必须归功于游戏太好玩了，小说太好看了，电影综艺和电视剧太有意思了，而这个世界显然不具备这些熬夜必需品。

"罗塞尔大帝也是，要装就装全套嘛，要将有限的生命投入无限的事业，要带领异界人民小步快跑地进入信息化时代！"

克莱恩无声嘀咕了一句，只能安慰自己，至少还有报纸、杂志和愈发丰富的小说。

他原本想的是用专注的学习来战胜困意，但实践发现，这和自身职责矛盾，因为一旦进入状态，就很容易忽视外面的动静，忽视查尼斯门的情况。

呼……克莱恩端起咖啡杯，小心翼翼吹了一口。他抿了抿，让香味充斥口腔，让液体缓慢流淌过食道。

"帕斯河谷的费尔默咖啡,很苦,但很提神。"克莱恩赞叹一句,放下了杯子。

帕斯河谷位于南大陆,是咖啡豆的优质产区,目前处于因蒂斯共和国和鲁恩王国的争夺之中——它们分别在帕斯河谷左岸和右岸建立了殖民政权,覆灭了原本的帕斯王国。

让人心里发毛的安静里,克莱恩随意拿起一本杂志,发现是讲服装搭配的《女士审美》。

"这一定是从罗珊那里拿来的……"他好笑地低语,饶有兴致地翻看起来。

或许是受到最近十几年照相机技术突飞猛进的影响,《女士审美》这本杂志不仅大量使用了插画,还模仿报纸,将黑白照片作为内容。

他们相当时髦地请了著名的戏剧演员和歌剧演员来展现服装的魅力和搭配的神奇,短短七年的时间,就从贝克兰德的地域型新杂志发展为发行渠道遍布全国的主流期刊。

"这套裙子不错,长相也不错……"克莱恩悠闲地翻看,并未掩饰自身对美的向往。

他是一个身心都发育正常的男士,对漂亮的姑娘一向非常欣赏,只不过早已订立目标,要寻找回家的办法,所以才尽量和异性保持距离,不想耽搁对方,不想留下感情债。

至于找站街女郎的事情,他在这方面是有小小洁癖的。

班森和梅丽莎是已经存在的羁绊,无法解除,只能将来再想办法弥补……克莱恩忽然感觉沉重,忍不住叹了口气。

离家越久,越是能在夜深人静时感受到那份惆怅。他瞬间丧失了欣赏美貌女士的兴趣,放下手中的杂志,转而拿起一本小说。

"《暴风山庄》,作者佛尔思·沃尔。"克莱恩念出了封面的主要内容。

安宁的深夜,昏黄的光芒,一本有着封皮的书籍,让他想起了小时候租书看的日子,于是颇为怀念地读了下去。

《暴风山庄》这本小说讲的是身高一米六五、体重九十八磅的茜茜女士进入弗留斯山庄担任家庭教师的故事。

"一磅约等于一斤……这是异界版的《简·爱》?"克莱恩用手指摩挲着触感舒适的纸张,对后续的内容有所猜测。

然而,当他以为这是言情小说时,后面出现了"恶灵";当他相信这是一本灵异小说时,茜茜女士自爆身份是侦探,给出了一段华丽的推理;当他相信这是侦探小说,绝对没有错的时候,男主头部受到重击,失去了记忆,开始了一段催人泪下的剧情。

"……最终还是一本言情小说。"克莱恩合拢书籍，头疼地喝了口咖啡。

咚！

咚！咚！咚！

激烈的敲击声霍然响起，回荡在昏黄安静的走廊内，回荡在几乎没有别人的地底。

克莱恩吓了一跳，精神猛地紧绷。他本能地从腋下枪袋里取出左轮，调整了弹仓和扳机，缓步靠向门边，寻找声音的来源。

咚！咚！咚！

砰！砰！砰！

拍击越来越剧烈，克莱恩循声望去，看见了那扇绘有七枚圣徽的黑铁对开大门。

"查尼斯门里面传出来的声音？"他眼睛一眯，心跳如同擂鼓。

砰！砰！砰！

克莱恩看见查尼斯门在轻微晃动，感受到了它所承受的磅礴巨力。

"不会吧……我才第一天值守这里就遇到事情了？我穿越之后难道多了霉运体质？"

克莱恩握住枪把的右手沁出了冷汗，但很快，他想起了队长的叮嘱：无论听到什么声音，无论发生什么事情，都不要打开查尼斯门，除非它从里面被打开。

呃，难道这是正常现象？克莱恩一下冷静了许多。

砰！砰！砰！咣当！咣当！咣当！查尼斯门的动静越来越大，但这扇沉重的黑铁对开大门只是摇晃，并未出现别的异常。

"真是正常现象啊，吓死我了……"克莱恩低语一句，就要返回值守室。

就在这时，他听见了一道刺耳的摩擦声，看见沉重的查尼斯门往外，被推开了一道缝隙！

嚓！

滞涩到让人牙酸的声音里，克莱恩的目光几乎快要凝固，他看见了一道身影：大概有普通成年男士的小臂那么高，穿着典雅、微缩的黑色宫廷长裙，裙摆上有着明显的污痕。它有着一张不算精致的脸庞，眼眸深黑，嘴巴紧抿。

这是一个布偶，玩具布偶！

几乎是克莱恩下意识抬枪瞄准的瞬间，那个穿黑色宫廷长裙的布偶紧紧地、用力地贴住外敞的查尼斯门，展开了手里握住的纸张。

纸张上描绘着众多的隐秘符号，有克莱恩认识的，也有他还未掌握的，它们共同构成了一只竖着的眼睛！

克莱恩还未来得及思考这是什么情况，那宫廷布偶突然被拉回了查尼斯门后，被无形之物用力拉回了查尼斯门后！

哐当！

查尼斯门重新合拢，再没有敲击的声音，再没有拍击的动静。地底又恢复了往常的安宁与沉寂，像是什么事情也没有发生过一样。

"查尼斯门从里面被打开了，得报告队长……可它又关上了……"这个时候，克莱恩才找回了思绪，又惊又怕又疑惑。

几秒之后，他想起了刚才那个穿黑色宫廷长裙的布偶究竟是什么东西，因为属于值夜者正式成员的他早有资格了解廷根市查尼斯门后封印的3级物品。

编号：0625。

名称：厄运布偶。

危险等级：3，有一定危险，需小心使用，只有三人以上的行动才能申请。

保密等级：值夜者正式成员及以上。

封印方式：只需要与人类隔离。

描述：这个布偶穿着1300年开始流行的宫廷长裙，裙摆上有着难以洗去的污秽痕迹，无法确认是否最初就存在。

在廷根市几起因家庭财政危机发生的惨案里，警察们注意到了这个布偶的存在，它总是被放于小孩的卧室内，或放于床头旁边的柜子上。

几位值夜者接受委托，对这个布偶展开了调查。初步确认，它会带来厄运，让身边的人逐渐倒霉，陷入危机，最终死去，受试者只用了两周就濒临破产。

这个布偶不具备活着的特性，没有试图逃脱封印的趋向。

经过长期的试验，我们发现只要每天进入它十米范围内累计不超过半个小时，就不会沾染厄运；如果已经厄运缠身，只要将它转移给其他人，状况就会好转。

附录：这个布偶最早出现的场合是西区铁十字街下街的苔丝老太太家。她是一位制作玩具的手工艺人，因为年纪老迈，丈夫重病，两个孩子又早早逝去，不得不搬到铁十字街下街。这是她卖出的最后一个玩具，她用这个布偶换到了一些毒堇汁，结束了饿了三天以上的她和她丈夫的生命。

克莱恩回忆着封印物3-0625的资料，心里泛起了更多的疑惑和惊骇："不是说这个布偶不具备活着的特性吗？不是说它没有试图逃脱封印的趋向吗？

"那我刚才看到的是什么！最后将它拉回去的又是什么东西？它展开的纸张上绘制的图案究竟代表着什么？

"刚才那一幕，真像是里面有个变态杀人狂在对付受害者，受害者努力拍门，竭力呼救，可又被拉了回去……"

想法纷呈间，克莱恩决定不自作主张。

他回到值守室，拉动了一根绳索。

绳索拉动，齿轮运转，位于二楼的黑荆棘安保公司内霍然响起了急促的铃声。在娱乐室内打牌的伦纳德·米切尔等不眠之人立刻放下扑克，赶往地底。

快速奔跑的脚步声由远及近地传入克莱恩的耳朵，让站在值守室门口的他安定了不少。

"发生了什么事情？"最先抵达的伦纳德手握左轮，沉声问道。

看见有点刹不住车的他，克莱恩顿时想到了罗珊曾经提过的事情。三年前，刚成为"不眠者"的伦纳德在没有适应魔药力量的情况下，试图以冲刺的速度跑完楼梯，结果变成了"车轮"。

轻咳一声，克莱恩指着查尼斯门道："刚才有剧烈的敲击声从里面传出，后来变成了拍击，再后来，门被推开了一点。"

"查尼斯门被推开了？"个子矮小的科恩黎错愕地反问。

"是的，被推开了一道缝隙。"克莱恩正要继续描述，却看见伦纳德、科恩黎和洛耀没有靠近值守室，都停在了几步之外，散成弧形，似乎在防备自己。

他顿了一下道："你们在怀疑我？"

"不，不是怀疑，这属于正常的处理流程。"科恩黎摇头否定道。

在这样紧张的气氛里，伦纳德依旧不够正经地笑着补充道："在别的教区出现过这样的案例，值守查尼斯门的非凡者失控，拉响了铃铛，然后趁赶来帮忙的队友不注意，连杀了两人。"

"好吧。"克莱恩不再有被针对的委屈和愤怒，转而问道，"那我该怎么证明自己没有失控？"

伦纳德收敛起嬉笑的表情，在胸口点了四下，嗓音低沉地诵念道："他们赤身裸体，无衣无食，在寒冷中毫无遮掩。

"他们被大雨淋湿，因为没有躲避之处，就紧抱磐石。

"他们是孩子被夺走的母亲，他们是失去了希望的孤儿，他们是被逼离开了正道的穷人。"

"黑夜没有放弃他们，给予了他们眷顾。

"……"

神圣而怜悯的祈祷词回荡在地底，让每个人的身、心、灵都获得了解脱般的安静。

见克莱恩没有异常反应，伦纳德停止诵念，勾起笑容，道："没有问题了，你依然是我们值得信赖的同伴。"

一直保持着沉默的冷淡女士洛耀望了眼查尼斯门，主动问道："门被推开一点之后，你看见了什么？"

"我看见了'厄运布偶'，穿黑色古典宫廷长裙的那个，3-0625。"克莱恩还残留着些许后怕地回答，"但没超过三秒钟，它就被无形的力量拉了回去，查尼斯门又重新关闭。这究竟是什么情况？"

伦纳德和科恩黎、洛耀分别对视了一眼，道："呵呵，我们和你一样，并不清楚这一切的原因。既然查尼斯门已经重新关闭，不再有异常，那我们就不该在这个时候进入，必须等待天明，等待队长。"

这时，洛耀清冷地补充道："我会留在这里，和你一起值守。"

"好吧。"伦纳德摊了下手，戏谑道，"作为这里的最强之人，我也留下来。科恩黎，你回二楼，免得警察部门有紧急案子敲不开门。"

科恩黎没有多说，当即点头，转身离去。

这时，伦纳德分别看了克莱恩和洛耀一眼道："也许我们可以继续玩牌？这种情况下，需要一些娱乐让我们不至于过于紧绷。"

"没问题。"克莱恩调整左轮，将它放回了腋下枪袋。洛耀没说同意，也没说不同意，披着柔顺而光滑的黑发，跟着进入了值守室。

在斗地主，不，斗邪恶之中，克莱恩状似随意地说道："'厄运布偶'，我是说3-0625，根据资料的描述，它不应该具备活着的特性……"

"哈哈，三个'A'。"伦纳德压了一手，闲聊般说道，"在之前的四十年里，3-0625都没有表现出活着的特性，我们可以先假设资料的描述正确，以此作为前提来推理和演绎。"

"过。你有想法了？"洛耀简洁问道。

克莱恩犹豫着要不要一把丢下三个"2"时，伦纳德喝了口刚泡好的咖啡道："是的，既然3-0625自身不具备活着的特性，那它今天的表现必然是因为受到了其他因素的影响，并且是最近才出现的因素，否则它早就该让我们见识到它的这一面了。而最近一个月里，查尼斯门后有什么不一样呢？"

洛耀看着克莱恩甩下的三个"2"，沉吟几秒道："只有一件事情与以往不一样，那就是安提哥努斯家族的笔记和封印物2-049曾经在查尼斯门后待过一晚。"

伦纳德看看手里的牌，边轻敲桌子边笑道："如果能让'厄运布偶'出现异常，2-049早就在贝克兰德的查尼斯门后制造类似的事件了，所以，我怀疑问题出自那本安提哥努斯家族的笔记。"

克莱恩仔细一想，忍不住频频点头："这个可能性最大……伦纳德，没想到你是一个擅长推理的人。"

一般来说，浪漫的诗人和擅长推理是不兼容的……

"那只是因为他最近爱看侦探小说。"洛耀在旁边平淡地陈述道，"两个'王'，'8'到'K'的顺子，没有人要吗？三个'6'，没了。"

看到这一幕，克莱恩和伦纳德齐齐陷入了沉默。

没有专心打牌的他们都遗忘了一件至关重要的事情：在这一把中，洛耀才是"邪恶"！

看着洛耀切牌，克莱恩又一次抓住机会，问道："是什么力量将3-0625拉回去的呢？"

伦纳德瞥了他一眼，呵呵笑道："你不会以为查尼斯门后的防护措施只有深埋在地底的封印室和几位年迈的看守人吧？

"事实上，太阳彻底落下后，看守人就已经离开了查尼斯门，返回了圣赛琳娜教堂。里面的力量在夜晚达到鼎盛，不再适合活物，等到太阳升起才会减弱，这也就是队长让我们无论听到什么声音都不要进入查尼斯门的原因。"

换句话说，队长忘记告诉我这个理由了……克莱恩琢磨着问道："类似法阵的防护措施？"

就像符咒和护身符的放大版？

"嗯。"洛耀边摸牌边点头道，"查尼斯门之所以要放在每个城市的中央教堂底下，就是要借助每天前来的信众维持，他们虔诚的祈祷会让部分灵性进入法阵，积少成多。"

"这样啊……"克莱恩恍然点头，看见了一把烂牌。

这时，伦纳德笑笑道："查尼斯门后的防护措施还不止这一个。圣赛琳娜的骨灰就安葬在里面，她生前可是一位高序列的强者。"

圣赛琳娜的骨灰？高序列强者的骨灰？圣骨灰？这能有什么作用？克莱恩又是疑惑又是好奇。

圣赛琳娜是黑夜女神教会建立期间的一位圣徒，活跃于古老的第三纪，被记载于各种圣典当中，所以，对信仰黑夜女神的民众来说，赛琳娜是一个常见的名字。

伦纳德似乎听到了克莱恩的心声，自顾自说道："有传言称，高序列强者死亡后留下的尸骸或者骨灰依然有着不可思议的力量，当然，这只是传言。"

克莱恩微微点头，将注意力转回了手中的扑克。

接下来的几个小时，查尼斯门后再未发生异常，但克莱恩输了整整两苏勒，输得他很是心疼，而打牌也充满浪漫诗人气质的伦纳德更是输掉了四苏勒五便士，只有不声不响的洛耀是赢家。

"太阳刚刚升起，接下来轮到我了。"沉静的"作家"西迦·特昂女士在六点的样子进入值守室。

克莱恩将昨晚的遭遇写在了记录本上，和伦纳德、洛耀一起返回了黑荆棘安保公司。此时此刻，他神情异常疲惫，而旁边的"午夜诗人"和"不眠者"依旧精神奕奕。

"这就是不同序列的区别啊……"克莱恩正要通过隔断，回家补眠，忽然看见队长开门进来。

"早上好，队长。"他招呼的时候忍不住打了个哈欠。

穿着黑色风衣的邓恩取下帽子，用灰眸扫了他一眼道："早上好，你该回去休息了，昨晚有发生什么事情吗？"

克莱恩当即将"厄运布偶"的事情和伦纳德的推理简短地说了一遍。

"嗯。"邓恩没有发表意见，沉凝着走向了自己的办公室，"我会拍电报询问圣堂的。"

克莱恩没再停留，缓步走出佐特兰街36号，呼吸到了清晨凉爽的空气。

他的精神为之一振，忽然记起了一件之前始终遗忘的事情："我忘记将'厄运布偶'手里有纸张的事情告诉队长和伦纳德他们呢！我怎么会忘记？似乎有微妙的力量在影响我，阻止我将这件事情告诉别的值夜者……

"……安提哥努斯家族的笔记被存放于廷根市查尼斯门内是好多天之前的事情了，3-0625这个'厄运布偶'应该早就被影响了，为什么直到昨晚才出现异常？

"因为昨晚是我第一次轮值查尼斯门？它用尽力量，就是为了让我看到那纸张上的图案？

"这是安提哥努斯家族笔记想要达到的目的？因为我接触它存活了下来，而且成了'占卜家'？

"……"

一个个疑惑在克莱恩心头闪过，让他怔在原地，不知是该装作什么都没想起，继续回家睡觉，还是上楼报告队长。

思考片刻，克莱恩决定先行回家，确认一件事情。

而且他相信"厄运布偶"昨晚的行动如果不是特意为了让自己看见纸张上的

图案，那队长他们后续检查的时候，肯定会发现蛛丝马迹，自己报告不报告都不影响大局。

反之就值得斟酌了。

这也就是克莱恩接下来想确认的事情。

他乘坐无轨公共马车回到水仙花街，回到家里的时候，正逢周日的哥哥班森和妹妹梅丽莎还未起床，客厅安宁昏暗，一片寂静。

克莱恩烧了壶水，丢了些茶叶，搭配着吃掉了一根燕麦面包，然后才拿着外套、帽子和手杖走向楼梯。他下意识放轻了脚步，不制造出明显的噪音。

刚登上二楼，他看见盥洗室的门突然打开，穿着旧布长裙的梅丽莎一副睡眼惺忪的模样出来。

"你回来了……"梅丽莎还有些迷糊地揉了揉眼睛。

克莱恩掩住嘴巴，打了个哈欠道："是的，我需要一个美好的梦境，午餐之前都不要叫醒我。"

梅丽莎"嗯"了一声，忽然想起什么似的说道："我和班森上午要去圣赛琳娜教堂做祈祷，参与弥撒，午餐可能会迟一点。"

作为黑夜女神不算太虔诚的信徒，她和班森保持着两周去一次教堂的频率，而身为值夜者的克莱恩，除了那次被密修会成员跟踪，竟然再没有进过教堂。

不，我每天都在教堂，只不过是教堂的地底……克莱恩下意识在心里辩解了一句。

他目前非常担心女神抛弃自己这个伪信徒，要是危急关头，仪式魔法未能得到回应，那玩笑可就开大了……不过想想老尼尔，女神对值夜者还是相当宽容的嘛，嗯，是这样没错！克莱恩自我鼓气道。

这些发散的思绪一闪而过，他看着梅丽莎，微笑点头道："没问题，我正好能睡得久一些。"

越过梅丽莎，他进入自己的卧室，反手锁住了房门。

紧接着，克莱恩强打精神，拿出仪式银匕，制造了密封的灵性之墙。然后，他逆走四步，默念咒文，抵御着狂乱的嘶喊，进入灰雾之上。

在这片虚幻而无垠的世界里，他是唯一活着的生灵，端坐于古老斑驳的青铜长桌上首。

平静了几十秒，克莱恩具现出羊皮纸，书写下占卜咒文："厄运布偶"展现的那个图案。

昨晚那个瞬间，克莱恩虽然看清楚了纸张上的神秘图案，但由于紧张和仓促，他仅仅记得大概，无法回忆起具体的细节。但这不是问题，对"占卜家"来说，只要看过，记得有这么一回事，就能再现！

根据神秘学理论，灵性会记住看见的每一样事物，只要方法恰当，就能让特定时刻的场景重新呈现。

在这一点上，克莱恩甚至认为"通灵者"戴莉提过的心理炼金会理论有些道理，人类的记忆只是露在海面的岛屿，无法承载太多，于是灵性记住的绝大部分信息都成了潜意识，成了岛屿隐在水下的主体。而灵性本身就算不是整片大洋，也包含了岛屿周围的全部海域。

默念完占卜咒文，克莱恩往后一靠，用冥想的方式进入睡眠。

朦胧、扭曲、支离的世界里，他再次看见了嚓嚓打开的查尼斯门，听到了沉重的摩擦声。

那个穿着黑色古典宫廷长裙的布偶紧紧贴着外敞的半扇门，展开了手里握住的纸张。纸张之上描绘有众多的神秘符号，它们共同构成了一只竖着的眼睛。

克莱恩深深地看着图案，主动退出梦境，然后借助灰雾之上的特殊，将还未消退的记忆表达了出来。褐色的羊皮纸上，那竖着的眼睛望向上方，邪异而神秘。

克莱恩想了想，在这只眼睛的下方写道：这是安提哥努斯家族遗留物的关键线索。

放好钢笔，他解下缠于袖口内的银链，用左手持握，直至黄水晶吊坠稳定地悬于占卜语句和神秘竖眼之上，不再有明显晃动。

克莱恩闭上了眼睛，空灵平和地默念起占卜语句。七遍之后，他睁开双眼，看见黄水晶吊坠正带着银制链条小幅度地顺时针旋转。

这在灵摆法里表示肯定。

"竖眼图案还真是安提哥努斯家族遗留物的关键线索……"克莱恩仿佛在思考般微微点头。

他手指缓敲着青铜长桌边缘，无声自语道："因为瑞尔·比伯死亡，安提哥努斯家族的后裔断绝，所以那本笔记将我这个接触过它且还活着的'占卜家'视为了传承者？它影响3-0625，留下宝藏的关键，让对方在我轮值查尼斯门时展现给我看？

"这个逻辑没有问题，但还是无法说服我。那本笔记怎么确认安提哥努斯家族的血脉后裔绝种了？而且我是一个完全不相干的人啊……如果我也有安提哥努斯家族的血脉，原主最开始就不会被自杀了。

"嗯，这件事情告不告诉队长他们看来都无关紧要，我再研究研究。"

接下来，克莱恩又占卜了安提哥努斯家族宝藏的地点，但毫无疑问没有得到详细信息，唯一能确定的是，如同西里斯写给Z先生那封信中的猜测一样，宝藏与霍纳奇斯山脉的主峰，与古老的夜之国有关。

占卜完这些事情，克莱恩发现之前那颗有祈求声的深红星辰又产生了微弱波动。他用回应祈求的方式触碰那颗虚幻星辰，再次看见了穿独特黑色紧身衣物的棕黄色头发的少年。

这个少年依旧双膝着地，依旧面对着纯净水晶球，依旧在低声念叨着什么。此时，专门学了少量巨人语的克莱恩终于勉强听懂了其中一句话。

"祈求……拯救……父亲和母亲。"

真是巨人语啊……现在还有哪个地方是用巨人语的？这都是以千年为单位计算的老古董了……可惜啊，我这个灰雾之上的神秘主宰只是空架子，想救也没能力救……克莱恩摇头叹息，决定再观察一阵。

等我掌握的巨人语单词足够多，能听懂他父亲和母亲究竟遭遇了什么事情以后再说吧……克莱恩收回灵性，包裹自身，往下急坠。

回到卧室，他解除了灵性之墙，换上陈旧但舒适的衣物，躺到床上，开始补眠。

第七章

CHAPTER 07

✦ **会说话的狗** ✦

克莱恩这一睡就睡到了十二点半，直至做好了午餐的梅丽莎来敲门。

用过还算丰盛的午餐，他看见梅丽莎拿上了与新裙子配套的纱帽，一副还要出去的样子。

"你下午还有什么事情？"克莱恩疑惑道。

坐在沙发上皱着眉头研究文法书籍的班森头也没抬地帮忙回答道："隔壁的肖德太太告诉梅丽莎，下午在市政小礼堂有一场关于家庭事务的讲座，梅丽莎打算去听一听，学习怎么处理家庭日常问题。"

梅丽莎跟着点头道："我找了赛琳娜和伊丽莎白陪我。"

"不错，我希望那位讲座老师告诉你，我们这样的家庭需要雇佣至少一位杂活女仆。"克莱恩含笑道。

见梅丽莎想要开口反驳，他立刻补充道："我们要将有限的时间投入更有价值的事情中去。"

梅丽莎一下怔住，好半天才抿了抿嘴，戴上纱帽，开门出去。

下午两点，克莱恩重又出现于黑荆棘安保公司。

"你不是回去休息了吗？"罗珊和正好在接待大厅的邓恩·史密斯同时问道。

克莱恩笑笑道："我原本准备去占卜俱乐部，但始终记挂着昨晚的事情，所以就先过来了。圣堂有回复吗？"

邓恩瞄了罗珊一眼，沉默转身，走向隔断，走入了自己的办公室。

罗珊对着他的背影做了个鬼脸，凶巴巴地低语道："队长真是的……"

做得好！克莱恩暗赞一声，忍着笑意跟随邓恩进入了他的办公室。

看到房门合拢，邓恩嗅了口烟斗道："圣堂已经确认是那本安提哥努斯家族笔记的问题，并且重新将它定位为1级封印物，可惜，这样的保密等级，你就不能翻阅了。"

1级，高度危险级，只有主教和值夜者小队队长这个等级之上的人员才能知道具体情况？也就是说，队长也无法弄清楚是怎么回事了……高度危险，难怪……克莱恩略感遗憾又轻松了不少地想道。

邓恩看了他一眼，继续说道："圣堂还让我们排查查尼斯门后是否还有物品被这本笔记感染，经过确认，只有3-0625出现异常，我们已更换了它的封印措施。"

"还有别的发现吗？"克莱恩故作好奇地问道。

邓恩摇了摇头："没有。"

克莱恩若有所思地颔首，没再多聊这个话题，寒暄几句之后就告辞离开，前往占卜俱乐部，继续自身的"消化之旅"。

市政小礼堂内，梅丽莎、赛琳娜和伊丽莎白三个好朋友坐在靠近门口的位置，等待着讲座的开始。

"如果她讲得不好，我们就溜出去。"赛琳娜兴致勃勃地提议道。

伊丽莎白当即赞同："去逛哈罗德百货商店。"

没过多久，颧骨较高的讲座老师登上小礼堂前方的半高木台，放开嗓子说道："上午好，各位善良的、仁慈的女士，我是赛薇娅拉·赫达。我今天要和你们分享安排家庭开支的经验，这分成三个部分，一是年收入在一百镑左右的家庭该如何平衡食物、住房、衣服和仆人的开销，二是年收入达到两百镑的家庭又应该增加哪些支出，让自身看起来更加体面……"

梅丽莎认真听着，不用默算就记起了两个哥哥加起来的年收入。

"超过两百镑了……"她半是欣慰半是惶恐地想着，既欣喜和满足于现在的生活，又害怕它转眼就消失不见。

这个时候，拥有酒红色头发的赛琳娜掩住嘴巴，压低嗓音对两位好友道："她似乎是风暴之主的信徒，她戴着风暴徽章。"

梅丽莎凝神望去，果然看见赛薇娅拉老师的左胸位置佩戴着一枚描绘有狂风和海浪的徽章。她赶紧解释道："告诉我这个讲座的肖德太太是风暴之主的信徒，我想老师也是并不奇怪。"

"嗯，我不感觉有什么问题，我们是来听具体账单计划的。"伊丽莎白宽慰着梅丽莎。

"可是，除了梅丽莎，我们都不需要也没有资格去制定家庭的开支计划。"酒红色头发的赛琳娜嘟囔了一句。

伊丽莎白毫不犹豫地反驳："可我们终究会结婚，终究会有属于自己的家庭。"

魔镜占卜那件事情后，赛琳娜一直有些害怕伊丽莎白，只好讪讪点头，装出一副认真听讲的模样。

讲座老师赛薇娅拉则抬起右手道："这一切开支计划的前提是，我们必须尊重男主人的意见。他们是收入的来源，是家庭的支柱，他们在浑浊的社会里面对焦虑、压力、麻烦和混乱，为我们赢取一切，所以，我们必须营造一个不被外在事务打扰的安宁环境，让他们回家以后获得放松，让他们的心灵得到洗礼，以更好的状态应对各种挑战……"

"所以，著名哲学家、社会学家、人文学家、经济学家卢尔弥先生曾经说过，妇女是家庭的天使。"

赛琳娜托住脸颊，露出酒窝，略显兴奋地低声问道："卢尔弥，是那位说出'人生来自由'的先生?"

"是的，但他是风暴之主的信徒。"伊丽莎白犹豫着回答。

就在这时，讲座老师赛薇娅拉继续说道："卢尔弥先生还告诉我们，女性在智慧和逻辑上是天生存在缺陷的，既然如此，没有判断能力的我们，就应当把父亲和丈夫的话作为宗教信仰来加以接受……[1]"

这番描述听得梅丽莎、赛琳娜和伊丽莎白你看我，我看你，好半天都说不出话来。

"我们走吧?"终于，赛琳娜试探着提议道。

梅丽莎和伊丽莎白同时用力点头："好的!"

她们拿上纱帽，伏下腰背，向着侧门溜去，试图在不引起别人注意的情况下离开这里。

当她们小心翼翼抵达外面，站直身体的时候，小礼堂内忽然响起了一阵热烈的掌声。

梅丽莎下意识回头，目光穿过门洞，望向里面，她看见肖德太太正在鼓掌，看见一位位女士正在鼓掌。

呼，赞美女神……梅丽莎吐了口气，与赛琳娜、伊丽莎白一起远离了这个让她浑身都不舒服的地方。

"我们去哈罗德百货商店吧?"站在路旁行道树下，赛琳娜遗忘了刚才的事情，欢快地提议道。

梅丽莎沉默几秒道："我想回去学习。"

"学习……"赛琳娜呆滞地捋了捋自己酒红色的头发，似乎又回到了平常的生活。

"而且我还要去买面包，买牛肉，买土豆，买水果……克莱恩今天要工作，班森去了市政图书馆，嗯嗯，我必须得回去!"梅丽莎忽然觉得自己是那样地热爱课本，热爱发条，热爱齿轮。

赛琳娜决定和今天状态异常的梅丽莎保持距离，侧头看向伊丽莎白，讨好地笑道："我们两个人去哈罗德百货商店吧？虽然我早就花光了私房钱，但逛一逛，看一看，也是美好的。"

"嗯。"伊丽莎白答应了好友的提议，状似随口般问了一句，"梅丽莎，你哥哥克莱恩周日也要工作啊？"

"是的，他周一休息，和普通的工作不一样。"梅丽莎不自觉地微扬了脑袋。

…………

离开黑荆棘安保公司后，克莱恩乘坐有轨公共马车前往豪尔斯街区。

他努力收束思绪，不再去想安提哥努斯家族宝藏的问题，让自身的注意力回归到"扮演"这件事情之上。尽快消化完魔药，尽快提升自己，不管在什么时候都非常重要！

"扮演占卜家，呵，我还是不够专业啊，大吃货国的算命先生做什么事情都要翻下老皇历的……"克莱恩握着手杖，坐在马车内部的位置上。

他决定提前占卜一下今天是否有利于出行，有利于去占卜俱乐部——这样才是一位合格的"占卜家"！

趁着下车的机会，克莱恩掏出一枚半便士的铜币，视线随之内敛，眼眸飞快转深，无声默念起来：

"今天适合去占卜俱乐部。

"今天适合去占卜俱乐部。

"……"

当！

克莱恩往上弹出了那枚硬币，没有去看它的翻滚，而是平伸出手掌。啪嗒！半便士的铜币落下，稳稳落在了他的掌心。

这一次，是麦穗簇拥着的"1/2"数字朝上。

"数字朝上，这说明今天到占卜俱乐部会遇到不好的事情……"克莱恩略一思索，转身走向街道对面，等待起往水仙花街方向去的公共马车。

他觉得自己越来越像一个神棍了。

…………

豪尔斯街区的哈罗德百货商店门口，赛琳娜正待进入，忽然怔了一怔，转头望向旁边。

"发生了什么事情吗？"伊丽莎白疑惑地问。

赛琳娜鼓了鼓腮帮子道："伊丽莎白，我想到我的神秘学老师凡森特先生了，他就这样过世了，在我生日的第二天早晨过世……

"难道是因为我偷看并使用了他的秘密咒文？这让我一直感觉愧疚和不安……而且，这段时间，我始终不太走运。"

"所以？"伊丽莎白很有默契地问道。

赛琳娜轻咬嘴唇道："我想去旁边的占卜俱乐部做次占卜，看凡森特先生的事情是否真的和我有关。"

看生日晚宴那天究竟发生了什么……总觉得伊丽莎白有事情瞒着我……我记得有个穿燕尾服的男士背影……

"你自己不是会占卜吗？"伊丽莎白诧异地问道。

赛琳娜故意学着父亲叹息的样子道："哎，我现在的状态不适合给自己占卜。"

"好吧，那我们先去旁边的占卜俱乐部。"伊丽莎白同意了好友的提议。

她们来到旁边，沿着楼梯进入了位于二楼的占卜俱乐部。

"哈喽，下午好，安洁莉卡小姐，很高兴又一次看见你。"接待大厅内，赛琳娜活泼地打了声招呼。

安洁莉卡微笑道："只要您在午餐以后过来，那应该都能遇见我。"

赛琳娜和对方寒暄了几句，哀悼了海纳斯·凡森特，然后才说："我需要占卜。"

"您知道俱乐部规矩的，这是愿意替人占卜的会员图册……今天是周末，很多人都在。"安洁莉卡熟稔地过着流程。

赛琳娜和伊丽莎白的脑袋凑到一块，飞快地翻看起名录和对应介绍。

"我之前每次都是直接找我的老师，没想到和去年相比，俱乐部多了这么多愿意帮人占卜的会员。"赛琳娜颇感兴趣地说道。

突然，她停顿几秒，疑惑低语道："克莱恩·莫雷蒂，克莱恩·莫雷蒂？这和梅丽莎哥哥的名字一样啊！"

伊丽莎白怔了怔，反复看了"克莱恩·莫雷蒂"这两个单词几遍，若有所思地点头道："是啊……"

"安洁莉卡女士，请问这位克莱恩·莫雷蒂先生在吗？"赛琳娜眨着明亮的眼睛询问道。

安洁莉卡摇了摇头："很抱歉，克莱恩·莫雷蒂先生今天没来俱乐部。"

"好吧，另外换一位。"赛琳娜并没有非得认识对方的想法，只是窃笑着对好友道，"我知道这不会是梅丽莎的哥哥，但看见这个名字，我就自然想出了一个新闻标题，《因蒂斯邮报》那样的新闻标题。"

《因蒂斯邮报》始创于罗塞尔大帝，以耸人听闻的标题出名，是北大陆最知名的报纸之一。

伊丽莎白不太专心地问道："什么标题？"

赛琳娜清了清喉咙道："是道德的败坏，还是社会的问题，历史系大学生竟沦落到周末帮人占卜维持生活！"

贝克兰德，皇后区。

奥黛丽·霍尔坐在阴凉角落里的吊椅上，望着阳光底下怒放的一丛丛鲜花，思考起佛尔思·沃尔请求帮忙的那件事情。

据格莱林特子爵核实，真有那么一位叫休·迪尔查的少女被关押在贝克兰德北区的临时监牢里。她的罪名是因财产纠纷严重伤害了一位体面的绅士，让对方至今仍躺在医院的床上，也许再也站不起来了。

对此，佛尔思的解释是，那位绅士并非好人，他是贝克兰德东区的黑帮头目，以放高利贷为生。

事情的起因是，某位借贷者发现利息比自己预想的高几倍，就算破产都无法偿还，在与那位绅士协商无果的情况下，他找到了附近小有名气的"仲裁者"休·迪尔查，希望她能说服对方免除不合理的部分。

那位绅士并没有服从休·迪尔查的"裁决"，甚至威胁当晚就要抓走借贷者的妻子和儿女，于是休·迪尔查改变了说服的技巧，采用了物理手段，一个不小心就造成了严重伤害。

格莱林特子爵调查了事情的经过，确认佛尔思·沃尔的描述属实，也确认那位黑帮头目失去了对手下的控制，并且在某人半夜的"拜访"后，免除了借贷者的债务，向检察官出具了原谅休·迪尔查的声明，但严重伤害的案件并非受害者不想追究就不会被起诉。

"格莱林特希望用正常的办法解决，派人咨询了熟悉的大律师，对方说有把握只是轻判，但无罪辩护的难度很高，除非当事人能拿到精神有问题或者心智发育不健全的医疗证明……"奥黛丽无声自语，基本认同好友的意见。

对她来说，最为重要的是不要和佛尔思·沃尔和休·迪尔查有明面上的关系——经过塔罗会这件事情后，奥黛丽觉得自己不再是天真无知的少女了。

"明天晚上在沃尔夫伯爵家有一场舞会，到时候告诉格莱林特，按照大律师的意见去做。"奥黛丽微微点头，做出了决定。

在鲁恩王国，律师分为大律师和事务律师，后者负责不用上庭的事务，比如搜集证据、与当事人谈话、帮人拟定遗嘱、监督财产分配和提供法律咨询服务等种种事情，当然，他们也可以代表当事人出席最初级的治安法庭，为简单的案件辩护。

而大律师就是研究证据，上庭为当事人辩护的律师。根据鲁恩王国的法律，他们必须保持客观的态度，所以不能直接与当事人接触，只能通过助手，也就是事务律师，来完成各种情况的搜集。他们每个人都是真正的法律专家，拥有出众的口才和极高的辩论水平。

恢复了轻松的奥黛丽用藏身黑暗、窥视光明的姿态看着外面姹紫嫣红的花朵，油然想到了一件事情："精神有问题或者心智发育不健全的医疗证明……心理医生……如果心理炼金会掌握了扮演法，那是否意味着可以在心理医生群体里寻找他们？"

想到这里，奥黛丽觉得自己的思路对极了，眼睛明亮得像是璀璨的宝石。

就在这时，她看见金毛大狗苏茜用一种偷偷摸摸的姿态溜到了那一丛丛鲜花后面，溜到了只有园丁才会抵达的地方。

"苏茜……它要做什么？"奥黛丽藏在阴影里，看得一愣一愣。

金毛大狗似乎被花朵的香味迷乱了嗅觉，并未注意到身后的主人，它张开嘴巴，发出吊嗓子般的"啊啊啊""呀呀呀"声音。

紧接着，它让周围的空气振动起来，发出生涩而不够圆润的声音："你好……你好吗？"

奥黛丽的嘴巴一点点张开，完全忘记了优雅淑女该具备的礼仪，她完全不敢相信自己看到的这一幕场景和听到的僵硬声音。她猛地站起，脱口而出道："苏茜，你会说话？你什么时候会说话了？"

金毛大狗吓得跳了起来，转身面对主人。它慌乱而快速地摇起尾巴，嘴部张合几次后，才振动着周围的空气道："我……我不知道该怎么解释，毕竟我只是一条狗。"

听到这句话，奥黛丽一时竟无言以对。

周一上午，休假的克莱恩按照预定的计划复习巩固了神秘学知识，然后乘坐公共马车前往霍伊大学。

他要多接触阿兹克先生，看对方究竟知道些什么。

属于历史系的三层灰石小楼里，克莱恩与导师科恩·昆汀闲聊了一阵，交流着与霍纳奇斯主峰古代遗迹相关的事情。

没有额外收获的他趁导师去办事的机会，进入斜对面的办公室，走到了留守的阿兹克教员桌子旁。

"阿兹克先生，能和您聊一聊吗？"他望着那位肤色古铜、五官柔和、右耳下方有颗小痣的教员，脱帽行了一礼。

褐眸藏着难以言喻的沧桑感的阿兹克整理了下书籍道："没问题，我们去霍伊河边走走吧。"

"好的。"克莱恩提着手杖，跟随对方离开了三层灰石小楼。

沿途，两人都保持着沉默，谁也没有开口说话。

当流淌的河水映入眼帘，当周围不再有来往的老师和学生时，阿兹克顿住脚步，半转身体，面向克莱恩道："你找我有什么事情吗？"

克莱恩沉吟许久，想了许多委婉的方式，但又都一一放弃。于是，他坦然而直接地问道："阿兹克先生，您是一位值得信赖、让人尊敬的绅士，我想知道您究竟从我身上看到了什么，或者说您知道些什么？我是指上次那件事情，你说我的命运存在不协调地方的事情。"

阿兹克点了下手杖，叹息着笑道："我没想到你会这么直接，让我不知道该怎么回答。坦白地讲，你的命运存在不协调的地方是我能够看出来的唯一事情，除此之外，我并不比你知道得更多。"

克莱恩犹豫了下，问道："可为什么您能看出来？我不相信这源于占卜。"

阿兹克侧头望着霍伊河，语调染上了几分萧瑟："不，克莱恩，你不明白，占卜可以做到这种程度，只是要看由谁来占卜。当然，我的占卜只是掩饰的借口……总有一些人是特殊的，天生具备一些奇怪的能力，而我应该就是这样的人。"

"应该？"克莱恩敏锐把握到了对方的用词。

"是的，我也不知道我是否是天生具备，或许那种能力的代价就是遗忘自己，遗忘过去，遗忘父母。"阿兹克的眸光略显忧伤地注视着河面。

克莱恩越听越是迷糊："遗忘过去？"

阿兹克没有笑意地笑了笑道："在进入贝克兰德大学历史系之前，我失去了绝大部分记忆，仅仅记得自己的名字和基本的知识，还好，还好我有身份证明，否则只能成为流浪汉。这么多年里，我根据身份证明寻找过我的父母，但没有收获，哪怕我能看到命运的一角。

"而在大学的那几年里，我逐渐发现我具备一些奇特的能力，超乎常识范畴的能力。"

克莱恩听得很是专注，脱口问道："阿兹克先生，您为什么会失忆？不，我的意思是，您有在现场发现导致您失忆的原因吗？"

他怀疑阿兹克先生是失忆的生命学派成员，甚至是地位不低的中序列成员——这是"怪物"对应的、出过"先知"的、以师徒相传为主的隐秘组织。

阿兹克沉重地摇了摇头："没有，仿佛睡了一觉，我就遗忘了过去。"

他拿着手杖，又往前走了几步，边走边说道："离开贝克兰德后，我开始做梦，梦见了许多奇怪的事情……"

梦？我擅长解梦！进入专业领域的克莱恩当即问道："是什么样的梦？"

阿兹克含糊着低笑了一声："很多很多不同的梦。有时候，我会梦见黑暗的陵寝内部，梦见一具具古老的棺材，里面的尸体趴着，背后长出了一根根白色的羽毛；有时候，我梦见我是一名穿全身盔甲的骑士，举着三米的长枪，冲向了敌人。

"有时候，我梦见我是一个领主，有着丰饶的庄园，有漂亮的妻子和三个孩子；有时候，我梦见我是流浪汉，淋着雨，走在泥泞的路上，又冷又饿。

"有时候，我梦见我有个女儿，和之前那几个孩子不一样的女儿，她长着柔顺的黑发，喜欢坐我亲手做的秋千，总是向我讨要糖果；有时候，我梦见我站在绞刑架旁，冷冷地仰望着上面晃荡的尸体……"

听着阿兹克的呓语，克莱恩发现自己竟然无法解读对方的梦境，因为不同梦境中的象征是相反的，矛盾的！

阿兹克收回视线，嗓音不再飘忽，道："南方的费内波特王国信仰大地母神，而大地母神教会宣扬一个理念，他们认为每个生命都是'植物'，汲取大地的养分，缓慢地成长、繁盛和衰败。

"等到凋零，这些生命就会坠入大地，回到母亲的怀抱，而来年，又会重新生长出来。花开花落，一年又一年，生命也是这样，一世又一世。

"有的时候，我很愿意相信这个说法，相信我因为自身的特殊，能梦见上一世、再上一世的片段。"

说到这里，他望向克莱恩，叹息道："这些事情，我连科恩都没有讲过，之所以告诉你，是因为我……"

阿兹克顿了下，笑道："很抱歉，我刚才的描述不够准确，你的命运存在不协调的地方并不是我能够看出来的唯一事情，我还看出了另外一件事情。

"克莱恩，你已经不是正常人了，你拥有超凡的、奇怪的能力，和我很像。"

阿兹克先生能看出我是非凡者？他的能力还真是厉害啊……克莱恩怔了一下，坦然回答道："是的。"

他想了想，又补充了一句："因为韦尔奇和娜娅那件事情。"

"果然和我猜想的一样……"阿兹克叹息一声道，"那次来学校询问我和科恩的警察里，就有两名具备超凡能力的人。"

那应该是队长和伦纳德，韦尔奇的案子是他们接手的……克莱恩微不可见地点头，没有插话。

阿兹克微扬了下手杖道："你应该已经进入了那个圈子，我希望你能帮助我找到有关我来历的线索，这不需要你特意去做，遇到的时候记住就行了。"

说到这里，他泛起了一抹苦笑："除了你，其他具备超凡能力的人，我都不认识……你永远无法想象，一个没有过去的人会有怎样的情绪，那就像是漂泊在大海上的船只，最可怕的事情不是遇到暴风雨，而是找不到港口，找不到抵达陆地的航线，只能一次又一次地迎接灾难，永远没有尽头，永远感觉不到平静和安全。"

不，阿兹克先生，我很能理解你的感受，因为我也是同样的人，幸运的是，我有原主的记忆碎片，我有班森和梅丽莎……克莱恩无声回答了一句，转而问道："阿兹克先生，拥有如此神奇能力的你为什么不自己进入类似圈子，自己寻找有用的线索？"

阿兹克看着克莱恩的眼睛，自嘲一笑道："因为我害怕危险，害怕死亡。"

他叹息着道："我习惯了现在的生活，也喜欢这样的生活，不想也没有勇气去冒险，只能拜托你了。"

克莱恩没再多说，承诺道："如果能遇见相关的线索，我会特别注意的。"

"好了，我们该回办公室了，等科恩办完事情回来，一起去享用午餐。你还记得吧，学校里的东拜朗餐厅相当不错，呵，我请客。"阿兹克扬起手杖，指着来时的方向。

抱歉，我真的不记得，读大学的时候原主哪有钱去东拜朗餐厅，即使韦尔奇他们请客，他也会拒绝这种相对奢侈的地方……克莱恩按了下帽子，跟着阿兹克返回了历史系的三层灰石小楼。

走了几步，阿兹克忽又开口道："学校里的事情忙完了，我将迎来我的暑假，你之后可以到我的家里做客，或者写信给我。"

克莱恩点了点头，随意闲话道："阿兹克先生，我还以为你会去迪西海湾度假。"

"不，现在的南部太炎热了，我并不喜欢所谓的日光浴，你看我的肤色，很容易就被晒黑。相比较而言，我宁愿去凛冬郡，去弗萨克帝国的北方，滑雪，看风景，钓海豹。"拥有古铜色皮肤的阿兹克微笑着回答。

我也想……刚入职的值夜者克莱恩露出了艳羡的神色。

用过午餐，回到家中，他小睡片刻，开始复习和研究符咒、护身符的进阶知识，希望能尽快掌握它们，制作出能勉强用于战斗，能初步帮助到自身的物品。

下午三点还差几分钟的时候，克莱恩收拾好物品，用灵性之墙密封了卧室。

灰雾之上，恢宏雄伟的神殿中，古老而斑驳的青铜长桌静静安放。克莱恩笼罩着浓郁的灰白雾气，端坐上首，看着依然模糊不清的"正义"和"倒吊人"出现于他们固定的席位上。

咦，"正义"小姐的情绪不太稳定啊，担忧，不安，迷茫……早开启了灵视的克莱恩仅仅扫了一眼便察觉到塔罗会唯一女性成员的异常。

奥黛丽·霍尔现在的心情简直无法用语言来描述，苏茜突然开口说话的事情给了她强烈到极点的冲击。

在她的预想里，未来的发展应该是大侦探或者知名心理医生奥黛丽小姐带着助手大狗苏茜，可是，如果变成大狗侦探苏茜带着助手奥黛丽小姐，那就，有些，有些……

不，不是有些，那样非常奇怪，让人不知所措！奥黛丽突然坐直了身体，想开口向"愚者"先生和"倒吊人"请教。她话到嘴边，突然又咽了回去。

"呃，这该怎么问？我的宠物出现异常该怎么办？怎么和一只智商不错、能开口说话的宠物相处？

"不不不，这是塔罗会，不是宠物饲养经验分享会，我敢打赌，我要真这么问，我在'愚者'先生和'倒吊人'心目中的良好形象就直接破碎了！"

奥黛丽念头急转，终于组织好了语言："尊敬的'愚者'先生，总是帮助我的'倒吊人'先生，我有一个问题想要请教。一只拥有非凡之力的宠物能帮助主人做什么？简单来说，就是它能有什么作用？"

话音落下，她发现"愚者"先生和"倒吊人"同时陷入了沉默，气氛顿时变得有点古怪。

喂喂喂，你们说话啊，不要用那样的眼神看我，我什么都没有做！真的，我帮我朋友问的！奥黛丽羞愧得想找个地缝钻进去，她深深悔恨自己为什么要问这样的问题。

结合"正义"小姐以前问普通动物服食了序列魔药会发生怎么样的事情来看，是她自身调配的魔药被家里的宠物分享了？这果然是"正义"小姐能做出来的事情啊……拥有这样的成员，我这个"邪教"组织BOSS总感觉背后凉飕飕的……克莱恩抬起右手，抵住额头，捏了两下，没有回答。

"倒吊人"阿尔杰·威尔逊默然了十几秒，语气略显古怪地回答道："这必须看那只宠物拥有什么样的超凡能力。比如，它是'观众'，那它能代替你在某些场合观察和旁听。你知道的，人们会警惕同类，但不太可能怀疑宠物偷听，即使这只宠物就蹲在他的脚边。"

有道理！很多时候，爸爸和其他贵族、议员、大臣商量重要事情的时候会避开我，会反锁书房，但苏茜只要能躲过最开始的清除，就不会被驱赶……还有那些夫人和小姐们，也喜欢在私下的小圈子交流……奥黛丽听得眼睛一亮，当即浮想联翩。

而且苏茜现在能说话了，可以直接把它听到的内容告诉我……苏茜真棒！我要好好对你，我要教你认识单词和标准的发音……

呃，是教苏茜贵族式的发音，还是正常一点的贝克兰德腔？它以后出门和别的狗打招呼，会不会被听出来历？等等，我为什么要考虑这个？它和别的狗交流又不会用人类的语言……

等一等，"倒吊人"先生，你为什么直接用"观众"举例？难道，难道你们都猜到了什么？

奥黛丽脸色一变，重新坐直，浅笑说道："'愚者'先生，我又找到了一页罗塞尔大帝的日记。"

这是从佛尔思·沃尔那里得到的。

"很好，你欠下的债务全部还清了。"克莱恩心情不错地回答。

"很抱歉，这一页日记的内容并不多。"奥黛丽在具现的羊皮纸上表达出了自己记住的内容。

克莱恩右手一抬，让羊皮纸直接出现于自己掌心，并随口说道："这不影响我的承诺，而且上次你拿来的日记有正反两面。"

——"正义"和"倒吊人"搜集到的日记都不是罗塞尔大帝的原版，属于后来研究者的誊写和抄录版，而有人为了保存，会单面记载，有人为了方便，依旧是原样不变。

说话间，克莱恩斜垂视线，望向日记的前几行。

12月20日，又要开始新的一年了，但陆陆续续获得的反馈让我感到非常迷惑和为难。

这个世界竟然找不到石油！竟然找不到石油！

没有石油？是因为某些原因找不到，还是真没有？从罗塞尔大帝被刺杀到如今也有一百五十多年了，依旧没有石油出现的痕迹……

克莱恩瞳孔收缩，握着日记的手险些抖了一下。

没有石油，不仅意味着内燃机的出现将成为未知数，而且还会导致化工行业的停滞，让真正意义上的地球现代工业无法建立！

换句话说就是，这个世界接下来的发展，克莱恩有些预料不到了。

他原本的计划是，自己虽然什么都只懂一点，无法去做发明创造的事情，但胜在什么也都懂一点，能预见变革的方向和时代的潮流，等积攒够薪水，有了第一桶金，就往看好的行业做风险投资，并且不把鸡蛋放在同一个篮子里。

克莱恩觉得，这样一来，自己迟早会拥有不菲的财富，到时候，他会找"白手套"做明面上的代理人，然后建立国际慈善基金，表面救济穷人，暗里资助各国劳工反抗，以此与社会上层博弈，改善底层民众的生活。

如果他找到了返回地球的办法，他会将财产做出分割，三分之一给班森，三分之一给梅丽莎，三分之一给自己的基金会。

可惜的是，这对未来的美好畅想在刚才瞬间破碎了一半。

"还好，还好这个世界有电和磁，有电报的成功案例，我以后主要投资这个方向……"克莱恩定了定神，目光一行一行往下移动。

12月21日，不去想石油的事情了，提升自己的序列等级才是王道！

12月22日，里舍旧城区的环境肮脏到让人无法接受，要不是我微服私访，也许永远也不知道它还保持着我年轻时看见的样子。我要招集我的大臣们，制定一个"首都下水道和公共厕所改进计划"，嗯，还要纠正居民的错误习惯，让他们烧热水喝，勤洗手洗脸，不要乱扔垃圾，随地大小便，尽量使用避孕套……哈哈，我想到该怎么为这件事情命名了，爱国卫生运动！

所以，避孕套的发明得提上日程了，还有口罩和纸杯等物品。嗯，最原始的版本就行，试一试，感谢这个世界，它还有橡胶树。

12月23日，或许我该考虑那个建议，在工匠之神教会外为自己留一条后路，比如，加入那个古老的、隐秘的、暗中影响着世界局势的组织？

克莱恩看到这里，忽然发现下面没有了，心情简直无法言喻："大帝啊，你说的那个古老的、隐秘的、暗中影响着世界局势的组织究竟叫什么名字？是不是我知道的？"

"你怎么能停在这里呢？怎么不多写两句？这就跟以前看小说，看到末尾，发现作者'太监'了一样……还有爱国卫生运动，大帝也是会玩……

"这页日记的内容应该写在他成为因蒂斯共和国执政官之后，说不定都自称恺撒大帝了。我得回去翻一翻外国历史教材，看因蒂斯的'首都下水道和公共厕所改进计划'出现在哪一年。"

沉默十几秒，克莱恩收敛思绪，让手中的日记直接消失。然后，他道："你们可以交流了。"

奥黛丽松了口气，调整状态，成为"观众"，浅笑着道："我想知道是否有序列魔药的名称是'仲裁者'，另外，什么样的非凡者能直接穿过木门，或者让反锁无效？"

这个我知道……笼罩在灰白雾气里的克莱恩正准备开口，却被"倒吊人"抢了先："我需要你帮我调查一件事情，作为回答的交换。"

"什么事情？"奥黛丽颇感兴趣又满是疑惑地问道。

阿尔杰望了"愚者"一眼，沉吟着说："我想知道国王是否有意在今年内或者明年六月前报复弗萨克帝国，在拜朗东海岸开启新的战争。"

塔罗会目前的通用语是鲁恩语，这是基于第一次聚会时三方的口音确定的，所以，阿尔杰知道"正义"小姐是鲁恩王国的贵族，而他也相信"正义"小姐知道自己是鲁恩人。

至于"愚者"，阿尔杰认为祂表现的鲁恩特色只是伪装，便于交流的伪装。

——从那次仪式魔法后，阿尔杰不知不觉开始用"祂"来尊称"愚者"。

奥黛丽回想着这段时日在各种社交场合看到、听到的东西，隐有些把握地点头道："没有问题，但这需要足够的时间来确认。"

"我可以等待。""倒吊人"阿尔杰微笑道，"有'愚者'先生做见证，我相信你不会赖账。"

奥黛丽看了眼灰雾里沉默而神秘的"愚者"，勾起嘴角道："但我认为这件事情的价值比我问的两个问题加起来还要高。"

"等你确认了答案，我会视情况做出补偿。"阿尔杰早有准备般回答。

"正义"小姐，"倒吊人"先生，你们需要虚拟货币来衡量价值吗？克莱恩含笑后靠，注视着两人。

奥黛丽悄然松了口气，在心里为自己喝了声彩。

太棒了！奥黛丽，你学会讨价还价了！她兴奋得险些脱离"观众"状态，赶紧随便找了件事情发问："啊对，'倒吊人'先生，你收到那一千镑现金了吗？"

"很抱歉，我还在海上，还未返回陆地。"阿尔杰不愿意多提这件事情，直接回答起之前的问题，"能穿过木门，让反锁无效的非凡者应该是序列9'学徒'，隐秘组织灵知会拥有它的配方，但不排除从另外途径获得的可能性，比如属于第四纪的古老坟墓中。"

灵知会，和魔女教派有千丝万缕关系的那个隐秘组织……克莱恩悠闲地用手指摩挲着下巴。

见"愚者"先生没有反驳，奥黛丽忍不住感慨道："如果之前有'学徒'的配方，或许我不会选择'观众'。"

那样的表现简直太棒了！

阿尔杰没在意"正义"小姐的话语，自顾自地继续说道："确实有序列魔药的名称是类似的'仲裁人'，我认为你应该并不陌生，因为奥古斯都家族和费内波特王国的卡斯蒂亚家族共同掌握的序列途径起始就是这个。当然，低序列的配方在古老的年代里曾经成为奖赏，部分贵族也许曾经获得过。"

奥古斯都家族是鲁恩王国的王室家族，卡斯蒂亚家族则是费内波特王国的王室家族。

"原来奥古斯都们的起始是'仲裁人'……"奥黛丽一下恍然，觉得自己解开了困惑很久的疑难。

她无声叹息道：难怪在他们面前，我总是想要服从安排，总是不够自在，总是愿意认输，总是不像自己！我还以为是我胆小的缘故……

"'仲裁人'拥有让人信服的魅力和足够的权威，以及出色的应对意外的格斗能力。"阿尔杰简洁地描述了相应的情况。

奥黛丽缓缓点头，往后微靠，优雅地开口道："我没有问题了。"

阿尔杰想了下，侧头望向青铜长桌上首："尊敬的'愚者'先生，我想问一件事情，极光会宣扬的真实造物主'圣所'是否就是传说中的神弃之地？"

神弃之地？这个名词我只在罗塞尔的日记里见过一次……值夜者的机密资料里或许有，但不属于我现在能够接触的部分……你让我怎么回答？克莱恩险些抽动了嘴角。

他考虑了几秒钟，语气平淡没有波澜地回答："这不是你现在该知道的事情。"

阿尔杰心里一紧，当即低头道："请原谅我的微小僭越。"

奥黛丽本想询问神弃之地是什么，闻言也放弃了这个打算。

灰雾之上的宏伟神殿里，安静与沉默忽然占据了主流。

这个时候，奥黛丽总觉得自己该说点什么，于是开了口："'愚者'先生，如果，我是说如果，我有机会加入别的组织，比如心理炼金会，是否可以？"

克莱恩保持着后靠的姿态，轻笑道："没有问题，我唯一的要求就是不能泄露塔罗会的存在。如果你成为其他组织的成员，你能用于交换的材料和情报肯定将获得提升。"

说完这句话，他忽然想到自身也是其他组织的成员，是真正的值夜者，而"倒吊人"多半也与风暴之主教会有些关系。

难道我的塔罗会就是所谓的"背叛者联盟"？"二五仔聚会"？克莱恩陷入了深深的沉思。

"我明白了。"奥黛丽重又兴奋，旋即想到了一个问题，"'愚者'先生，如果我发现了适合塔罗会的先生或者女士，是否可以引导他们加入？该怎么引导？"

阿尔杰想了下，跟着问道："'愚者'先生，我们这个聚会的后续成员加入的标准是什么？该怎么判断？"

有理想，有道德，有文化，有纪律……克莱恩的脑海内瞬间就冒出了这四个短语。

他保持沉默几秒，在"正义"和"倒吊人"出现少许不安后才开口说道："你们觉得适合的，可以在这里告诉我，由我来决定是否让他加入。在此之前，你们不能有任何暗示的行为，那会导致塔罗会存在的秘密外泄，你们要记住，对非聚会成员而言……"

克莱恩顿了顿，沉声说道："没有我的允许，不得诵念我的名。"

…………

"没有我的允许，不得诵念我的名。"

聚会结束后好几分钟，各自回到自身卧室和船长室的奥黛丽、阿尔杰耳畔仿佛依旧在回荡"愚者"刚才的那句话。

在他们印象里，神秘而强大的"愚者"先生要么轻松惬意，要么平静淡然，要么难以揣测，很少表现出这种庄严的、居高临下的态度。而正是因为这样，他们两人才分外惊惧，发自内心地愿意服从。

类似风格的话语，他们并不陌生，但都记载于《夜之启示录》，记载于《风暴之书》！

…………

廷根市西区，水仙花街，克莱恩拉开窗帘，让金色的阳光照入了卧室。

在"正义"和"倒吊人"离开后，他又审视了那颗有祈求传出的星辰，但这一次没收获任何信息。

根据深红星辰有保存祈求、近似离线消息的功能，克莱恩相信自己最近两次进入灰雾之上的间隔里，那位说巨人语的少年再未祈祷。这让他怀疑少年的父母是不是没救了，所以选择了放弃……

背对阳光，克莱恩走到床边，啪地趴了下去，一动也不想动。

他知道自己该抓紧时间去占卜俱乐部，继续消化魔药，但还是不愿意动弹，只想就这样安静地躺着，享受难得的休息日。

周二到周五，他的日常安排非常满，上午是神秘学课程和对应的实践，下午是射击训练和格斗练习，累得晚上都没有什么精神，而周六，上午不变，下午开始轮值查尼斯门，吃喝拉撒都在地底，一直要坚持到周日清晨。

周日上午是克莱恩的补眠时间，下午视情况决定是否去占卜俱乐部。周一上午，他刚跑了趟霍伊大学，下午既要召集塔罗会成员，又得考虑扮演占卜家的事情，总之，他一周都在忙碌，竟没什么休息和放松的机会。

所以，此时此刻的克莱恩只想颓废一次，像条咸鱼般赖在家里，什么也不做，什么也不想，纯粹地发呆。

"不行，作为'邪教'组织BOSS怎么能这么丧，要是被'正义'小姐和'倒吊人'先生知道了，他们的三观会破碎的……"克莱恩将脸埋在被子里，自我鼓气道。

"我有'小丑'魔药的配方了，就等着'占卜家'魔药彻底消化……我有'小丑'魔药的配方了，就等着'占卜家'魔药彻底消化……"他喃喃自语了几句，猛然翻身，坐了起来。

从裤兜里掏出一枚黄铜色硬币，克莱恩快速占卜着今天是否适合去俱乐部，得到了肯定的答案。

"五，四，三，二，一！"

倒数完毕，他强迫自己站直，走向衣帽架，取下燕尾服外套和半高丝绸礼帽。

豪尔斯街区，占卜俱乐部会议室内。

克莱恩坐在阴凉的角落里，边喝着锡伯红茶，边翻看《廷根市老实人报》，周围的会员寥寥无几，只有六七个。

就在他被一则招聘启事的错误语法逗笑的时候，戴着单片眼镜、手拿丝绸礼帽的格拉西斯走了进来，他身旁还跟着位三十来岁的穿蓝色立领长裙的女士。

那位女士眉毛弯弯，眼睛很大却不够有神，左手正紧握着一顶插满羽毛的、形似头盔的黑天鹅绒因蒂斯帽。

这帽子真夸张，戴着脖子不酸吗？克莱恩有所察觉，望了过去，并顺手捏了两下眉心，仿佛在缓解疲惫。

在他的灵视里，格拉西斯和那位有着碧绿眼眸的女士身体健康，但情绪焦急，愤怒而慌乱。

"下午好，格拉西斯，那位兰尔乌斯先生确实不值得信赖，对吧？"克莱恩没有起身，微露笑意地问道。

上一次，肺病刚痊愈的格拉西斯找克莱恩占卜过一件有关投资兰尔乌斯钢铁公司的事情，得到了不好、不建议的结果。但克莱恩看对方犹像不决的样子，觉得他多半还是会选择冒险，顶多不再压上全部身家，所以，现在看到他的情绪颜色后，立刻就有了联想，做出了判断。

格拉西斯先是一怔，旋即泛出苦笑道："我真的很后悔没有听从您的占卜建议，呵，这是我第二次说这句话了，希望，不，我坚信不会有第三次。"

他侧过头，对那位眼角有了些许鱼尾纹的女士道："克里斯蒂娜女士，你看，我们还没有开口，莫雷蒂先生就知道我们的目的了。他是我见过最神奇的占卜师，我更愿意用占卜家来形容他。"

"下午好，莫雷蒂先生，我们正是因为兰尔乌斯的事情前来。"那位叫克里斯蒂娜的女士简单地行了一礼，显得有些慌乱和焦急。

"我们去黄水晶房？"格拉西斯相对镇定，抬了抬下巴，示意去会议室门口。

克莱恩笑笑起身道："这是一位占卜师的工作。"

他沿着过道，走至门边，进入了无人的黄水晶房。

格拉西斯反锁住木门，边走向座位，边叹息道："兰尔乌斯失踪了，他借口去西维拉斯郡监督矿产的开采，离开了廷根，再也没有回来，我们派人乘坐蒸汽列车过去寻找，发现他所谓的高品相大型铁矿只存在于图纸上。让我庆幸的是，我想到您的占卜建议，最终只投资了原定金额的三分之一，否则我将失去我的家庭，失去我的生命。"

克莱恩用比往常更深的目光看了两人一眼，略感好奇地问道："做出这种重大的投资决定，你们不是应该选个代表，去西维拉斯郡的霍纳奇斯山脉实地验证一次吗？"

克里斯蒂娜语速颇快地回答："我们的代表被迷惑了，被兰尔乌斯临时聘请的人员、临时租借的地方、临时围起来的土地迷惑了。"

克莱恩没再多问，保持着"占卜家"的姿态道："你们希望占卜什么？"

"我想占卜这件事情是否还能挽回。"克里斯蒂娜看了格拉西斯一眼，开口说道。

克莱恩拿过纸张和钢笔："那我们做星盘占卜吧，我问，你们回答。"

一问一答间，克莱恩在对应位置标注上了雷鸣星座，标注上了各种情况的象征符号，完成了事件星盘。

和普通人的星盘占卜比，他运用的元素更多，解读的方法更接近真实。

"女士，先生，你们现在正处于一个岔路口，如果贪婪、慌张，不知道节制，将更进一步坠入深渊，再也无法摆脱，但要是能忍耐、等待、坚持，不再贪心，会迎来转机，会看到阳光……"克莱恩语速不快不慢地说道。

"我明白了。"克里斯蒂娜缓缓颔首，想了下道，"莫雷蒂先生，您能占卜出兰尔乌斯的下落吗？"

"不，这恐怕不行。兰尔乌斯留下的资料大概率是假的，甚至连名字都可能不是真的，这让我怎么占卜？除非，你们能弄到他非常详细的真实信息，或者提供他的贴身的物品。"克莱恩如实回答。

克莱斯蒂娜沉默一阵，拿出一苏勒的纸币推给了克莱恩："我听格拉西斯提过，您是一位敬畏命运、不贪求金钱的真正的占卜家，剩下的部分就算是给俱乐部的小费。"

"感谢您给了我信心。"她站起身，礼貌告辞，快步离开。

不贪求金钱……不，我很庸俗的！克莱恩有点后悔之前装什么神棍了。

目送克里斯蒂娜离开，格拉西斯关上房门，又转头问："真的没有办法吗？"

"我刚才说的就是办法。"克莱恩微笑着后靠。

"哎……"格拉西斯叹息了一声，"兰尔乌斯卷走了超过一万镑的金钱，受害者超过一百人，幸运的是，我只损失了五十镑，只是失去积蓄，没有债务，而克里斯蒂娜女士投资了一百五十镑，这对她来说并不是很容易承担的金额。"

"你们报警了吗？"克莱恩听到一万镑这个数字，突然对那位诈骗犯先生充满了愤慨之情。

这样的金额，即使在贝克兰德也能做一名富翁了。

只是单纯寻人，不知道警方会不会找值夜者、代罚者或机械之心帮忙……克莱恩思绪发散地想着。

格拉西斯面色沉重地点头道："我们已经报警，警方也很重视，经过商量，我们愿意从追回来的金钱里拿出一部分作为悬赏。无论是谁，只要能够提供兰尔乌斯下落的有关线索，一旦核实有效，就能得到十镑的奖励；如果能给予确切的藏身信息，帮助警察抓到兰尔乌斯，更是可以收获一百镑的现金！"

提供线索十镑？抓到兰尔乌斯一百镑？克莱恩听得险些眼睛发亮，呼吸沉重。

此时的他正忧愁后续侦探费用的来源。

这一周的额外薪水三镑加剩下的私房钱，刚好可以支付第二笔，但要是那位亨利侦探能在下周就完成两件委托，他额外的周薪就有点不够支付尾款部分了，差那么几苏勒……当然，前提是这段时间没有别的需要用到私房钱的地方。

也许可以从警察那里得到兰尔乌斯的随身物品，但要是他真的已经离开廷根，也没有作用啊……克莱恩一时又期待又叹息。

接下来的一个半小时内，因为安洁莉卡的推荐，又有两人找克莱恩咨询。一位是为刚满一岁的小孩占卜，克莱恩直接画了出生星盘，说得对方心悦诚服，心满意足。另外一位是寻找物品，克莱恩用塔罗占卜结合梦境占卜给对方锁定了大致的范围，这让对方很是诧异，因为从未见过能够给予如此精确的信息的占卜师。

"也许仅靠给人占卜，就能攒够尾款不够的部分。"给了俱乐部小费之后，克莱恩戴上帽子，拿起手杖，边想边往俱乐部门口走去。

就在这时，他看见之前那位克里斯蒂娜女士重又进来，身边还跟着一位戴荷叶帽的年轻姑娘。

克里斯蒂娜看到克莱恩，当即迎了过来，压低嗓音问道："莫雷蒂先生，你之前说如果有兰尔乌斯相关的物品，可以尝试占卜他的下落？"

"是这样没错。"克莱恩点了下头。

克里斯蒂娜吸了口气，沉声问道："那他的孩子算不算相关的物品？"

啊？克莱恩一时竟有点茫然。

克里斯蒂娜并未注意到占卜家先生的茫然，看了眼接待台位置的安洁莉卡，压着嗓音道："我是说兰尔乌斯的孩子。"

她伸手指着旁边戴荷叶帽的年轻姑娘道："这是我的外甥女梅高欧丝，她的母亲是我的长姐。我很遗憾，也很抱歉，当初竟然认为兰尔乌斯是出众的、卓越的年轻人，于是将梅高欧丝介绍给了未婚的他，看着他们成为恋人。

"梅高欧丝的父母之前对兰尔乌斯也很满意，计划在他们订婚后向钢铁公司投资全部的积蓄。幸运的是，在这件事情发生前，兰尔乌斯逃跑了，这让他们家庭没有遭遇致命的损失；不幸的是，我的姐姐和姐夫必须向亲戚和朋友们解释订婚仪式取消的原因，必须为梅高欧丝肚里的孩子烦恼。

"我们都信仰蒸汽与机械之神，不是风暴之主的信徒，并不认为恋人在婚前必须守贞，我们不责怪梅高欧丝，甚至很同情她，但孩子的存留确实让人为难，尤其是他有那样一个父亲。"

这是骗财加骗色啊……克莱恩望向安静站在旁边的梅高欧丝，发现这位姑娘是位颇为出色的美人。

她有着光洁的额头、金色的长发，有着一双与克里斯蒂娜很像的大眼睛，此时神情忧郁而沉静，正紧抿着嘴唇。

真是让人愤慨的诈骗犯啊，而且还成功跑掉了……克莱恩诅咒了兰尔乌斯一句，想了想道："如果是已经诞生的孩子，我确实有办法借助他占卜兰尔乌斯的大致下落，但很可惜，这需要等待好几个月。嗯，这也许就是之前占卜结果的体现，忍耐，等待，坚持，不再贪心，然后迎来转机，看见阳光。"

"好几个月……"克里斯蒂娜喃喃摇头，"不，过了这么久，就算找到兰尔乌斯，也拿不回钱了……"

她侧头看向金发碧眼的梅高欧丝，声音不由自主地变沉，道："你那里有兰尔乌斯随身携带过的物品吗？"

"没有。"梅高欧丝清细而柔软地回答，"他送我的戒指算吗？"

"必须是携带过很长一段时间的物品。"克莱恩摇头否定。

克里斯蒂娜沉默几秒，看着梅高欧丝道："你必须做出决定，我认为留下这个孩子会让你之后的人生变得艰难，充满荆棘。难道你要告诉他，他的父亲是一个诈骗犯，骗了很多的人，包括他的母亲？是时候去诊所或医院了，而这还能帮助我们找到兰尔乌斯，拿回失去的东西。"

喂，这样的占卜会不会太重口了？克莱恩不好干涉别人的家庭事务，只能在旁边耐心等待，时不时腹诽一句。

梅高欧丝低下脑袋，垂着目光，许久没有说话。

过了一阵，她才摸着小腹，露出温柔的笑容道："他和他父亲不一样，他是一个很体贴很讨人喜欢的孩子。

"他每天都会轻轻踢我，告诉我他的心情，他还会哼歌，会吹口哨，用音乐帮助我入睡……"

克莱恩听着听着，忽然觉得有点不对。梅高欧丝的前半截话还算是常见反应，但后半段近乎呓语，明显在说着不现实的事情。

她这是打击太大，精神出了问题？克莱恩抬起右手，伸向眉心，试图装出揉捏以舒缓疲惫的样子。

就在这时，梅高欧丝猛然转身，快步走向门口，只留下了一句话："或许他的父亲会因为他的出生偷偷返回，会替他保留一部分财富……"

克莱恩没料到对方是这样的反应，怔了一下，忘记开启灵视，眼睁睁看着梅高欧丝离开俱乐部，哒哒哒沿着楼梯下行。

克里斯蒂娜吸了口气，缓了几秒道："对不起，莫雷蒂先生，打扰您了，我们会努力去寻找兰尔乌斯的随身物品。"

克莱恩微不可见地颔首，目送她下楼，叹息着摇了摇头。

第二天上午，克莱恩刚进入黑荆棘安保公司，和罗珊打过招呼，就问道："今天的报纸呢？"

甜美的棕发姑娘罗珊打量着他，疑惑道："克莱恩，你很奇怪啊。"

"为什么？"克莱恩早有预料般微笑着反问。

罗珊转了转眼珠道："以前你都是午休的时候才看报纸，因为上午有神秘学课程，唔，老尼尔已经在武器库等你了！"

"我是提前知道有一起案子会有悬赏，所以才想翻翻报纸，记住罪犯的长相，也许哪天遇上了呢？"克莱恩含笑解释道。

"是吗？"罗珊好奇地拿起今天的几份报纸，开始飞快翻动，"通缉令……兰尔乌斯对吧？"

克莱恩当即回答道："是的。"

"……可恶的诈骗犯！竟然骗了一万多镑！"罗珊仔细看了十几秒，忽然愤慨出声。

克莱恩和她有着相同的感受，跟着谴责道："确实太可恶了！我都想主动申请接手这起案子了！"

罗珊又看了十几秒，惋惜摇头道："这起案子似乎没有涉及超凡因素，而且就算涉及了，也会移交给风暴之主的代罚者。"

克莱恩不是太明白罗珊的意思，但接过报纸翻了翻后，就遗憾地感叹道："是啊，有那么多人被骗，三大教会的信徒肯定都包含在内，而兰尔乌斯钢铁公司所在地是南区。"

与超凡因素有关的案子，如果单独涉及某位神灵的信众，就会交给对应的小队，但要是黑夜女神、风暴之主、蒸汽与机械之神的信众都有牵扯，则按管辖区域划分归属——金梧桐区，北区和西区归值夜者小队，东区、南区和码头区归代罚者小队，大学区和郊外归机械之心。

翻看之中，克莱恩也记住了兰尔乌斯的长相：他额头饱满，黑发棕瞳，戴着镜片近乎圆形的眼镜，嘴角微微上翘，似乎在嘲笑所有人。

除了那副眼镜，兰尔乌斯没什么明显的特点，非常普通。

和罗珊又寒暄了几句话，克莱恩通过隔断，预备进入地底。这时，他看见皮肤苍白、气质冰冷的"收尸人"弗莱和白发黑瞳的"作家"小姐西迦·特昂同时走出娱乐室，拐向自己。

简短打过招呼后，克莱恩目送两位队友离开，并发现穿黑色风衣的邓恩·史密斯开门站在了旁边。

"有案子？"克莱恩好奇道。

这个时间点，两位值夜者不会无缘无故一起外出。

邓恩灰眸一扫，颔首笑道："西区有个地方出现了疑似闹鬼的事情，我让西迦和弗莱去看一看。不过，你就不用关心这些事情了，在初步掌握格斗技巧前，我不打算再让你参与任何任务。我必须对我的队员负责。"

队长，你真是一个好人啊，除了发际线高、记忆差，没什么缺点了……克莱恩暗赞一声，确认般反问："也就是说，我只需要上神秘学课程，进行格斗训练，不用做任何贡献，就能领到薪水？"

"这只是暂时的。"邓恩给予确定的答复。

只需要"听课"加"健身"，就能拿到足额的、丰厚的薪水，想想还挺爽的……克莱恩乐滋滋地想道。

希望不要再有巧合了！他无声祈祷了一句。

第八章
CHAPTER 08
✦ 死亡案件 ✦

平稳安宁、没有波澜的生活一直持续到了周五，克莱恩在完成格斗练习后，坐车抵达了贝西克街。

亨利私家侦探事务所外面，他左右看了一眼，在确认无人注意自己后，戴上纱布口罩，竖起风衣领子，快步走进楼道。

敲开大门，克莱恩再次看见了中年硬汉形象的亨利侦探。

"下午好，先生，你其中一件委托有结果了。"眼眸深蓝的亨利侦探用烟酒嗓说道。

克莱恩故意哑着嗓音道："是出没于恶龙酒吧的那位先生的信息？"

购买了"观众"魔药辅助材料的那位先生……

"是的。"亨利扬了下手中的烟斗道。

然后，他什么也没说，只微笑看着克莱恩。

克莱恩明白对方的意思，心疼地掏出四张1镑的钞票，递了过去："这是第二笔款项。"

他顿了下，补充道："给我写张收据。"

他的私房钱已不足一镑了……

"没有问题。"亨利咳嗽两声，一边检验钞票的防伪印记，一边吩咐雇员拿来纸张和钢笔。紧接着，他请克莱恩到沙发区域坐下，自己快速写了收据，盖上印章。

做完这一切，亨利抽了口烟道："按照你的描述，我和助手在恶龙酒吧等待了三天，终于遇到了那位先生。

"他确实是位相当警惕的绅士，而且也非常擅于观察，幸好我是这方面的老手……他叫达斯特·古德里安，是格林赫尔疯人院的医生。"

"达斯特·古德里安，格林赫尔疯人院的医生……"克莱恩无声重复着亨利侦探的话语，开始思考怎么去接触这位疑似"观众"、疑似心理炼金会成员的医生。

在这件事情上，他不想冒太大风险，不想让值夜者发现自己有问题，不想为了仅仅用于交换的情报和资源失去目前的生活。

而且，那位先生很可能是"观众"，不是经受过特别训练的人，几乎没法在"观众"面前隐瞒真实的目的和想法。

"找人中转，神秘一点？不行，牵涉的人越多，越容易出问题……

"嗯……也许可以考虑把真相隐藏在真相里的办法，让那位医生看到的表情和肢体语言都是我真实想法的反应，但却不是全部的想法……"

克莱恩边听侦探亨利介绍达斯特·古德里安的相关情况，边思索该采用怎样的办法来最大程度地规避风险，并且还不会影响目的的达成。

渐渐地，他从看过的警匪片和谍战片找到了灵感。

"嗯……可以这么试一试，但事前必须反复演练……"克莱恩在心中点了点头，重新将全部的注意力放回侦探亨利的话语。

"咳……"亨利清了下喉咙道，"关于红烟囱的委托，我们还在进行，你应该知道，类似的建筑在廷根市有不少。当然，如果你还能提供别的线索，事情就简单了。"

克莱恩沙哑着笑了一声："如果我还有别的线索，就不会委托你们了。"

老实说，这么久的排查和寻找让他对事情的结果持悲观态度，因为那位幕后操纵者明显察觉到了他的占卜，有充足的时间转移藏身之处。所以，他只希望能从相应的住客信息中找到更进一步的线索。

而这价值七镑……想想就心痛……

克莱恩在侦探亨利讲述完毕后，拿上手杖，告辞出门。

周六上午，八点四十分，格林赫尔疯人院的医生办公室内。

戴着金边眼镜，气质出众的达斯特·古德里安脱掉外套，摘下帽子，将它们挂到了衣帽架上。他刚拿起装有咖啡粉的锡罐，就听到了笃笃笃的敲门声。

"请进。"达斯特不甚在意地说道。

然后，他看见半掩的房门被推开，看见一位穿着黑色过膝风衣的年轻男子走了进来。

因为对方的陌生，达斯特疑惑地开口道："上午好，你是?"

克莱恩随手关门，取下帽子，按在胸口，行了一礼道："上午好，达斯特医生，请原谅我的冒昧来访。我是阿霍瓦郡警察厅的见习督察克莱恩·莫雷蒂，这是我的证件和徽章。"

"督察?"达斯特低语一句，接过了对方的证件和徽章，"特殊行动部……"

他缓缓抬头，目光冷静到没有半点涟漪，仿佛在审视着什么。

黑色短发，比褐色更深一点的瞳孔，有点学者气质，沉着而平静，暂时看不出恶意……

达斯特递还手中的物品，斟酌着指了指办公桌对面的椅子："请坐，警官，你有什么事情找我？"

克莱恩坐了下来，将手杖放好，缓慢收起证件和徽章，露出微笑道："请允许我再重新做一次自我介绍。我还是廷根市值夜者小队的成员，专门处理涉及非凡因素的事情。

"上午好，'观众'先生。"

他话音未落，就不出意料地看见达斯特瞳孔变小，手掌回缩，一副想要夺路而逃的样子。

"警官，我不明白你是什么意思。"达斯特强撑着说道，险些无法维持状态，"这样的玩笑我并不喜欢，或许我该叫警卫了。"

克莱恩缓缓从腋下枪袋里取出左轮，笑容不变道："达斯特先生，我知道你看得出来我的信心，也看得出来我并没有恶意。

"呵呵，坦白地讲，我刚开始还有些不确定，但你的反应给了我答案。"

以上每句话都是真实的……克莱恩在心里默默补了一句。

达斯特稍微放松了一点，余光瞄着对方的左轮，疑惑地问："我很难理解你为什么会来找我……我不觉得我暴露过什么……"

克莱恩笑笑道："这只是一个偶然，或许是命运安排我们认识。

"其实我们在恶龙酒吧的地下交易市场见过面，但当时你并没有注意我。你虽然聪明地将序列魔药的辅助材料分开购买，但对刚好也了解这个配方的我来说，依然足够值得关注。"

达斯特忽地吐了口气，仿佛失去了辩解的动力："原来是这样……我还以为我做得足够谨慎，想不到，想不到……"

呢喃了几句，他盯着克莱恩的眼睛道："警官，我知道你不是来抓捕我的，你的真实目的是什么？"

克莱恩神态放松地说道："我和其他值夜者不同，我不认为每一位不属于我们的非凡者都是潜在的罪犯，这对那些向往秩序和善良的人并不公平。"

达斯特改变了坐姿，不再那么紧绷地说道："如果别的值夜者、代罚者和机械之心成员能够像你一样，那世界就和平了。"

"你知道值夜者、代罚者和机械之心成员？"克莱恩故作惊讶地开口，"这不是一个误入非凡领域的人应该知道的事情，你背后肯定有个组织。"

他往后一靠，嘴角含笑道："心理炼金会？"

说话的同时，他悠闲地看着达斯特的脸色一点点变得难看。

"我看得出来你在期待我的回答，可还是忽略了某些似乎很平常的事情，落入了你的语言陷阱……"达斯特懊恼地低语道。

他开始发现"观众"状态不是万能的，看得出来对方的目的，却不表示可以弄清楚具体的细节。

克莱恩摩挲着手枪的转轮道："医生，我们必须坦诚交流，我可以先开始。

"我不认为未被管理的非凡者是潜在的罪犯，但我赞同登记和监管每一位非凡者，这是对失控风险的防范，是为了避免更严重更危险的情况发生。

"我不会打扰你正常的生活，我希望我们之间能有限度地合作。"

"有限度地合作？"达斯特仿佛在思考般反问道。

克莱恩低笑了一声道："是的，有限度。

"比如，定期向我报告自身的状态。你知道的，很多失控事件在情况不那么严重的时候是有可能挽救的，而值夜者在这方面积累了足够多的经验。

"比如，在你的组织中，在你认识的非凡者里，如果有人即将危害到无辜者，请及时向我提供线索。

"比如，用一些事物交换某些对你更加有用的事物。这是给你的福利，你应该知道福利的意思。

"另外，你不用再担心了，不用再害怕哪一天突然就被值夜者、代罚者和机械之心的成员抓捕或者击杀，你可以安稳地、愉快地享受你的生活。我们会给你一些证明身份的物品，你可以在最后的、没有其他办法的时刻使用。"

达斯特沉默听着，好一会儿才开口问道："你希望我背叛我的组织？"

"不，不是背叛。"克莱恩诚恳地说，"这是对公义、对道德、对善良的维护，你是在阻止某些邪恶的、凶残的、血腥的案件，除了这方面的事情，我不会让你出卖你所在组织的秘密。"

达斯特仔细想了想，似乎因为有借口而变得好受了一点。他默然几秒，伸出右手道："合作愉快。"

克莱恩用未持枪的手和对方握了握道："合作愉快。"

他顿了下，轻笑道："医生，你可以告诉我，你是不是心理炼金会的成员了。"

"是的。"达斯特点了下头。

还未进门就开启了灵视的克莱恩没有发现对方的情绪颜色出现波动，于是斟酌着问道："你是怎么加入心理炼金会的？"

达斯特看着对方的眼睛道："因为这家疯人院的一位病人。我给他看病的时候，发现他能完全看穿我，清醒理智得不像是个疯子……他叫胡德·欧根。"

克莱恩记住了这个名字，又和达斯特聊了几句，约定了见面请求的隐秘传递方式和见面的地点等事项。

他暂时没有与对方交流魔药、配方、传闻等事情，在适合的时候提出告辞，收起左轮，离开了达斯特的办公室。

看着他的背影消失在门口，达斯特猛地吐了口气，瘫软地靠住椅背，有些痛苦又有些放松。

…………

佐特兰街36号，黑荆棘安保公司内部。

坐在办公桌后面的邓恩灰眸一扫，开口问道："出了什么事情吗？"

迟到了快半个小时的克莱恩组织着语言道："队长，我发现了一位非凡者，确认是心理炼金会的成员。他是一位正派的医生，愿意和我们合作，我认为最好保持目前的状态，这能帮助我们及时了解心理炼金会的最新情况。"

顿了几秒，克莱恩又补充道："我想发展他成为值夜者的线人，或者隐秘的外围成员。"

"线人"这个词语来自因蒂斯语，来自罗塞尔大帝。

邓恩缓缓颔首道："你处理得非常好，但以后再有这种事情，最好先告诉我。把那位医生的信息和你处理过程的文字资料提交给我，我会给他一些证明身份的物品。

"还有，不要把这件事情告诉伦纳德他们，虽然都是值得信任的队友，但相关条例有明确规定。以后你负责联系那位医生。"

克莱恩无声吐气，笑容满面道："好的。"

时间缓慢流逝，廷根送走了夏天的尾巴，来到八月中旬，气温稳定在了二十六七摄氏度。

哗啦！

克莱恩猛地从浴缸内站起，迈步而出，滴滴水珠随着他的动作洒落在地。他赤身裸体地立在那里，低头望向自身腹部，稍一用力，就看见了块块肌肉的清晰线条。

这是他这段时日坚持训练的成果，除此之外，整个人也显得精神了许多。而就在今天，他的格斗老师高文开始教导他基础的拳击步法和发力技巧。

啪，啪，啪。

克莱恩光着脚踩在盥洗室地上，时而前滑，时而急退，时而右闪，并伴随挥拳和格挡的动作。

呼……他停了下来，欣喜地吐了口气，拿过旁边的毛巾，擦拭起身体。

接触疯人院医生达斯特·古德里安之后的两周多里，克莱恩仿佛摆脱了巧合，离开了总是碰到超凡事件的怪圈，生活变得平稳，按部就班地领着薪水，深入研究神秘学，练习射击和格斗，一直开发新的菜式，与哥哥班森、妹妹梅丽莎一件一件积攒体面的餐具和摆设，向队长邓恩、队友伦纳德等人请教过去的非凡案件，以及到俱乐部帮人占卜，并严格遵循自身总结出来的守则。

这让他的心灵变得安定，如果不是夜深人静时还会思念地球，如果不是红烟囱的事情还没有查清楚，如果不是"厄运布偶"传递的图案偶尔会出现于梦境里，他都要开始习惯并眷恋现在的生活了。

在此期间，塔罗会召集了三次，克莱恩并未得到新的罗塞尔日记。

但是，据"正义"介绍，她新认识了两位非凡者，正在自然地接触她们，等进入了相应的圈子，应该就能交易到更多的罗塞尔日记了。

而"倒吊人"也表示自身已经返回陆地，正在处理一些事务，只要空闲下来，立刻就着手寻找。

另外，"正义"感觉她新认识的两位非凡者都是值得发展的对象。两人各有不错的明面身份掩护，各有一定的、不同的资源渠道，各有各的坚持和特点，不是那种会随意出卖机密的人，唯一的问题是都只有序列9，不太适合塔罗会这种高端严格的隐秘组织。

高端的组织？我感觉更像传销……当时的"愚者"克莱恩只想掩面长叹，对"正义"小姐的自我感觉良好竟找不到语言来应对，只能答应让她对那两位非凡者做进一步的观察。

当然，"正义"也不是最开始那位天真烂漫的少女了，她很谨慎，没有提两位非凡者的姓名和特点，害怕"倒吊人"据此查到自身。

"正义小姐说她清晰感受到魔药消化的迹象了，也许再有三四周，她就能完成'观众'的扮演……'读心者'的配方得提上日程了……"

擦干净身体的克莱恩将毛巾放到一旁，边穿贴身衣物，边想着前天塔罗会上的事情。

近二十天里，他只约达斯特·古德里安医生见过一面，本着"欲速则不达"的想法，简单聊了聊对方的状态，问了问心理炼金会一些无关紧要的事情。而"正义"消化魔药的速度，让他不得不提前琢磨要怎么从达斯特那里得到序列8"读心者"配方。

一颗一颗扣好衬衣纽扣，克莱恩又拿起另一块干毛巾，用它包住头部，吸收短发上的水分。

和"正义"相比，他消化"占卜家"魔药的速度只快不慢，到这周，冥想和灵视状态时已经没再出现听见不该听见的声音、看见不该看见的场景的事情了。

翻过毛巾，克莱恩又擦了擦头发，抬头望向门口，无声自语道："我总结的'占卜家守则'确实有效，下周……下周应该就能彻底消化掉魔药了……

"'小丑'配方里的霍纳奇斯灰山羊独角结晶和人脸玫瑰还不知道去哪里弄……也许可以学戴莉女士，提交特别申请……但那样肯定会被上层关注……我现在只想猥琐发育……

"极光会在警察部门发展的信徒也被找到了，但还是不知道Z先生是谁……

"亨利说这周结束前能完成关于红烟囱的委托……我的私房钱恢复到七镑出头了，不用担心怎么支付尾款……

"他之前给的部分房屋和住客资料暂时看不出问题，我又没空一个个排查……也许可以先看哪栋有红烟囱的房屋最近更换了住客？嗯，这是个思路……"

静坐二三十秒之后，他穿上灰黑色长裤，戴好领结，扣稳枪袋，将换下来的骑士练习服丢入洗衣筐，开门走出了盥洗室——他刚结束周三下午的格斗训练没多久，还在老师高文的家里。

"您好，莫雷蒂先生。"高文的杂活女仆刚好路过，忙躬身行了一礼。

克莱恩微微点头，指着凌乱湿漉的盥洗室道："麻烦你清理一下。"

"这是我的职责，衣物会由浆洗女工处理，她下午六点过来。"杂活女仆低着头回答道。

浆洗女工不包吃住，给的报酬也很低，所以她们不会只受雇于一家，往往都承揽了附近好些居住者的衣物，或者每天匆匆忙忙地赶场，洗完一家立刻去另外一家，或者全部搜集至家里一起处理，依次送回。只有这样，她们才能勉强生存。

克莱恩没再多言，来到客厅，向坐在摇椅上的主人告辞。

他看见两鬓发白的高文没什么生气地颔首，双腿之上铺着条浅褐色的毛毯，手里则拿着份《阿霍瓦晚报》。

克莱恩知道眼前这位沐浴着西斜阳光的男士其实刚五十出头，但暮气沉沉得仿佛已有九十岁。

平时的格斗训练里，高文也保持着沉默，只在该指点时开口，绝对不多说不闲聊，克莱恩则由于每天累得要死要活，缺乏主动攀谈的欲望，所以双方的关系到现在依旧冷淡。

"看高文老师的演示，他的力量还是相当惊人的，步伐也足够敏捷，打我三个估计都不成问题……

"他有警察厅给的薪水，在廷根郊区的乡村里还买了块土地，可以收取固定的地租……他雇了一位厨师，一位杂活女仆，一个浆洗女工……在地球的大吃货国，有这样身家的五六十岁的先生早就满世界旅游去了……"

克莱恩将视线从高文身上收回，暗自摇了摇头，然后来到衣帽架旁，取下了自己的半高丝绸礼帽和黑色薄风衣。穿戴齐整后，他拿上手杖，走出房屋，沿着两侧长有杂草的石板道路靠近大门。

就在这个时候，他看见铁栅栏外停着一辆双轮马车，站着一位熟悉的男士。

"伦纳德?"

克莱恩疑惑地望着头发肆意凌乱的值夜者队友，低声自语了一句。

伦纳德身穿白衬衣、黑长裤和无扣皮靴，手里正旋转着自己的帽子，看见克莱恩出来，含笑开口道："惊喜吗?"

只有惊，没有喜……克莱恩无视了对方的不正经，盯着这名假诗人的绿眸问道："有什么事情?"

伦纳德将帽子戴上道："队长让你配合我和弗莱，我们路上再详细说。"

"好的。"克莱恩跟着对方进入了马车车厢。

等到马车启动，两边风景后掠，伦纳德拿起旁边的公文袋，丢给了克莱恩。克莱恩稳稳接住，取出文件，仔细翻阅起来。

"8月11日晚上十一点，西区济贫院内，破产的索尔斯企图纵火，制造惨案，但最终只烧死了自己……

"8月11日晚上十点，码头工人齐德跳入塔索克河，结束了贫穷的生命……

"8月11日晚上八点，铁十字街下街以糊制火柴盒为生的劳维斯太太突发疾病死亡……

"……"

看到前面两件事情的时候，克莱恩一阵疑惑，认为类似的死亡事件实在太普通太常见了，不仅不该引起值夜者重视，就连警察部门也得避免警力的浪费。可往下看去，他渐渐皱起了眉头。

翻了两页，他猛然抬首，望向伦纳德道："这未免太多了吧?"

当正常的死亡事件多到让人惊骇的程度时，就很难称得上"正常"了。

伦纳德难得正经地点头道："过去两周内的死亡事件是正常值的五倍。廷根市警察总局统计数据的时候发现了这个问题，赶紧将事情移交给了我们，移交给了代罚者和机械之心。

"虽然这些死亡事件初步核实都没有问题，但队长认为我们必须重新查一遍，而这就可能需要占卜或者仪式魔法的辅助了。"

克莱恩恍然道："我明白了。"

伦纳德打了个响指道："我、你和弗莱一组，他在铁十字街下街等我们。西迦、洛耀和老尼尔一组，调查北区的相应事件，队长留在安保公司内应对意外。"

"嗯。"克莱恩郑重点头，忽然想起一件事情，连忙问道，"我能先回一趟家，留一张纸条吗？"

他得告诉哥哥和妹妹自己今晚有事，不在家用餐。

伦纳德笑了起来："没有问题，刚好顺路。"

克莱恩这才定下心，再次翻阅那些死亡事件的资料，试图从不同死法、不同名字、不同时间点里找到关联。

看着看着，他油然想道：这就是我成为值夜者后的第一次集体任务？

廷根市，水仙花街2号，留下纸条的克莱恩锁好大门，快步走向路边等待的伦纳德·米切尔。

伦纳德的黑色短发比上个月长了一些，且疏于打理，显得非常凌乱。可就算是这样，配上他不错的长相、绿宝石般的眼眸和诗人一样的气质，依旧有种另类的美感。

果然，任何发型都是要看脸的……克莱恩下意识吐槽了一句，指着铁十字街方向道："弗莱在那边等我们？"

"是的。"伦纳德理了下没有扎进去的衬衣，状似随口地问道，"你有从资料里找出什么线索吗？"

克莱恩左手持杖，一边沿着街道边缘前行，一边道："没有，无论是死亡的方式，还是死亡的时间点，我都找不出规律。你知道的，涉及邪神、恶魔的仪式，都必须配合特定的时间点或者特别的方式。"

伦纳德触碰着藏于腰间、藏于衬衣之下的特制左轮，轻笑一声道："这不是绝对的，在我的经验里，有的邪神或者说恶魔非常容易满足，只要祂对接下来的事情产生浓厚的兴趣。

"而且这些死亡事件里肯定有相当一部分是正常的，必须剔除它们，才能得到正确的答案。"

克莱恩瞥了他一眼道："所以队长才让我们重新勘查，排除掉正常事件。

"伦纳德，你的语气和描述告诉我，你在类似方面有充足的经验，可你成为值夜者还不到四年，平均下来每个月遭遇的超凡案件不超过两起，并且大部分都是简单的、易于解决的那种。"

他始终觉得伦纳德·米切尔这位队友古怪神秘，不仅一直在怀疑自己，认为自己特殊，而且还时而神叨，时而自大，时而轻浮，时而深沉。

难道他也有奇遇？也有让他觉得自身是戏剧主角的奇遇？克莱恩结合丰富的电影、小说和电视剧"见识"粗略地推测着。

听到他的问题，伦纳德笑笑道："这是因为你还没有正式进入值夜者的状态，还在训练阶段。

"圣堂每半年就会将各个教区各个教堂遭遇的超凡案件整理成书籍，并根据保密等级，在不同的版本里做一定删减，然后对应下发给各个成员。你在神秘学课程之外，可以向队长申请进入查尼斯门，借阅以前那些案件书籍。"

克莱恩恍然地点头道："队长一直没提醒我这方面的事情。"

他到现在为止，都还没有机会进入查尼斯门。

伦纳德轻笑出声道："我以为你已经习惯了队长的风格，没想到你还天真地期待他提醒你。"

说到这里，他意味深长地补了一句："如果哪一天队长什么都记得，什么都没忘记，那我们倒是需要提高警惕了。"

这意味着失控？克莱恩表情郑重地颔首，转而问道："这是队长独有的风格？我还以为是'不眠者'序列附带的问题……"

熬夜造成记忆力衰退什么的……

"准确地说是'梦魇'独有的风格，现实与梦境交织，时常让人分辨不清哪些是真的，需要记住，哪些是假的，不用放在脑子里……"

伦纳德本想再说点什么，但两人已步入铁十字街，看见了等待在有轨公共马车站点的"收尸人"弗莱。

弗莱戴着黑色圆边毡帽，身穿同色薄风衣，手里提着一个皮箱，肤色苍白得让人怀疑他随时会因为突发疾病而倒下，那冰冷阴暗的气质则让周围的等车者纷纷远离。

互相颔首后，三人都没有开口，沉默着会合，共同越过斯林面包房，拐向了铁十字街下街。

喧嚣当即扑面而来，叫卖着牡蛎汤、香煎肉鱼、姜啤和水果等食物的街贩们声嘶力竭地喊着，让来往行人不由自主放慢了脚步。

此时已五点出头，不少人回到了铁十字街，道路两侧开始拥挤，部分小孩混杂其中，冷漠地看着这一切，注视着往来行人的口袋。

克莱恩常常到这边来买便宜的熟食，以前更是住于附近的公寓，对此地的状态相当了解，于是开口提醒道："小心窃贼。"

伦纳德笑笑道："不用在意。"

他拉动衬衣，调整枪袋，让腰间的左轮露在外面。霍然之间，注视着他的目光纷纷移开，周围的行人也不自觉让出了一条道路。

"……"克莱恩愣了愣，快步跟上了伦纳德和弗莱，并低下脑袋，防止有认识的人注意到自己。

——班森和梅丽莎依旧与以前的部分邻居保持着联系，毕竟搬得不够远。

穿过那片街贩众多的区域，他们三人进入了真正意义上的铁十字街下街。

这里的路人都穿着陈旧而破烂的衣物，对陌生且光鲜亮丽者的出现既充满警惕，又流露贪婪，仿佛盯着腐食的秃鹫，随时都可能发动攻击，但伦纳德那把左轮有效地制止了一切意外的发生。

"我们先从昨晚的死亡事件开始调查，从糊制火柴盒的劳维斯太太开始。"伦纳德翻了下资料，指着不远处道，"134号一楼……"

随着三人的前行，一个个玩耍的衣衫褴褛的小孩飞快躲到了路边，用茫然、好奇、害怕的目光注视着他们。

"瞧瞧他们的胳膊他们的腿，就跟火柴杆一样。"伦纳德感叹了一句，率先进入有三层的134号。

混杂各种味道的空气顿时钻入了克莱恩的鼻孔，依稀能分辨尿的骚味、汗的臭味、发潮的霉味以及煤炭木材燃烧的气味。他忍不住抬手掩了下鼻子，接着，他看到了等待在这里的比奇·蒙巴顿。

这位负责周围街区的警长留着棕黄色的络腮胡，对亮出督察身份的伦纳德满是谄媚之情。

"长官，我已经让劳维斯在房间等待了。"比奇·蒙巴顿用略显尖细的独特嗓音笑道。

他显然没认出精神了许多、体面了许多的克莱恩，只顾着讨好三位长官，领着他们进入位于一楼的劳维斯家。

这是单间的房屋，最内侧靠着两层的高低床，右边是桌子，摆放着糨糊、硬纸等物品，角落里则堆有装满火柴盒的箩筐，左侧是破破烂烂的橱柜，既放衣物，又放餐具。

房门两边挤着炉子、马桶和少量煤炭、木材等事物，中央位置还有两个肮脏的地铺，一个男子正裹着烂出了洞的被子呼呼大睡，整个房间让人几乎无从下脚。

高低床的下铺上，一个妇人躺在那里，皮肤冰冷阴沉，明显已失去了生命。

这具尸体的旁边坐着位头发油腻凌乱的三十来岁的男子，他神情萎靡，目光失去了神采。

"劳维斯，这三位警官来检查尸体，并询问你一些事情。"比奇·蒙巴顿高声喊道，丝毫没顾及地上还有人睡觉。

萎靡男子有气无力地抬头，诧异问道："今天上午不是检查过，也问过了吗？"

他穿着灰蓝色的工人服，上面多有缝补的痕迹。

"让你回答就回答，哪有这么多问题！"比奇·蒙巴顿狠狠训斥了对方一句，然后朝着伦纳德、克莱恩和弗莱笑道，"长官，那就是劳维斯。床上是他的妻子，也就是死者，经过我们初步检查，死于突发的疾病。"

克莱恩等人踮着脚，从地铺间的空隙走到床边。

高鼻薄唇、气质冰冷的弗莱没有说话，只柔和地拍了拍劳维斯，示意他让开位置，便于自己检查尸体。

克莱恩望了眼地上睡觉的男子，疑惑地问："这位是?"

"我……我的租客。"劳维斯挠了下头皮道，"这个房间每周要三苏勒十便士，我只是个码头工人，我妻子糊制一箩火柴盒才能拿到二又四分之一便士，一箩有……有一百三十盒以上吧，我们……我们还有孩子，我只能把空余的地方租给别人，一个地铺每周只需要一苏勒……

"我有个租客在剧场帮忙布景，晚上十点前不会休息，就把白天的地铺使用权卖给了这位……这位先生，他是夜里看守剧场大门的人，嗯，他只用支付六便士，每周……"

听着对方絮絮叨叨的介绍，克莱恩一时忍不住望了眼角落的箩筐。

一箩一百三十盒以上，才赚二又四分之一便士，差不多是两磅黑面包的价钱……一天又能糊制多少箩[2]？

伦纳德环视一圈问道："你妻子死亡前一段时间有什么异常吗？"

早就回答过类似问题的劳维斯指着左胸道："从上周，嗯，也许是上上周开始，她常说这里很闷，喘不过气来。"

有心脏疾病的前兆？正常的死亡事件？

克莱恩插言道："你有看见她死亡的过程吗？"

劳维斯回忆着说道："太阳下山以后，她就不再工作了，蜡烛和煤油可比火柴盒贵多了……她说她很累，让我跟两个孩子说说话，她先休息一下，等我再看她的时候，她已经……已经停止了呼吸。"

说到这里，劳维斯的悲伤和痛苦再也无法掩盖。

克莱恩和伦纳德又分别问了几个问题，但都没能发现不自然不正常的因素。

彼此对视了一眼后，伦纳德开口道："劳维斯先生，麻烦你出去等待几分钟，我们将对尸体做一个深入的检查，我想你不会希望看到接下来的画面。"

"好，好的。"劳维斯慌忙站起。

比奇·蒙巴顿走到旁边，一脚踢醒了睡地铺的租客，粗暴地将对方赶了出去，自身则识相地关上大门，守在外面。

"怎么样?"伦纳德随即望向弗莱。

"死于心脏疾病。"弗莱收回双手，肯定地说道。

克莱恩想了想，掏出半便士面额的铜币，打算做一个快速的判定。

"'劳维斯太太的心脏疾病有超凡因素的影响'? 不，这个太狭窄了，答案容易误导人……嗯，'劳维斯太太的死亡有超凡因素的影响'……就这个!"他仿佛在思考般地无声低语，很快确定了占卜语句。

默念之中，克莱恩来到劳维斯太太的尸体旁，眼眸转深，往上弹出了硬币。当的余音回荡，黄铜色的硬币翻滚下落，稳稳停在了他的掌心。

这一次，国王的头像朝上。

这说明劳维斯太太的死亡确实有超凡因素的影响!

"存在超凡因素……"克莱恩的眸色恢复了正常，侧头望向伦纳德和弗莱。

伦纳德忽然笑了一声:"很专业嘛，不愧是'占卜家'。"

"你仿佛在暗示什么……"克莱恩没有发出声音地嘀咕了一句。

弗莱打开皮箱，取出银制小刀等事物，顿了几秒道:"尸体告诉我，她确实死于突发的心脏疾病……你有办法占卜出更加详细的情况吗?"

克莱恩认真点头道:"我可以试一试通灵仪式和梦境占卜的结合，希望能从劳维斯太太残留的灵性里获得点什么。"

弗莱保持着冰冷内敛的状态，向后退开两步道:"你先尝试。"

他偏头看了克莱恩一眼，忽然语气没有起伏地感叹了一句:"你越来越习惯这样的场合了。"

我也不想的……克莱恩有种想哭的冲动，挨个儿取出要用到的纯露、精油和草药粉末，快速完成了通灵仪式的布置。

他于灵性之墙的中央默诵着黑夜女神的尊名，用赫密斯语提出了祈求。

很快，周围有风在打旋，光芒愈发暗淡。眸子已然全黑的克莱恩抓住机会，反复默念出占卜语句:

"劳维斯太太的死因。

"劳维斯太太的死因。

"……"

他站着进入了梦境，看见了徘徊于模糊之中，徘徊于尸体周围的透明之灵。然后，他伸出虚幻的右手，触碰向劳维斯太太残留的灵性。

瞬息之间，他眼前有光影炸开，有一个个画面在闪现——

一位面黄肌瘦、衣着破烂的妇女在忙碌地糊制着火柴盒;

她忽然停顿，捂住胸口；

她在和两个孩子说话；

她身体微晃，大口喘气；

她去买黑面包的时候，突地被人拍了一下；

她一次又一次地出现心脏有问题的征兆；

她感觉很累，躺到床上，却再也没有醒来。

克莱恩仔细观察着每一个细节，试图找到超凡因素存在的痕迹。但等到一切结束，他依然没有获得足够明确的线索。

模糊与朦胧破碎，克莱恩退出梦境，回到现实。

他解除灵性之墙，对等待的弗莱和看戏的伦纳德道："没有直接的象征，大部分的画面都表明劳维斯太太早就罹患心脏疾病，只有一幅和其他不同，劳维斯太太被人从背后拍了一下，那只手白嫩纤细，似乎属于女性。"

"对这样的家庭来说，不到最严重的时候，不会轻易去看医生。哪怕只是在免费的慈善医疗组织那里排队，时间也损失不起，他们一天不干活，第二天或许就没有食物了。"伦纳德用诗人般的感伤语气叹息道。

弗莱随之望了眼床上的尸体，轻轻吐了口气。

不等克莱恩开口，伦纳德迅速切换了状态，仿佛在思考般说道："你的意思是，超凡因素存在于劳维斯太太被拍的那一下，来源于那位有着纤细之手的小姐或者女士?"

克莱恩点头回答："是的，但这只是我的解读，占卜往往都是模糊的。"

他和伦纳德没有再讨论，各自退到地铺另外一边，让弗莱不受干扰地从皮箱里取出辅助器械和材料，做更进一步的检查。

他们等了片刻，弗莱才收拾好各种东西，做了清理和遮掩，转头说道："死因是自然的心脏疾病，这一点没有疑问。"

听到这个结论，伦纳德来回踱了几步，甚至走到了门边，好半天才终于开了口："先到这里吧。我们去西区济贫院，看能否发现别的线索，让两起死亡事件串联起来。"

"嗯，只能这样。"按捺住满腹疑惑的克莱恩开口表示赞同。

弗莱提上皮箱，半走半跳地通过了两个地铺，没去踩踏别人的被子。

伦纳德打开房门，率先走了出去，对劳维斯和租客道："你们可以回家了。"

克莱恩想了下，补充道："尸体不要急着下葬，再等待一天，或许还会有一次彻底的检查。"

"好，好的，警官。"劳维斯微弓身体，忙不迭地回答，接着半是麻木半是茫然地说道，"其实……其实我暂时也没钱给她下葬，还得攒几天，攒几天，还好……还好最近天气凉快了。"

克莱恩很诧异，脱口道："你打算让尸体待在房间好几天？"

劳维斯挤出一抹笑容道："嗯，还好，还好最近天气凉快了，夜里可以把尸体放在桌子上，吃东西的时候，就将她抱到床上去……"

他话未说完，弗莱突然打断道："我留了下葬的费用在你太太旁边。"

然后，丢下这一句平淡话语的他，没去理睬劳维斯惊愕的表情与随之而来的感谢，快步走向公寓大门。

克莱恩紧随其后，一直在思考一个问题：如果天气还保持着夏天的热度，劳维斯会怎样对待他太太的尸体？找一个天很黑、风很大的夜晚，偷偷将尸体丢进塔索克河、霍伊河，或者随便找个地方挖个坑就埋掉？

克莱恩知道，"必须在墓园下葬"是一千多年前，上个纪元的尾声，七大教会和各国王室为了减少并消除水鬼、僵尸和怨魂专门制定的法律。具体的实施办法是由各国提供免费的土地，各个教会负责看守或巡视，只在火葬和下葬环节收取很少的费用以支付必要的劳动力付出。但就算是这样，真正的贫民还是有些负担不起。

离开铁十字街下街134号后，三位值夜者与比奇·蒙巴顿分开，沉默着拐向了位于附近街道的西区济贫院。

刚临近那里，克莱恩就看见一条长长的队伍排了过来，跟地球上大吃货国人民排网红店的状况一样，人挨人，人挤人。

"这有一百多，不，接近两百个人了。"他诧异地低语，看见排队者都衣物破旧，表情麻木，只偶尔焦急地望向济贫院门口。

弗莱放缓脚步，气质冰冷而阴沉地说道："每家济贫院每天能接受的无家贫民数量有限，只能按照排队的顺序来选取，当然，济贫院会做鉴别，不让不符合条件的人进入。"

"这也有最近几个月不景气的因素……"伦纳德感叹道。

"没排到名额的人只能自己想办法？"克莱恩下意识问了一句。

"他们也可以去别的济贫院碰运气，不同济贫院开门的时间不一样，不过，都会有同样长的队伍，有的人下午两点就在等待了。"弗莱顿了顿道，"剩下的人多半会饿上一天，这样他们也就失去了寻找工作的能力，陷入直奔死亡的恶性循环，承受不住的人则会放弃对善良的坚持……"

克莱恩默然几秒，吐了口气道："报纸从来不会登载这些……弗莱先生，很少听你说这么多话。"

"我曾经在女神的济贫院做过牧师。"弗莱依旧是那种冰冷冷的状态。

衣着光鲜的三人顺利抵达了西区济贫院的门口,向傲慢地打量着排队者的看门人出示了证件,被引入了济贫院内部。

这家济贫院由一座陈旧教堂改造而来,弥撒厅内铺着一张张垫子,悬着一张张吊床,浓重的汗味混杂着脚臭充斥了每个角落。

厅内厅外有着不少无家贫民,部分在挥舞锤子敲碎石头,部分则从旧绳里挑着薄絮,竟没有一个人空闲。

"为了不让贫民依赖救济,变成无赖,1336年的《济贫法》规定,每一位贫民最多只能在济贫院内待五天,超过时间就会被赶出去,而这五天里,他们同样得劳动,敲石头或者挑绳絮,这也是监牢里那些罪犯的必然项目。"弗莱不带丝毫感情地为克莱恩和伦纳德介绍了两句。

伦纳德张了张嘴,最终不知是讥讽还是陈述地说道:"离开这家济贫院,还能去另外一家,当然,未必再能住进去了……呵,也许在某些人眼里,贫穷者就等于罪犯。"

"……挑绳絮?"克莱恩沉默一阵,不知该问什么地喃喃着。

"旧绳里的纤维是填补船只缝隙的很好的材料。"弗莱停住脚步,找到了地面被烧黑的痕迹。

他们等待了几分钟,济贫院的院长和牧师赶了过来,都是四十来岁的男子。

"索尔斯就是在这里纵火,结果只烧死了自己?"伦纳德指着地面那团痕迹道。

济贫院院长是位额头宽阔微凸的男士,他用蓝色的眼眸循着米切尔督察指的方向扫了一下,肯定地点头道:"是的。"

"在此之前,索尔斯有什么异常表现?"克莱恩补充问道。

济贫院院长想了想道:"据睡在他旁边的人讲,索尔斯一直在念叨'主遗弃了我''这个世界太污秽太肮脏了''我什么都没有了'等话语,充满怨恨和绝望的情绪,但谁都没有想到,他竟然打算趁大家睡着,打碎所有煤油灯,纵火焚烧这里。感谢主,有人及时发现并制止了他的恶行。"

克莱恩和伦纳德又相继找来了昨晚睡在索尔斯旁边的几位贫民,找来了阻止惨案的警卫,但只得到和资料上没什么区别的回答。

当然,他们暗中用灵视、占卜等办法确认了对方是否在撒谎。

"看起来索尔斯早就有报复和自毁的想法,一件似乎很正常的案件。"伦纳德让院长和牧师离开,先行发表了意见。

克莱恩斟酌着说道:"我的占卜也告诉我,这起案件没有超凡因素的影响。"

"暂时将索尔斯纵火案排除。"伦纳德下了结论。

就在这时，弗莱突然开口："不，或许还有另外的可能性，比如，索尔斯受了别人教唆，那个人是非凡者，但没有用超凡手段。"

克莱恩听得眼睛一亮，当即附和道："有可能，比如，之前那位'教唆者'！"

"教唆者"特里斯！

但这和劳维斯太太的死亡就没法挂钩了……他微皱眉头地想道。

听到克莱恩和弗莱的猜测，伦纳德扯了下衬衣领口，来回踱了几步道："那就必须调查索尔斯在济贫院内接触过的所有人，以及他破产被赶出房屋后遇见的每一个人，这非常麻烦……

"我们先抓紧时间，分头在这里做一次排查，然后直奔西区的第三起死亡事件，将剩下的部分交给警察。"

"好的。"克莱恩毫不犹豫地回答。

弗莱也没有异议，转身走向了昨晚睡在索尔斯附近的几位贫民。

克莱恩正要另找目标，忽然看见伦纳德对自己使了个眼色，用下巴示意济贫院的侧厅。

什么意思？他一阵迷惑，装作什么也没有发生，绕着弥撒厅转了半圈，然后趁弗莱不注意，追随伦纳德的脚步进入侧厅，通过隔断，来到一个僻静无人的角落。

"我有一个猜测。"伦纳德停在玻璃碎裂的窗户前，突然而直接地开口道。

克莱恩疑惑地左右看了一眼道："什么猜测？"

伦纳德绿眸幽深地反问道："如果没有超凡因素的影响，你认为劳维斯太太会有怎样的结局？"

克莱恩想了一下，颇有些沉重地说道："还是同样的结局，只不过会推迟一周、两周，或者一个月。对他们那种家庭而言，不到无法支撑的时候，肯定不会去看医生，而心脏疾病只要变得严重，死亡就随时可能降临，并且不会有任何挽救的余地。"

"那索尔斯呢？如果没有被教唆，他会是什么样的结局？"伦纳德再次发问。

克莱恩斟酌着开口："从资料介绍的情况看，索尔斯早就对破产一事充满怨气，对没有获得拯救感到异常愤恨，我认为他迟早会报复，但对象不是被救济者，而是造成他破产的公司老板，收走他房屋的银行职员。"

"他报复之后又会有怎样的结果？"伦纳德追问了一句。

"毫无疑问，他已经打算终止自己的生命，不管报复是否成功，他都会死亡。"克莱恩做出肯定的回答。

伦纳德微微颔首，露出标志性的轻浮笑容："那我是否可以说，劳维斯太太和索尔斯都是注定在近期死亡的人？"

克莱恩是见多识广的"键盘强者",听到这个问题后,立刻有了猜测:"你是说,他们的死亡被超凡因素人为地提前了?这又是为什么呢?"

"更准确地描述是,他们应该拥有的生命被超凡因素人为地缩短了,被窃取了,而生命一直是召唤邪神、恶魔,进行可怕诅咒的最佳材料。"伦纳德嘴角微翘地纠正了克莱恩的猜测。

"召唤邪神、恶魔,进行可怕诅咒……"克莱恩盯着对方碧绿的眼眸,半是质疑半是揣测地说道,"你似乎非常肯定?但我们的调查样本暂时还只有两个……"

伦纳德玩世不恭般笑笑道:"克莱恩,我们之间不需要假装,我目睹过你摆脱封印物2-049的控制,知道你的特殊,而你也应该能模糊感觉到我和一般的非凡者不同。"

他收敛笑容,迎着克莱恩的目光道:"我曾经对你说过,这个世界上有很多特殊的人,总是能做到别人做不到的事情,比如说你,也比如说我。

"这个世界拥有漫长的历史,存在这样或者那样的神奇物品,总会有人得到它们,掌握它们,成为不同戏剧的主角。这样的人不会太多,但肯定不可能只有那么一两位。

"我并不认为藏着秘密的非凡者就一定是坏蛋,是恶棍,并不认为必须弄清楚他们的'特殊'源于什么,表现是什么……只要你的行为没有危害到我,危害到值夜者和整个廷根市,那你就还是我的队友。

"同样的,我也希望你用类似的态度看待我,当然,这种事情最好还是不要告诉上面的人,那些家伙都古板而保守,总认为我们这种特殊的人必然会失控,必然会受到邪神恶魔的引诱而堕落。"

可是,我的秘密恐怕比你想象中更多……克莱恩无声自语了一句,坦然道:"我确实是这样的态度,只看你的行为和目的,不在乎你的特殊,也不试图窥探你的秘密。"

说完这句话,他在心里默默补充道:不,其实我还是比较在乎、相当好奇的,但只能强行忍耐。嗯,伦纳德觉得自己是一场戏剧的主角?他得到了什么奇遇,拥有什么样的神奇物品?

伦纳德解开衬衣领口的扣子,轻笑着点头道:"很高兴我们达成共识。在那些冒险小说里,这就叫两位主角相遇了,历史的车轮开始滚滚向前。"

不要脸!克莱恩敷衍地笑了笑。他清楚地知道,"历史的车轮开始滚滚向前"出自罗塞尔大帝……

这时,伦纳德快步踱了两圈,绿眸明亮,嘴角勾起,说:"好了,我坦白地讲,我有不小的把握确定这些死亡事件的主角都该在三个月内陆续死亡,但被人用各种办法提前到了最近两周，而对方的目的是召唤邪神、恶魔，或者进行一场可怕的大范围诅咒。"

"让出现死亡征兆的人提前死亡，很容易就能掩饰过去，不会很快引起警察部门的注意，不会在准备阶段就被值夜者、代罚者和机械之心破坏……"克莱恩低声自语，分析着幕后那位的思路。

伦纳德含笑附和道："是的，如果身体健康、生活正常的人突然莫名奇妙地死亡，只要超过三起，就肯定会被关注到，会接受例行调查。"

"那我们该怎么找到举行仪式的祭台呢？不管是召唤邪神、恶魔，还是制造可怕的诅咒，都需要祭坛，需要仪式，而被提前收割的那些生命也必须有类似的地方存放。"克莱恩姑且相信对方，毕竟他没找到别的线索，无法做出另外的判断。

试一试又不会怎样！

伦纳德嘿嘿笑了两声道："克莱恩，这不应该是你的专业领域吗？你难道想象不出类似仪式的祭台周围会是什么样的状况？"

不等克莱恩回答，他抢先描述道："死亡的气息浓郁，以祭台为球心，半径为十米的范围内，除了仪式的主持者，不会有活着的生物……周围气温比正常情况至少低五摄氏度，不断有阴冷的风刮过……被灵性之墙密封的祭台之中，还有劳维斯太太等人被夺走的生命……"

说到这里，他看着克莱恩，戏谑道："我相信你肯定能占卜出具备这些特征的祭台大概在哪个位置。"

克莱恩微皱眉头，沉声回答道："只要不超出廷根市。另外，我需要一个绝对安静的没有人打扰的环境，比如我家，嗯，还需要劳维斯太太等人的随身物品。"

与此同时，他心里犯起了嘀咕，觉得伦纳德对这种黑魔法、黑巫术未免太过了解了。

"没有问题。"伦纳德笑了一声，霍然迈步，越过克莱恩往弥撒厅走去，竟再不啰唆。

这家伙的做事风格真够独特的……克莱恩腹诽一句，跟着对方原路返回。

找到正在认真询问并做着记录的弗莱，伦纳德表情严肃，一本正经地说："我有了个猜测，打算让克莱恩试一试。"

"什么猜测？"弗莱看似冰冷地问道。

"有结果了再告诉你，我可不想成为罗珊她们嘲笑的对象。"伦纳德随意找了个借口，将事情敷衍了过去。

弗莱没再多问，按照叮嘱，到附近警察局借走了索尔斯和劳维斯太太的随身物品，然后与队友们在克莱恩的家里会合。

"你们在客厅等待，不要让任何人打扰到我。"克莱恩掏出怀表，啪地按开，看了一眼。

此时已接近六点，梅丽莎随时可能回来。

"你可以相信我们。"伦纳德双手插兜，在不大的客厅内走来走去，弗莱则安静地坐到了沙发上。

伦纳德这家伙是多动症患者吧？克莱恩撇了下嘴，返回位于二楼的卧室，反锁住木门，用灵性之墙密封了房间。紧接着，他布置祭台，祈求女神的帮助，以初步排除干扰。

然后，克莱恩在纸上书写了对应的占卜语句：祭台的位置。

他给的限制很宽泛，以免错漏。

拿上这张纸和死者的随身物品，克莱恩半躺到床上，先回忆了伦纳德描述的场景，接着默念了七遍占卜语句。

——克莱恩没试图借助灰雾之上的特殊来完成，一是因为伦纳德这古怪神秘的家伙就在楼下，谁也不知道他这次会不会察觉到端倪；二是克莱恩觉得自身属于魔药即将消化完毕的"占卜家"，加上仪式的辅助，应该足够了。

实在没有结果，克莱恩才会考虑另找机会去灰雾之上，毕竟召唤邪神、恶魔可是会威胁到班森、威胁到梅丽莎、威胁到自己的事情！

借助冥想，他迅速进入梦境，看见了模糊、朦胧、虚幻、支离的一幕幕场景。很快，他眼前浮现了一幅画面。

那是一栋沐浴着黄昏光芒的二层灰蓝色房屋，一层的窗户紧闭，深色的帘布没露丝毫缝隙，但时有膨胀和收缩。

房屋附近的泥土呈黑褐色，没长一根草，没种一朵花，周围的花园则仿佛蒙着阴影，破败而昏暗。

在这栋房屋的不远处，有条河流静静奔涌……

过了一阵，没看到更多画面的克莱恩退出了梦境。

"伦纳德的猜测是真的……那栋房屋会在哪里？廷根市有河的地方太多了，比如西区西南，比如码头区，比如大学区……"他睁开眼睛，揉了揉太阳穴，表情相当严肃地思考着。

水仙花街2号，客厅内已经染上了黄昏的色彩。

克莱恩背对着凸肚窗，对弗莱和伦纳德说道："我占卜出结果了，我在梦境里看见了一栋灰蓝色的二层房屋，房屋一楼的所有窗户都紧闭着，拉上了帘布，房屋周围好几米内泥土呈黑褐色，没长一根草，没种一朵花。它还有个破败阴暗的花园，就像是鬼故事中常见的那种。

"唯一能标识它地点的象征是位于它不远处的一条河流，较为宽阔的河流。这可能是塔索克河，也可能是霍伊河，只能靠排查的办法寻找了，希望还来得及。"

塔索克河是鲁恩王国最大的河流，发源于西北方向的明尔明斯克山脉，一路往东南流去，途经间海郡、阿霍瓦郡等地方，穿过首都贝克兰德，在普利兹港附近入海。它与廷根市交汇的位置有西区的西南角和南区以南的码头区。

霍伊河则发源于北面的约克山，流过东区郊外的大学区，在本地汇入塔索克河。

这就是廷根周围的两条主要河流，其他都只能称为小溪，不具备宽阔的水面。

听完克莱恩的陈述，皮肤苍白、气质冰冷的弗莱微微点头，认同了对方的想法。

在没有另外线索的情况下，排查是唯一有效的手段！

就在这时，伦纳德含笑开口道："也许我们可以缩小目标所在的范围。"

"怎么缩小？"克莱恩拿着有枝蔓花纹的银色怀表，皱眉反问道。

伦纳德呵呵笑道："对这种有计划、有目的的犯罪者来说，最开始挑选的目标肯定会远离祭台所在的区域，这源于追求安全的本能。等到其他区域的'将死者'没剩下几位，找到的难度提升，他才会考虑附近。

"所以，我们应该再翻阅资料，筛选出死亡事件的数量在最开始的阶段处于正常水平，这几天则快速攀升的区域。"

克莱恩听得眼睛一亮："非常棒的推理！"

与此同时，他在心里哀叹了一句："我果然没有做侦探的天赋！"

弗莱点了下头，拿起摆放在茶几上的资料，重新开始翻阅。没过几分钟，他嗓音变沉，说道："确实有这样的区域，而且只有一个。"

"哪个区？"克莱恩脱口问道。

弗莱将厚厚的资料递给了身旁的伦纳德，薄唇轻抿道："西区。"

就是西区？克莱恩握了下拳头，当即提议道："那我们先去排查西区西南角，那片区域并不大！"

"我赞同。"伦纳德扬了扬手里的资料，非常轻松地附和，仿佛刚才给出缩小范围意见的人不是他一样。

轻便的双轮马车缓慢行驶于略显泥泞和肮脏的道路上，不远处有一条宽阔的河流染上了落日的余晖。

克莱恩和弗莱分别从两边窗户望向外界，审查着那一栋又一栋的房屋，重点是灰蓝色外墙，是破败的花园，如果能够看得到，则需要注意一楼的窗帘是否全部拉起来了。

伦纳德悠闲地坐在原位，背靠厢壁，轻哼着有本地风情的小调。

昏暗的景色一幕幕地往后掠，克莱恩眼角余光忽然扫到了一栋灰蓝色的二层小楼。

在那小楼前方，有一个给人破败感和阴沉感的花园。

"找到了！"克莱恩压着嗓音开口。

他话音未落，弗莱和伦纳德同时挤了过来，眺望向远处，快得似乎没有间隔。

随着马车离那栋房屋越来越近，三位值夜者看到了那房屋一楼的窗户紧闭，看到深色帘布全被拉起。

不需要再占卜确认，克莱恩完全肯定这就是自己在梦中看到的那栋房屋，这就是邪恶祭台所在的地方！

无论是他，还是伦纳德和弗莱，都未立刻叫停马车，任由车夫继续驾车前行，越过了目标，远离了目标，就像路过一样。

等到回头再也看不见那栋建筑时，伦纳德才喊住车夫，让他停下马车。

"克莱恩，你坐这辆马车回佐特兰街，替换队长来帮忙。"伦纳德打了个响指，噙着笑容望向队友道。

这是觉得我是个菜鸡，不该掺和这么危险的事情？这家伙人还是不错嘛……克莱恩怔了一下，旋即明白了伦纳德的意思。

弗莱在旁边附和着点头道："你才刚练习格斗，又是辅助性的职业。"

"我知道，而且能制造这么多死亡事件来举行仪式的家伙肯定不是好对付的，只有队长才能让事情不那么可怕……"克莱恩吸了口气，理智地答应了下来。

然后，他看了看伦纳德，又看了看弗莱，挤出一抹笑容道："你们要小心。"

"放心，我很珍惜我的生命，队长抵达前，我们只会监视，不会靠近。"伦纳德轻笑了一声。

弗莱什么也没说，只是提起了皮箱。

克莱恩默然了几秒，掏出一枚铜便士道："我为你们做一次占卜。"

他默念着"这里的事情会有个好结果"，在眼眸转深的同时往上弹出了硬币。

当！

硬币上翻，滚动掉落，稳稳贴在了克莱恩的掌心。克莱恩睁眼望去，看见是国王头像朝上，顿时松了口气。

"这只是模糊的象征，还有别的解读，最重要的永远是自己小心和谨慎。"他以"占卜家"的方式对弗莱和伦纳德说道。

伦纳德早就转过了身体，闻言边挥手边跳向马车外面道："像我八十岁的奶奶一样啰唆……"

弗莱则认真点头，提着皮箱走了下去。

目送两位队友往目标房屋前行，克莱恩摸了摸腋下枪袋内的左轮，对车夫道："佐特兰街。"

以时间计费结算的车夫没有意见，让马匹再次迈步。

佐特兰街36号。

克莱恩进入黑荆棘安保公司的时候，罗珊、奥利安娜太太等人已经下班，这里变得异常冷清和昏暗。

身穿黑色风衣的邓恩就坐在招待区域的沙发上，没有点亮煤气灯，似乎融入了那片无光的区域。

"找到线索了？"他嗓音醇厚地开口，吓了正张望队长在哪里的克莱恩一跳。

克莱恩快速转身，望着邓恩的灰眸道："是的，我们……"

他飞快将伦纳德的"大胆猜测"、自己的占卜确认和之后的实地排查拣重点讲述了一遍。至于伦纳德的信心，至于他所阐述的"特殊"，自然属于不重要的事情。

邓恩时不时插嘴问上一句，等到完结，他猛地站起，走向门口。

"差点忘记了，你留在这里防备意外。"快下楼时，他回头叮嘱了一句。

"好的。"克莱恩郑重点头。

此时此刻，除了值守查尼斯门的科恩黎，其他值夜者都在外面忙碌。

邓恩·史密斯噔噔下了几节楼梯，忽然又停下来，边戴帽子边朝门口的克莱恩说道："你把门锁了，跟着我一起过去。呵，这不是让你参与战斗，一是感受下氛围，二是最后搜索和检查的时候可能需要仪式魔法的辅助。记住，在事情结束前，你必须跟我们保持至少五十米的距离，而且绝对不能靠近那栋房屋！"

克莱恩怔了一下，用力点头道："好的！"

太阳完全落入了地平线之下，奔涌的塔索克河幽深而黑暗。

乌云遮住了绯红之月，让那栋二层的灰蓝房屋如同藏在阴影里的怪物。小楼前方的花园安静到了极点，没有一点声音传出，似乎没有了爬虫，也没有了生命。

克莱恩眺望着这样的场景，掌心生汗，身体战栗。他觉得那里有无数可怕的事物在隐蔽，在等待，等待着一场血腥的盛宴。

在他的目送之下，几乎融入了黑暗的邓恩、伦纳德和弗莱小心翼翼地靠近着目标建筑。

Story is going on.

第九章
CHAPTER 09
✦ 真正的"占卜家" ✦

灰蓝色的房屋二层，没有点灯的卧室内。

一位脸蛋圆润、温文甜美的年轻姑娘正坐在梳妆台前，就着昏暗的星光，研究"复杂"的皮肤护理学。

她的右手旁边摆放着一面银镜，镜面磨得非常粗糙，几乎照不出人影。

突然，那面银镜之上沁出了一道血淋淋的痕迹。

温文甜美的特莉丝表情立刻变沉，站了起来，走到窗旁，沉默着望向外面。

玻璃窗外，花园枝蔓横生，破败阴沉，河水幽暗流淌，反射着点点星光，附近的房屋则纷纷透出温馨而暖和的辉芒。

一切安静到了极点，仿佛在迎接夜的来临。

五官单看都不算精致，但组合起来却异常美貌的特莉丝收回视线，快步走到衣帽架旁，取下了一件带兜帽的黑色长袍。她迅速穿上这件衣物，扣好纽扣，系紧腰带，翻过兜帽，让自身变成一个刺客。

特莉丝抬起右手，在脸前一抹，顿时使兜帽遮掩下的容颜变得朦胧与模糊。紧接着，她伸手从腰间的暗袋里捻出一把闪烁荧光的粉末，配合着咒文撒在了自己身上。

特莉丝的身影开始一寸寸消失，轮廓线条仿佛由铅笔所画，又被橡皮擦彻底抹去。

完成了隐身的她无声无息地离开这间卧室，来到对面的房间，推开了没加装护栏的窗户。

轻轻一跃，特莉丝站至窗台上，俯视着小楼后方的草坪，俯视着几乎融入了黑夜的铁栅栏，俯视着正悄然翻过围墙的"收尸人"弗莱。

她吸了口气，像根羽毛般落了下去，没有一点声音地踩在了草坪上。

身穿黑色风衣，提着特制左轮，高鼻薄唇的弗莱谨慎地左右打量，寻觅着可能出现的怨魂或者恶灵。

他能直接看到这些事物！

特莉丝悄无声息地靠近弗莱，绕到了他的背后，手中不知什么时候多了一把涂着"黑漆"的匕首。

噗！

她出手如同迅风，一下将匕首捅进了弗莱的后腰。

可就在这个时候，特莉丝眼前所见霍然破碎，像幻觉一样破碎了。她发现自己还站在窗台上，还在俯视草坪，俯视着铁栅栏围墙。

只是在围墙之外，不再仅有"收尸人"弗莱，还有瞄准着窗台的伦纳德·米切尔，还有闭着眼睛、按住眉心、半弓身体的邓恩·史密斯，这位值夜者队长的周围仿佛有一圈又一圈的无形波纹在荡开。

特莉丝瞳孔一缩，明白刚才只是一场梦境，自己不知什么时候睡了过去！

乓！乓！乓！

伦纳德和弗莱总共开了三枪，准确地命中了似乎还未从梦境中清醒的隐形的目标。

咔嚓！

特莉丝的轮廓浮现出来，先是裂开，旋即变成了碎片，变成了表面粗糙的银镜碎片！

房屋之内，使用了替身法术的她掉头疾走，沿着走廊和阶梯直奔一楼。

呜！

这一层内，阴冷到能将人冻僵的风永不停息般吹拂着，一道道无形的、透明的身影茫然而麻木地徘徊于每个地方。

失去了隐身效果的特莉丝每穿过一道这种类似幽魂的存在，体温就会降低一点，当她终于抵达祭台的时候，已控制不住地打起了寒战。

祭台是一张圆桌，中央摆放着一个白骨雕刻而成的神像。

这神像有正常成年男性脑袋大小，眉眼只有隐约的轮廓，似乎是位绝美的女子。她的头发从脑袋一直延伸到了脚踝，根根清晰而粗壮，就像一条条毒蛇，一根根触手，而每根头发的顶端还长了一只眼睛，或闭或睁，密密麻麻。

这尊邪异的神像周围则凌乱地堆放着众多木偶，那些木偶做工粗糙，上面书写着一个个姓名和相应的信息，比如"乔伊斯·迈尔"。

圆桌之上还有三根蜡烛，在阴冷呼啸的风中摇曳着昏黄带绿的火苗。

特莉丝对着神像行了一礼，口中飞快诵念起咒文。然后她推开木偶，按灭烛火，拿起了神像。

呜！

风声一下变得凄厉，连紧闭的窗户都出现了剧烈的摇晃。

哐当！咔嚓！

一面面玻璃破碎，阴冷没有生息的风向着四面八方吹了过去。

刚绕到另外一侧，不敢鲁莽闯入祭台范围的弗莱顿时打了个寒战，只觉血液在变冷，在结霜，只觉自己的动作明显变得迟缓。

就在这时，他脚踝一紧，仿佛被什么无形的事物牢牢抓住了。

更加阴冷的感觉从接触的位置往上蔓延，换成别的序列9非凡者，必然已变得麻痹和僵硬，但弗莱作为"收尸人"，对类似的状态并不陌生。

他掉转左轮枪口，对着脚踝侧面扣动了扳机，似乎能看见敌人是谁，看见对方究竟在哪里。

乒！

一枚银色的猎魔子弹钻入风中，换来一声凄厉的悲鸣。无形的幽影消散，弗莱恢复了自由行动的能力。

另外一边，想爬到二楼，避开祭台正面的邓恩·史密斯同样被外扩的阴冷之风冻僵了身体，停在了破碎的窗户外。

呜！

窗户后方的深色帘布突然扬起，笼向邓恩，就像怪物张开嘴巴吞噬着猎物。邓恩的头部当即被获得了生命般的帘布裹住，越裹越紧，勾勒出了口鼻的形状。

在即将窒息的状态里，邓恩双脚下踩，膝盖挺直，腰背一转，竟靠蛮力硬生生将那帘布撕扯断开。他用左手抓住裹着脑袋的帘布一角，将它拉了下来，丢向地面。

乒！

他抬手就是一枪，射向了窗户后方还想笼罩而来的半截帘布。那帘布瞬间静止了下来，有一抹深红色飞快沁出。

呜！

草坪上，正开口吟唱诗歌的伦纳德·米切尔也被那蕴藏着强烈死亡意味的阴冷之风吹拂得牙关碰撞，咯咯作响，一时间难以发声。

就在这时，破败杂乱的藤蔓忽然蔓延，缠向他的脚踝，一道黑影也乘着外散的狂风砸了过来。身体略显僵硬的伦纳德来不及开枪，只好急扯肩膀，上抬手臂。

噗！

那黑影砸到了他的小臂位置，尖刺扎入了他的皮肤。这只是一朵娇嫩的、鲜红的花，不知从哪里来的花。

伦纳德吃痛，猛地一甩，将这朵染上了自身血液的鲜花甩到了一旁。

乓，他对准缠绕过来的藤蔓开了一枪，打出了暗红的汁液。

噔噔噔！

伦纳德迈开脚步，冲向一楼的祭台，冲向破碎的窗户。而他原本站立的位置，藤蔓忽然缩走，似乎在躲避某个无形的事物。

特莉丝借助破坏祭台、中断仪式造成的混乱，又一次完成隐身，并成功瞒过灵视，脱离包围，来到了三位值夜者后方。

她右手一伸，顿时有阴冷之风吹过，将那朵染上了伦纳德血液的鲜花投入她的掌心。

特莉丝没再停留，握着鲜花，敏捷地翻过铁栅栏，往塔索克河方向逃走。

这个时候，刚要进入一楼的伦纳德突然侧头，似乎在倾听着什么。他脸色一下变了，慌忙拉起衣袖，看向刚才被鲜花扎出的伤口。以他的体质，那里已然停止流血，只稍有红肿。

伦纳德表情变沉，猛地捏住左手食指，硬生生将那片指甲拔了下来！

他的脸上顿时充满了痛苦而扭曲的神色，但动作并未因此而停顿，边默念着什么，边用指甲划开了凝固的伤口，让它沾染上暗红的血迹，然后拔下几根头发，缠住那片指甲。

塔索克河边，特莉丝放缓脚步，将目光投向了手中握着的鲜花。她嘴里喃喃念叨着什么，掌心霍然蹿出了一团黑色的虚幻火焰。这火焰包裹住鲜花，真正燃烧了起来，将鲜花烧成了灰烬。

做完这一切，特莉丝才踏入河中，沉进水里。

与此同时，伦纳德扔掉沾染了血液、缠绕着头发的指甲，看着它落到角落，凭空燃烧，散发出一阵恶臭的焦味。

很快，那片指甲连同头发一起消失了，只留下一点点尘埃。

伦纳德松了口气，从窗户翻进一楼，对正在破坏祭台的邓恩和弗莱道："目标逃走了，还好，我们的主要目的一直是阻止仪式。"

邓恩叹了口气，望着圆桌上的众多木偶道："她很警惕，也很强大，提前察觉到了我们的靠近，否则……她至少是序列7的非凡者。

"给克莱恩信号，让他过来。"

通过短暂的梦境接触，他判断敌人是一位女性。

躲在几十米外的房屋阴影里的克莱恩一直紧盯着黑暗里的目标建筑，隐约听见了一阵剧烈的风声，清楚分辨出了乓乓乓的枪响。

"如果敌人向我这个地方逃窜，我是该拔枪做个样子呢，还是假装没有看见？"他身体略微战栗，掌心沁出汗水地想着。

能用各种手段缩短将死之人的生命的非凡者绝对不可能只有序列9或者序列8，不是他这个"占卜家"能够正面对抗的，就算牺牲自己，都未必可以拖延对方，为邓恩和伦纳德他们创造追赶上来的机会。

幸运的是，执掌厄难的黑夜女神似乎听见了祂"忠实"守卫的祈求，始终没有人向克莱恩躲藏的位置奔逃过来。

过了好几分钟，他听见目标建筑那里有飘扬的歌声传出。

侧过耳朵，仔细分辨，他确认这是伦纳德·米切尔常哼的民俗小调，里面充满了低俗的语句。

呼，他松了口气，一手持枪，一手提杖，走出阴影，向着目标建筑靠拢。

这民俗小调正是他与邓恩等人约定好的会合信号！

刚迈出两步，克莱恩忽然停顿，将手杖靠在旁边的铁栅栏上，将左轮换了一只手。然后，他解下袖口内的银链，让黄水晶吊坠自然垂落。

交换了左轮和灵摆的位置，克莱恩等到黄水晶的摇晃平稳，立刻半闭上眼睛，进入冥想状态，并默念起占卜语句：

"刚才的歌声是幻觉。

"刚才的歌声是幻觉。

"……"

七遍之后，他睁开眼睛，看见吊坠在逆时针转动。

"不是幻觉……"

克莱恩的一颗心落回了原位，他揣好灵摆，提上手杖，飞快靠近目标建筑的拱形铁栅栏大门，然后将镶银的黑色手杖交给右掌，与左轮一起拿住。

他刚伸手碰到栏杆，试图推开，忽然感受到一阵刺骨的凉意涌来，就像在毫无心理准备的情况下被人塞了一脖子冰块。

嘶！克莱恩猛地缩手，龇牙咧嘴。

"这里就和冬天一样……"他就着微弱的星光和远处的路灯，望向铁栅栏大门后的花园，看见那里枝蔓枯萎、花朵凋零，不少叶子染着白霜落于黑褐色泥土之上。

厉害啊！克莱恩暗自感叹一句，屈指敲了眉心两下，开启了灵视。

他左手取回镶银的黑色木杖，用它抵住栅栏，发力推开了虚掩的大门。伴随着吱嘎的声响，他侧身通过，踏上了直通灰蓝色小楼的石板道路，两侧是在黑夜里影影绰绰仿佛幽魂的植物。

这样的画面让克莱恩油然想到了各种各样的鬼故事和灵异电影，他下意识放缓呼吸，加快脚步，可刚走了几米，左肩突地被谁拍了一下。

扑通！扑通！克莱恩的心脏先是一滞，接着剧烈跳动。

他抬起右手，用左轮瞄准了那个方向，然后缓慢转身，望了过去。借着微弱的光芒，他看见一根树枝摇摇晃晃，险些掉落。

"这叫自己吓自己？"克莱恩嘴角一抽，挥了下手杖，将那根树枝打了下来。

他继续前行，耳畔开始出现若有似无的哭泣声、悲鸣声，眼中也映照出了一道道透明的、模糊的、接近无形的幽影。

这些幽影感受到活人的气息和血肉的温暖，纷纷涌了过来。

克莱恩吓了一跳，当即跑了起来，噔噔几步冲入了灰蓝色房屋的正门。

这就是队长说的感受气氛？确实比帮助德维尔爵士那次可怕多了……

怨念明显比幽影要呆板些，没有主动攻击性……他边想边走向位于客厅中央的祭台。

那是一张圆桌，上面摆满了做工粗糙的木偶，另外还有三根熄灭的蜡烛。

邓恩·史密斯正站在祭台前方，背对克莱恩，一个木偶一个木偶地拿起观看。

"收尸人"弗莱则静静注视着那些飘荡的幽影，试图伸手安抚它们，可却只能无力地穿过，而幽影也未攻击他，似乎将他当成了同类。

伦纳德·米切尔见克莱恩抵达，语调一改，嗓音变得低沉而磁性：

"这是一片宁静的清晨，

"正适合那更宁静的悲切。

"只听得穿过凋谢的秋叶，

"栗子轻轻落地的声音……[3]"

在这幽缓安柔的诗歌吟唱声里，克莱恩仿佛看见了一片映照着粼粼月光的湖面，看见了静静悬挂于高空的红月。

那些幽影平静了下来，不再追逐活人的气息和血肉的暖意。

邓恩放下手中的木偶，回过身来，对克莱恩道："这是一个可怕的诅咒仪式，幸运的是，我们已经破坏了它。

"你先布置仪式，安抚残留的灵性，然后尝试着通灵，看能否从它们那里得到线索。"

发现自己不再是累赘的克莱恩当即挺胸抬头道："是，队长。"

他两三步抵达祭台，伸手将那些木偶扫下圆桌。这个时候，他眼角余光瞄到每个木偶之上都有不同的姓名和对应的信息。

"队长，有发现认识的人吗？"克莱恩随口问了一句。

问完，他看了看邓恩，邓恩又看了看他，双方都陷入了沉默。

我真傻……我怎么会问考验队长记忆力的问题！克莱恩险些掩面长叹。

换成别的领导，之后肯定会找机会给我穿小鞋，还好，还好，队长他会忘记这件事情的……真不知道这算优点，还是缺点……他半是庆幸半是调侃地想着。

默然十几秒之后，邓恩似乎终于分清楚了现实与梦境，开口说道："有一个你认识的人。"

"谁？"克莱恩停住了重新摆放蜡烛的动作。

"乔伊斯·迈尔，苜蓿号惨案的幸存者。"邓恩言语简洁地回答道。

乔伊斯·迈尔？安娜的未婚夫……克莱恩一下联想到了济贫院的索尔斯似乎是被人教唆、诱导，才提前爆发试图纵火的事情。

他收回右手，沉声说道："'教唆者'特里斯？他用将死之人被缩短的生命做祭品，试图诅咒苜蓿号惨案的所有幸存者？因为他不知道是谁发现的问题，还报告了警方……"

而特里斯要是直接下手报复，不太可能一次就干掉分散居住于不同地方的全部目标，顶多三起案件后，他就会被值夜者、代罚者和机械之心注意到，丧失继续作案的机会……克莱恩几乎脑补出了对方如此选择的思路。

邓恩先是点头，接着摇头道："不是所有幸存者，是廷根市的全部幸存者，他的诅咒仪式只能影响这个范围内的人群。

"另外，仪式的主持者是女性，不是特里斯。"

克莱恩微皱眉头道："也许是灵知会派来帮助特里斯的强者？嗯，灵知会的源头可能牵扯魔女教派，强者是女性很正常。"

邓恩笑了笑，嗓音温和地说道："我赞同你的判断，虽然这里只有那名女性，没有特里斯，但可以做必要的猜测，比如他们没住在一起，比如特里斯正外出寻觅将死之人。"

克莱恩没再多说，摆放好三根蜡烛，拿出满月精油和深红檀香等材料，快速布置好了祭台。

用银匕制造出密封之墙，他开始向"黑夜女神，安眠和寂静的领主"祈求，彻底安抚了这栋房屋内外的幽魂。

可惜的是，后续的通灵环节，克莱恩只看见了那些残留灵性生前的少量画面，并未获得有用的线索。

让这些幽魂真正安眠于黑夜后，他结束仪式，解除了灵性之墙，对邓恩、伦纳德和弗莱摇头说道："这里被仪式中断的反噬破坏得很严重，失去了主人残存的影像。"

邓恩并不意外地指了指楼梯道："那我们去二楼再找一找，试一试。"

"嗯。"克莱恩和伦纳德等人当即表示了赞同。

三位值夜者沿着阶梯一路来到二楼，分头搜查起各个房间。最后，他们会合于一间有暗香浮动的卧室，看见了凌乱堆放的衣裙，看见了一个个打开未合拢的盒子。

　　"这是化妆品？"邓恩从梳妆台上拿起一个盒子闻了闻，随口问了一句

　　"准确来说，叫护肤品，自罗塞尔大帝之后，它们就不再被混杂称呼了。"伦纳德笑笑，纠正道，"队长，作为一名绅士，必要的常识还是要有的。"

　　克莱恩没加入他们的讨论，将目光投向了梳妆台上的镜子。

　　这面镜子出现了明显的开裂，有碎片跌落于地毯之上。

　　"那位非凡者离开得有点匆忙，破坏得不够彻底……"他忽然沉声说道，"也许可以试一试。"

　　"交给你了。"邓恩信任地回答。

　　克莱恩飞快从一楼将蜡烛拿了上来，点燃在那面破碎的镜子前方。昏黄的烛光摇曳之中，他又拿出满月精油等物品，制造出了灵性之墙。

　　做完这一切，克莱恩站在映照着三根蜡烛辉芒的镜子前方，用赫密斯语诵念道：

　　"我祈求黑夜的力量，

　　"我祈求隐秘的力量，

　　"我祈求女神的眷顾，

　　"祈求这面镜子获得短暂的还原，祈求它呈现出过去一个月映照过的所有人。

　　"……"

　　随着咒文被一句句念出，灵性之墙内突然刮起了强烈的旋风。那面镜子的碎片被卷了起来，一片片安放于原来的位置。

　　布满裂痕的镜子浮动起幽暗的光华，随着克莱恩用手抚过，顿时映照出了一道人影，但并非处于它正前方的克莱恩。

　　这是一个脸蛋较圆、温文甜美的年轻姑娘，或许是镜子受过破坏的缘故，也或许是仪式中断的反噬同样影响了二楼的原因，镜中的她五官较为模糊，看不清楚具体的长相。

　　可就算是这样，克莱恩依然觉得对方莫名熟悉。

　　面对这种"莫名的熟悉感"，其他序列9的非凡者也许会竭力回想，也许会忽视遗忘，但"占卜家"不同。

　　克莱恩直接结束仪式，解除灵性之墙，翻找出纸张，书写下占卜语句：刚才熟悉感的来源。

　　紧接着，他坐到卧室的床边，一边拿着纸张，一边默念语句。七遍之后，他眼眸转深，借助冥想，进入沉眠，与自身灵性"对话"。

模糊扭曲的世界里，克莱恩看见了一辆马车，看见了一位穿灰白长裙的年轻女士。

这位姑娘黑发柔顺，脸蛋较圆，气质温文而甜美，身体却有不正常的颤抖。

画面闪烁，克莱恩又看到了这位年轻美貌的姑娘，她置身于地下交易市场，蹲姿粗鲁地与人交谈着什么。

梦境飞快褪色，克莱恩苏醒过来，明白了自己为什么会对镜中呈现的形象感觉熟悉。

他在现实里见过对方！

"第一次遇见是在水仙花街，属于铁十字街的附近区域，而当晚队长他们正在铁十字下街追捕'教唆者'特里斯……两者之间看来确实有一定关联……"

克莱恩沉思了几十秒，又布置仪式，祈求女神，将印象里的敌人的形象描绘了出来。

邓恩等人一直安静等待，没有随意插言，直到此时才凑拢过来，审视画像。

"你曾经见过她？"邓恩开口问道。

克莱恩微微颔首，语言简洁地回答："是的，你们追捕'教唆者'的当晚，我在水仙花街的公共马车站点遇见了她，那属于铁十字街的附近。"

"那她大概率就是刚才的敌人，'教唆者'的同伙。"邓恩仿佛在思考般点头。

这个时候，伦纳德突然"咦"了一声："你们难道不觉得画像熟悉吗？她和'教唆者'特里斯很像啊！"

克莱恩怔了怔，立刻将目光投向纸张，重新审视这位年轻女士的画像。

"嗯，确实很相似，脸蛋较圆，眼睛狭长，气质温文……"他越看越觉得伦纳德的话很有道理，只是"教唆者"特里斯的五官组合起来依旧平凡，这位年轻女士却足以称得上美貌。

克莱恩抬起脑袋，望了伦纳德一眼，发现对方给自己做了个挑眉的暗示。

什么意思？他一阵茫然和迷惑。

邓恩·史密斯思索着猜道："或许她是'教唆者'的姐妹，同样加入了灵知会，或者魔女教派。"

见克莱恩与自己毫无默契，伦纳德暗自叹息，一本正经地说："我有个大胆的想法。"

"什么想法？"邓恩开口问道。

伦纳德非常直接地陈述道："我怀疑这个人就是'教唆者'特里斯！"

"什么？"弗莱诧异地脱口。

邓恩则微皱眉头道："你的意思是，'教唆者'特里斯其实是女性，或者说刚才那位是假扮成女性的男子？不，从梦境的接触来看，我确认她是女性。"

克莱恩毕竟见过太多的脑洞和种种匪夷所思的情节，又看了眼画像后，立刻有了另外的猜测："难道'教唆者'特里斯变成了女性？"

这样一来，很多细节就能够得到解释了，比如特里斯的线索为什么会突然断掉，哪怕占卜也找不到丝毫痕迹，因为目标对象已经发生了本质的改变！

唯一的问题是，他怎么会一下变成女性，似乎还挺轻松的样子……变成的"女装大佬"长相竟然还不错，不，按住良心讲，是相当不错……克莱恩思绪发散地想着。

伦纳德欣慰地点了下头，道："是的，这就是我的想法，这可以完美解释'教唆者'特里斯突然失踪的事情，也符合魔女教派的上层都是女性的特点。"

邓恩和弗莱一时竟说不出话来。

哪怕他们已经见过不少的怪物，见过不少神奇的事情，类似的事情也还是初次遇到！

"你的意思是，魔女教派的高层有不少女士曾经是男性？"邓恩反问了一句，不等伦纳德回答，又自顾自说道，"确实有一定可能性……这也许就是他们，不，她们序列魔药的特点。"

克莱恩听得下体一阵发凉，觉得"魔女"序列的魔药简直太坑了！

"希望'占卜家'序列不要有这种坑爹的魔药……不，肯定不会，一个是'魔女'途径，听名称就知道不对……

"可是，我不知道'占卜家'对应的序列1是什么啊……"他下意识地向女神祈祷起来。

"魔药还能完成这种事情？"弗莱依旧有点不相信地问道。

伦纳德摊手笑道："即使是中低序列的魔药，也能让人发生神奇的变化，毕竟都曾经源于造物主。"

这时，邓恩侧头望向克莱恩："你尝试着占卜一下目标现在的位置。"

"好的。"克莱恩来到那堆凌乱摆放的裙子前，感受非常复杂地拿了一件，铺至地毯上。

他将手杖杵于上面，边回想目标的容貌特征和相应信息，边默念起占卜语句：

"特里斯，不，特莉丝的下落。

"特莉丝的下落。

"……"

七遍之后，克莱恩的眼眸由褐变黑，四周突然有风打旋。

他的左手脱离了杖头，让那根镶银的黑色手杖出现摇晃。摇摇晃晃之中，手杖没有倾倒下去，而是重新稳在了原地。

"有干扰……"克莱恩沉声说道。

有干扰就说明方向没有错！刚才那位女士大概率就是"教唆者"特里斯，不，特莉丝！

见此情状，邓恩微不可见地点头道："不愧是上个纪元就活跃于大陆舞台的魔女教派……"

因为特里斯变成了"特莉丝"，他判断对方不是灵知会的成员，而是属于魔女教派。

环视一圈，邓恩叹了口气道："我们可以从别的地方追查，比如这些衣裙的来源，比如这栋房屋的主人，并让警察部门派出人手排查蒸汽列车站和码头。"

这些确实能查出线索，但那样一来，特莉丝就有充裕的时间离开廷根了……嗯，回家到灰雾之上再试一试……

克莱恩对特莉丝这种一言不合就搞大规模杀伤性惨案的家伙充满戒备，恨不得立刻找到，当场处决。

"伦纳德，你去警察部门，召集人手来处理后续。克莱恩，你可以回家休息了……"说到这里，邓恩揉了下太阳穴，停顿几秒，半是考查半是指导地望着克莱恩道，"如果让你来指挥，刚才的事情你会怎么处理？假设你的队员有我、伦纳德和弗莱。"

克莱恩皱起眉头，思考了十几秒道："我会先用占卜的方法确认仪式是否会在短时间内生效，答案如果是否定的，就先监视，不靠拢，然后派人通知警察部门，通知附近的驻守部队，调集至少五门火炮过来，对这栋房屋做覆盖式的轰炸，直接把祭台轰平，把特莉丝藏身的地方轰平。"

"她要么躲在里面被活生生炸死，要么冒着炮火潜逃，而这样很容易暴露身影，事先我则会让队长你们分别把守不同方位……"他越说越是兴奋，觉得这个办法简单有效，粗暴干脆，非常安全，非常稳妥！

邓恩、伦纳德和弗莱听得齐齐陷入了呆滞，好半天没人说话。

"呃，队长，这个办法不好吗？"兴奋的克莱恩看见几位同事的反应，心里顿时有点打鼓。

邓恩默然几秒道："不，这个办法很好，只不过需要追加一个前提，那就是确认祭台被暴力破坏会不会造成更加严重的结果……

"哎，我们当值夜者久了，很多时候已经习惯依赖自己，依赖非凡能力，依赖相应的枪械，也习惯不让普通人接触超凡事件……"

好吧，我一直是火力覆盖的忠实拥护者……克莱恩在心里默默补了一句。

191

深沉的夜色里，克莱恩和伦纳德走了差不多五百米才看到公共马车站点。等待片刻，他们返回了铁十字街，一个去附近警察局，一个向水仙花街进发。

抵达自家门外，克莱恩整理了下衣物，确认没什么古怪之后，才掏出钥匙打开大门。

客厅内，梅丽莎和班森就着还算明亮的煤气灯光芒，一个做着作业，一个阅读书籍，安静而温馨。

班森白天在外面东奔西跑，累得不行，回家还能坚持学习，真是个有毅力的人啊……我就不行，我现在只想躺下……克莱恩瞄了兄长一眼，含笑抬手，无声地打了个招呼。

班森笑笑道："我现在明白丰厚的薪水也是有代价的。"

"这个世界上任何事情都有代价，有收获就得有付出。"克莱恩边说边将手杖放在了门边的架子上。

"这句话罗塞尔大帝似乎说过？"梅丽莎停下钢笔，抬起脑袋。

廷根市技术学院和大学、公学不同，每年暑假只有7月末到8月初的两周，等到最炎热的阶段过去，就立刻恢复上课。

"是吗？我不知道……"克莱恩表情略显僵硬地回答。

他一边摘下帽子一边往楼梯走去，打算尽快去灰雾之上占卜特莉丝的下落。突然，他听见了自己肚子发出的咕噜声，感受到了强烈的饥饿感。

"啊对，我还没吃晚餐……可是，我留下的纸条上有说明，安保公司会提供工作餐，不用给我留菜……队长真是的，忘记这件事情了……"克莱恩的表情变幻了几下，想要假装自己已经吃饱。

就在这时，梅丽莎侧头望了他一眼，指了指厨房道："给你留了一块小羊排，一份蔬菜浓汤，面包也还剩好几条。"

说完，她埋下脑袋，重新将目光投向课本，自言自语般低声道："我感觉工作餐不会太好，会让人失去胃口……"

妹啊，你真是太爱操心了……不，想得真是太细致了！

克莱恩听得精神一振，当即笑道："梅丽莎，你的担心非常有道理，我确实还有点饿。嗯，我先上去洗个澡，换套衣服。"

虽然他已经在悄悄吞咽唾沫，但确认"教唆者"特莉丝的下落更加重要！谁也不知道这个家伙接下来会不会更加疯狂地报复社会！

"嗯。"梅丽莎没有抬头，继续学习。

噔噔噔，克莱恩飞快跑到二楼，进入卧室。

他反锁住房门，脱掉外套，卸除腋下枪袋，从抽屉内拿出了一把朴素的银制小刀。

用灵性之墙密封住房间后，他吸了口气，平稳住心情，逆时针走了四步。

伴随着"福生无量天尊"等咒文，已越来越习惯那疯狂呓语撕扯精神的克莱恩又一次出现于灰雾之上的巍峨宫殿内。

今天举行了好几次仪式的他略感疲惫，捏了捏太阳穴，青铜长桌上随之出现了一张黄褐色的羊皮纸。

克莱恩认真想了想，斟酌着写下了占卜语句：特莉丝的下落。

他不确定这个名字正确，但有对方具体的形貌特征和详细信息作为引导。

拿着那张羊皮纸，克莱恩后靠住椅背，先在脑海内回想了一遍特莉丝相关的事情，接着默念了七遍占卜语句。

他放空精神，闭上眼睛，在冥想的辅助下，很快进入了梦境。

一片雾蒙蒙的虚幻场景里，他看见了喷着浓烟和火花的蒸汽列车车头，看见了并排的皮质座位，看见了干净整洁的车厢。

脸蛋较圆，眼睛狭长，温文甜美的特莉丝正坐在靠窗的位置，面前的桌上放着一顶边缘镶嵌着细格黑纱的帽子。

克莱恩仔细分辨，试图确认车次，但都无法看到。

没过多久，他难以承受地退出了梦境，眼中映照出古老斑驳的青铜长桌和虚幻深红的星辰。

"只能确定特莉丝正乘坐蒸汽列车离开廷根，没有更多的线索……哎，看来这片神秘空间主要是帮我排除干扰，对我自身占卜水平的提升并不会太夸张……"克莱恩用手指轻敲着桌缘，思索起接下来的行动。

通过这次占卜，他完全确认目标就是曾经的"教唆者"特里斯，但在对方已逃离廷根的情况下，他不觉得刚才的占卜结果能更好地帮到邓恩。

"队长已经说过了，要发电报给贝克兰德，给恩马特港，给铁路沿线的主要站点，全国通缉特莉丝……我就不去汇报这次的占卜结果了，免得被怀疑……"克莱恩迅速做出了决定。因为不管有没有他的提醒，邓恩都在用最正确的方式布置后续。

而在梦境占卜无法看清楚车次的情况下，换用灵摆等方法也不会获得有效的结果，即使采用依次排除的手段。

类似的状况也包括红烟囱之事。

这时，他感觉到了精神的疲乏，便没在灰雾之上过多停留，用灵性包裹住自身，模拟出下坠的体验。等他"回"到房间，脑海里已全是油汪汪的小羊排。

"必须撒点小茴香……赞美女神！"克莱恩吞咽了口唾沫，风一般解除了灵性之墙，拉开了房门。

第二天八点四十分，克莱恩提着手杖进入了黑荆棘安保公司。

"上午好，克莱恩，一个好消息！"接待台后方的罗珊兴奋地挥了下手。

克莱恩眼睛一亮道："抓住特莉丝了？"

"特莉丝？她是谁？"穿着淡绿色长裙的罗珊一脸茫然。

"……你不用认识她，有什么好消息？"克莱恩岔开了话题。

罗珊笑容灿烂地回答："队长的申请得到批准了，警察部门将调两位接触过超凡事件的警员来做文职！我终于不用经常熬夜了，赞美女神！"

"真是一个好消息……"克莱恩诚恳地附和。

和罗珊寒暄几句后，他通过隔断，走向地底，打算继续神秘学课程。

路过队长办公室和值夜者娱乐室的时候，他探头望了几眼，发现邓恩、伦纳德等人都在，这表明昨晚的搜寻和排查没有好结果，接下来只能移交给警察部门，由他们去做烦琐的后续工作。

克莱恩本来想找队长聊几句，掌握最新的情况，但看见他正忙碌着书写文稿，拍发电报，只好默默退走，不去打扰，准备中午再问。

他沿着那一层层阶梯进入地底，看见了金属栅格围出的两排典雅的煤气灯，看见了穿透玻璃的光芒和寂静冷清不变的走廊。

呼吸着清爽阴冷的空气，克莱恩走了几步，忽然停住。他猛地将目光移向那些煤气灯，眉头渐渐皱起。

他发现自己犯了个常识性的错误！因为有地球常识才会犯的错误！

昨晚在灰雾之上的占卜中，克莱恩看见特莉丝正乘坐蒸汽列车远去，于是下意识判断为这是正在发生的事情。

但是，但是，这个世界还没有发明出电灯或类似的装置，天黑以后几乎不会有载人的蒸汽列车运行，而这一点被见惯了绿皮火车在夜间行驶的克莱恩本能地忽略了！

也就是说，那不是昨晚的事情！

那是他预见的未来画面！那是今天或者明天白昼将要发生的事情！

克莱恩心中一紧，来回踱了几步，噔噔噔又跑回了楼上。他敲开娱乐室的房门，看见伦纳德正站在窗边背诵诗歌，一脸的无奈。

无视了正在打牌的科恩黎、洛耀和西迦·特昂，克莱恩望向伦纳德道："我有问题请教你。"

"难道你想学习逗小姐和女士们开心的技巧？"伦纳德放下《罗塞尔诗选》，调侃着说了一句。

他走出娱乐室，跟着克莱恩来到通往地底的阶梯中部，盯住对方的眼睛，轻笑着开口道："看来你昨晚做了一次卓有成效的占卜。"

克莱恩没做解释，直接说道："我占卜出特莉丝乘坐蒸汽列车远去。"

经过昨天在西区济贫院的沟通，他已不介意在伦纳德面前表现出少许"特殊"。

"蒸汽列车，最早那班是七点……"伦纳德掏出放在衬衣口袋里的怀表，啪地按开看了一眼，"不能耽搁了！我会告诉队长，我收到了一个可靠的情报。"

他快步上楼，直接出了黑荆棘安保公司，在楼下待了几分钟后，重新返回，进入邓恩·史密斯的办公室。

克莱恩松了口气，看着打牌的值夜者们被召集，跟着又发了封电报的队长急匆匆出门。

回想刚才之事，他的感受颇为复杂，与燕尾服小丑的死给了他警醒不同，这一次性质类同的错误发生在了他自己身上，这让他似乎明白了很多，得到的教训更加深刻。

拐向武器库，进入看守房，他熟稔地摘下帽子，脱掉外套，将他们挂在了衣帽架上。

老尼尔刚折腾完手磨咖啡，美滋滋地喝了一口道："来一杯吗？"

"好的。"克莱恩坐了下来，就像回到了家一样自在。

老尼尔瞄了他一眼，嘟囔道："还是三块糖，一勺牛奶？你真是一个喜欢甜食的家伙，这对你的牙齿和身体都不好。"

"不不不，我只是在喝咖啡的时候喜欢甜一点，而煎牛排、烤肉的时候，我更倾向于玫瑰盐、黑胡椒粒和小茴香等调料。"克莱恩一直觉得自己是全口味党。

老尼尔很快泡好咖啡，推了过去，道："是休息一下，还是直接开始？"

"让我平静几分钟。队长他们有了特莉丝行踪的情报，正赶去蒸汽列车站，不知道会有怎样的结果……"克莱恩感叹道。

老尼尔"啧"了一声道："情报详细吗？确定是哪一班吗？"

"不，不确定。"克莱恩抿了下嘴道。

老尼尔顿时笑了起来："在这样的情况下，不成功的概率远远高于成功的可能性。特莉丝应该有序列7，这个等级的非凡者不是那么容易被抓到的，呵呵，不要过于依赖占卜，占卜不是万能的，你只会获得象征，一不小心就解读错误，或者忽略掉什么。"

克莱恩再次回想这次犯的错误，听得深有感触，发自内心地点头道："是啊，占卜不是万能的。"

说完这句话，他一阵唏嘘，身、心、灵忽然进入了某种奇妙的状态，于是往后微靠，试图吐气。可这时，他的耳畔却突地响起了虚幻的破碎声，他愕然地发现体内似乎有什么事物在溶解，在与自身的精神融合。

这是一种难以言喻的独特感受，克莱恩半闭着眼睛，静静地体会着。

不需要别人提醒，他就知道这是"占卜家"魔药彻底消化的表现。

…………

塔索克河穿过廷根市之后流经的第一座小镇叫作维尼亚，这也是离开廷根后，通往贝克兰德的第一个蒸汽列车站点。

月台之上，特莉丝换了身米白色的长裙，头戴一顶圆边女士帽，细格黑纱从帽檐垂下，遮住了她大半张脸，让她的容貌变得朦朦胧胧，难以辨认。

她已向廷根市的同伴拍了电报，提醒对方最近小心，自身则利用入室窃取到的财物，购买了通往贝克兰德的蒸汽列车车票。

之所以不从廷根车站上车，而是顺流漂到维尼亚小镇，是因为特莉丝还有着刺客的本能和丰富的经验。

呜！

尖锐而悠长的汽笛声里，高大如同怪物的钢铁列车喷吐着带有些许火星的烟雾，停在了站台旁。

特莉丝没有携带行李，直接登上了一等车厢，与此同时，她决定乘坐三个站后就立刻下车，改用别的方式去贝克兰德。

…………

圣赛琳娜教堂的地底，克莱恩闭着眼睛，后靠住椅背。

他感受着魔药的彻底消化，隐约看见了一颗又一颗的虚幻星辰，那些星辰与他自身有着莫名的联系，似乎想要聚拢在一起，合而为一。

一阵无法描述的饥饿和渴求感消退后，克莱恩恢复了正常，再没有额外的体悟。

但精神轻松纯净了许多……他睁开眼睛，无声补了一句。

这一刻，他知道自己已经是真正的、完整的"占卜家"。

灯光穿透玻璃，照亮着武器库外面的看守所。老尼尔翻阅完报纸，喝了口咖啡，抬头看向克莱恩道："现在感觉怎么样？平静下来了吗？或者需要一杯酒，一次提前的薪水，一天的悠闲假期？"

此时此刻，彻底消化完"占卜家"魔药的克莱恩正尝试着借助冥想改变灵视的"开关"，让它不再那么显眼。

如今的他已经不再依赖于刺激特定的几个部位来开启灵视，所以能用更加隐秘的方式达成目的，比如拇指快速掐中指两处关节各一次，比如左边牙齿连续轻叩两次。

考虑到某些时候自己得一手持枪一手提杖，但又必须使用灵视，克莱恩最终选择了轻叩牙齿的方式，左边开，右边闭。

不断暗示，做完改变，他睁开眼睛，微笑着说："我只是太关注队长他们的行动，并不需要平静情绪。"

与此同时，他左边牙齿轻叩了两下，尝试着打开灵视，以尽快熟悉这个办法。

咳咳咳！老尼尔突然剧烈咳嗽了起来，咳得满脸通红，就像煮熟的龙虾。

"怎么了？"克莱恩怔了一下，关切地问道。他认真审视了老尼尔的气场，发现对方的健康状况还算正常，只是因为年纪的关系，相对有点衰弱。

老尼尔又咳了十几秒才缓过来，他探手端起咖啡，缓缓抿了一口道："每个人都有失误的时候，咳，我刚才被自己的唾沫呛到了……那我们开始今天的神秘学课程了？"

"好的。"克莱恩右边的牙齿近乎无声地轻叩了两下。

比预计快一到两周消化完"占卜家"魔药让他又是欣喜又是烦恼。欣喜自不用说，摆脱失控隐患，即将获得晋升，掌握更多的非凡能力，是足以让任何人都感觉高兴和激动的事情，烦恼则在于这打乱了他的安排和计划。

考虑到还要在廷根市值夜者小队待很长一段时间，克莱恩认为悄然成为"小丑"不是好的选择，那会让他时刻担忧暴露，在需要配合的任务里丝毫不敢动用相应的能力，让自身陷入更大的危险。

他的计划是仿效"通灵者"戴莉，向高层提交特别申请，用积累的功勋换取配方和非凡材料的奖励，光明正大地成为序列8的值夜者。

但一个月掌握魔药和一年掌握魔药是有本质区别的，克莱恩能承受圣堂一定的关注，也愿意成为重点培养对象，但绝对不希望引来上层的高度怀疑，所以，他必须为自己的状态找一个具备足够说服力的理由。

他原本的安排是，抓住"占卜家"魔药还未被彻底消化的这段时间，在队长那里逐渐做一些铺垫，比如提到每次去占卜俱乐部都感觉灵性活泼，比如假装随意地描述从一次次帮人占卜里总结出来的"占卜家守则"，比如预先说最近已基本没再听到不该听到的声音，看见不该看见的事物。

这样一来，值夜者高层会认为他在完成任务的时候无意识间仿效了戴莉，并且做得更加彻底。而这会让他们将重点放在总结规律，放在对扮演法的探索之上，从而极大地减少对克莱恩的怀疑，只做例行审查。

嗯，还能借此提醒队长，帮助他发现扮演法……克莱恩默默地在心里补充了一句。

对他来说，邓恩·史密斯是个很好的队长，除了记性比较差之外，没什么大的缺点，所以他希望减少邓恩失控的隐患，让对方变得更强。

当然，克莱恩也可以选择等待一年再提交特别申请，那将不需要冒一点风险，但连续的巧合和梦境占卜里见到的红烟囱让他不得不尽快提升自己。

"接下来用两周时间，在队长那里做三到四次铺垫，然后正式提出申请……同时，也可以去地下交易市场看一看是否有相应的非凡材料……应该很贵……"克莱恩迅速做出决定，将注意力放回了神秘学课程。

时间一分一秒流逝，美好的午餐时光缓缓来临，老尼尔喝完杯里的咖啡，边收拾着桌上的杂物，边笑了一声道："你的神秘学课程即将结束，从刚才的尝试来判断，你可以为自己制作符咒了。"

"这正是我接下来几天的安排。"克莱恩满足地吐了口气。

符咒与他之前给哥哥班森和妹妹梅丽莎的护身符不同，必须借助仪式的辅助来铭刻，具备一定的特殊能力，可以用于激烈的战斗。

但低品级的符咒同样不是万能的，它所具备的灵性会不断衰退，每两周就必须重新制作一次，还需要特定的咒文开启，不是想用就能立刻使用的。

另外，值夜者能够掌握的符咒还局限于黑夜女神的领域，克莱恩目前可以制作的更是只有三种：

一是"沉眠符咒"，效果类似于邓恩·史密斯和伦纳德·米切尔那种让人宁静、让人入睡的吟唱；

二是"安魂符咒"，能安抚鬼魂、幽影、僵尸和水鬼，一定程度上帮助对付怨魂和恶灵；

三是"梦境符咒"，能帮助施术者进入目标的梦境。

这些效果和"不眠者"序列的"午夜诗人"和"梦魇"能力重复，所以邓恩和伦纳德等人几乎不用符咒，倒是"收尸人"弗莱和"不眠者"洛耀、科恩黎会随身携带一两块，但长期也派不上用场，还得时不时找老尼尔充能。

这时，老尼尔瞥了克莱恩一眼，笑笑道："我记得你这个月因为练习得太频繁，材料配额已经没有了，你不打算去地下交易市场弄点儿？"

克莱恩先是一愣，旋即心疼地点头："是，要去的。"

那些材料的价格他都清楚，只希望能一次成功，不要浪费……

肩负起将午餐送到地底的任务后，克莱恩穿上外套，戴好帽子，拿起手杖，返回了二楼的黑荆棘安保公司。

路过娱乐室的时候，他看见伦纳德等人已经返回，正在用餐。

咚咚咚！他敲响了队长办公室的门。

"请进。"邓恩醇厚的嗓音传了出来。

克莱恩推门而入，取下帽子道："队长，有抓住'教唆者'特莉丝吗？"

邓恩捏了下太阳穴，略显疲惫地摇头道："我们没有在廷根站找到她，但据贝克兰德发来的电报称，有乘客在最早班次的一等车厢见过她，遗憾的是，她中途就下车了。"

"真是遗憾啊。"克莱恩早有心理准备地叹息道，"占卜不是万能的……"

邓恩灰眸一扫，道："你不需要沮丧，序列7的非凡者不是那么容易被抓住的，至少我们破坏了特莉丝的邪恶仪式，挽救了至少四十名无辜者的生命，并且，我们还掌握了她现在的状况，她再也不能像之前那样肆意犯罪了。

"她如果还想做类似的事情，就随时可能会被人注意，被人发现，被人检举，迟早被我们值夜者、或者代罚者、机械之心找到，抓住，当然，更可能是杀死。"

"希望是这样，愿女神庇佑。"克莱恩在胸口画了个绯红之月。

紧接着，他顿了顿，斟酌着语言道："队长，我超过一周没听见不该听见的声音，看见不该看见的事物了，而且这还是在经常冥想、经常使用灵视的情况下。"

"嗯？"邓恩疑惑地微皱起眉头。

克莱恩当即补充道："我感觉我距离完全掌握'占卜家'魔药已经不远了，而这可能与我经常去占卜俱乐部帮人占卜有关。"

"……为什么会有这样的想法？"邓恩改变了坐姿，露出迷惑的表情。

克莱恩故意不流畅地回答道："每次去，每次去占卜俱乐部，我都感觉灵性变得活泼，而每次帮人占卜后，身、心、灵也会轻松不少，我还从中总结出了一套，嗯，一套'占卜家守则'，并严格地遵守，就像'窥秘人'的'为所欲为，但勿伤害'一样。

"呵，我正是从这句格言中得到了灵感，尝试着、模仿着去制定'占卜家'的格言。我认为这或许是帮助非凡者尽快掌握魔药、减少失控的有效办法，就像戴莉女士，她一直在做'通灵者'。"

邓恩不知什么时候拿出了烟斗，放在鼻端轻轻嗅着。他似乎忘记了克莱恩，沉思了好几分钟才开口道："不错的猜想，有趣的尝试……"

克莱恩这次的目的只是点一下，做一做铺垫，所以没再多提，转而半开玩笑半打预防针地说道："或许我会成为值夜者历史上最快掌握序列9魔药的成员。"

"愿女神庇佑你。"邓恩没太当真地笑着祝福了一句，旋即又陷入了思考。

见状，克莱恩起身告辞，退出了队长办公室。

帮忙掩住房门的时候，他忽然想到了另一个难题，那就是怎么扮演小丑！

不会让我加入马戏团吧？而且廷根市也没有固定的马戏团，都是巡回演出的那种……克莱恩的表情一下变苦。

做占卜家还算有格调，即使被熟人碰到，也抬得起头，要是去当小丑，简直毫无体面可言！

也许，也许有另外的扮演方法。亵渎石板出世的时候，可没有马戏团，没有小丑……算了，还有两三周才能得到机会晋升，先不急着考虑这个问题……

克莱恩逃避般地走向接待厅的沙发区域，走向罗珊、奥利安娜太太、布莱特等人，走向属于自己和老尼尔的午餐。

用过午餐，填饱肚子后，克莱恩只休息了大半个小时就匆匆忙忙赶去射击俱乐部练习枪械，不敢有一点放松。

在日复一日的坚持和上千发子弹的喂养下，他目前的射击水准终于达到了邓恩·史密斯认为的及格线，固定靶尤其不错。

一次又一次机械的反复练习后，他收好左轮，乘坐有轨公共马车抵达格斗老师高文的住所附近，用十分钟走到了大门前方。

接着，他换上刚晒好的骑士练习服，从跑步、跳绳、举重、深蹲等项目一直练到了步法和出拳，练得汗水流淌，身体疲惫。

"休息十五分钟。"金发白鬓、满脸风霜的高文掏出怀表，啪地按开，看了一眼。

从最初到现在，他始终保持着沉默，只在更换训练方式和克莱恩某些动作不规范的时候才开口提醒两句。

克莱恩喘着粗气，没敢直接休息，来回慢走了起来。

这段时日的格斗练习在他身上最直观的反映就是皮肤黑了不少，变成了所谓的小麦色。

高文放好怀表，站在房屋后面那空旷的练习场旁，双手抱胸，看着克莱恩放松，安静得如同一尊大理石雕像。

"老师，除了徒手格斗，你还会教我怎么使用直剑、大剑、刺剑和长枪吗？"刚消化完"占卜家"魔药的克莱恩心情不错，主动问了一句。

他在高文的收藏室内看到过直剑、刺剑等武器和胸甲、全身甲等防护用具，知道对方不仅仅擅长徒手格斗。

沐浴着阳光的高文抬眼扫了他一下，嗓音低沉地说道："你学这些没有任何用处，它们都是落后于时代的事物，以后只能存在于博物馆和私人收藏室……"

他默然几秒，又语气沧桑地补了一句："它们被淘汰了……你该重视的是枪械，即使格斗，也只是辅助。"

克莱恩望了眼暮气深重的格斗老师，笑了一声："我并不这样认为。"

"所有的大臣，所有的议员，所有的将军，都这样认为。"高文咬着牙齿说道。

克莱恩停住脚步，假装自己是在打字，像个真正的键盘强者一样侃侃而谈："不，它们只是退出了正面战场，还有另外的用处。"

"为什么格斗必须和枪械成为对立面？它们完全可以融合在一起，我相信更灵活、更敏捷、拥有更快反应能力的人能更好地发挥枪械的作用。"

看见沉默的高文的目光一下变得锐利，克莱恩略感得意地继续说道："其他的武器也没有被淘汰，只是需要做一定改进，让它们更加便于携带……

"我们可以组织一支机动性非常强的队伍，绕过正面战场，直扑敌人的后方，直扑他们的中枢……在这种小规模的突袭战里，拥有出色格斗能力、擅长各种武器的战士能发挥相当重要的作用，你可以想象这样的场景……"

他发挥着什么都懂一点的本事，将地球上的特种兵战斗方式等胡乱糅合着描述了出来。

高文的呼吸不知什么时候开始变得粗重，他站在那里，一动也不动，似乎不愿意打破幻想出来的画面。

克莱恩瞄了一眼对方的反应，暗自"嘿"了一声，清了清喉咙，故作矜持地说道："老师，你认为我的想法怎么样？有没有实现的可能性？"

高文的身体明显颤抖了一下，仿佛终于从梦中醒来。他深深看了克莱恩一眼，低沉着开口："你休息的效果很不错，现在就将之前的练习全部重做十组。"

"啊？"克莱恩一脸茫然。

很快，再次开始跑步的他醒悟过来，在心里疯狂呐喊：十组？老师，不要啊！我不要以这种方式"庆贺"自己彻底消化掉"占卜家"魔药！喂，你就没有什么触动吗？

看着克莱恩跑向训练场另外一侧，高文忽然松开环抱的双手，用单掌捂住了脸孔。

他的眼睛紧紧闭着，脸上的皱纹深刻而醒目。

Story is going on.

第十章

CHAPTER 10

✦ 隐秘的聚会 ✦

又一次差点累吐的克莱恩洗过澡,换好衣服,和依然沉默的格斗老师高文告别,乘坐公共马车离开了对方的住所。

他没直接回家,而是前往码头区的恶龙酒吧,打算去地下交易市场了解非凡材料的价格并购买制作符咒的物品。

途中,克莱恩顾及随身携带的小金库,强撑着没敢睡觉,非常艰难地撑到了目的地。

"得给委托留四镑的尾款,我能够动用的只有三镑五苏勒……"他摸了下兜里的钞票,拿着手杖,走出了马车。

这个时候,太阳已开始西斜,黄昏的光芒浸染着所有房屋,恶龙酒吧内的拳击和狗抓老鼠比赛正在预热。

穿过桌球室,穿过一重重房间,克莱恩进入了地下交易市场。他左右打量了一眼,没发现总是活跃于这里的"怪物"阿德米索尔。

"老尼尔不是说,全靠恶龙酒吧的老板斯维因收留,给一口吃的,'怪物'才能活下来吗?"克莱恩略感疑惑地自语了一句。

作为一名值夜者,他对类似的事情有足够的警惕,于是靠近守在门边的壮汉,开口问道:"阿德米索尔呢?"

那名壮汉不带笑容地回答:"不知道躲在哪个角落睡觉。他最近总是这样,一直躺着发抖,一直嚷嚷着'死了,死了,都是尸体,都要死'。"

他又看到了什么画面,遭遇了什么刺激?克莱恩眉头微皱,仔细询问了几句,想要弄清楚阿德米索尔在哪里睡觉,但守卫也不知道。

"等我忙完,用占卜的方法找他,看他究竟遭遇了什么……"克莱恩记下这件事情,迈步走向交易市场尽头的两个房间之一。

据老尼尔讲,左侧的房间用于借贷和归还,右侧的房间是贩卖和收购珍贵物品的场所,包括非凡材料。

敲开右侧屋子的门，克莱恩发现这里被隔成了内外两间，外间有三名顾客正在等待。他压低半高丝绸礼帽，按照顺序坐到那三名顾客后面，身体前倾，按着手杖，沉默等待。

没过多久，隔断之门打开，出来一位穿蓝灰色码头工人服装的顾客，他低着头，匆匆离去，没做丝毫停留。

克莱恩让左侧牙齿轻叩了两下，用灵视看了看他，又看了另外三位顾客几眼，没发现有什么太过异常的地方。

当然，一定的小病还是存在的。

又过了十来分钟，终于轮到他。他打开隔断门，走进了点着煤油灯的里间。

反锁住房门，他坐到属于顾客的椅子上，望着对面戴黑色软帽的老者道："我想知道你们有哪些非凡材料，分别是什么价格。"

那名老者脸颊肌肉下垂，眼角皱纹很深，但身材相当魁梧。对于克莱恩的要求，他并不觉得奇怪，因为很多顾客在确定有某样非凡材料前是不愿意让人知道他想购买什么的，一般都希望全部介绍。

老者翻到笔记本最新的几页，看了克莱恩一眼，拿起面前摆放的蜜酒抿了口，道："水鬼的脑组织，视完整程度三镑到十五镑不等；星水晶每五十克一百五十镑；蜂后草一株两百镑；成年黑斑青蛙，每只一百七十镑……人脸玫瑰，两百八十镑，只有一朵……"

克莱恩控制住自身的情绪反应，安静地听完了老者的介绍，而这样一个地下交易市场竟然只有不到三十种非凡材料。

摸了下兜里的七镑钞票，再想了想"正义"小姐对一千镑的态度，克莱恩默默起身，叹息道："很遗憾，没有我想要的。"

不等老者询问，他快速转身，打开隔断之门，走了出去。

回到地下交易市场，克莱恩望着前方发了几秒呆，在心里苦笑着感慨："我大概是最穷的隐秘组织BOSS……"

这让他更加坚定了要从值夜者内部获取材料或者找"正义""倒吊人"交换的想法。

绕着地下交易市场转了两圈，克莱恩挑选着购买了制作符咒的材料，比如半成品的银片，比如对应仪式需要的草药粉末和天然矿石，这些总共花了他一镑十五苏勒。

私房钱总共剩下五镑十苏勒，去掉委托的尾款，还有一镑十苏勒……克莱恩默算着自己的财政情况，心里一阵无奈。

当然，他非常清楚，这是因为自己才工作一个多月的缘故，如果将时间拉长到一年，一百多镑还是能够攒出来的。

"再有两周，就得告诉班森和梅丽莎，我的薪水多了三镑，可以雇杂活女仆了……这样就没有私房钱了……"克莱恩边想边走向地下交易市场的正门。

就在这时，他看见身穿黑色古典长袍的老尼尔缓步进来。

"全部买好了？"老尼尔笑呵呵地打了声招呼。

"是的。"克莱恩坦然回答。

老尼尔顿时"啧"了一声："你来得可真早。"

"这是因为我还饿着肚子，而你已经享用过晚餐。"克莱恩非常随意地和老尼尔寒暄着。

过了一阵，披着海军军官服的恶龙酒吧老板斯维因从外面进来，表情凝重地靠近两人，压低嗓音道："我需要你们帮忙。"

"发生了什么事情？"老尼尔一下变得严肃起来，克莱恩也不由自主地提起了一颗心。

褐发乱糟糟，身上有浓烈酒味的斯维因沉声回答道："有个代罚者小队的成员在附近失控了，我们必须在他对普通人造成伤害前解决他！"

失控？克莱恩心里一紧，险些脱口反问。

虽然邓恩、老尼尔经常在他面前强调失控的危害和发生的概率，但这依然是他第一次遇见类似的事情，一时有些惶恐，有些茫然，有些害怕，有些悲伤，感觉非常复杂。

"每年处理的事件里，有四分之一是非凡者的失控……而这四分之一里面，有很大一部分是我们的队友……"邓恩曾经的话语闪现于他的脑海，让他的反应都仿佛变得迟缓。

倒是老尼尔，经历过太多的类似事件，当即开口问道："失控者在哪里？需要我们做什么？"

克莱恩听得怔了一下，他还以为老尼尔这种油滑躲懒的"半退休人员"会找借口拒绝斯维因的请求，或者敲诈一大笔好处才肯尝试帮忙，完全没想到对方竟然一点都没有犹豫，直接就进入了参与的状态，根本不在意值夜者和代罚者之间的区别。

看着表情严肃的老尼尔，克莱恩忽然明白了一件事情，那就是无论值夜者、代罚者，还是机械之心的成员，目标都是阻止超凡力量伤害无辜者，维护廷根市的平安与稳定，如果遇到危险而紧急的情况，职责所在，义不容辞！

这时，斯维因异常简短地回答道："做我的辅助！"

他没解释为什么失控，以及失控者在哪里，快步走向了出口。

这位前代罚者队长明明只是一个沉迷于酒精的老头子，可克莱恩却发现自己竟然跟不上对方的脚步，必须小跑起来才能勉强保持不掉队。

他侧头看了老尼尔一眼，只见这位身体出现衰老征兆的"窥秘人"也开始了奔跑。

三人没有在意沿途守卫的目光，一个披着陈旧的海军军官服，一个套着深色的古典长袍，一个穿着及膝的黑色薄风衣，噔噔噔冲出了桌球室，冲出了恶龙酒吧。

那些喝着酒、下着注、加着油的顾客们本能将目光从抓老鼠的犬类身上移开，望了克莱恩等人几眼。

"是斯维因老板？"

"他这么急着出去做什么？"

"有人赖账逃债？"

在低声的议论里，有的酒客重新将注意力放回笼子里，再次加油呐喊，发泄白天的压抑，有的则比较警觉，隐约有点不安。

噔噔噔！

克莱恩、老尼尔跟着斯维因跑到了道路对面，跑进了真正的码头区域。

"那艘船上。"斯维因放缓脚步，指着停靠于不远处的一艘内河货船道，"两名代罚者队员正在上面和那个失控者周旋，阻止他进入塔索克河，你们帮助我影响他、控制他，之后的事情就交给我来处理。"

老尼尔拉风箱般喘了几口气道："好的，但，但你需要给我一分钟，呼，一分钟的时间恢复状态。"

斯维因点了点头，没再多说，抢先冲上那艘货船，加入了战斗。

听着上面砰砰砰的打斗声，老尼尔看了眼略显紧张的克莱恩，从腰间暗袋掏出一个婴儿手掌大小的银片，递了过去道："这是'沉眠符咒'，开启咒文是古赫密斯语的'黑夜'单词，念完咒文，将你的灵性灌注进去，在三秒钟内将符咒丢向目标。"

"嗯！"克莱恩伸手接住，一阵感动。

这个符咒的正面和反面都雕刻着用赫密斯语书写的咒文，以及象征符号、对应灵数和魔法标识，他无须开启灵视，仅仅依靠灵感，就能察觉到那隐晦的、宁静的、深沉的神秘力量。

老尼尔直起腰，从暗袋里取出同样的银制符咒握在掌心，边走向货船，边开了句玩笑："不要紧张，放松心情，想一想别的事情。比如，那个符咒是我借你的，要是你用掉，记得重新制作一个还给我。当然，你可以等到下个月，等到材料配额恢复，再做这件事情。"

这……不愧是经验丰富的老尼尔……

克莱恩将符咒放入左边口袋，伸手取出了腋下枪袋内的左轮，调整了击发位和扳机。

"我觉得我已经不紧张了……"他一手持枪，一手提杖，和老尼尔两人通过舷梯，稳健地登上了货船。

这艘货船有着明显的时代痕迹，虽然采用蒸汽为动力，多了一根烟囱，但还保留着桅杆、船帆等往日的配置，而且只是表面有金属外壳，部分地方用了钢铁，不少地方依旧由木头打造。

砰砰砰的打斗声愈发激烈，克莱恩和老尼尔正待找入口进船舱，突然听见了夹杂着咔嚓声的哐当巨响。木头制造的舱房侧面瞬间破裂，木片乱飞，一道人影跌了出来，撞到了船舷上。

克莱恩顾不得看那人的伤势，目光完全落在了正飞奔向裂口的怪物那里。

这个怪物身高超过一米八，穿着破烂得不成样子的衬衣和长裤，裸露于外的地方布满暗绿色的鳞片，手脚的缝隙都长着皮膜，仿佛一些水生动物趾间的蹼。它有个满是皱纹的脑袋，隐约能看出人类的样子，鳞片上则流淌着黏液，正不断往下滴落。

嗞嗞嗞！

那些暗绿色的黏液轻微腐蚀着甲板，留下了鲜明的痕迹。

砰！

试图冲出裂口的怪物被斯维因从侧面给了一拳，打得横移了两步

砰砰砰！

肌肉夸张的斯维因力量明显不如那个怪物，而且他的拳脚明明击中了对方，却打不碎鳞片，难以造成实质性的伤害，一时间非常狼狈，摇摇欲坠。

要不是他平衡能力惊人，要不是有另外的代罚者跟着移动，开枪牵制，克莱恩怀疑这位蓝眼睛的老者会被怪物活活打死。

嘭！嘭！嘭！

斯维因不断后退，又不断前进，就像明知道那是火焰却依旧要扑过去的飞蛾一样。

但是，克莱恩感觉得出来，他在积蓄着什么，等待着什么。

砰！

斯维因被打得倒退了几步，也挡住了另外一位代罚者的视线。怪物抓住机会，当即冲向了裂口。

它要逃出船舱，跳入塔索克河！

望着那个满是皱纹、满是黏液的脑袋，克莱恩抬起右手，扣动了扳机。

乒！

银色的猎魔子弹按照他的预期击中了怪物的躯干，但仅仅打碎鳞片，嵌入过半。那怪物顿时发出刺耳的尖叫，双脚用力，风一般扑了出来，扑向克莱恩。

鼻端钻入浓重的鱼腥味，克莱恩猛地一矮身体，滚向了侧方。

哐当！

他感觉船身一晃，有碎片打在了自己身上。

与此同时，他听见了一道苍老而低沉的嗓音，那是用古赫密斯语念出的咒文："黑夜！"

克莱恩又滚了两下，顾不得拾起手杖，慌忙举枪抬头，只见老尼尔在与怪物相隔不远的情况下冷静地丢出了手中的符咒。

那银制的薄片很快被暗红的火焰笼罩，发出轻微的爆炸声。深沉、宁静的力量瞬间散逸开来，那几乎撞碎了船舷的怪物一下开始摇晃，动作也变得迟缓。

这时，斯维因从船舱内奔了出来，欺近怪物，扭腰摆臂，机枪似的连挥好几拳，全部砰砰砰地命中了对方的头部。

他只能打出裂口，无法造成致命的伤害，不过克莱恩可以感觉到这位蓝眼老者的积蓄即将达到顶峰。

砰！

怪物似乎恢复了过来，反甩小臂，将斯维因抢得倒退了五步，每一步都在甲板上踩出了碎裂的痕迹。

眼见怪物即将返身，跳下货船，克莱恩赶紧用左手从口袋里掏出了那枚"沉眠符咒"。

紧接着，他熟练地念出了一个古赫密斯语里的单词："黑夜！"

霍然之间，克莱恩只觉掌中的银制符咒变得冰冷，就像由片片雪花累积而成。他没有多想，将自身灵性灌注入符咒，并拉扯肩膀，甩动手臂，向那怪物丢了过去。

此时此刻，那鱼人般的怪物已跳到了空中。

暗红色的火焰一下照亮了周围的黑暗，轻微的爆炸声仿佛催眠的前奏，飞快地荡漾开来。

砰！

怪物直直跌在了码头上，跌得缩成一团，短暂进入了半沉眠的状态。

克莱恩正待抢到船舷旁边，往怪物的脑袋开枪，忽然看见海军军官服已不知丢在了哪里的斯维因冲了出去，跟随着跳下。他在半空中调整了姿势，身体的肌肉块块鼓起。

克莱恩的灵感里，某种压抑到极点的事物爆发了。

斯维因从天而降，砸在那怪物身上，然后直起腰背，重重往下挥拳，击中了对方的脑袋。

咔嚓！

怪物的脑袋四分五裂，暗红的血液和灰白的脑组织洒得满地都是，并伴随有暗绿色的黏液。

"这就是'暴怒之民'的能力之一？"克莱恩立在破碎的船舷旁，无声自语了一句。

老尼尔捂着左手，靠拢过来，也跟着往下眺望。

这时，斯维因笔直站起，站在那里，深深凝视着脚下失去了生命的怪物。

他不知从哪里拿出了一个瘪下去的金属酒壶，扯开盖子，咕噜喝了小半，然后倾斜瓶口，对准怪物，将剩下的烈酒全部洒到了对方身上。

做完这一切，斯维因似乎一下变得苍老，腰背都佝偻了几分。

老尼尔叹了口气，望着下方的场景，低声对克莱恩说道："我认识这个失控的代罚者，他跟随了斯维因二三十年，曾经清除过上岸杀人的水鬼，抓捕过试图从塔索克河潜水逃走的邪恶非凡者……"

他没有继续说下去，但克莱恩却听得出他潜藏的意思：这样一位立下很多功劳，杀过不少怪物的"守卫"，最终竟变成了怪物。

而这不是孤例，是许多值夜者、代罚者和机械之心成员都可能面临的结局。

望了望站在怪物尸体前的斯维因，又侧头看着刚才负责牵制的代罚者搀扶起半昏迷的同伴，克莱恩忽然有种难以言喻的悲伤。

不管值夜者、代罚者，还是机械之心的成员，几乎都没有可能成为英雄。因为他们所做的一切都不会被大众知晓，只能深藏于各种机密文档里，但承受的危险和苦痛却又如此真实。

也许有那么一天，我的对手会是我的队友……

克莱恩无声叹息，感受到了"值夜者""代罚者"和"机械之心成员"等名词所蕴藏的沉甸甸重量。

这时，老尼尔叹了口气道："我们离开吧，不要打扰他们。"

"好的。"克莱恩拾起手杖，刚要迈步，忽然看见老尼尔依旧捂着左手，于是关切地问道，"你受伤了？"

老尼尔"嘿"了一声道："被弹飞的碎片扎到了，换成我年轻的时候，肯定能躲掉。幸运的是，这只是一个小问题。"

他稍微松开右手，让克莱恩看见了左手手背那个还在沁出鲜血的小伤口。

确认没什么大问题之后，克莱恩边沿着舷梯往下，边感叹道："尼尔先生，你比我想象中更加冷静，在那个怪物距离你不到两米的情况下，你还能镇定地念出单词，使用符咒。"

虽然当时失控变成怪物的代罚者是扑向克莱恩的，但老尼尔离他一直很近。

面对赞美，老尼尔当即呵呵笑道："我可是资深的值夜者，在我经历过的危险场景里，刚才的事情甚至排不进前十。

"我记得有一次，我和邓恩在拉斐尔墓园巡视，有名死者不知什么时候变成活尸，离开了墓穴，悄悄埋伏在树木的阴影里，我路过那里，完全没有注意到它，想着找个隐蔽的地方……嘿，你懂的，结果被他扑到了背后，一把捏住了脖子。"

克莱恩听得颇有点惊心动魄，猜测着反问道："在这种情况下，你还能冷静地使用符咒，或者某个'窥秘人'能快速施展的法术？"

老尼尔瞥了他一眼，低笑道："不，邓恩及时拖着那个活尸进入了沉眠。我说这件事情，是告诉你，作为值夜者，不仅要相信自己，还要相信队友。"

克莱恩默然几秒，半是开玩笑半是发自内心地说道："尼尔先生，你今天是如此的睿智。"

老尼尔小跳一步，踏上码头，语带不屑地回答："这是因为你平时只认识到我最微不足道的一面。"

两人走出码头，一直回到了恶龙酒吧门前。

克莱恩收起左轮，靠好手杖，脱掉外套，就着煤气路灯的光芒，检查着有无破损的地方。

"真是幸运啊，只是扎了几根木刺，弄脏了一小片地方……"他拔掉杂物，粗略拍干净灰尘，重新穿戴整齐。

老尼尔含笑看着，模仿他的语气，悠然补了一句："真是遗憾啊，没法报销了。"

克莱恩一时间竟找不到语言应对。

我不是这样的人！他在心里强调了一句。

这个时候，公共马车抵达，克莱恩掏出有枝蔓纹路的银色怀表，按开看了一眼。

"如果没什么事情，我得回家了。"他侧头对老尼尔说道。

老尼尔微微点头道："回去享用你的晚餐吧，不用考虑刚才那个'沉眠符咒'，我会找斯维因赔偿的，他可是个有钱人。当然，不是今天，我得考虑他的心情。"

"……感谢你的慷慨……"克莱恩张了张嘴，最终只吐出了这么一句话。

他快步走上马车，一路回到水仙花街。

此时已超过七点，天色完全暗了下来。

掏出钥匙，打开房门，克莱恩看见梅丽莎正取下纱帽，将它挂向衣帽架，于是笑着说了句废话："你也才回来？"

这个时候，他之前积累的复杂情绪一下消散，整个人都变得轻松，感觉周身萦绕着一股暖意。

"今天学校有实际操作的课程。"梅丽莎认真地解释道。

克莱恩抽了下鼻子，闻到了食物的香味，怔了怔，下意识问道："那是谁在准备晚餐？"

话音刚落，他和梅丽莎同时抢答道："班森！"

两人的语气带着一点惊慌。

这时，听到他们说话的班森走出厨房，在围裙上擦了下手道："你们难道对我的厨艺没有信心？我记得梅丽莎还不会做菜的时候，你们会懂事地等着我回家，非常渴望地看着我做菜。

"其实，做菜很简单嘛，比如土豆炖牛肉，先放牛肉煮一煮，再放土豆，再放调料……"

克莱恩和梅丽莎互相看了一眼，保持了沉默。

放好手杖，摘去帽子，克莱恩转而笑道："我认为是时候请杂活女仆了，总是不按时吃晚餐对健康非常不好。"

"但我不希望我们聊天的时候有陌生人在旁边，那会让我感觉不自在。"梅丽莎下意识又找了个理由否决。

克莱恩边脱着外套，边笑着开口："不用在意……"

就在这时，他表情忽然一滞，动作停顿了下来：好险，差点顺手脱掉外套，我腋下可是有把左轮的……

"咳咳。"他清了清喉咙，装作什么都没有发生地说道，"不用在意，我们回家之后，可以让杂活女仆到她的房间休息，我想没有哪个仆人不喜欢休息。嗯，必须找一位愿意学习做菜的杂活女仆。"

他可不希望将来一直承受黑暗料理的摧残。

班森站在厨房门口，赞同地点头道："等有空闲的时候，我们可以去廷根市帮助家庭仆人协会，他们在这方面有丰富的资源和经验。"

"好的，就这么愉快地决定了！"克莱恩无视了梅丽莎不太情愿的眼神。

贝克兰德，皇后区，格莱林特子爵家。

奥黛丽·霍尔带着贴身女仆安妮离开舞会，上到二楼，进入子爵安排好的卧室。她在安妮的帮助下缓慢脱掉了华丽的裙子和轻便的舞鞋，套上了预先准备的黑色带兜帽长袍。

戴好兜帽，奥黛丽站至全身镜前，开始审视自己。她看见自身大半张脸都被兜帽阴影遮掩，只有弧线优美的嘴唇能被清晰注意到。

黑色的长袍，藏于阴影里的容貌，神秘深沉的感觉……这就是我一直梦想的打扮！奥黛丽欣喜地想着。

她不太放心地又在兜帽里加了顶蓝色的船型软帽，有黑色细格薄纱垂下，让她的五官变得朦胧。

"不错，就是这样！"奥黛丽将脚塞入小牛皮短靴，侧头对安妮道，"你在这里等着我，不管是谁前来，都不要开门。"

安妮无奈地看着小姐道："但你必须保证，这次外出不超过一个小时。"

"你应该相信我，前面几次，我都信守了承诺。"奥黛丽笑着靠拢贴身女仆，拥抱对方，做了个贴面礼。

然后，她轻快地后跃几步，拉上兜帽，转身从暗门离开了所在的卧室。她一路下行，来到子爵家房屋的侧门，看见一辆马车已经停在了那里。

主人格莱林特立在阴影之中，看了奥黛丽一眼，由衷赞美道："你这样的打扮真的，嗯，就像罗塞尔大帝常用的形容一样，很酷。"

"谢谢。"奥黛丽虚提长袍，优雅而愉悦地行了一礼。

两人上了马车，出了别墅，来到十分钟路程外的一栋房屋。

房屋正门外，奥黛丽看见了这段时日常有来往的"学徒"佛尔思·沃尔和她的朋友仲裁者休·迪尔查。

佛尔思褐发微卷，淡蓝色的眼眸带着天生的慵懒，她指着旁边的休·迪尔查道："她是一位出色的说服者，能帮助你们得到想要的东西。"

休·迪尔查身高较矮，顶多一米五，五官精致柔和，但眉眼似乎未曾长开，相当青涩。她虽然顶着一头杂乱毛糙的及肩黄发，穿着传统的骑士练习服，却有种难以言喻的威严和让人相信的魅力。

奥黛丽和对方见过几次面，浅笑打了声呼唤道："休小姐，我可以信任你吗？"

"你完全不用担心。"休·迪尔查笑着做了个"请"的手势。

就在她迈步跟上奥黛丽和格莱林特子爵的时候，忽然响起当的一声。

奥黛丽循声望去，看见休·迪尔查的脚边静静躺着一根闪烁寒光的三棱刺。

她和休·迪尔查你看我，我看你，同时忘记了说话。

过了十几秒，休·迪尔查快速而敏捷地下蹲，捡起那根三棱刺，将它藏到身上。

"我们必须防备意外的出现，有的人缺乏足够的理智，不是那么容易被说服的。"休·迪尔查一本正经地解释道。

奥黛丽无言点头，声音清细地回答："我相信你……"

"这是让某些家伙平静地和我们交谈的道具。"佛尔思侧过脸，望着草坪，在旁边补了一句。

四人没再多言，往前几步，用三长两短的间隔敲响了木门。

吱呀一声，正门缓缓敞开，进入"观众"状态的奥黛丽看见里面散乱地坐着不少人，他们有的用各种方式遮掩着自身的容貌，比如依靠兜帽和面具，有的则毫不在乎，坦然裸露着五官。

几乎是瞬间，奥黛丽就注意到了坐在一张单人沙发上的黑袍男子。

这位男子也戴着兜帽，将长相藏在了阴影里。他安静无声地注视着来客，给人一种居高临下的俯视感。

非常自信，但眼神很恶心，视线一直在我身上移动，就像两根滑腻的触手，想要剥掉我的衣服……奥黛丽感官敏锐，观察细致，冷静地做出了判断，但身上差点起了鸡皮疙瘩。

这时，佛尔思介绍道："那是A先生，一位强大的非凡者，本次隐秘聚会的召集者。"

A先生？

感觉更像是犯罪者的代号，而不是神秘强者的称呼……和"愚者"根本没法比较……

不，能和"愚者"先生比较的，应该都是神灵或者仅次于神灵的大人物……奥黛丽念头一转，忽然充满了优越感。

她平静地看了A先生一眼，压低嗓音对佛尔思和休·迪尔查道："这位先生有什么事迹吗？"

旁边同样套着带兜帽长袍的格莱林特子爵对此也非常好奇。

休·迪尔查一脸严肃地回答道："曾经有好几次这样的事情，序列8，甚至序列7的非凡者盯上了A先生，试图对付他，但最终他们都无声无息消失了。"

"真是一位强大的非凡者。"格莱林特赞叹着重复了佛尔思之前的介绍。

说话间，四人进入了房屋，守门人立刻关闭了大门。

稍微适应了下煤气灯的光芒，奥黛丽看见最前方竖立着两块黑板，上面写着一行又一行的单词。

这时，拿着一根卷烟但未点燃的佛尔思低声说道："那是聚会成员各自的需求。你应该可以理解，很多人不希望别人知道自己拥有什么，免得被贪婪者盯上，所以，他们会匿名在黑板上书写想要什么，或者希望卖掉什么，以及大致的价格和物品要求。"

奥黛丽轻轻颔首，顾不得观察聚会成员，直接浏览了左侧黑板上的几条条目。

需要一对成年曼哈尔鱼的眼睛。

怨灵残留的粉尘，165镑。

罗塞尔大帝的笔记，3页，20镑。

看到这里，奥黛丽再也无法维持"观众"状态，又震惊又兴奋。这些价格，这些价格，太，太便宜了！她激动又欣喜地想着。

行走间，她目光移动，看见了更多的条目：

婴孩之泣，花朵，200镑。

木乃伊粉末，10克，5镑。

鱼人黏液，30毫升，29镑。

序列8"治安官"魔药配方，450镑。

……

太……太便宜了！连非凡材料都没超过三百镑！奥黛丽一边看得眼睛发亮，一边跟着同伴找到位置坐下。

这时，休·迪尔查凑到她耳畔，低声询问道："你有什么想要的？"

奥黛丽鼻息加重，脑海里瞬间就闪过了罗塞尔大帝那句著名宣言："我都要！"

她有两个哥哥，所以轮不到她继承爵位和主要财产，但作为备受父母和兄长喜爱的姑娘，她的名下有着价值三十万镑的房产、田地、牧场、矿藏、珠宝、股票、股份和债券。

这算是她分到的家产，但在她父亲霍尔伯爵过世，或她自身嫁人前，都只是名义上拥有，每年可以获得对应的年金。可就算这样，她一年也有一万五千到两万五千镑的收益，在整个鲁恩王国的女贵族里面也是能排得上号的。

当然，作为一名贵族，很多必要的开销是少不了的，尤其她已经拿着年金收益，不能再事事都找父母。

她控制住自己，矜持地回答道："我暂时只看中了罗塞尔大帝的笔记。我是他的崇拜者，我认为他所创造的特殊符文或者说文字，有着神秘的力量，只是我们没找到将它们正确组合起来的办法。"

奥黛丽，你越来越虚伪了……她在心里默默补了一句。

她话音刚落，坐在附近椅子上的一位穿白衬衣黑马甲的年轻男子就激动地附和道："是的！就是这样！我终于遇到一个和我持相同观点的人了！我就是那三页笔记的拥有者，我现在就可以卖给你！"

奥黛丽先是茫然，接着语含笑意地回答："那请允许我表示我的感谢。"

她拿出两张10镑的现金递给对方，收获了三页罗塞尔大帝的日记，当然，这里没人知道这是日记，只笼统地称呼为"笔记"。

拿到手，翻了一下，奥黛丽确认文字和自己以前获得的那些相似。

收起日记后，她低声向休和佛尔思问道："如果笔记是假的，可以找谁？A先生吗？"

"对，A先生不允许他组织的聚会里有欺诈的情况出现，嗯，我也可以私下帮你仲裁。"休·迪尔查跃跃欲试地回答。

"我明白了。"奥黛丽进入"观众"状态，开始审视在场的非凡者和非凡者预备役们。

因为刚才那位年轻人的激动，很多人都注意到了这边，在或明显或隐蔽地打量着奥黛丽和格莱林特，但他们的目光都无法穿透兜帽的遮挡。

沙发、椅子、茶几零散地摆放着，共同朝向黑板……材质很一般，说明召集者A先生不是贵族，在这方面非常随意……

嗯，以他表现出来的自信，不会故意去做类似的伪装……奥黛丽转动眼珠，冷静地观察着。

A先生打量了在场的所有小姐和女士，目光经常停留在长相不错的那几位身上……他很好色……他为什么总是看我？他能看穿兜帽的遮掩？

推断到这里，奥黛丽心头一惊，就像吃了苍蝇般恶心。

但很快，她就放下了心，因为她发现A先生并没有往她和其他女性的身上瞧……这表明他并不能直接看穿布料……

他的视力非常出众，就像在近距离打量我，在这种情况下，兜帽的作用很小……奥黛丽安静地旁观着别人的交易，把握到了在场众人的部分情况。

这时，A先生的侍从走了过来，低声对四人道："你们可以将需求写在纸上给我，也能在稍后的休息阶段，去小房间内，把希望卖掉的物品写到黑板上。"

佛尔思吸了口卷烟，警惕地环视一圈道："你们考虑好想要的序列9配方了吗？"

这段时日里，她履行承诺，将自己能够了解到的所有序列途径信息告诉了奥黛丽和格莱林特子爵。

奥黛丽假装思考了一下道："'观众'，我想成为'观众'，嗯，还要'观众'的后续'读心者'。"

她考虑到将来要经常和佛尔思、休·迪尔查接触，迟早会被她们发现自身是非凡者，是"观众"，所以干脆借这个机会，将事情摆到明面，彻底掩盖住塔罗会的存在。

虽然这会白花一笔钱，但很值得……奥黛丽悄然赞美了自己一句。

与此同时，她发现休·迪尔查时不时就望向黑板，又是渴望又是沮丧。

"休告诉过我，'仲裁人'对应的序列8是'治安官'……她在看那个价值四百五十镑的配方？嗯，看得出来，她对'治安官'配方非常渴望……

"她成为'仲裁人'超过一年，一直在不自觉地扮演仲裁的角色，应该已经消化掉魔药了……

"以上所有细节说明，休，缺钱！"

奥黛丽暗自做着判断的时候，格莱林特子爵说出了自身的选择："'药师'，我需要序列9'药师'的配方！"

感觉到奥黛丽、佛尔思和休望来的目光，他嘿嘿解释了一句："对我来说，拥有健康，不怕大部分疾病和伤害，是最重要的事情！"

"理智的选择，我曾经的梦想也是'药师'。"佛尔思叹息着笑道。

她有着慵懒颓废的气质。

决定之后，奥黛丽等人将要求写在纸条上，交给了侍从，然后看着他绕了一圈，挨个儿询问，又搜集到不少纸条。

这位侍从将纸条混杂着交给负责黑板的同伴，让他把信息登记上去。

"需要'观众'和'读心者'魔药的配方，价格当面商谈……"

每写上一条，侍者就会朗读三遍，如果有谁感兴趣，就会暗中申请房间，在侍者帮助下完成交易。

等待了一阵，奥黛丽和格莱林特始终没等到有人想要交易的请求，各自都有些失望。

就在这时，又有侍者走了过来，凑到奥黛丽旁边，给了她一张折好的纸条。

"A先生给你的。"这位侍者压低嗓音道。

奥黛丽展开纸条，看了一眼，只见上面写道：对别的序列9配方有兴趣吗？

奥黛丽不屑地勾了下嘴角，在纸条空白处写道："我只对'观众'感兴趣。"她重新将纸条折好，还给侍者，看着对方交到了A先生手中。

A先生打开瞄了一眼，什么也没说，依旧沉默安静地注视着聚会成员们。但奥黛丽敏锐地注意到，纸条悄悄燃烧了起来，化作灰烬飘落到地面。

又过了十五分钟，A先生开口说道："进入休息阶段，可以随意交流。"

这个时候，卖出罗塞尔日记的年轻男子靠拢奥黛丽，兴奋道："我已经破解出一部分罗塞尔大帝的特殊符文，并将它们文到了身上，获得了不错的能力。你有兴趣吗？"

奥黛丽顿时想到自己曾经问过"愚者"先生，罗塞尔大帝日记里的特殊文字是否具备神奇的能力，而"愚者"先生的答案是：除非有哪位神灵突然感兴趣。

她看着面前的年轻人，想了想，试探着问道："获得了什么不错的能力?"

那个年轻人兴奋地回答道："我变得更强壮更健康了!"

奥黛丽怜悯地看了他一眼道："很抱歉，我更相信自己的研究。"

接下来的时间里，她继续观察着这次聚会，但没收获太多有用的信息，只是粗略判断有医生、律师等正常职业的成员。

又过了半个小时，奥黛丽等人离开这里，返回了格莱林特子爵的别墅，一直待到舞会结束。

夜里十点的样子，奥黛丽回到家中，正要让女仆准备热水，忽然看见大狗苏茜给自己使了个眼色。

它给我打了个眼色……奥黛丽的感觉一下变得复杂。

找理由让女仆们暂时离开后，奥黛丽反锁房门，回头望向不知还算不算自己宠物的金毛大狗苏茜道："你听到了，呃，或者遭遇了什么事情吗?"

金毛大狗苏茜沉稳地蹲在那里，嗷呜了一声，震荡着周围空气，道："是的，我在书房听见伯爵和几位议员商量事情，他们说国王和首相达成了共识，放弃了短时间内在拜朗东海岸报复弗萨克帝国的计划。

"拜朗东海岸在哪里?"

见苏茜掌握鲁恩语的进度惊人，奥黛丽感觉愈发复杂，她默然几秒道："我明天给你一张地图……"

"好的!"苏茜欢快地回答，"国王和首相认为目前最重要的事情是推进之前那个改革计划，用公开考试的办法确定政府事务人员，他们希望在10月之前让这件事情在上院和下院都得到通过。"

"真的?"奥黛丽惊喜地反问道。

这可是她成为"观众"后，尝试着用自身能力隐蔽引导的第一件事情，如果它能变成现实，那会让她充满成就感!

苏茜非常老实地回答道："我不能给你确定的答案，这只是我听到的内容，我甚至无法深刻理解它们是什么意思，毕竟我只是一条刚开始学习的狗。"

奥黛丽陷入了短暂的呆滞，旋即绽放出笑容道："苏茜，你做得棒极了! 这是给你的奖励!"

她从一个装饰华丽的柜子里拿出一个袋子，扯开封口，放到苏茜面前。

这是贝克兰德关爱宠物公司用面粉、蔬菜、肉类和水制作的狗类饼干，是苏茜非常喜爱的零食。

端正坐着的苏茜抽了下鼻子，一只爪子扬了扬，似乎在考虑该怎么进食才符合自己现在的身份。

几秒钟后，它放弃思考，遵循本能，猛地扑往前方，叼着那袋干粮冲向了房门。它直起身体，单爪开门，一路出去，躲到阴影里哼哧哼哧开始享用零食。

周日下午，在家里补完因值守查尼斯门而缺少的睡眠后，克莱恩乘坐无轨公共马车，再一次抵达恶龙酒吧。

他之前本打算用占卜的方法寻找"怪物"阿德米索尔，探究对方最近古怪的缘由，但被代罚者的突然失控打断，只好换到今天再来。

穿过桌球室，进入地下交易市场，这一次克莱恩不用寻找，就看见阿德米索尔正缩于角落瑟瑟发抖。

这位黑发凌乱油腻、脸色苍白难看的年轻人察觉到克莱恩的靠近，顿时捂着眼睛，贴着墙壁，想移向侧门。但克莱恩已快步赶了上来，堵在他的身前，并悄然轻叩了左边牙齿两下。

在克莱恩的灵视里，阿德米索尔的气场相当不健康，不管哪种颜色都有点暗淡，也就是说，虽然对方没什么大的疾病，但身体非常虚弱。

与此同时，克莱恩发现"怪物"的情绪颜色透出明显的害怕和紧张，且完全缺失理性思考的蓝色。他的星灵体表层从以太体的最深处扩张了出来，颜色是浑然统一的透明无色，就像由纯净的光芒构成一样，难道这是"怪物"天生的特殊之处？

克莱恩微不可见地点头，盯着阿德米索尔的脸孔，直接开口问道："你最近看见了什么，遭遇了什么？为什么要躲在角落里发抖，说'都死了，都是尸体'？"

这时，阿德米索尔低下脑袋，望向自己的脚尖，似乎不敢直视面前之人。

穿着灰蓝色长裤、破旧亚麻衬衣的他浑身颤抖，惊慌失措地回答道："不，我没有看见什么，没有，没有，我只是做了一场梦，梦里都是血，满地都是死人……

"哈哈，呜呜呜，死人里还有我，还有我！我要死了，我要死了！我不想死，我不想死！"

他又笑又哭，回答的内容让克莱恩感觉思绪都变得混乱了。揉了下太阳穴，克莱恩沉声又问："你为什么要害怕我？"

阿德米索尔愣了几秒，突然蹲下去，用惶恐到极点的嗓音喊道："不要啊！不要啊……"

一道道目光随之望来，克莱恩顿时就尴尬了。

我没对你做什么啊……为什么要喊得像是被我怎么着了一样！

他干笑两声，见阿德米索尔蜷缩着颤抖，只是求饶，再没有别的语言，只好与对方拉开距离，装作路过。

嗯，也许得去请教一下阿兹克先生，只是他上上周就去弗萨克帝国的北地度假了，得下周四或周五才能返回……

在此之前，得先汇报队长……克莱恩捂嘴打了个哈欠，转身离开了地下交易市场。

领到这周的薪水后，他的私房钱终于回到八镑十苏勒，但对那些非凡材料，也还是只能看一看。

当然，如果不怕利息太高，可以去找老板斯维因做一个拆借。

走出恶龙酒吧，在等待公共马车的同时，克莱恩思绪发散地想着接下来的事情。

"还剩一周，最开始支取的十二镑就要还清了，拿回家里的钱终于能够达到每周三镑，梅丽莎这下就没有借口再拖延雇杂活女仆的事情了……另外的三镑再瞒段时间，再攒些私房钱……

"还有，要尽快从达斯特·古德里安那里拿到'读心者'魔药配方或者找到相应的线索，以给手下经费为理由，从'正义'小姐那里换取现金……这可以通过银行不记名户头的方式完成，过程中，我再用占卜做一定的干扰，这就非常安全，不会暴露我的秘密了……"

上了公共马车，克莱恩没直接去黑荆棘安保公司，打算先到占卜俱乐部坐两个小时。

这是为接下来再一次铺垫自身在消化魔药的事情做前置准备。

而且，对克莱恩来说，他在占卜这一行业也算有些名气了，过去的老顾客有再次光临的，也有介绍朋友前来的，如果凑巧，他一下午甚至可能有超过十桩生意。这样一来，即使他一周基本只去两次，也能得到半镑左右的收入，对贫穷的"愚者"先生来说，这不无小补。

"哎，可惜当初把话说得太好听，将形象树立得太完美，没法随意更改占卜费用了……"坐在俱乐部的会议室里，克莱恩一边喝着锡伯红茶，一边无奈地想着。

以他目前的名气，即使一次收四苏勒，也有的是人来占卜。但是，作为一名尊重命运的"占卜家"，他只能继续维持八便士的价钱。

虽然克莱恩现在已彻底消化了魔药，但他不愿意冒风险去违背自己之前总结出来的"占卜家守则"，这包括不用占卜获得超常的利益，毕竟他不知道这是否会导致失控或别的不好的事情发生。

——值夜者内部的资料没有"消化"这一概念，所以克莱恩无法从上面判断彻底消化魔药后是否还存在一定风险，也不想冒险做出违背相应规则的行为。

就在他考虑这些事情的时候，漂亮的接待女士安洁莉卡进来，走到他的旁边，低下身子，小声说道："莫雷蒂先生，有人找您占卜，红玛瑙房。"

"好的。"克莱恩来之前确认过今天是否宜于到俱乐部，从占卜里得到了肯定的答案。

他拿上半高丝绸礼帽，走出会议室，看见了等待在红玛瑙房门口的顾客。

这位顾客是个十六七岁的少女，身穿淡蓝色有荷叶边的长裙，手拿一顶同色纱帽，有头天然卷的褐发，有张婴儿肥的可爱脸蛋，有双青涩漂亮的浅蓝色眼眸。

"伊丽莎白？"克莱恩认出这是妹妹的好友，就读于伊沃斯公学的伊丽莎白。他曾经帮对方挑选过护身符，也在对方的帮助下解决了赛琳娜魔镜占卜事件。

伊丽莎白同样脸露惊喜道："莫雷蒂先生，真的是你？我看到名字的时候，就在想是不是你。"

"毕竟我是一个神秘学爱好者。"克莱恩无奈地解释了一句，接着补充道，"不要告诉梅丽莎，嗯，还有赛琳娜。"

我占卜的结果明明是适宜来俱乐部，怎么会遇到伊丽莎白呢？他边暗自摇头，边转身打开了红玛瑙房的大门。

与此同时，他轻叩了左边牙齿两下。

缓步进入房间，坐到占卜师的位置后，克莱恩抬头望向了伊丽莎白。只是一眼，他的眉头就皱了起来。

这位少女的气场颜色染上了一层带着些许浅黑的阴绿！

被鬼魂怨灵缠身的征兆……克莱恩冷静地做着判断，直接开口问道："你最近是否经常做噩梦，而且梦中有些事物在重复？"

刚反锁房门的伊丽莎白还未来得及坐下，就惊得愣在了那里，好半天才回答道："是的……这正是我找你的目的。"

克莱恩往后微靠道："你做了什么梦？从什么时候开始的？"

"从我在拉姆德小镇度假的最后两天开始，唔，我家在那里有个小的庄园。"伊丽莎白也算是半个神秘学爱好者，对相应的情况早就回想得比较清楚，"我在梦里总是会遇见一个全身穿黑色盔甲的骑士，他手提一把巨大的阔剑，脸部完全被头盔的面甲遮住，只能看见一双闪烁红光的眼睛。他一直在试图靠近我，我害怕得逃跑，但他离我的距离一次比一次近……"

克莱恩想了下问道："在做类似的梦之前那两三天，你是否接触过古董、陪葬品，或者靠近过古代遗迹、陵寝？"

伊丽莎白回忆了十几秒道："我，我在那几天去过拉姆德小镇附近的山上，那里有一座废弃的古堡。"

这是标准的灵异小说开头……克莱恩无声吐槽了一句，追问道："那你是否有遗留什么物品在古堡，或者从古堡带走了什么物品？"

伊丽莎白皱起好看的眉毛，过了一阵才不太确定地问道："我当时被荆棘扎出了血……有血液遗留算不算？"

克莱恩郑重点头，沉声回答："算。"

听到克莱恩的回答，伊丽莎白顿时有点紧张，不自觉加快了语速道："能帮我占卜下究竟是什么原因吗？如果能占卜出解决的办法就更好了……"

占卜顶多能给出解决的方向，而且还是充满象征意义、模糊不清、容易解读错误的那种……当然，你很幸运，我不只是单纯的占卜家，还是真正意义上的神秘学者……克莱恩腹诽了女孩的问题两句，庄重严肃地说道："既然与梦境有关，那我建议采用这方面的占卜法。"

"好的，好的。"伊丽莎白小鸡吃食般点头。

克莱恩保持着一本正经的专业范儿道："我需要你在这里睡一觉，再现那个梦境，没有问题吧？"

"没有问题，我相信你。"伊丽莎白抿了下嘴唇，毫不犹豫地回答，但她很快又结巴着补充道，"可是……可是我，我无法保证，一定……一定会做那个梦。"

"只是一个尝试。"克莱恩用温和的笑容安抚着对方，然后，他指了指红玛瑙占卜房侧面的长沙发道，"请。"

"不，不需要，我就在这里睡。"伊丽莎白轻轻摇头，摆出双手交叉环抱的姿态道，"我在公学里感觉疲惫的时候，就会趁下课的间歇这样睡一会儿。"

她边说边以双臂为枕，前倾上半身，趴到了桌子边缘。

"好的，你可以假装我不存在。"克莱恩笑着观察起对方的气场和情绪颜色，以此判断女孩是否入睡成功。

"嗯。"伊丽莎白闭上眼睛，将脸埋进臂弯，努力让呼吸变得均匀。

克莱恩没再说话，向后靠住了椅背，房间内顿时变得异常安宁。

那是让人心灵平静，忘记外在的安宁。

过了一阵，确认伊丽莎白进入睡眠状态后，克莱恩从衣服口袋里拿出了一个半圆形的银制薄片，薄片之上布满常人难以看懂的赫密斯语单词和各种充满象征意义的符号、数字、标识。

这是克莱恩在昨天上午制作成功的"梦境符咒"！

与此同时，他还完成了两枚"沉眠符咒"和两枚"安魂符咒"，前者用的是长方形的银制薄片，后者是三角形的，以便他在激烈的战斗中光凭手感就能区分。

"绯红！"克莱恩低沉发声，念出了一个古赫密斯语里的单词。

这是他设定的开启咒文，因为后续还有灌入灵性的环节，所以没必要与别人不同，只要适合记忆且足够简短就行。

蕴含神秘意味的嗓音在房间内回荡，克莱恩感觉掌心的"梦境符咒"一下变得轻飘飘，似乎短暂地失去了重量。等到灵性灌注入内，他立刻将符咒放到了自己面前的桌子上。

透明的火焰无声腾起，包裹住符咒，燃烧出幽深宁静的黑色。这黑色飞快弥漫，一下将克莱恩与伊丽莎白笼罩住了。

克莱恩抓住机会，进入冥想的状态，用灵性看见前方有一团虚幻朦胧的椭圆形光球。

这光球四周只有无垠的深黑，衬托得它异常孤单。

克莱恩不敢耽搁，立刻蔓延灵性，触向那团不够真实的光球。无声无息间，他周围的场景开始颠倒闪烁，但很快固定为一片黄褐色的平原，平原之上倒毙了诸多马匹和人类，到处都是鲜血和兵器。

伊丽莎白穿着羊腿袖的宫廷长裙，头戴垂下薄纱的帽子，正茫然地四处张望。

她一下就捕捉到了克莱恩的身影，脸上唰地浮现惊喜的笑容："莫雷蒂先生，我们又见面了！我之前和赛琳娜到占卜俱乐部找人占卜的时候，就怀疑名册上那位克莱恩·莫雷蒂是你，后来我又去了几次，但由于平时要上课，和你的时间总是错开……

"等到放了暑假，变得空闲，我却被父亲和母亲带到拉姆德小镇度假了……你一定能够帮助到我，对吧？"

听着女孩的絮叨，克莱恩一时间竟怔住了：原来伊丽莎白早就怀疑我在占卜俱乐部兼职，而且还特意来找过几次……她刚才竟然一点异常都没有表现出来！

嗯，惊喜是实实在在的，正好掩饰住了真实的想法……

果然，每个人在梦境里都是诚实的，除了我这个"愚者"先生……

他思绪纷呈间，伊丽莎白的梦境出现了变化，一个身高超过一米九的高大骑士倒拖着能触及地面的阔剑，一步一步走了过来。

这名骑士穿着黑色全身盔甲，行动间传出轻微的金属碰撞声，两团火焰般的红光从他面甲的缝隙里透出，死死锁定了克莱恩和伊丽莎白。

一个怨魂的意念……还达不到恶灵的程度……本就处于灵性状态的克莱恩此时无须再开启灵视。

在值夜者内部资料的划分里，残留的怨念和不甘是最弱小最容易处理的魂类事物，之后依次是幽影和怨魂，恶灵则属于非常棘手的魂类怪物，最恐怖的恶灵据说不比高序列强者弱。

想到这里，克莱恩上前一步，挡在了伊丽莎白的身前，然后右脚重重一踏，让梦境瞬间支离破碎。

无数萤火虫般的光芒纷飞，克莱恩的灵性回归了他的身体，让他的眼睛重新看见了光线昏暗的红玛瑙占卜房，看见了摆有各种占卜道具的桌子，看见了燃烧完毕只留少许余烬的"梦境符咒"。

望着这幕场景，想到黑夜女神领域的符咒都是纯银制作的，克莱恩就忍不住一阵心疼。

这玩意儿就是在烧钱啊！就算不考虑我的劳动力成本，光算各种材料，平均下来也得六到八苏勒一枚！

嗯，想想永恒烈阳教会的非凡者，感觉平衡了不少，毕竟他们是烧黄金的……

太阳领域的对应金属是黄金。

这时，伊丽莎白轻轻"嗯"了一声，缓慢苏醒过来，重新坐直。她有些躲闪地看了克莱恩一眼道："莫雷蒂先生，有占卜出结果吗？"

"有。"克莱恩相当正经地点头道，"不超过一周，噩梦就会自行消失。"

我会汇报队长，让他及时派人去拉姆德小镇处理……克莱恩在心里补充着没说的部分。

"真的？太好了！谢谢你，莫雷蒂先生！"伊丽莎白一下变得兴奋和激动，然后突地皱起了眉头。

"怎么了？"克莱恩关心地问了一句。

"没有什么事情，只是想到必须回家了。"她动作缓慢地取出早就准备好的一苏勒纸币，将它放到桌上，然后拿着帽子，矜持地与克莱恩告别。

离开红玛瑙占卜房后，她步伐轻盈地走向大门外的楼梯，确定没人看见的时候，忙急抖两条手臂，低声痛呼道："好麻，好麻……"

Story is going on.

第十一章
CHAPTER 11
✦ 黑甲骑士 ✦

黑荆棘安保公司内，邓恩揉了下额头，灰眸凝望着对面的克莱恩道："你突然返回，是不是又遇到了什么非凡事件？"

喂，队长，你怎么一副嫌弃的语气……克莱恩清了清喉咙，毫不犹豫地回答："是的。"

"什么事件？"邓恩·史密斯再次揉了揉额头。

克莱恩条理清楚地回答道："两件事情，一件是我之前去地下交易市场购买符咒材料的时候，发现'怪物'阿德米索尔蜷缩在角落里，害怕得全身发抖。"

在此处，他疯狂地暗示材料费用需要报销。

至于寻找达斯特·古德里安的侦探费用，因为牵涉红烟囱的事情，他反倒不好提及，并且深深地后悔当时没有分别委托给两家侦探社。

邓恩似乎没听出克莱恩话里隐藏的意思，轻轻点头道："阿德米索尔发生了什么事情？"

克莱恩无声地吐了口气，详细描述道："阿德米索尔做了一场梦，梦见满地的血，满地的死人，其中包括他自己，所以被吓得非常厉害。"

邓恩仿佛在思考般缓慢开口道："作为'占卜家'，你觉得这象征着什么？"

"一场灾难，一场波及范围比较广的灾难，但除此之外，没有别的信息，而且阿德米索尔的梦境未必每一个都具备象征意义。"克莱恩斟酌着回答道。

"我将提交给圣堂，看他们会给予什么意见。"邓恩摇头自嘲道，"这不是我所擅长的事情。"

克莱恩也没有别的思路，转而说起了伊丽莎白被怨魂意念纠缠的事情。

"拉姆德小镇……那位小姐是女神的信徒吧？"邓恩思索着问道。

"是的。"克莱恩做出肯定的回答。

"那就没有问题了，你和我现在就去拉姆德小镇，争取在那里享用晚餐。嗯，再带上弗莱，与死尸和鬼魂相关的事件里，他的能力非常有用。"邓恩揉着太阳穴，努力思考自己有没有遗忘什么。

——如果伊丽莎白不信仰黑夜女神，那就必须按照她具体的信仰，将这件事移交给代罚者或者机械之心；要是她的信仰甚至不在三大教会内，则归属于负责郊区的机械之心。

克莱恩没再说话，安静等待了一阵，终于听见邓恩补充道："还有，我们是三个人行动，可以申请使用封印物3-0782。"

3-0782？

克莱恩苦苦思索了一阵，才想起对应的封印物是"变异的太阳圣徽"。

这枚圣徽的超凡效果似乎能维持很久很久，作用是不断净化周围十五米内的死尸和鬼魂，缺点是，还会同时净化正常人的灵魂。

研究数据显示，正常人如果在它十五米范围内待上一个小时，就会变成只知道"赞美太阳"的白痴；非凡者的极限是六个小时；至于鬼魂和死尸，不超过一分钟就会溃散。

咦，队长竟然记得这件封印物的代号……我去，感觉记忆力还不如他了……克莱恩突地一怔，差点找根面条上吊。

就在这个时候，邓恩·史密斯往后一靠，灰眸幽邃地问道："你又去占卜俱乐部了？这两天感觉有变化吗？"

队长，这就是我希望你问的问题！

克莱恩认真点头："我感觉更好了，我甚至认为我现在就能通过圣堂的考察，这是一种无法用语言描述的体会和自信。"

想到刚才的回答可能略有点模糊，他忍不住又补充了一句："也许魔药的名称真的是关键，当我严格按照自己总结出来的'占卜家守则'去做一个占卜师的时候，一切都变得美好和容易，嗯，我已经能够用更加隐蔽的办法开启灵视了。"

邓恩眉头微皱，眸光内收，仿佛在思考般自言自语道："魔药的名称……"

过了十几秒，他重新望向克莱恩道："你是否需要回去告诉家人一声？周日是你值守查尼斯门后的第二天，你本来应该休息的。"

考虑到伊丽莎白是妹妹的好友，而且自己承诺过问题会在一周内解决，克莱恩没有为难地回答道："不需要这样浪费时间，等出发之后，让马车从水仙花街绕一圈就行了。"

"好的，你去找弗莱，我填写申请单，将封印物3-0782领取出来。"邓恩指着斜对面的休息室道。

弗莱是"收尸人"，没有"不眠者"那样充沛的精力，如果有空，往往会睡个午觉。

自己填写申请单，自己签字，自己领取……队长，咱们这管理制度有漏洞啊……克莱恩腹诽了两句，没有开口，拿上帽子退出邓恩的办公室，敲响了斜对面的房门。

咚咚咚的声音重复三次后，弗莱拉开门，难掩疑惑地看着克莱恩道："有什么事情吗？"

因为刚刚还在午睡，他头发有些凌乱，衬衣也穿得不太整齐，冰冷阴沉的气质一下被冲淡了许多。

然而，还是像刚从棺材里爬出来的死人……

克莱恩藏住笑容，非常正经地回答："有一起案子，涉及怨魂，队长希望得到你的帮助。"

"好的。"弗莱下意识抬手，将凌乱的头发抚平，重新变成了"活人勿近"的阴冷者。

等到他穿戴完毕，两人在接待大厅的沙发区域只坐了七八分钟就感觉到四周变得温暖纯净，仿佛在接受太阳圣光的照射。紧接着，他们看见邓恩·史密斯走出隔断，手里拿着一枚半个巴掌大小的古朴徽章。

这徽章呈现暗金色泽，其上绘刻着太阳的象征符号，有一节又一节的线条延伸向边缘，正是来自因蒂斯共和国的封印物3-0782，原名"变异的太阳圣徽"。

因蒂斯正是那个被罗塞尔从帝国改成共和国，又从共和国折腾回帝国的国家，如今它已建立了稳固的共和体制，位于北大陆西岸，与鲁恩王国以间海、霍纳奇斯山脉等标志物为界。

因为从因蒂斯建国开始，永恒烈阳教会就占据了主流，一直压制工匠之神教会直到对方改名蒸汽与机械之神教会，所以，这个国家又被称为太阳之国。

"我们出发吧。弗莱你负责驾车，西泽尔没法承受那么久的圣徽净化。"邓恩沉稳地吩咐道。

西泽尔·弗朗西斯是负责购买和申领物资的文职人员，同时也兼职马车夫，但他是普通人，没法在封印物3-0782十五米范围内待超过一个小时，而从佐特兰街到拉姆德小镇，据克莱恩了解，至少需要两个半小时，这还不包括去水仙花街绕一圈的时间。

"好的。"弗莱没有推辞，只是又一次检查了随身物品是否有遗漏。

当太阳的余晖将小镇教堂的尖顶染上金黄时，从水仙花街绕了一圈的值夜者小队的马车终于抵达了拉姆德。

这座小镇位于廷根西北方向，是附近所有乡村的商贸点，诸多建筑还残留着蒸汽时代前的特色，几乎没有什么工厂。

将马车停放于小镇旅馆的对应位置后，邓恩扫了眼对面的理发店道："我刚才问过本地的居民了，从这里到山上的废弃古堡只需要走一刻钟，据说那属于第四纪末期统治这里的领主，但后来不知道发生了什么，变成了现在的样子。当然，他们的描述都只能归属于民间传说。"

"嗯，我们现在过去，在天黑前解决掉那个怨魂，然后轮流看守3-0782，让它远离普通人？"

从邓恩拿到"变异的太阳圣徽"到现在，已过去了足足三个小时，距离非凡者的极限越来越近，要不了多久，他们就必须分开，给彼此留出恢复的时间。

"好的。"弗莱简短地回答。

"我没有问题。"克莱恩悄然摸了下兜里的"沉眠符咒"与"安魂符咒"。

三位穿着黑色薄风衣、戴着同色礼帽或毡帽的值夜者穿过小镇街道，从岔路走向了附近那座小山。

沿途杂草丛生，灌木密布，但道路相当宽阔，几乎能供两乘马车并行。

没过多久，他们看见了一座外墙坍塌的古堡，看见依旧耸立的外壁之上爬满了绿色的植物，裸露的地方则多有斑驳。

还未靠近那里，克莱恩就感觉到刺骨的阴冷，手臂霍然起了一层鸡皮疙瘩。

"确实有怨魂。"弗莱望着古堡，语气没什么起伏地说道。

邓恩侧头看了某位新晋值夜者一眼，笑笑道："放心，有3-0782，有弗莱，怨魂不会造成太大困扰。"

他一手拿着特制左轮，一手握着"变异的太阳圣徽"，当先迈步，走向了废墟般的古堡。

克莱恩紧跟在后面，时刻准备着扣动扳机，或者砸出手杖，使用符咒。

呜呜呜!

在邓恩距离古堡不到五米、残缺马厩和水井等事物映入克莱恩眼中的时候，一阵能用凄厉来形容的阴冷之风刮了出来，似乎在拒绝不速之客的光临。

三位值夜者没有止步，继续前行，温暖纯净的感觉逐渐驱散了阴冷，占据着古堡的前端。他们踩着堆叠的石块通过坍塌的外墙，缓步进入了失去大门的古堡，踏在破碎的地砖之上。

石柱倒塌、苔藓横生的古堡大厅颇为宽广，但窗户狭小，且位于较高位置，使得采光变成一件艰难的事情，让这里昏沉而阴暗。

这也是第四纪末尾和第五纪初期古建筑的特点……伪历史学家克莱恩本能地做着判断，并隐蔽地开启了灵视。

就在这时，虚幻但刺耳的怒吼爆发，浓郁的黑雾不知从何处陡然弥漫出来，对抗着温暖与纯净的侵蚀。

那片黑雾之中很快浮现了一道高大的身影，穿着黑色全身盔甲，手提一把正常人难以挥动的阔剑。

这个怨魂与克莱恩在伊丽莎白梦里见到的完全一致，两团火焰般的红光穿透面甲的缝隙，冰冷但愤怒地锁死三位值夜者。

"你们打扰了我的沉眠！必须用血与肉来偿还！"

黑甲骑士突地迈步，一下就靠近了邓恩，手中阔剑沉重地往下劈砍。

邓恩早敏捷地往后退开，乒地抬手开了一枪。

当！

银色的猎魔子弹竟没能穿透那虚幻的黑色盔甲，打在上面，发出清脆但不够真实的声响。

克莱恩与弗莱同时往旁边退开，一个单手握枪，瞄准黑甲骑士眼睛位置的两团火光扣动了扳机，一个眼眸转为深沉宁静的灰白，专注地打量着怨魂。

黑甲骑士再次怒吼一声，大步逼近邓恩，横扫出阔剑。

砰！

阔剑没能斩伤邓恩，却将他击飞了出去，重重撞在了门边，撞得口吐鲜血。

伴随着当的一声，3-0782落到了地面，怨魂穿着铁靴的右脚迫不及待地踢过去，将这件不断净化着周围事物的危险徽章踢出了古堡大门，踢出了自身十五米范围。

刚才那一枪没能击中的克莱恩看到这幕，又是担心又是紧张，又感觉奇怪，就像自身在以一种冷静、理智的俯视姿态审视着眼前的变化。

乒！

他又开了一枪，银色的猎魔子弹当地打在了怨魂的面甲之上，打得火星四溅，但未造成明显损害。

"右手手套！"

就在这时，一向冰冷阴沉的弗莱大喊了一声，语气里满是焦急。话音未落，他自己也抬起左轮，瞄准了怨魂右侧的铁手套。

乒！乒！

几乎下意识就按照弗莱话语去做的克莱恩扣动扳机，与对方不分先后地射出了银色猎魔子弹。

这一次，怨魂没再用盔甲硬挡，而是早有准备地竖起阔剑，轻松将两枚子弹格飞了出去。

啪！

怨魂一个迈步，以冲锋的速度奔向克莱恩，直接撞在了克莱恩的身上。

克莱恩倒飞了出去，看到自己胸前凹陷，看到自己正在吐血，却没有一点难受的感觉。

他一下醒悟过来，跌落在地，翻滚惨叫。

突然之间，古堡、怨魂、倒塌的柱子、遍地的苔藓诡异地破碎了，一切又回到了黑雾弥漫，黑甲骑士刚刚出现的时候。唯一的不同是，邓恩双拳紧握，半弓下了身体，灰色的眼眸变得幽黑深邃。

果然，之前的一切都是梦境，队长将怨魂、我和弗莱同时拉入了他的梦境，但我较为特殊，能保持清醒和理智……克莱恩发现自己依旧站在邓恩右手两米的位置，并未吐血，也并未惨叫。

就在这个时候，邓恩直起身体，看着即将劈砍而来的怨魂，冷静开口道："超过一分钟了。"

怨魂愣了一下，接着发出凄厉的惨叫，身体开始不断蒸腾出黑雾，像是收到了死亡宣告。

不到恶灵程度的死尸和鬼魂无法在"变异的太阳圣徽"十五米范围内存在超过一分钟！

我去，队长，你好帅！克莱恩旁观着这一幕，差点脱口呐喊。邓恩使用梦境能力不是为了用主场优势击杀怨魂，仅仅是拖延时间！

温暖纯净的感觉里，黑雾飞快蒸发，阴冷也逐渐消退，没过多久，穿着全身盔甲、拖着巨大阔剑的怨魂骑士彻底变得透明，融入了虚空。

当！

一只黑色铁手套落到地上，表面凝着些许白色冰霜。

克莱恩正待请示队长，问要不要拾取"掉落物品"，但他目光一扫，灵感突然被触动，分隔古堡大厅和餐厅的台阶位置仿佛有强烈而虚幻的痛苦与肮脏在召唤着他！

"那里有点问题。"克莱恩指着分隔客厅和餐厅的那节台阶，严肃慎重地说道。

他在值夜者的内部资料里看到过，灵感中若出现类似情况，往往意味着目标位置隐藏着邪恶、污秽的事物，如果自己没有把握，最好不要轻易尝试触动，否则很容易丢掉生命——有的时候，哪怕仅仅只是看了一眼，都会遭遇不可逆转的伤害。

邓恩跟着望了过去，灵感同样很高的他立刻就发现了不对，侧头看向克莱恩，沉稳地吩咐道："你占卜一下探索那里是否会顺利。"

进古堡之前，队长都没有让我占卜，相当有信心……这说明他认为隐藏在暗处的事物可能比怨魂更加危险……克莱恩无声点头，收起左轮，将手杖递给了旁边的弗莱。

然后，他解下自己袖口内的黄水晶吊坠，用左手持握银制链条，并斟酌出适合的占卜语句。

瞬息之间，他的眼眸转为深色，四周有无形的微风在打旋。

"探索古堡的隐藏地点会很顺利。

"探索古堡的隐藏地点会很顺利。

"……"

默念七遍之后，克莱恩的眼睛恢复正常，看见黄水晶吊坠正在做顺时针转动。虽然幅度不大，但它确实是在做顺时针转动！

这意味着探索将会顺利。

已成为真正的"占卜家"的克莱恩当即对邓恩和弗莱点了下头："危险在可以解决的范围内，或者没有。"

邓恩将"变异的太阳圣徽"戴到左胸，伸手按了下自己的丝绸礼帽，快步走向那节台阶，熟稔地寻找起机关。

已将铁手套拾取的弗莱把手杖还给克莱恩之后，提着左轮，警惕地戒备起四周，似乎害怕有敌人突然冒出。

在值夜者这个领域，我还是不够专业啊……克莱恩打起精神，重新抽出自己的左轮，跟着一起警戒。

过了几分钟，半蹲下去的邓恩·史密斯不知按到了什么，台阶位置顿时发出喀喀喀的沉重声音。

那里的地板裂开，露出了向下的阶梯，阴冷而肮脏的感觉弥漫开来，浓郁得几乎快要凝成实体。

邓恩望了一眼，摘掉胸前的封印物3-0782，直接将它丢进了暗门里。

当当当地跳跃了几下后，"变异的太阳圣徽"不知道在什么位置停了下来。

如果里面有死灵类生物，肯定会把3-0782捡起扔回来……那就有意思了……克莱恩凝视着向下的阶梯，耐心地等待着。

盘旋不去的阴冷与肮脏很快就像冰雪遇到太阳般化去，温暖与纯净笼罩住了暗门入口。

"克莱恩，我们两人下去，弗莱留在原地，防止别的敌人破坏机关。"邓恩经验丰富地做出决定。

"好的。"克莱恩没再怯场，上前两步，走到了邓恩身旁。

弗莱则轻轻点头，没有放松戒备。

哒，哒，哒，邓恩率先沿着阶梯往下，脚步声在寂静中回荡。

他没有准备马灯或者火炬等事物，因为对"不眠者"序列的非凡者来说，黑暗不是阻碍，而是眷顾。在这样的环境里，他们的视线不受丝毫影响。

下行几步，邓恩忽然回头，望向克莱恩道："我忘记你在黑暗中没有视觉了，我习惯不准备那些照明的物品……"

"……队长，你不用在意，我有灵视。"克莱恩发现自己竟然一点也没有惊讶的感觉。

刚才那样帅气的队长果然不是常态！

他的灵视里，前方的黑暗中充斥着灰蒙，虽然非常模糊，但已能让他勉强看到阶梯。

嗯，队长很健康嘛，精神状态也很好……克莱恩小心伸脚，缓步下行。

这段楼梯并不长，斜着往下十四五阶后就触及了地面。封印物3-0782正躺在这里，散发着温暖，传播着纯净，并照耀出微光。

借着这点光芒，克莱恩看得更加清楚了。他环视一圈，发现这是个不算大的地下室，原本的阴凉不见，但潮湿犹存。

地下室的正中央摆放着一具黑色的棺材，上面的铁钉呈暗红之色。棺材的盖子已被推开一道缝隙，能够看到里面躺着一具白骨，无头的白骨。

邓恩先四下看了一眼，才弯腰拾起"变异的太阳圣徽"。

"队长，这具棺材，嗯，它的作用是防止里面的死者变成僵尸或者怨魂……"

克莱恩审视着黑色棺材上那一根根暗红铁钉，观察着它们的排列方式，依靠自己还算不错的神秘学知识辨认出那是一种古老的仪式，预防尸变的仪式。

与此同时，他在心里嘀咕道：但是，正常情况下，谁会没事就提防自己的亲眷尸变？

呃，帮忙下葬的人也不一定是亲眷……嗯，将棺材放在地下室，而不是墓穴里，就是怕被人发现啊……

这时，佩戴好封印物3-0782的邓恩靠拢棺材，仔细看了一阵道："死者应该是中毒死亡的。"

"那有可能是下毒杀害他的人使用了仪式魔法，想防备他尸变以后来报复……这应该是一千三四百年前的事情了吧？他最后竟然还是变成了怨魂……这份意念简直太惊人了！"克莱恩也走到棺材前，道，"他的脑袋呢？那个仪式并不需要割掉脑袋啊……"

邓恩想了下道："我有个推测，这怨魂并非一直存在，而是最近才出现。小镇到古堡只需要步行一刻钟，历代的捣蛋鬼们肯定时常过来，但在这次事件前，并没有出现关于古堡怨魂的传言。"

克莱恩微不可见地点头道："队长，你的意思是，最近有人来到这里，打开棺材，取走了死者的脑袋？

"嗯，那个仪式成功防止了死者尸变，但也将他的怨念锁在了棺材里，变相地保存下来，等到棺材被打开，仪式解除，那些怨念很快就借助自身的铁手套化成了怨魂……

"那个打开棺材的人没有变成一具尸体，看来不是普通人啊……而且他拿走死者的脑袋做什么？"

邓恩凝望着棺材内的白骨尸体道："怨念能存留这么久，除了仪式的原因，应该还有死者自身的缘故。

"他生前可能是非凡者，或者是至少处在中序列的非凡者的两代以内后裔，嗯，我是说以前定义里的中序列，序列6或者序列5。而这样的尸体总有些特殊，他的脑袋或许，或许能在某些仪式、某些场合里派上用场。"

说到这里，邓恩顿了下道："我说的都是推测，但有一部分可以验证。我们等下分头在小镇里做调查，看有谁小时候来过古堡，并在这里受了伤，嗯，如果他还活着，就证明怨魂确实是最近才出现的。"

"富有逻辑的思考方式。"克莱恩赞了一句，又搜查了地下室一遍，没发现别的物品。

他尝试着用仪式魔法描绘出曾经进入地下室的那位"客人"的样貌，但由于相隔至少超过了一个月，且怨魂长期徘徊于此地，影响了环境，没能得到有效的结果。

之后，他替换弗莱下来，让这位尸体领域的专家做更进一步的检查。

十五分钟后，太阳即将消失于地平线之下时，邓恩和弗莱沿着阶梯回到了古堡大厅。

前者摸索着关闭暗门，后者简短描述道："确实是中毒死亡，颈部的痕迹是最近三个月内才出现的。"

这就是说有人来过的可能性很大……克莱恩思索着点头。

接下来，三位值夜者抢在天黑前回到拉姆德小镇，在旅馆订了两间客房——看守封印物3-0782的成员需要带着这件危险物品去镇外无人的地方散步，两个小时轮换一次，所以只需要两间客房。

简单用过晚餐，克莱恩和邓恩、弗莱立刻分头前往小镇各处，询问那些长期居住在这里的居民。

而在类似的情况下，警察的证件分外好用。

"警官，你为什么要询问这件事情？我记得我小时候经常去那座废弃的古堡……受伤？肯定有，小孩子怎么可能没有摔倒之类的情况。我记得，嗯，我被古堡外墙的锋利石头划伤过……"一位四十来岁，黄发柔软的男子疑惑地看着克莱恩，老实地回答着问题。

这是克莱恩询问的第十四位对象，其中有两位清楚地记得自己小时候在古堡受过伤。

队长的推测是正确的……克莱恩做出判断，收回证件，微笑道："感谢你的配合，我没有问题了。"

没拿手杖的他正待离去，那位四十来岁的男子转了下眼珠道："警官，你对那座古堡感兴趣？我家有古堡初代男爵的画像，那是我祖父的祖父的祖父……呃，总之是很久前的事情，他从古堡里拿走了一幅油画，上面据说是初代拉姆德男爵的肖像。

"你想要吗？这可是真正的古董！"

如果是真正的古董，你家早就卖掉了……

这家伙胆子很大嘛，警察都敢骗，等下要不要拔枪吓唬他？克莱恩腹诽两句，抱着看看又不花钱的心态道："谁知道它是不是真的古董，我相信我的眼光和判断。你把它拿出来让我看看。"

那位黄发中年男子立刻堆起笑容，返回房屋，一阵翻找。过了会儿，他抱着一幅油画走了出来。

克莱恩漫不经心地扫过油画上的肖像，看见那位戴着白色卷曲假发的初代男爵五官柔和，皮肤古铜，眼睛里藏着难以言喻的沧桑。

这，好像阿兹克先生啊！

克莱恩的眼睛霍然睁大，下意识望向所谓初代男爵的右耳垂，然后，他看见附近有颗不起眼的黑痣。

这与阿兹克教员的黑痣位置一模一样！

不会吧……难道阿兹克先生就是所谓的初代拉姆德男爵？这可是一千四五百年前的人物了……

不对，怎么肯定画像上的人是初代拉姆德男爵……克莱恩盯着那幅油画，脑海一阵混乱，就像突然发现身边的人全部变成了怪物，或者整个世界只是神灵的一场梦境。

他猛地抬起头，盯着面前的黄发中年男子，伸手从腋下枪袋里取出左轮，沉声说道："这不是古董。如果你不说清楚情况，我将以诈骗罪逮捕你，起诉你！"

他才不管起诉是否归属警察部门，目的只有一个，那就是恐吓对方，获得信息！

与此同时，克莱恩轻叩左边牙齿两下，开启灵视，监控起目标的情绪颜色变化。

黄发中年男子吓了一跳，惊恐含糊地回答道："不，我也不知道它是不是古董……不，我听说它是古董，但我并不懂这些，真的不懂，我甚至不认识多少单词，嗯，单词。"

他眼珠转动，四下张望，似乎想要呼救。但就在这个时候，他看见克莱恩调整了转轮和扳机，摆出一副要击毙反抗的嫌疑人的模样。他唰的一下挺直腰背，再也不敢到处乱看。

"你从哪里得到的这幅油画？"克莱恩内心沉甸甸地问道。

黄发中年男子嘴唇翕动，讨好着笑道："警官，这是我爷爷从古堡里找到的。四十多年前，那里的外墙和二楼房间倒塌，出现了一些物品，以前的人没能找到的物品，其中就有这幅油画……

"不不不，不是这幅油画，原本的油画已经很破烂了，根本没法保存，我爷爷就请人模仿着画了一幅，嗯，就是你刚才看到的这一幅。我并没有骗你，四十多年前的油画确实能算古董……"

"那你确定这是初代拉姆德男爵的肖像？"克莱恩摩挲着扳机，让对方的视线不敢有丝毫移动。

黄发中年男子呵呵笑道："我并不确定，但我推测是。"

"理由？"克莱恩差点被对方的无耻逗笑。

"因为油画上并没有标注名称。"黄发中年难得正经地回答，"就像我被人叫无赖格瑞，我父亲被称呼为卷发格瑞，而只有我爷爷是真正的格瑞一样。"

克莱恩有些无语，无声地吐了口气，道："你爷爷呢？"

"在墓园里，他埋在那里已经快二十年了。他旁边是我父亲，三年前下葬的。"黄发中年男子非常老实地回答。

克莱恩又从别的角度问了一阵后，当着黄发中年男子的面调整手枪转轮，将它放回了腋下枪袋内。

收起警官证件，穿着黑色薄风衣的他转过身体，双手插兜走向旅馆方向，伴着两侧房屋透出的微弱灯光沉默前行。

"不确定那肖像是否属于初代拉姆德男爵……不知道小镇有没有古堡的确切历史记载……但无论怎样，画像上的那位先生肯定是古代人，至少一千年前的古代人……

"他和阿兹克先生除了发型，几乎一模一样，这就是所谓的转世？当初阿兹克先生放弃贝克兰德其他大学的职位，来到廷根，或许就有残余本能的驱使……

"嗯，还有另外的可能性，比如，肖像上的那位就是阿兹克先生，阿兹克先生就是他！"

想到这里，克莱恩悚然一惊，险些被前方的台阶绊倒。

他在被破坏的煤气路灯之下来回踱了几步，结合信息大爆炸时代的见识，根据刚才的猜测做着更进一步的分析："阿兹克先生因为某种原因变成了不死生物，比如吸血鬼，所以从古代活到了现在？

"不对，哪有古铜色皮肤的吸血鬼……而且我和阿兹克先生握手的时候，能清晰感觉到他的体温，感觉到他体内有鲜血在流淌。

"他虽然讨厌南方的炎热，但并不害怕太阳，曾经还顶着烈日和别的老师组队赛艇……

"嗯，还有这么一种可能，阿兹克先生的序列魔药或者别的因素带给了他漫长的生命，而代价就是失去记忆！

"嘶，考虑到他那完全不同的一场场梦境，是否可以假设他的记忆遗失是循环的？每隔几十年，他就会遗忘过去，获得新生，而那一场场梦境就是曾经的他经历过的一次次真实人生……呵呵，我好像看过类似的小说……

"要验证这件事情，光靠占卜可不行，必须找到阿兹克先生那一次次人生存在过的痕迹，没有童年少年，直接从成年开始的痕迹！"

大胆假设小心求证的克莱恩开始倾向于自己的后一种猜测，但"转世"的可能性暂时也无法排除。

他收敛了乱糟糟的念头，认真考虑着是否要将这件事情通报给队长邓恩。

"如果阿兹克先生真是活了一千多年的古代非凡者，那他的实力将比我想象中更加强大……

"他之前提醒我是出于善意，但我找到关于他的过去的线索后，他是否还会保持善意就很难说了……但阿兹克先生对我一直很好，贸然引入值夜者有不小的可能性会危害到他……

"呼，去灰雾之上排除干扰地占卜一次，这才是'占卜家'最应该做的选择！"

克莱恩做出决定，加速返回了旅馆。

趁邓恩和弗莱还未回来，他花费一苏勒，重新开了一间房。

进入房间，克莱恩借助"圣夜粉"制造出灵性之墙，然后逆走四步，穿透疯狂的呓语，来到灰雾之上。

那巍峨宏伟的宫殿安静屹立，古老而斑驳的青铜长桌和二十二张高背椅没有丝毫改变。

克莱恩坐到最上首，让面前浮现出黄褐色羊皮纸和黑色圆肚钢笔。然后，他拿起钢笔，认真书写道：应该将阿兹克先生的事情告诉邓恩·史密斯。

他解下左边袖口内的黄水晶吊坠，做了一次灵摆占卜。这次灵摆占卜是逆时针转动，答案是"不应该告诉"！

放下黄水晶吊坠，一向从心的克莱恩想了几秒，决定再换成梦境占卜法尝试一下，务求稳妥。

而这一次，他的占卜语句变成了"在值夜者内部隐瞒阿兹克先生相关事情的后果"。

拿着羊皮纸，默念完七遍，克莱恩往后一靠，借助冥想，进入了沉眠。

他在那虚幻、朦胧、支离的世界里看见了自己，看见自己正在一片血海里挣扎着下沉。这个时候，一只手伸过来，将他从血海中拉起，而这只手的主人正是肤色古铜、耳朵附近有细小黑痣的阿兹克。

画面破碎又重组，克莱恩看见自己置身于一座黑暗阴冷的陵寝内，周围的棺材一具具敞开。阿兹克站在他的身边，凝望着最前方，似乎在寻找什么……

就在这时，克莱恩一下退出了梦境，重新看见虚幻、灰白、无垠的雾气。

"刚才那梦境的象征意义是，如果我替阿兹克先生隐瞒相关的事情，那将来我陷入某次危机的时候，会得到他的帮助，呵，这危机可能正是因为帮忙隐瞒才出现的……

"最后的画面是什么意思？我将和阿兹克先生一起探索某处陵寝？嗯，陵寝或许有另外的象征意义……"克莱恩双手交叉，抵住下巴，解读着刚才梦境占卜的内容。

结合先前灵摆法的结果，他已经决定不向队长汇报自己的猜测，只大概提一句，有位镇民拿出了据说是初代拉姆德男爵的肖像，肖像和霍伊大学的历史教员阿兹克颇为相似——克莱恩无法肯定邓恩会不会从别的地方听说这件事情，所以必须交代一下。

当然，没有阿兹克的诉说，不知道他那一场场奇怪的梦境，与对方并不熟悉的邓恩很难联想到什么，克莱恩甚至怀疑队长已经不太记得阿兹克教员的长相了。

想到这里，他收敛住想法，打算离开灰雾之上。

可就在这个时候，克莱恩发现那颗安静许久的深红星辰再次出现微弱的收缩和膨胀。

他颇感兴趣地延伸灵性，又看见了之前那位说巨人语的少年，看见他跪在一个纯净的水晶球前方。

这位少年依旧穿着不同于北大陆各国风格的黑色紧身衣，容貌模糊而扭曲，只隐约显现出棕黄色的头发。他跪在那里，语气异常痛苦地不断祈求着。

克莱恩侧耳倾听，靠着总算入门的巨人语勉强听懂了对方在说什么。

"伟大的神灵啊，请重新将目光投向这个被您遗弃的地方。

"伟大的神灵啊，请让我们这些黑暗之民摆脱那宿命的诅咒。

"我愿意将我的生命奉献给您，用我的鲜血取悦您。

"……"

被遗弃的地方……黑暗之民……伟大的神灵……

克莱恩默念着这几个关键词语，忽然想起了"倒吊人"提过的一个地方：神弃之地！

罗塞尔的日记里也曾经提到过！他还派出了船队寻找，但没有收获……克莱恩眼睛微眯，不知道自己的猜测是否正确。

他用手指敲着青铜长桌的边缘，三下之后，他有了决断，伸出右手，触碰向那颗虚幻的深红星辰。

那团深红立刻爆发开来，光芒如水流淌。

白银之城，停尸大厅。

戴里克站在台阶前，双眼发红地看着前方，看着分别躺在两具棺材里的父母。

他身前的石板上插着一把银色的简朴直剑，在时不时震得房屋颤抖的雷声里轻微摇晃着的直剑。

棺材内的伯格夫妇还没有真正死去，他们努力睁着双眼，时而微弱时而剧烈地喘着气，但在某些人眼里，他们的生命光彩已无法遏制地变得暗淡，难以逆转的暗淡。

"戴里克，动手吧！"一位身穿黑色长袍、杵着坚硬手杖的老者望向脸庞近乎扭曲的少年，沉声说道。

"不，不，不！"棕黄色头发的戴里克连续摇头，每说一个单词就退开一步，到了最后，更是发出撕心裂肺的惨叫。

咚！

那位老者杵了下手杖道："你想让全城的人都为你父母殉葬吗？"

"你应该很清楚，我们是被神遗弃的黑暗之民，只能生活在这充满诅咒的地方，所有的死者都会变成恐怖的恶灵，不管用什么方法，都难以扭转，除了，除了有同样血脉的人亲手终结他们的生命！"

"为什么？为什么？"戴里克茫然又绝望地摇头问道，"为什么我们白银之城的子民，一出生就注定要弑父杀母……"

那位老者闭了闭眼睛，似乎想起了过往所经历的事情："……这就是我们的宿命，这就是我们背负的诅咒，这就是神的意志……

"拔起你的剑，戴里克，这是对你父母的尊敬。之后，等你平静下来，你就可以尝试成为神血战士了。"

棺材里的伯格想要开口，可胸部起伏了几下，只能发出嗬嗬的声音。

戴里克艰难地迈步，回到银色直剑的旁边，颤抖着伸出右手。

冰凉的触感传入他的大脑，让他一下想起了父亲外出狩猎时带回来的血冰，仅仅手掌大小的一块就能让房间里凉爽好几天。

他的眼前闪过了教导剑术时严厉的父亲，闪过了拍去自己背部灰尘的和蔼的父亲，闪过了缝补着衣物的温柔的母亲，闪过了面对变异怪物时挡在自己身前的勇敢的母亲，闪过了一家人围在一起就着摇曳的烛火分享食物的画面……

呜……他喉咙里发出一声压抑到极点、低沉到极点的声音，右手猛地用力，拔起了直剑。

噔噔噔！

他埋着头冲向前方，高举起直剑，重重扎了下去。

啊！

伴随着一声痛苦的惨叫，鲜血溅了出来，溅到了戴里克的脸上，溅到了他的眼睛里。

他视野内一片鲜红，拔起直剑，又扎入了旁边那具棺材。

锋锐的直剑穿透了肉体，戴里克松开手，摇摇晃晃地站起。他没有去看两具棺材内的情况，就像被恶灵追逐着一般跌跌撞撞跑出了停尸大厅，他的双手紧紧握着，他的牙齿狠狠咬着，他脸上的血红被冲出了淡淡的痕迹。

"哎……"旁观着这一切的老者叹了口气。

白银之城的大街上竖立着一根根石柱，石柱之上悬挂着灯笼，灯笼里面放着并未点燃的蜡烛。

这里的天空没有太阳，没有月亮，没有星星，只有不变的黑暗和撕裂着一切的闪电。

靠着闪电的照耀，白银之城的子民们来往于昏暗的道路上，而每天闪电平息的那几个小时，则被他们认为是传说中真正的夜晚，这个时候，就需要蜡烛来照亮城市、驱散漆黑、警戒怪物了。

戴里克双眼发直地穿行于大街上，根本没去想目的地是哪里，但他走着走着，发现自己竟然回到了家门口。

掏出钥匙，解开挂锁，推动房门，他看见了熟悉的一切，却没有听到母亲关切的声音，也没有受到父亲对他乱跑的责骂，屋子内空荡而冷清。

戴里克再次咬紧了牙齿，快步回到自己的房间，再次翻找出那个据父亲说是一个被毁灭许久的城邦用来祭祀神灵的水晶球。

他跪了下去，面对着那个水晶球，没抱什么希望地祈求起来，痛苦地祈求起来：

"伟大的神灵啊，请重新将目光投向这个被您遗弃的地方。

"伟大的神灵啊，请让我们这些黑暗之民摆脱那宿命的诅咒。

"我愿意将我的生命奉献给您，用我的鲜血取悦您。

"……"

一遍又一遍，正当他完全绝望，想要站起时，却看见那纯净的水晶球内爆发出一团深红的光芒。

这光芒像是流水，瞬间淹没了戴里克。等到初步恢复知觉，他发现自己正站在一座由巨大石柱撑起的巍峨宫殿里，面前是一张古老而斑驳的青铜长桌，长桌的对面则坐着一位笼罩着浓郁灰雾的人影。

除此之外，四周虚无、缥缈、空荡，地面则弥漫着看不见边际的灰白雾气和一个个不真实的深红光点。

戴里克心底有朵名为希望的火焰被点燃，他茫然又疑惑地望着高踞于前方席位上的人影道："你，您是神灵？"

问完之后，他霍然想起白银之城通识书籍里的一句话，连忙低下了脑袋。

那句话是："不可直视神！"

克莱恩向后一靠，双手交握，姿态悠闲而轻松地用巨人语回答道："我不是神灵，我只是一个对漫长历史感兴趣的愚者。"

早就轻叩了左边牙齿两下的他发现眼前少年的以太体深处，星灵体表层，颜色斑驳，没有统一。

这说明对方还不是非凡者。

愚者……戴里克咀嚼着这个单词，沉默许久才艰难说道："不管你是神灵，还是愚者，我的祈求都不改变。我希望白银之城的所有人摆脱宿命的诅咒，希望天空中出现……出现那些书籍里描述的太阳，如果……如果可以，我还希望我的父母能够复活。"

喂，我不是许愿机……克莱恩松开双手，笑笑道："我为什么要帮助你？"

戴里克一下愣住，好半天才道："我会奉献我的灵魂，我会用我的鲜血取悦你。"

"我对凡人的鲜血和灵魂没有兴趣。"克莱恩微笑着摇头，看着前方少年的情绪一点点变成绝望的颜色。

不等对方再次开口，他悠然说道："但我可以给你一个机会。

"我是一个喜欢等价交换的愚者，你可以用你能获得的一切从我这里，从和你相似的其他人那里得到你想要的事物，注意，必须价值相当……

"这能让你变得强大，也许有一天，你可以依靠自己，让白银之城摆脱诅咒，让天空重现太阳。"

依照对方刚才的描述，他有一定把握可以确认白银之城就在所谓的神弃之地。

当然，他暂时还无法百分之一百确定，毕竟按照宗教典籍记载，天空没有太阳的状态还存在于第一纪——混沌纪元，毕竟谁也不知道除了神弃之地，是否还有北大陆诸国不知道的奇怪地方。

戴里克静静听着，沉默地低下头，过了一阵才回答道："我想成为'太阳'，想从您那里得到它初始序列的魔药配方。"

序列，魔药，"太阳"……永恒烈阳教会掌握的序列途径……看来确实在同一个世界……

而"序列"这个单词诞生于第一块亵渎石板出世之后，也就是第二纪黑暗纪元的尾声……换句话说就是，如果白银之城真在神弃之地，那表明这片地域至少是在第二纪尾声才与南北大陆分隔……

这会不会和第三纪的灾变有关？传说里，黑夜女神、大地母神、战神出世，和风暴之主、永恒烈阳、知识与智慧之神一起庇佑人类渡过那场灾变……克莱恩从对方的话语里得到了不少信息。

不过他听得很辛苦，组织语言更加辛苦，因为他的巨人语还不是那么熟练。

幸运的是，古弗萨克语直接衍生自巨人语，而在这方面，克莱恩勉强算得上专家，所以，他在巨人语的掌握上进度飞快，如今才不至于露怯。

克莱恩保持着姿态不变，语气平淡地回答道："这个交易可以放在之后进行，接下来两天，你最好不要出门，尽量不要和其他人待在同一个房间。"

他不知道白银之城的时间单位是什么，更不清楚要怎么与北大陆鲁恩王国的时间进行换算，只好笼统地表述为"接下来两天"，等到塔罗聚会之后，再告诉对方，以后就这个时间点，就这个……

至于"天"这个单位，因为巨人语里就有，克莱恩认为白银之城就算没用它来计数，对方也应该懂是什么意思。

"……好的，遵从您的吩咐。"戴里克低头回答，没有提出异议。

克莱恩暗自松了口气，手指轻敲桌缘道："在送你回去之前，让我们先完成刚才的等价交换，我给了你强大的机会，你也要付出相应的代价。

"我说过我是一位爱好漫长历史的愚者，我索取的交换物是白银之城的历史，你所了解的那些。"

戴里克想了想，嗓音低沉地回答道："我会如实描述的。"

"从创造一切的主、全知全能的神遗弃这片土地开始，白银之城就已经存在，不，在此之前，它就存在，只不过还叫作白银之国。"戴里克说着。

创造一切的主……全知全能的神……

克莱恩往后一靠，保持高深的姿态，在心里重复着白银之城那个少年话语里的关键词。

对于"创造一切的主"，克莱恩并不陌生，《风暴之书》《夜之启示录》和民俗传说里的那位造物主就有类似的称谓，极光会等隐秘组织信奉的真实造物主也被冠以相同的描述。

但"全知全能的神"，克莱恩还是第一次在这个世界听说。不管是黑夜女神，还是风暴之主、蒸汽与机械之神，都没有声称自己无所不知，无所不能。

如果，如果白银之城真在神弃之地，神弃之地真属于这个世界，"全知全能的神"或许就是古老年代里那些生灵对造物主的尊称……

克莱恩若有所思地望着对面的少年，望着他那悲伤痛苦的情绪颜色。

戴里克感受到"愚者"的注视，不由自主地将脑袋压低了一点。他回忆着书籍的内容和父母讲述的传说，缓慢又悲痛地说道："当太阳从天空消失，当云朵被撕出缝隙，当闪电和雷霆成为主宰，藏在黑暗深处的怪物们突然出现。它们是那样的恐怖，那样的无法想象，让白银之国的城市一个又一个被毁灭……人类的深暗时代来临了。

"残余的强者汇聚于白银之城，依靠团结起来的力量和两件神奇的物品，终于抵御住了黑暗之物的进攻，并逐渐肃清了普通人类一天路程内的区域，建立起庇佑着人类文明最后火光的城邦。"

标准的教科书式说法……克莱恩忍不住在心底评价了一句。

对方的描述总让他感觉白银之城所在的区域和北大陆不在一个世界。或许这就是神弃之地的特殊之处？他没有丝毫情绪外露地想道。

戴里克缓了口气，继续说道："在最初的几十年里，植物无法生长，白银之城严重缺乏食物，只能靠猎杀有肉体的黑暗怪物和某些变异的动物来充饥，人口开始难以遏制地飞快下降。幸运的是，后来找到了'黑面草'，它能在这种环境下顽强生存，成了我们可靠而稳定的食物来源。

"它被认为是伟大的神明留下的最后眷顾，让白银之城一代又一代地坚持了下来，在深暗时代坚持了两千五百八十二年。

"这是历代首席记录下来的时间，白银之城的其他子民则以闪电较多时为白昼，以闪电平息时为黑夜，一个交替为一天……因为这时常混乱，所以我们无法掌握准确的天数。"

真是奇特的地方啊……

克莱恩庆幸自己刚才没有想当然地说"明天"，而是较为含糊地描述为"接下来两天"。

戴里克简略讲完白银之城历史上值得铭记的几件事情后，转而说道："人口恢复到一定程度后，非凡者的数量也随之增加，六人议事团开始组织精英小队去探索黑暗。

"到最近，到今天，我们已经探索完原本的国土和附近的城邦，正向着更浓重更可怕的黑暗深处前进。在那里的边缘，我们发现了不少风格奇特但遭遇了毁灭的城市，我们怀疑这是残存的其他人类建立的庇佑所，遗憾的是，它们最终依然被黑暗之物吞噬了。"

他所说的"黑暗之物"应该是指藏在黑暗深处的、各种各样的、正常人难以想象的怪物……克莱恩微不可见地点头。

"白银之国曾经处于巨人王庭的统治之下，所以我们掌握的非凡链条正是'巨人'途径，我们又称它为'神血战士'途径……

"我们在杀掉某些怪物时，在探索那些被毁掉的城市时，又获得了一些其他序列的魔药配方，但链条并不完整，有着或多或少的残缺。"戴里克开始介绍白银之城现在的状况。

听到这里，克莱恩顿时精神一振，虽然姿态没有什么改变，但他明显更加专注了。

我最喜欢了解序列魔药相关的事情！巨人王庭……白银之城和北大陆属于同一段历史？第二纪的历史……

嗯，击杀怪物会掉落配方？这是玩游戏吧？

不，还有一种可能性，就是那些怪物曾经是人类，是非凡者……克莱恩忽然有了点沉重的感觉。

戴里克见"愚者"没有表示，咬了咬牙齿，斟酌着继续道："'巨人'途径的魔药配方名称依次是序列9'超凡战士'，序列8'角斗士'，序列7'武器大师'，序列6'黎明骑士'，序列5'守护者'，序列4'猎魔者'，更高序列的名称则只有六人议事团的长老才知道。"

序列4"猎魔者"……这就是高序列魔药配方的名称？这还是我第一次知道类似的事情！

克莱恩因自己总算掌握了一个高序列强者的"称号"而感觉欣慰，但他怀疑这是古代的名称，与北大陆目前的描述有区别，就像"风暴牧师"与"航海家"的区别一样。

嗯，"超凡战士""角斗士""武器大师"……有点耳熟啊……对了，战神教会掌握的完整序列和这个很像！序列9"战士"，序列8"格斗家"，序列7"武器大师"！

因保密权限的问题，克莱恩只知道战神教会完整序列前面三个配方的名称，但这不妨碍他将两者等同。

从核心意思来看，基本一致……战神教会掌握的完整序列原来是所谓的"巨人"途径……这位据说在第三纪，也就是灾变纪元才出现的神灵继承了巨人王庭的遗产？或者祂本身就是一位远古巨人？克莱恩一边做着分析和判断，一边保持着目光的淡然。

戴里克又介绍道："渡过最初的艰难以后，白银之城一直由六人议事团统治，在里面处于最高位的长老被尊称为首席，其余五位则不分高低……

"当前的六人议事团由三位'猎魔者'、两位最有潜力的'守护者'和一位'牧羊人'组成。"

我的天，白银之城有三位高序列强者！半神半人的强者！这单独拎出来一个都能灭掉塔罗会几百次了……克莱恩听得一阵心虚，他还没试过在高序列强者的眼皮底下"拉人"。

不过，考虑到对面的少年还只是普通人，连序列9都不是，很长时间内肯定不会受到高位者的关注，他又放下了心。

"牧羊人"，这是另外序列里的？不完整的那些序列……听起来和极光会的风格很像啊。那位，那位我忘记名字的极光会成员在写给Z先生的信里，就一直在提"主的羔羊"……

克莱恩维持住悠闲的姿态，状似随意地开口问道："牧羊人？"

"是的，这是我们从那些被黑暗之物毁灭的城市里找到的序列途径，只到序列5'牧羊人'，但……但洛薇雅长老非常强大，非常诡异，非常可怕，据说曾经对抗过高序列水准的恶灵且没有受伤，所以，在六人议事团的席位出现空缺后，她破例成了长老。"戴里克隐有些恐惧地回答。

克莱恩想了想，微笑着问道："'牧羊人'的前置序列是什么？我对此感觉熟悉，你知道的，历史里的称呼和现代的名称总会有不同。"

"在白银之城，魔药的名称从未改变。"戴里克本能地反驳了一句，接着低下头道，"序列9'秘祈人'……"

果然！

克莱恩因自己的猜想得到了证实而满意——这就是极光会的序列9名称！

"序列8'耳语者'，序列7'隐修士'，序列6'蔷薇教士'，序列5'牧羊人'。"戴里克将自己知道的情况原原本本讲述了出来。

"耳语者""倾听者"，差不多……嘿，我可比值夜者廷根分部的资料了解得更多了……克莱恩心情不错地示意戴里克继续。

戴里克又大致描述了白银之城的现状，最后忍不住再次说道："我们承受着宿命的诅咒，不管普通人，还是非凡者，死后都会变为恶灵，只是非凡者化成的恶灵更诡异，更恐怖，更难对付。历史上，这个诅咒好几次让白银之城差点毁灭，唯一的解决办法是，由同样血脉的人亲手终结将死者的生命。"

"真是一件残忍的事情，希望你能强大起来，找到让白银之城的子民摆脱诅咒的办法。"空架子的"愚者"克莱恩只能给对方灌不要钱的鸡汤。

"所以，我想成为'太阳'，成为'太阳'……在还有太阳照射大地的时候，我们并没有遭遇什么诅咒。"戴里克艰难又痛苦地低语道。

克莱恩微微点头道："你会有机会的，记住，接下来两天，我随时会再次将你拉入这里，你尽量避免和其他人待在一起。"

"好的。"戴里克沉声回答。

"在此之前，你需要确定你的代号。"克莱恩笑着指向青铜长桌的表面，那里已具现出一副塔罗牌。

他相信对方肯定没有接触过这种事物，于是略略介绍道："选取一张牌做你的代号，'愚者''正义'和'倒吊人'除外。"

戴里克上前两步，翻了翻那副塔罗纸牌，几乎没什么犹豫地说："'太阳'，我选'太阳'。"

"记住你的选择，它将伴随你一生。"克莱恩熟稔地用神棍语气说道。

与此同时，他将手一伸，非常有自制力地中断了联系，然后看着深红的光芒缩回，看着对面的少年化作虚影，点点消散。

…………

眼前的深红消散，戴里克·伯格再次看见了自己的卧室，看见了那个纯净的水晶球。

咔嚓！

水晶球从内至外地碎裂了，或化成一片片虚幻的光芒飞入周围的虚空，或噼里啪啦落了一地，点点皆是晶莹。

戴里克呆愣沉默地望着这一幕，从旁边铜镜的倒影里发现自己脸上的血痕斑驳错落，发现自己右掌的背面有深红的光芒内旋，凝出了一个放射着根根线条的圆形。

这奇怪的符号转眼就钻入了他的手背，彻底消失不见。

戴里克怔了十几道闪电照亮天空的时间，终于从梦境一般的迷茫里清醒了过来。他望了望地上的水晶球碎片，又瞧了瞧自己右手手背，目光逐渐变得深沉。

走出卧室，回到客厅，戴里克打开大门，抬头看向白银城上方的那片天空。

一道闪电划过，万物蒙上了银辉，紧接着，世界在滚滚雷声里归于黑暗，没有一点光芒的黑暗，深沉凝重到让人绝望的黑暗。

戴里克的双手握成了拳头，眼中看不见喜悦，依旧残留着悲伤和痛苦。

但他已不再茫然。

第十二章
CHAPTER 12
✦ 灰雾之上的交易 ✦

呼，又忽悠到了一个成员，不，又发展了一个成员……克莱恩失笑地摇头，自嘲着塔罗会目前的实力：作为首领的"愚者"，竟然才只有序列9，刚消化完"占卜家"魔药！

而"太阳"口中那个看不见一点希望的白银之城至少拥有三位序列4的高品阶强者！

"再铺垫一次，就可以向队长说明情况，提出特别申请了。一旦成为'小丑'，我至少不再只是辅助。"克莱恩没有停留，延伸出灵性，包裹自身，往下急坠。

穿透灰雾，闯过呓语，他回到了房间，解除了灵性之墙。

接着，克莱恩拿起钥匙，拉门而出，先去邓恩订的两个房间看了看，确认队长和弗莱还没有回来，然后走到一楼，将钥匙推给了老板。

老板瞄了眼侧面的壁钟，对他竖起了拇指："干得不错！"

喂，你以为我开个"钟点房"是做什么？克莱恩张嘴想要解释，可最终还是决定让对方继续误会。

他颇感委屈地在心里自我安慰道：嗯，这样他就不会长舌头地在队长面前提到我另开了一间房的事情！

又故作姿态地出去转了一圈后，克莱恩做了个快速占卜，然后根据结果返回旅馆，直奔二楼，意料之中地看见邓恩和弗莱正在其中一个房间内交流着刚才的调查情况。

"可以确认，怨魂是最近两三个月才出现的。"邓恩看了眼开门进来的克莱恩，点头给出了结论。

克莱恩立刻附和道："我的调查也证实了这一点……"

他将之前的问话拣重点讲述了一遍，末了道："呵，有位叫无赖格瑞的镇民还声称自己家里拥有初代拉姆德男爵的肖像，说那是一千多年前的古物油画。"

"你不会花钱买下了它吧？"邓恩灰眸闪烁，怔了一下，直接反问道。

队长，你以为我是那么容易被骗的蠢货吗？克莱恩干笑道："没有，并没有。虽然我只是历史系的学生，但也听过一些考古系的课，在这方面拥有一定的经验，能初步鉴别真假，呵，那幅油画上的人很像我的历史教员阿兹克先生。"

他用随口一提的不在意的态度讲出了最关键的事情。

邓恩果然没有关注这一点，揉了揉眉角道："这种有古代遗迹的小镇总是充满了各种各样的古董，我刚才就遇见了贩卖拉姆德男爵银制酒杯的镇民。"

"有人向我兜售拉姆德家族的徽章，说是从古堡里挖出来的。"弗莱附和道。

克莱恩下意识就问了一句："你没买吧？"

弗莱看着他，他看着弗莱，双方再也没有继续这个话题。

"接下来的任务是，已恢复过来的你或者弗莱，拿着封印物3-0782去镇外没人的地方，否则大半个旅店的人都要变成只知道'赞美太阳'的白痴了。你先，还是弗莱？"邓恩灰眸幽邃地望着克莱恩道。

"我。"克莱恩稍微举了下手，笑笑道，"现在还不算迟，我回来可以睡个好觉。是两小时轮换一次吧？"

"是的，弗莱，你和克莱恩一起过去，确认下交接的地点。"邓恩侧头看向"收尸人"弗莱——分开调查的中途，他已找机会将封印物3-0782交给了弗莱，否则他早就被净化了身心，开始赞美太阳，而弗莱由于恢复时间不够，目前只能再支撑三小时。

"好的。"弗莱从黑色薄风衣的内侧取下那枚"变异的太阳圣徽"，伸手递给了克莱恩。

克莱恩相当好奇地接过，只觉徽章的金属触感温润，内部像是有热水在流淌。那温暖和煦的光芒仿佛涟漪，一层一层地往外蔓延，带来纯净的感觉。

与此同时，克莱恩只觉这枚有太阳符号的暗金色圣徽在不断地冲刷着自己的灵性，除去杂质，留下纯粹。

果然，封印物都有非常坑的一面，稍不留神就会死人，或者比死了更悲惨……他暗自嘀咕一句，将封印物3-0782戴到了衣物内侧。

确认好左轮、符咒和手杖的状态后，他与弗莱结伴走出房间，离开旅馆，直奔拉姆德小镇的外面。

稀疏而冷清的树林旁，两人绕了一圈，确认周围几十米内都没有活人。

"如果有谁靠近，就将他赶走。"弗莱冰冷阴沉地提醒了一句，"两个小时以后，我来接替你。"

"没有问题。"克莱恩微笑着回答。

目送弗莱走入小镇，他找到刚才瞧好的半高石头，摘下旁边的树叶，擦了擦石头表面。然后，他用手指摸了一下石头顶部，就着绯红的月光观察了指头几眼。

确认无误，克莱恩撩起黑色的薄风衣，一屁股坐了下去。

能坐着就不要站着！他心里默默补充道。

平静了几分钟，克莱恩望了望昏暗寂静、幽深可怕的小树林，忍不住站起身，从衣物内侧的一个个暗袋里掏出了不同的金属小瓶，绕着石头撒了一圈草药粉末，倒了一些精油纯露。

紧接着，他用赫密斯语诵念出一段咒文，借助材料，喷薄灵性，密封了自身所在的区域。

他这个简单仪式的目的有两个：一是不依赖"占卜家"对危险的预感，防备有死尸和鬼魂偷袭自己；二是，二是，驱散蚊虫……

比花露水的效果好一百倍！克莱恩满意地重新坐下。

无聊地呆坐了几分钟，他颇为好奇地取下封印物3-0782，仔细审视起这枚"变异的太阳圣徽"。

不知道能不能占卜出它的来历和"特殊"的源头……

忽然，克莱恩闪过了一个有趣的想法，于是拿出随身携带的纸张和吸水钢笔，书写下占卜语句：我手中变异太阳圣徽的来源。

——作为一名合格的、真正的"占卜家"，克莱恩早就为随时随地占卜做足了准备。

默念占卜语句七遍，他闭上双眼，进入冥想状态，以此为跳板，开始了自身的梦境。

梦境里，他只看见了一片纯粹的光芒，除此之外，再没别的收获。

"嗯，教会以前肯定找别的'占卜家'试过，资料上没有来源，就说明并未获得有效的信息，就像我刚才一样……"克莱恩叹了口气，转而想道，"不知道排除掉干扰，会有什么结果？"

这个想法刚一浮现，立刻就占据了他的大脑，让他的好奇心达到了顶点。

犹豫了十几分钟之后，他见夜色宁静，四下无人，自己又在小树林的隐蔽处，不会被路过者看到，于是站了起来，在灵性之墙内逆走四步，再次进入灰雾之上。

巍峨雄伟的宫殿里，克莱恩坐在古老长桌的最上首，让面前具现出黄褐色的羊皮纸、黑色的圆腹钢笔和那枚"变异的太阳圣徽"。

"感觉挺真实的……"他拿起封印物3-0782掂了掂，只觉形状和触感都与外界一样。

直接依靠我的感受具现？克莱恩嘀咕一句，重新写下了之前的占卜语句：我手中变异太阳圣徽的来源。

默念完七遍，他拿着羊皮纸和封印物3-0782，往后一靠，进入了梦境。

灰蒙蒙的虚幻世界里，克莱恩看见了一滴金色的、温暖的、光明的液体。它悬浮于祭台之上，面前立着一位穿白色古典长袍的男子。

这男子失去了所有的生命气息，只露出一道背影。

那背影缓缓倒下，倒向了祭台，这个时候，他握着的太阳圣徽触碰到了那滴金色的液体，液体迅速渗透了进去。

克莱恩看到这里，梦境飞快淡去，苏醒了过来。

"原来是因为融合了那滴金色液体，这枚圣徽才能一直有效，无法被控制，嗯，至少从它被发现到如今已过去了几十年，净化的能力始终没有衰退……不知道那滴金色液体究竟是什么……某种高品阶的非凡材料？"克莱恩把玩着手中具现的封印物3-0782，陷入了深深的沉思。

考虑了几分钟，他尝试着根据梦中的感受，让具现的"变异的太阳圣徽"反向分离出金色液体。

刚萌生这个想法，相应的场景就呈现出来了。克莱恩震惊又愕然地看着面前那枚不再那么温暖与纯净的徽章，看着那滴静静悬浮的金色液体，对灰雾之上的神秘空间有了更高的评价：这足以称得上神奇了，哪怕只是分离具现出来的虚幻物品！

他相当兴奋地写下了新的占卜语句：这滴金色液体的来源。

默念七遍占卜语句后，克莱恩拿着羊皮纸，握住虚拟的金色液体，往后靠向椅背。

他不知道依靠这纯粹凭借感觉分离具现出来的物品是否可以进行占卜，只能大胆假设，小心求证。

没过几秒，克莱恩眼眸转深，由褐变黑，进入了冥想状态。他的眼皮垂了下来，看见了虚幻而朦胧的梦境。

那片灰蒙蒙且呈现支离破碎模样的世界里，突然跃出了一轮金色的、耀眼的太阳！

一道低沉的哼声隔着无尽的虚空传来，纯粹明净的光芒瞬间点燃了一切，金色而灼热的火焰疯狂席卷往外。

轰！

克莱恩一下脱离了梦境，浑身颤抖着翻倒向侧方，身体已然变成了火炬，正熊熊燃烧。

此时此刻，他的思绪完全狂乱，没有一个正常念头浮现。

轰隆隆！

灰雾之上的神秘空间出现剧烈的摇晃，巍峨宏伟的宫殿一寸寸坍塌，古老而斑驳的青铜长桌被砸出坑洞，裂成了几段。

这可怕的变化只维持了三秒钟，灰雾之上又恢复了寂静，仿佛什么都没有发生过一样。

克莱恩身上的金色火焰也逐渐熄灭，他全身焦黑地翻滚着，惨叫着，直到思考的能力初步回归，才撑住高背椅的扶手，艰难地站了起来，对刚才的遭遇又惊恐又茫然。

在此之前，他完全没想过仅仅一次占卜会带来这样的后果！

他喘了几口气，抬头环顾四周，发现亘古不变般的巍峨宫殿和古老长桌都遭到了破坏，这对从来没发生过异常的灰雾之上来说，简直是前所未有的伤害。

"这究竟是怎么回事？我的占卜是不是指向了某位不可思议的存在？"克莱恩稍微恢复了一点，边让身上的焦黑脱落，边对事情做着猜想，"要不是有灰雾之上这片神秘空间挡着，我恐怕已经连灰都不剩了……难道那滴金色液体是神血？我刚才看见了永恒烈阳，或者祂麾下的强大天使？不，那是一轮太阳，我感觉更像前者……我去，难道我直视了神灵？"

克莱恩越想越是后怕，觉得自己险些就交待了。

"真是无知者无畏啊，不作死就不会死……以后不能什么东西都拿来占卜一下，谁知道会看见什么！

"再来一次的话，我真不知道这片神秘空间还能不能帮我挡住最致命的伤害……到时候就死透了……

"嗯，如果继续用金色液体尝试，肯定是不行的，刚才那疑似永恒烈阳的存在，也是受到了灰雾之上占卜隐秘、诡异和突然的影响，没来得及做出更多反应……如果祂有了准备，这片神秘空间恐怕真挡不住……"

想到这里，克莱恩的身影恢复了正常，不再焦黑，但相比之前暗淡虚幻了几分。

他抬手揉了揉太阳穴，在脑海中给出恢复宫殿和长桌的想法。那巨人居所般的宫殿和青铜铸就的长桌瞬间复原，一切又回到了之前的样子。

克莱恩坐了下来，靠住椅背，自嘲一笑道："这也不完全是坏事，至少我弄清楚了这片神秘空间的极限大致在哪里，有了确定的目标……只有接近神灵的天使才能完全撬动灰雾之上的力量吧？

"哎，我的'占卜家守则'必须再添加一条内容了：不得随意占卜可能涉及高位格生物的事情。嗯，也不要乱开灵视，如果直视了什么不该直视的东西，或许就当场Game Over（游戏结束）了，在外界可没有这片神秘空间为我抵御绝大部分不好的影响……"

又缓了几秒，克莱恩的表情突然变得古怪，因为他脑海里在回荡着一些知识。

对，知识！

刚才与那位疑似永恒烈阳的存在接触的短短瞬间，克莱恩是一直处于占卜状态的，所以本能地从对方身上占卜出了一些事情和知识。

他赶紧用梦境占卜的技巧回忆和整理了不在最初目的内的收获，拿起具现出来的黑色圆腹钢笔，一条一条写道：

1. 不可直视神。

2. 纯白天使。

3. "日炎符咒"的制作技巧……这是相对比较高级的太阳领域符咒，效果能维持一年才衰减……可以不用举行仪式向永恒烈阳祈求，而是用封印物3-0782代替，从这枚"变异的太阳圣徽"内窃取力量……

4. 对风暴之主、知识与智慧之神非常敌视。

5. "歌颂者"魔药配方：主材料是结晶太阳花1朵或成年火石鸟的尾羽1根或纵火鸟的尾羽1根……海妖之石1块或者歌唱葵1朵……辅助材料是仲夏草1根、七月酒汁液5滴、精灵暗叶1片。

6. "祈光人"魔药配方：主材料是光辉石1块或者炽白之魂的粉末或者……镜獍的血液或者熔浆巨怪之心……辅助材料是金边太阳花1朵、附子汁液3滴……

7. "光之祭司"魔药配方：缺主材料，辅助材料有迷迭香5克、金手柑汁液7滴、岩水……

8. 序列4"无暗者"魔药配方：主材料可用从"变异的太阳圣徽"内提取的金色神血，另外还能使用成年太阳神鸟的尾羽3根和神圣光辉石1块代替，辅助材料缺……

写完以上八条，克莱恩忍不住敲起了青铜长桌边缘。

这收获比他想象中要多不少！

对他而言，能在刚才那次冒失鲁莽的占卜里存活下来就已经很满足了，谁知道还有这额外的"生存奖励"。

从值夜者内部的资料里，他知道永恒烈阳教会掌握的序列途径叫作"太阳"，而序列9正是"歌颂者"，一个以歌声为自己和同伴带来勇气和力量、带来虔诚和服从的职业，他们的口号是"让我们赞美太阳吧"。

对应的序列8是"祈光人"，能施展一些太阳领域内的法术和仪式，可以克制死尸和鬼魂。

序列7则叫作"太阳神官"，在本领域内的法术和祭祀能力都会得到极大提升。

"也就是说，我获得了'太阳'途径序列9和序列8的完整魔药配方。嗯，与以前那些不同，这一次的魔药配方还列出了可替代品或不同时期的材料名称……不愧是直接从永恒烈阳那里占卜到的配方！"克莱恩欣慰地想道。

对于白银之城那位少年的请求，他原本的打算是看"倒吊人"能否解决，毕竟风暴之主教会同永恒烈阳教会同为最古老的正统教派，时而合作时而对抗地过了几千上万年不止，前者内部收藏有"太阳"途径的起始序列简直再正常不过。

"倒吊人"之前或许不关注这方面的事情，没申请调阅过相应的资料，但以他很可能是序列7"航海家"的身份，真要去获取，还是比较简单的。

不过，现在不需要他了，我自己就解决了，以一种匪夷所思又极端危险的方式解决了……

"正义"小姐，"倒吊人"先生，"太阳"同学，你们的"愚者"差点就变成焦尸了……克莱恩还有点后怕地在心里吐槽着。

他又低头审视着羊皮纸上的记录，思考起另外的配方。

"'光之祭司'难道是'太阳神官'的古称？不对，值夜者的内部资料根本没这么提过，而且我占卜到的内容也没有标注……这是序列6，还是序列5？

"序列4，'无暗者'……这是我收获的第一份高序列配方！可惜啊，缺辅助材料的名称，不知道有什么办法补齐……

"那滴金色液体果然是神血，封印物3-0782恐怕比所有人想象中都要强大，在我看来，它足够成为1级封印物。

"嗯，应该是以前的值夜者只验证了这件物品有没有活着的特性，对周围人类的危害有多大，控制影响的难度有多高，是否可以对付死尸和鬼魂，没有也缺乏办法弄清楚那种'特殊'的源头。

"这枚'变异的太阳圣徽'恐怕都能对抗恶灵了……当初的验证人员怎么可能轻松找到恶灵来实验……

"作为一个合格的值夜者，我没办法成为封印物3-0782的主人，但，嗯，可以找机会制作'日炎符咒'，窃取它的力量……哎，这次是不可能了，我根本没准备相应的材料，毕竟我一个黑夜女神的值夜者怎么可能随身携带太阳领域的材料？"

克莱恩遗憾地揉了下额角，见灰雾之上再没有别的动静，终于放下了心，确认永恒烈阳没有顺藤摸瓜地找到这里。

"不可直视神，不可直视高位格生物，一定要记住这句话！"

"永恒烈阳对风暴之主、知识与智慧之神的敌视简直强烈到了极点,为什么呢?

"纯白天使是什么玩意儿?

"……"

思绪纷呈间,克莱恩感觉到了脑袋的疲乏和疼痛,而且他认为时间已经过去许久,必须尽快返回外界,免得被谁发现异常。

——之前他以为也就是在这片神秘空间占卜两三次,不到一分钟的事情,而且有灵性之墙间隔,一旦被触动,在灰雾之上的自身立刻就会有感应,所以觉得非常安全,没去考虑太多意外因素,结果,险些作死成功,耽搁了不少时间。

因为害怕出去之后迎面就是一道"净化之光",或者发现"变异的太阳圣徽"被损毁,他提起了一颗心,让灵性包裹住自身往下急坠。

绯红色的月光映入眼帘,黑暗深沉地隐藏于内,克莱恩重又看见了稀疏的树林,看见了前方的杂草,看见了掌中完好无损的封印物3-0782。

提心吊胆了几秒钟,他终于相信自己安全了。

呼……克莱恩吐了口气,有种在死亡边缘疯狂试探后的深切疲惫。

他解除了密封的灵性之墙,让夜晚的凉风带着草木的味道吹在他的脸上,吹得他清醒了几分。

他摩挲着掌中温润古典的封印物3-0782,在内心由衷地感叹了一句:"谁能想到这枚徽章里竟然融合了一滴神血……估计永恒烈阳教会的强者们曾经寻找过,但没有找到……"

活动了下脖子,克莱恩不敢再尝试别的想法,老老实实将"变异的太阳圣徽"戴到了薄风衣的内侧。

他顺着链条掏出有枝蔓花纹的银色怀表,啪地按开,看了一眼,发现距离"收尸人"弗莱来换班还有一个多小时。

"我的眼皮需要两根火柴来支撑……这就是作死的后遗症啊!"

克莱恩没有办法,只好从一格格的小暗袋里取出了一个金属小瓶,拔掉塞子,凑到鼻端。薄荷和消毒水混杂在一起的呛人味道迅速钻入他的鼻子,刺激得他鸡皮疙瘩粒粒浮现,精神为之一振,瞬间遗忘了困意。

这是他从"收尸人"弗莱那里学到的配方,叫作"克拉格之油",能帮助人对抗腐烂等恶臭味道,兼具提神醒脑的效果。

接下来的一个多小时,克莱恩分外煎熬,时不时站起来溜达一圈,好几次被树林里的蚊虫叮咬吸血。终于,他看见高鼻薄唇、黑发蓝眸的弗莱穿着薄风衣,拿着手杖,走出了小镇。

虽然对方还是一副冰冷阴沉如同活尸的模样,但克莱恩就像见到了救世主,一边捂嘴打了个哈欠，打得眼泪满眶，一边迎了上去，从衣物内侧取下封印物3-0782。

"发生了什么事情？"弗莱望着队友苍白难看的脸色，主动询问了一句。

克莱恩叹了口气道："我昨晚才值守了查尼斯门，今天上午又睡得不太好，所以现在非常困。"

他没有多提这件事情，岔开话题道："我是四个小时后来轮换？"

"七个小时，队长半夜不需要睡觉。"弗莱接过了"变异的太阳圣徽"。

修仙让人快乐……克莱恩无声诋毁了队长一句，告别弗莱，走向小镇。

沿着街道靠近旅馆的途中，他又随手拿出怀表，看了下时间："咦，比约定的时间早了快十分钟……"

"真是一个温暖的人啊……"克莱恩笑了笑，加快速度回到旅馆，推开了半掩的大门，在老板审视的目光里走上二楼，进入属于他的房间。

锁好门，脱掉外套和鞋子，他没有清洗自己，直接倒了下去，倒在了床上。也就十几秒钟的工夫，他的鼻息先是变重，接着逐渐变得悠长而平稳。

睡梦之中，克莱恩回到了地球，面前是他还没有玩到通关的游戏，左边摆放着冰镇可乐和香辣鸡翅，右侧是苦笋肉片汤和米饭。

他一直不吃苦笋，但非常喜欢用苦笋加肉片煮成的汤，那汤清爽开胃里又有点油脂的勾人香味，用来泡饭相当完美。再配上一碟好的蘸料，他能比平常多吃整整一碗饭！

就在克莱恩准备好好享用夜宵，再疯狂玩下游戏的时候，他梦中的场景一下变化，重新变成了水仙花街2号的内部格局。

克莱恩忽然警觉，清醒地知道自己正在梦中。

他看见自己坐在餐桌侧方的位置，手里拿着一份《廷根日报》，面前放着番茄牛尾汤、煎小羊排、土豆泥和燕麦面包等食物。

他下意识转头望向大门位置，猛地看见客厅对应的凸肚窗外立着一道人影，正静静凝望着房屋里面！

克莱恩吓了一跳，旋即认出那是灰眸幽邃的邓恩，他半张脸贴住窗户，无声地看着里面的人。

……队长，不要在梦里吓人好不好？这就是你扮演梦魇的方式？克莱恩好气又好笑地想着，拿出汤勺，捞了块牛肉，放入口中。

嗯，是我的手艺！

他暗自感叹一句，明白了自己为什么会突然在梦里清醒，为什么地球的场景会瞬间消失。

当有人入侵他的梦境时，他就会自然警觉！

就在这时，邓恩离开凸肚窗位置，直接推开了莫雷蒂家的大门，披着黑色风衣，安静地走到了克莱恩的对面。

他摘掉帽子，轻轻颔首，坐了下来，半点也不客气地拿起刀叉和调羹，用极快的速度将桌上的番茄牛尾汤、煎小羊排、土豆泥和燕麦面包等食物吃了个干干净净。

克莱恩呆呆愣愣地看着，弄不清楚队长究竟想做什么。

呼，邓恩满足地吐了口气，对克莱恩竖了下拇指，然后拿出烟斗和火柴，陶醉地来了一口。

吐出烟云，他站起身，拿上帽子，老派但稳重地行了一礼，迈步离开了莫雷蒂家，离开了这片梦境。

"……"

克莱恩望着队长的背影，好半天都没能回过神来。

他低头看了看空掉的盘子，下意识想要再现刚才的食物。但是，这一次，不管是番茄牛尾汤，还是煎小羊排、土豆泥，都没能再次出现于他的梦中。

"被彻底'吞食'了？这就是'梦魇'的能力？"克莱恩嘴角抽动了一下，无奈地想道，"所以，队长的目的就是让我在梦里都吃不到夜宵？这还真是噩梦啊……这'梦魇'扮演得真有创意……"

他失笑一声，退出梦境，重新再睡。

第二天凌晨五点半，不得不早起的克莱恩喝了咖啡，吃了吐司和培根，匆匆忙忙前往小镇外替换了邓恩。

七点，他们准时启程往廷根市区返回。

不到十点，他们抵达了佐特兰街36号，由精神抖擞的邓恩将封印物3-0782放回查尼斯门后。弗莱则坐到机械打字机前，在文职人员还没到位的情况下，亲自书写昨天的任务报告和相应材料的报销申请。

克莱恩旁观了一阵，满意地看见自己用掉的所有材料都被列入了清单——这包括他用来驱蚊驱虫的部分。

他没有立刻回家，因为已经用暗号信约好疯人院的达斯特医生下午一点在预定的场所见面。

"接着还有三点的塔罗聚会……我一个隐秘组织的BOSS为什么要活得这么累？"克莱恩无声自语，在值夜者休息室里躺了两个小时，补了下眠。

对于昨晚获得的那些知识和信息，他并不担心自己遗忘，因为可以用占卜的方法回忆起来，他害怕的是，自己忽略了这些知识和信息的存在，连占卜它们的想法都失去，所以，他在睡前又于脑海内将种种细节过了一遍，以加深印象。

这也是克莱恩每周坚持写总结，梳理各种情况的原因。

用过午餐，他掏出怀表看了一眼，戴上帽子离开黑荆棘安保公司，来到位于佐特兰街3号的射击俱乐部。

推开大门，进入招待厅，克莱恩没有直接去属于值夜者的那个靶场，而是在大厅找了个位置坐下，双手交握住黑色手杖，耐心地等待。

他与达斯特约定的见面地点就在这家佐特兰街射击俱乐部！

他们约定的方式是写信。当克莱恩需要见面的时候，他会以患者家属的身份写信给达斯特·古德里安医生，询问一种叫作人格分裂的特殊疾病，在信里，克莱恩会用各种方式提到"观众"这个词汇，以此配合隐蔽位置的墨点来确认自己的身份，而信里不经意写到的时间点就是见面的时间点。

至于见面的场所，在他们第一次商谈时就已经定好，如果克莱恩觉得该换个地方了，会在面谈里交代的。

当达斯特·古德里安想要见面但并不急迫的时候，可以把信寄到猎犬酒馆，或者这家射击俱乐部，收信人是"霍纳奇斯先生"，等待克莱恩定时取走。

如果他有紧急情况，那必须直接将信交给猎犬酒馆的老板莱特，而且得提上一句"寻找佣兵"，这样一来，作为值夜者外围成员的莱特会立刻把信送到黑荆棘安保公司。

等待了一阵，离一点还差两分钟的时候，克莱恩看见气质相当斯文的达斯特走进了射击俱乐部的大厅。

他戴着黑色的丝绸礼帽，穿着合身的燕尾服，手中拿着一根镶银的手杖，鼻梁上架着一副金边框架眼镜。

达斯特不引人注意地环顾了半圈，看见了微微点头的克莱恩，于是收回目光，走向前台，熟练地申请靶场，租用枪支。

——他已经来过这里一次。

"小型靶场7号，每小时三苏勒，左轮手枪租赁费用，每小时一苏勒六便士，含六发子弹……"负责接待的女郎迅速处理完了这件事情。

等到达斯特确认时间为一小时并交了十苏勒的费用后，他领到了左轮手枪与额外的子弹，在服务生的引领下进入相应靶场。

克莱恩又等了五分钟，才慢悠悠起身，提着手杖，来到小型靶场7号的外面，咚咚咚敲响了大门。

吱呀一声，房门裂开了一道缝隙，达斯特先是警惕地探头左右望了一眼，然后才让开了位置。

克莱恩立刻闪身进去，反锁住大门。

"下午好，达斯特先生。"他边说边取出十苏勒的纸币，递给了对方，"我们不会让外围成员负担见面费用的。"

因为我可以报销……他默默补了一句。

达斯特没有推辞，收下现金，接着沉声问道："莫雷蒂警官，你这次找我见面是为了什么事情？"

克莱恩当然不可能一开始就提"读心者"配方的事情，但他也没有掩饰自己另怀想法的事情，毕竟对面是位"观众"，不那么容易糊弄。

"胡德·欧根最近有表现异常的地方吗？"他先问起了将达斯特·古德里安发展为心理炼金会成员的那位疯人院"病患"。

达斯特审视着克莱恩的眼神、表情和动作，想了下道："没有，他和以往一样。坦白地讲，我认为他如果想离开疯人院，可以立刻表现得很健康很正常，但他并没有这样做。他依然待在里面，似乎想尝试着医治好每一位病人，嗯，那些或混乱或狂暴或思维异常的家伙们有得到一点好转，也许，也许胡德·欧根在用这种方式锻炼他的非凡能力。"

"观众"对应的序列7"心理医生"？也许更高……从胡德·欧根不是担任疯人院医生而是化身病患潜入来看，说明他并没有真切掌握扮演法，应该就像达斯特猜测的那样，他在锻炼自身的非凡能力，而这种锻炼接近扮演法，在某种程度上能够缓解魔药的负面影响，于是胡德·欧根就干脆以疯人院为家了……

克莱恩坦然展现着自己对胡德·欧根之事有深入的思考，因为这会让达斯特·古德里安觉得他知道很多，了解很多，更显得高深莫测。

想到这里，克莱恩也推断出了另外一件事情，那就是心理炼金会并未掌握扮演法。

毕竟一位至少序列7的强力成员都不清楚——在这非凡者稀少的时代里，不管在哪个隐秘组织，序列7都至少算得上中层，足以知道某些重要的事情，尤其是能有效帮助成员对抗失控的那种。

也是，心理炼金会是最近两三百年，甚至更迟才成立的隐秘组织，没掌握或者说没总结出扮演法很正常。目前唯一明确提出这种办法的只有密修会，而密修会是历史超过一千五百年，能够追溯到上个纪元的古老组织！

咦，女神教会可比密修会还古老啊，光是《夜之启示录》的"圣者书信"部分明确记载的历史都快三千年了，这还没算上前面的神话传说……这样一个教会为什么没能发现扮演法？

在这么漫长的历史里，在这么庞大的组织中，总会有想法独特的成员无意识或抱着试验心态尝试各种方法，就像"通灵者"戴莉那样。他们也许没能明确地提出扮演法，但已从魔药的名称出发，触及了正确的道路，并通过良好的反馈渐渐摸索出了一些东西，如此一代代累积，一个个例子堆放，除非高层都是一群卷毛狒狒，否则不可能总结不出扮演法！

克莱恩思绪发散地联想着，整个人悚然一惊。

在不懂得扮演法的其他值夜者眼里，类似"通灵者"戴莉的人都是天才，是一般成员无法仿效的存在，所以不会有人去怀疑戴莉他们的经验为什么难以移植到自身。可是，在掌握了扮演法的人心中，这就非常古怪了！

克莱恩相信在黑夜女神教会的漫长历史里，"通灵者"戴莉绝对不是第一个用类似扮演的方法快速消化低序列魔药的成员，她甚至可能排不进前十、前五十！

"这从概率上讲不通啊……除非戴莉不是自己领悟的扮演法，而是有别人的指点，那就可以说明黑夜女神教会总结不出扮演法是因为旧有路径的缘故，所有成员都遵循着过往的意志，相信着前辈们的经验，不敢有丝毫叛逆，毕竟一叛逆就往往意味着失控……

"嗯，除了这个解释，还有可能是教会高层基于某些缘由隐瞒了扮演法……我得翻下对应的资料，找一找女神教会的非凡者快速消化魔药的事例，以及弄清楚他们后来的结局……"克莱恩凝重地思考着。

达斯特看着他的脸色，等待了一两分钟，疑惑地问道："警官，胡德·欧根的表现有问题吗？"

"暂时没有，我只是联想到了别的事情。"克莱恩微笑着回答，将疑虑先抛到了一边，转而问道，"心理炼金会最近有什么行动吗？"

"没有，除了一次交换物品和经验的阿霍瓦郡小聚会。"达斯特没有隐瞒。

克莱恩轻轻点头道："那你自身的情况怎么样了？"

达斯特控制着自身的表情道："不是太好，依然经常听见一些呓语，出现一些幻觉，如果我不是精神科的医生，我甚至会认为我出现了类似方面的疾病。"

说着说着，他的脸色多了几分沉重："我按照胡德·欧根和你的叮嘱，不去在意那些幻觉和呓语，这让我舒服了许多。但它们还是影响了我的睡眠，让我变得暴躁，变得易怒，变得不像是自己，就仿佛体内正在长出一个全新的我，或者可以描述为新的人格。对此，我很担忧，也很害怕，或许有一天，我会突然失控。"

和我预料的一样，甚至不需要占卜就能预料到……克莱恩早有准备地笑笑道："你不需要担心，你现在已经是值夜者的外围成员，有属于你的福利，而作为一个古老的组织，我们掌握了不少避免失控的办法，这不一定百分之百有效，但绝对能帮助到你。

"另外，我私人还愿意和你分享我的经验。你要知道，你面前站着的这位先生，只用了一个月的时间就完全摆脱了幻觉和呓语，让它们不再出现，你应该从胡德·欧根和其他同伴那里知道了这有多么困难。"

为了"观众"对应的序列8"读心者"魔药配方，克莱恩稍微自夸了一下，夸得坦坦荡荡。

"警官，你的话里有谎言，但主要部分是真实的。"达斯特突然冷静地开口，"你想从我这里得到什么？"

"观众"真难欺骗啊……克莱恩含笑回答道："不只是我想要得到什么。"

还有"正义"小姐……当然，他知道达斯特肯定会以为是值夜者小队想要得到什么。

"如果你的办法确实有效，而你们想要得到的物品或者情报，我能够触及……"达斯特斟酌着说道。

"我会预付你福利的。"克莱恩坦然说道，"我们想要'读心者'的配方。"

他不会隐瞒这个魔药配方，而是会上交给队长，就说是达斯特以此换取自身在掌握魔药上的经验。

而在这个过程中，克莱恩肯定会查验一下配方，"不小心"记在了脑袋里。

另外，用他个人经验换来的配方又能为他积累更多的功勋。到时候，加上以前的功勋，他甚至可能不需要额外忙碌，就可以申请到"小丑"配方加主要材料。

一个配方做两次交易，真划算啊……克莱恩心情转好地想道。

达斯特盯着他的眼睛，沉默片刻道："你很坦然……我会努力去获取这个配方，但我不确定这需要多久，如果太过危险，我希望用别的补偿代替。"

"没有问题。"克莱恩没打算太逼迫对方，接着就隐晦地描述起扮演法，"对抗失控的关键在于魔药的名称，我们必须了解它，明白它的真正含义，而这不是光靠思考就能完成的事情，必须真正去体验。比如，作为一名'观众'，你就得明白，你只是观众，不是演员，而观众得是什么样子，你需要在生活里去挖掘，去尝试，去总结它的行为准则，并以此严格要求自己。"

达斯特听得非常专注，好一会儿才说道："真是一个全新的理论！呵，我更愿意用'理论'来形容你刚才的话语，这就像，就像戏剧和歌剧演员的对应理论……我会尝试一下，希望有好的变化。

"如果，如果真能有效，我会竭力去帮助你们获得'读心者'配方！"

"愿女神庇佑你。"克莱恩在胸口画了个绯红之月。

他没有附加"心理医生"这个魔药配方，因为他知道这是达斯特以目前地位肯定无法完成的任务，稍不小心就会暴露。他打算慢慢来，帮助达斯特在心理炼金会里一步一步地获得更高位置。那样一来，长远利益会非常非常丰厚。

克莱恩没再停留，先通过门上的孔洞观察了外面，然后快速离开，转向属于值夜者的小型靶场。

进了那里，锁住房门，他的脸色再次变沉，在刚才对女神教会没总结出扮演法的猜测中，他又联想到了一件被自身忽略的事情！

之所以忽略，是因为本该关联在一起的两件事情，由于获取顺序的颠倒，让他没去做更进一步的思考。

第一件事情是，安提哥努斯家族是被黑夜女神教会毁灭的。

第二件事情是，安提哥努斯家族掌握着"占卜家"序列，或者至少掌握了很大一部分。

因为知道这两件事情的间隔太久，克莱恩几乎没把它们放在一起分析，也就忽略了其中的诡异之处，但现在这么一列出来，问题就相当明显了。

既然安提哥努斯家族至少掌握着"占卜家"途径的很大一部分序列，那彻底覆灭了他们的黑夜女神教会怎么可能只得到序列9"占卜家"？

收获的战利品不可能只有这点！

光是拿到安提哥努斯家族一本神奇笔记的极光会成员都可以得到"小丑"配方，那毁灭了整个安提哥努斯家族的黑夜女神教会呢？

即使安提哥努斯家族早有准备，将最有价值的事物藏在了霍纳奇斯山脉的主峰，黑夜女神教会也不该只有这么一点收获，他们可是杀了不少安提哥努斯家族成员的，而死人可以开口！

克莱恩在小型靶场内来回踱了几步，思考着黑夜女神教会在"占卜家"序列这件事情上的意图。

"他们不希望值夜者选择这条途径，或者说，不希望值夜者在这条途径上强大起来，因此只下发了辅助作用明显的序列9'占卜家'？队长也说过，圣堂可能有后续配方……

"不，在我能看到的保密资料里，他们甚至没有提供对应序列8和序列7的魔药名称，仅仅描述了相应的战斗特征……换句话说，他们并不希望下面的人知道高层掌握了相应信息……

"难道所有选择这条途径的值夜者，都可能变成安提哥努斯家族的'复仇恶灵'，所以教会高层才做出类似的决定？或者，还有另外的原因？"

一时之间，克莱恩对黑夜女神教会的高层充满疑虑，产生了强烈的戒备和提防，他开始重新考虑是否要提出特别申请，光明正大地成为"小丑"。

"如果这里面隐藏了什么可怕的秘密，那我不是自己跳进了火山口吗？我并不是那种可以坦然接受严格调查的人……

"不过，廷根分部有提交'小丑'配方，身为'占卜家'的成员知道了这一点，希望得到晋升，不是很正常的事情吗？而且序列8依旧属于低序列，应该不会引来太夸张的关注……

"唯一的问题是，我只用一个月就彻底掌握魔药，提交了特别申请，如果高层知道并了解扮演法，一眼就会明白其中关键……当然，我的理由也足够充分，毕竟我认识'通灵者'戴莉，与严格遵守格言的'窥秘人'老尼尔是朋友，从中得到启发，更进一步地完成扮演，不算是太难以理解的事情。

"嗯，就算戴莉，也是在序列7'通灵者'这个位阶待了三年，出现消化迹象后，才真正进入高层的视线，被作为未来的大主教和高级执事培养……我在'小丑'这个阶段肯定不会吸引太多的注视，除非又在几个月内消化完魔药，让他们确信我真正掌握了扮演法……

"也就是说，申请'小丑'魔药不算太冒险的行为，可以继续下去，但之后就要注意。哎，只能走一步看一步，回家做次占卜再决定。"

克莱恩收起思绪，拿出腋下枪袋内的左轮，进行日常的射击练习和相应保养。

这把来自同学韦尔奇的手枪质量出乎他想象的好，不出意外还能坚持很长一段时间，当然，这也归功于他从邓恩、伦纳德那里学到了枪械的保养办法。

"其实坏了也没什么，这都是可以申请的物资。"克莱恩看了眼靶子，收起左轮，离开了射击俱乐部。

他乘坐无轨公共马车返回到水仙花街2号，还未靠近，就看见门口有位少女在徘徊。

这位少女穿着漂亮蕾丝镶边的蓝色长裙，头戴一顶垂下细格薄纱的帽子，正是梅丽莎的同学，有着可爱婴儿肥的伊丽莎白。

发现克莱恩靠近，她快步迎了上去，摘掉帽子，一脸的欣喜。

她顿了两秒，突然笑眯眯地开口："下午好，莫雷蒂先生。我想你一定是刚从拉姆德小镇回来，对吧？"

很抱歉，我上午就回来了……克莱恩笑笑道："不，我是从佐特兰街回来的。"

嗯，这是非常真实的回答……他在心里好笑地想着。

伊丽莎白愣了愣，旋即略显兴奋和激动地说道："好吧，是我猜错了。我今天来这里找你，是想告诉你，我昨晚没再做噩梦了，没再梦见那个全身穿黑色盔甲的骑士！这和你的占卜结果完全一致！"

当然，那个怨魂被封印物3-0782彻底净化了，我连当场通灵都没法做到，何况你的梦境……

克莱恩轻笑一声，温和回应道："我很高兴你摆脱了困扰，也很满意我昨天的占卜。"

"谢谢你，再次感谢你！好了，我得告辞了，下午还要上课。拜拜，莫雷蒂先生，我会找时间来拜访梅丽莎的！"伊丽莎白脚步轻快地离去，在附近上了一辆出租马车。

看着马车车窗外缓慢后掠的景象，她的嘴角一点点勾起，得意地想道："梅丽莎肯定不知道她有一个这么厉害的哥哥……"

感觉我刚才的解释完全没有作用啊……少女总是愿意相信她的直觉和她脑补出来的事情……

克莱恩目送伊丽莎白上车，边摇头边掏出钥匙打开房门，一路回到自己的卧室。他稍作休息，然后开始梳理和总结前面一周的事情，这包括以往并未解决的部分。

做完这项日常，他烧掉纸张，拿出银色的怀表，啪地按开看了一眼。

"两点半？再等十五分钟……"

克莱恩见还有时间，干脆穿上最陈旧的那件正装外套，去铁十字街的斯林面包房，找温蒂太太买了一杯甜冰茶。

喝着饮料，悠闲返回，他于两点四十五分用灵性密封了卧室，逆走四步进入灰雾之上。

寂静古老的巨大宫殿里，克莱恩在具现出来的羊皮纸上写下了新的占卜语句：应当通过值夜者组织获得"小丑"魔药。

放好钢笔，他解下缠在腕部的灵摆，用左手稳稳持握，并让黄水晶吊坠悬在即将接触羊皮纸的位置。

默念完七遍，他的眼眸转深，手中的灵摆开始小幅度转动，是顺时针转动。

答案是肯定的，是"应当"……但"小丑"之后的序列就很难说了，还是得认真发展我的塔罗会……克莱恩仔仔细细将事情又过了一遍。

接着，他把手隔空按向了代表"太阳"的那颗深红星辰。

他要提前召集白银之城的那位少年，确认他是否有向六人议事团泄露灰雾之上的事情，如果没有，那就告诉对方更好地掌握聚会时间的办法。

白银之城，伯格家的房间内，戴里克安静沉默地坐在床边，等待着"愚者"的召唤。

为了履行尽量不与其他人待在一起的承诺，他"回归"后就干脆没有出门，而房间内的食物早就被他吃光了。

忍耐着饥饿，听着咕噜噜的肚子鸣叫声，戴里克觉得自己就像徘徊于黑暗荒原上的活尸，但他依旧没有开口，没有起身。

就在这时，他看见虚空内有深红弥漫，一下就将自己吞没。

灰白、无垠、冷清、寂静的世界又呈现于他的眼中，端坐上首、笼罩着浓郁雾气的"愚者"又呈现于他的眼中。

克莱恩很满意这次召集未受打扰，也确定自身没有获得危险的预兆。

"'太阳'，我们又见面了。"他含笑用巨人语说道。

戴里克再次为发生的一切感到震撼，低下头颅道："您是一位守信的'愚者'。"

"其他成员还需要等待一阵，我先和你确认一件事情。"克莱恩这一次改用了鲁恩语说话，但给予这片神秘空间将它翻译成巨人语的想法。

于是，在戴里克耳里，对方说的依旧是巨人语。他疑惑地问道："什么事情？"

嗯，在我初步掌握了巨人语之后，灰雾之上的神秘空间可以实现这种语言的同声翻译了，这样就不担心"正义"和"倒吊人"听不懂"太阳"的发言……哎，我这个大BOSS为什么要这么累……

克莱恩伸手捏着额角，摇头笑道：

"我允许你诵念我的名，记住以下的称谓——

"不属于这个时代的愚者，灰雾之上的神秘主宰，执掌好运的黄黑之王。"

戴里克听得瞳孔收缩，但又不敢分神，一直在心里反复默念，然后才向"愚者"确认。

"每次从这里回到白银之城，你都需要用简短的仪式诵念我的名……之后的聚会，我会提前通知你，你平时不需要在意，不用避别的人，等收到我的告知，在一千次心跳内完成独处就行了。"克莱恩说出了斟酌许久的办法。

这个办法本质是回应祈求。

顾虑到白银之城的状况，并为了节省时间，克莱恩直接略去了仪式的其他步骤，反正这是向他祈求。

"一千次心跳？"戴里克不像是反问地自言自语道。

克莱恩又向对方介绍了塔罗会的大致情况，然后掏出银制怀表，啪地按开。

戴里克愣了一下，本能地凝望向那件奇物。

看着三点来临，克莱恩将手虚按在象征"正义"和"倒吊人"的深红星辰之上。

戴里克眼珠没有一点转动地看着这一幕，看到对面和侧方爆发光芒，逐渐拉伸出两道模糊的人影。

奥黛丽·霍尔环顾半圈，突地愣住，接着便听见了"愚者"先生那永远平稳的声音："这位是新的成员，称号'太阳'。

"这位是'正义'小姐，这位是'倒吊人'先生。"

新的成员？奥黛丽先是一惊，旋即充满欣喜。

她很有主人翁精神，非常乐意看见塔罗会发展壮大。

"倒吊人"阿尔杰则微皱眉头，对"愚者"突然拉来一位新成员有些许不满。

至少应该提前告诉我们一声……不过，"愚者"先生这种大人物也确实不会考虑我们的感受……他无奈地想着，并向"正义"和"太阳"简短问好。

而在这短暂的过程里，奥黛丽已经进入了"观众"状态，开始仔细审视这位新成员"太阳"。

"他的年纪不会太大……那些肢体动作说明他有点紧张和局促……但整个人始终保持着足够的沉默，给人一种，嗯，孤狼，对，孤狼的感觉……"奥黛丽一边想着，一边将视线投向了青铜长桌最上首的"愚者"。

她欣喜地开口说道："'愚者'先生，我又搜集到了两页罗塞尔大帝的日记。"

其实有三页，但那些文字太复杂了，我现在能记忆的极限是两页多一点……再多就会混乱……其他的只能等下次了……奥黛丽默默在心里补充了几句。

新的罗塞尔日记？克莱恩精神一振，明知答案地笑着问道："'正义'小姐，你想得到什么？"

奥黛丽的眼睛一下发亮，却依旧故作矜持地回答："您知道的，我即将消化完'观众'魔药，我希望能早一点获得'读心者'魔药的配方，以便提前准备好材料。

"唔，我知道这两页日记的内容不多，可能无法匹配'读心者'配方的价值，我还会再给一页，嗯，还会额外支付给您一笔钱……"

她话音未落，突然感觉不对，忍不住在心里狠狠骂了自己一句："愚者"先生至少是接近神灵的大人物，怎么可能看得上庸俗的金钱！

于是，奥黛丽没能维持住"观众"状态，忙结结巴巴地补充道："我不是那个意思！愚者先生，我的意思是，您可以指定想要的补偿，对，就是这样！"

我喜欢你刚才的提议……等你真正消化完"观众"魔药，就能得到后续的配方，我有个手下，不，得用更有格调的"眷者"，正在忙碌着某件事情，刚好需要一定的金钱，这是他的不记名账户，在贝克兰德银行的不记名账户……

嗯，这周我会乔装打扮到贝克兰德银行廷根分行办理一个不记名账户……

克莱恩没立刻回答，看似高深实则认真地推敲着自己的话语。

贝克兰德银行是鲁恩王国的七大银行之一，掌握着清算的权利。

鲁恩王国用集中进行票据清算的方式来办理同城银行间的转账业务，但与因蒂斯共和国的同行不一样，在鲁恩王国，并不是所有银行都能加入这个行列。最大的那七家银行牢牢把持了这个权力，所以它们又被称为清算银行，别的银行只能依附于它们。而异地的账户转账只能在同一个银行通过不同分行的清算来完成，有了蒸汽列车和有线电报之后，这方面的效率提升了不少。

就在这时，"太阳"戴里克·伯格突然开口道："'读心者'魔药配方？后面是'精神分析师'的'读心者'？"

奥黛丽疑惑地望向他："你知道？"

与此同时，"正义"小姐用"观众"的本能品出了问题：对方用的是相应序列7的古称"精神分析师"，而不是更加现代的"心理医生"！

很奇怪啊，这家伙……奥黛丽再次审视起"太阳"的一举一动。

戴里克丝毫没觉得自己表现出了不同寻常的一面，认真回答道："我能帮你弄到这个配方！"

说完，他因为暂时拿不出来而感觉心虚，强行解释道："这是发源于巨龙一族的序列，而我们白银之城曾经处于巨人王庭的统治下，你们知道的，巨人和巨龙是死敌，所以，这个序列9、8和7的魔药配方，白银城都有，我有办法弄到。"

这孩子……亏我之前一直叮嘱他不要乱说话，不要透露自己的来历，结果……克莱恩差点想伸手掩住面孔。

哎，"太阳"少年虽然一副很沉默很苦痛很成熟的样子，但他真的还只是一个少年！

不过，倒是让我弄清楚了一件事情……原来"观众"序列最初起源于巨龙一族，难怪"正义"小姐高背椅后面由星辰组合出来的象征符号是巨龙……白银之城的历史保存得很好嘛……克莱恩维持住后靠椅背的姿态，若有所思地听着"太阳"的陈述。

其实，克莱恩完全可以轻轻松松就阻止"太阳"透露这些事情——只要他不帮忙"同声翻译"，"正义"和"倒吊人"听到也是白听，因为根本听不懂。

但他转念一想，觉得这能在三位成员心里巩固自身强大神秘的形象，所以就含笑听着，没有发声，没有做多余的事情。

巨人王庭，巨龙一族，白银之城……奥黛丽听得一阵迷糊，先看了对面的"倒吊人"一眼，从肢体动作判断出那位先生也同样感到震惊和疑惑。

接着，她侧头望向青铜长桌的上首，只见"愚者"坐在那张高背椅上，浑身笼罩着浓郁的灰白雾气，右肘则支于扶手位置，让掌部悠闲地抵住微侧的脑袋，不惊讶，不奇怪，无思索，无疑虑，只眼含些微笑意地看着这一切。

他知道……他都知道……奥黛丽和阿尔杰几乎同时在心里做出了判断。

"白银之城，我从来没听说过这个地方……它在哪里？"奥黛丽试探着问道。

"倒吊人"阿尔杰则专注于倾听。

此时此刻的"太阳"戴里克·伯格也是满脑子的疑问，他看得出来，除了"愚者"这位也许是神灵的存在，"正义"和"倒吊人"明显更接近于非凡者，一定序列的非凡者。

而在被神遗弃的地方，除了白银之城的子民，戴里克从未见过其他活人。所以，他反问道："你们不是白银之城的子民，是哪个城邦的？"

哎……克莱恩忍不住又想叹气了。

奥黛丽嘴唇翕动，一时竟不知该怎么回答。

嗯，他潜藏的意思是，如果你不想回答类似的问题，就不要随便打听别人所在的城市……"正义"小姐轻轻颔首，优雅地闭上了嘴巴。

很显然，"倒吊人"阿尔杰也误会了"太阳"的目的，不知道对方是真正地、单纯地发问，于是也保持了沉默，不发一言。

未得到回答的戴里克似乎也明了什么，不再提这件事情，转而说道："我会尽快弄到'读心者'魔药的配方，我想用它来交换'太阳'途径的初始序列。"

"'太阳'途径？序列9'歌颂者'？"倒吊人"阿尔杰立刻反问道。

"太阳"戴里克想了下道："应该是这个，但我对它缺乏了解。"

旁观着一切的克莱恩决定出面了，因为他不想再冒被别人抢走生意的风险。他笑笑道："我想'正义'小姐应该没有'歌颂者'的配方。"

但"倒吊人"先生大概率能弄到……

见奥黛丽点头，他轻笑再言："我给'太阳'一份'歌颂者'的配方，'太阳'尽快将'读心者'魔药的配方给'正义'小姐，争取在两次聚会内，而'正义'小姐把新得到的罗塞尔日记给我，这样就完成交易了。

"嗯，从等价交换的原则来看，'太阳'吃亏了，但他目前还只是承诺，等他真的拿出了'读心者'配方，'正义'小姐再考虑怎么补偿他，或者，由我来补偿他。'正义'小姐则提供金钱给我的一个眷者，他最近要做些事情，呵呵，这是因为'太阳'未必能收到'正义'小姐的现金或材料补偿。"

克莱恩故意在后面加了那一句，为的是让"倒吊人"和"正义"将关注点放到"太阳"未必能收到补偿的事情上，为的是突出自己的高深莫测，从而使大家忽略掉那位缺钱的眷者。

未必收得到补偿……"太阳"究竟在哪里？南大陆？阿尔杰顿时微皱起眉头。

"太阳"的来历也很神秘啊……果然，"愚者"先生在现实里也是有手下的……奥黛丽终于看见了成为序列8"读心者"的曙光，哪还有别的想法。她按捺住兴奋，浅笑道："我没有意见。"

"我也没有。"戴里克见当场就能拿到"太阳"途径的起始序列，也毫不犹豫地点头，根本不在乎后续的补偿。

被排除在这起三方交易外的"倒吊人"阿尔杰则没有发言的立场，虽然他确实能弄到"歌颂者"的配方，但这同样得等待一两周。

这时，成功将补偿拖延到了下次或者下下次聚会的"愚者"克莱恩心情不错地将手往前一按，具现出了"歌颂者"的配方。

"主材料，结晶太阳花一朵，或者成年火石鸟的尾羽一根，或者纵火鸟的尾羽一根……海妖之石一块或者歌唱葵一朵……辅助材料，仲夏草一根，七月酒汁液五滴，精灵暗叶一片……"

他将这张配方传到"太阳"面前，看见对方先是皱眉，旋即舒展。

嗯，神弃之地的材料名称肯定还保持着古代特色……还好，我这个配方是直接从永恒烈阳那里得到的，有标注古名，有各种替代品……克莱恩有所恍然地把目光移向了"正义"小姐。

奥黛丽看了眼正默念配方的"太阳"，忙给予强行记忆下来的两页日记以表达的意念。

日记立刻浮现于黄褐色的羊皮纸之上，闪到了克莱恩手中。他与之前一样，立刻开始了阅读。

> 11月3日，玛蒂尔达怀孕三个月了，我现在看那些来自乡下的女仆都觉得她们眉清目秀。不，我不能降低我的档次和格调，刚好，富莱斯伯爵夫人邀请我参加一场私密的派对，嘿嘿。
>
> 11月8日，范·艾斯汀大主教有事找我帮忙。咦，我能帮一位大主教做什么？
>
> 11月9日，原来序列途径里还藏着这样的秘密。艾斯汀大主教告诉我，成为序列5的非凡者之后，接下来的部分可以与另外一两条途径对应的序列互相替代！也就是从中序列到高序列这一步开始！但这只限于那一两条，一旦替换到了错误途径的魔药，半疯是最轻的结局，而且后续不可能再获得晋升了。
>
> 这种可以在序列4开始互相替换的途径有，"不眠者"途径与"收尸人"途径，嗯，教会的"通识者"途径与"窥秘人"途径也能在高序列彼此替代。

某些途径在序列5之后可以互相替换？这和值夜者内部的说法可不一样啊！

不是选择了一条途径就再也无法改变了吗？不是说走上歧途虽然会获得诡异的、古怪的能力，但肯定会半疯，再也无法晋升了吗？这里面竟然还藏着一定的例外！

克莱恩看着日记，眸光微缩。

他并不认为罗塞尔大帝会在这件事情上瞎编，毕竟那字里行间的惊讶是如此真实，但他不认为罗塞尔获得的消息就绝对正确，对方也有被欺骗和理解错误的可能性。

此事待验证……先记下来……克莱恩在心里提醒了自己一句，并深入琢磨起这件事情。

如果罗塞尔大帝的描述没有问题，那说明序列途径里的水很深啊……藏着不少秘密……

值夜者掌握的完整途径是"不眠者"，相对完整的那条是至少可以到序列4的"收尸人"，结果它们在序列5之后是可以互相替换的……其他链条的魔药配方就非常不完整了，甚至只有初始……

同样的，蒸汽与机械之神教会的完整途径是"通识者"，相对完整的是"窥秘人"，它们也能在较高层次彼此替代……

有意思……不知道我的"占卜家"序列可以和哪个途径互相替换？大帝当时一起提到的"学徒"和"偷盗者"？

嗯，"占卜家"途径很可能是前面五个序列各自提供一种能力，在序列4合一，那么在这一步，应该是无法用别的魔药替代的……克莱恩收回思绪，重新将注意力放在了日记上。

此时，他发现两页日记看似是连在一起的，但实际内容并不贯通，属于两个时期的记录，这应该是后来人临摹抄写时犯的错误。

> 4月9日，永恒烈阳教会、风暴之主教会、知识与智慧之神教会彼此关系恶劣，互相敌视，而黑夜女神教会与弗萨克帝国战神教会水火不容，这些是可以利用，也值得思考的事情。
>
> 4月13日，我参加了那个古老组织的聚会，想不到他们也是这个组织的成员，真是让人胆战心惊啊。
>
> 原来第二块亵渎石板在这个组织手中，我第一次看见这件传说中的神物！
>
> 果然，它藏着难以想象的秘密，嘿嘿，也许将来有一天，我要弄出一块属于我的亵渎石板，不，是一组，每块都要蕴藏着一个终极秘密！

我去，大帝，你倒是说那个古老组织的名称是什么啊！你这样我很难受！

也许，也许，罗塞尔是出于某些目的，没有，或者不敢，写下那个组织的名称，哪怕他是在用中文……克莱恩看得又是心痒又是疑惑。

不过，从这页日记，他终于确认罗塞尔大帝看过第二块褒渎石板，并在后来仿造它制作了一副纸牌，每一张都对应一条神之途径的纸牌。

嗯，也许是对应神之途径的终极秘密……不知道这副二十二张的纸牌如今都在谁的手里……那个古老组织竟然掌握着第二块褒渎石板……克莱恩心念电转，想到了很多。

但他很快就收敛住各种想法，将视线从日记上移开，望向"倒吊人""正义"和"太阳"，笑笑道："其实你们可以不用等我。"

"这是我们的荣幸。""倒吊人"阿尔杰早已收敛了不满，谦卑地回应道。

奥黛丽思索了下，浅笑道："愚者先生，您之前描述的那个通过公开考试选拔事务官员的办法已经得到了国王和首相的认同，即将在上院和下院通过，预计明年年初就会进入正式的实施阶段。"

"看来国王和首相还是有大脑的。"阿尔杰习惯性地嘲讽道。

嗯，到明年年初，以班森的智商，以他的勤奋和用功，在文法和会计两方面应该能达到及格线了……

不过，只要上院和下院都通过，各家报纸肯定会大肆宣扬，不知道班森的先发优势能维持多久……越早考越好……

哎，这么短时间，班森再怎么也不可能胜过各个大学毕业的精英。不过也不需要胜过，他们要竞争的岗位根本不会是同一个，那些家伙眼睛里恐怕只会盯着内阁秘书、财政部秘书之类的位置……

只微笑颔首，没有说话的"愚者"克莱恩在心里为哥哥操碎了心。

见"愚者"首肯般点头，奥黛丽的腰背挺得更直了，转而笑道："'倒吊人'先生，之前你让我确认的事情，我得到答案了。国王已经被首相说服，短时间内不会在拜朗东海岸报复弗萨克帝国，我想你应该支付之前允诺的额外报酬了。"

阿尔杰仿佛在思考般沉默了几秒才道："'正义'小姐，很感谢你的答案，这让我不用再担心某些事情。你希望得到什么额外的报酬？只要在合理范围内，我都会考虑。"

奥黛丽早有准备般笑道："心理炼金会的线索，或者'读心者'魔药配方主要材料的线索，当然，这可以等到'太阳'将配方交给我之后再去做。"

"没有问题。"阿尔杰毫不啰唆地回答。

与"倒吊人"同侧但隔了两个位置的"太阳"戴里克·伯格正听得一头雾水，异常茫然，只觉得自己几乎能听懂每一个单词，但连起来就不知道是什么意思了。

什么通过公开考试选拔事务官员的办法，什么国王和首相、上院和下院，什么拜朗东海岸，什么弗萨克帝国，什么心理炼金会，他全部不懂。

弗萨克，词根是巨人的变种，和坠落的巨人王庭有什么关系？戴里克看了看"正义"，又看了看"倒吊人"，忽然觉得自己未必和两人在同一个世界。

难道在诅咒之地的某处，在距离白银之城很遥远的地方，存在着不止一个城邦，甚至形成了国度？戴里克保持着沉默，安静地旁听，隐约明白了神秘的"愚者"为什么要说自己未必能收到"正义"给予的所谓的现金补偿。

能将相隔这么遥远的人拉在一起，无视了诅咒之地黑暗深处的那些恐怖怪物，"愚者"或许真是神灵，古老的神灵……他如是想道。

完成了预想的所有事情之后，奥黛丽本来打算做一个安静的"观众"，但忽然想到另外一件事情，忙又开口道："我最近接触了一些非凡者的圈子，了解到一个叫作A先生的强者，'愚者'先生，'倒吊人'先生，'太阳'先生，你们知道他的背景和真实身份吗？"

我都不知道你在说什么……戴里克保持着沉默。

A先生？我只认识Z先生……这么相近的代号，难道也是极光会的？克莱恩在心里猜想，却没有开口。

他必须维持自己的形象，尽量不做没有太大把握的回答，如果真面临这种情况，描述也得含糊不清，像个神棍。

阿尔杰望了眼"愚者"，见他姿态平静，没有变化，难以猜测真实想法，于是斟酌着开口道："极光会一直在针对风暴之主教会、永恒烈阳教会、知识与智慧之神教会，所以，比起其他组织，这三大教会对极光会更加了解，而我从他们那里知道了一些情况。"

不用解释，我知道你是风暴的人，当然，也可能是二五仔……不过，为什么极光会的仇恨对象刚好是最古老的三大教会？克莱恩微笑不语，平静地看着"倒吊人"。

阿尔杰知道自己的序列途径肯定瞒不过"愚者"，也不是太在意地继续说道："极光会有五位圣者和二十二个神使，这些神使以字母为代号，自称A先生、X先生……他们当中最弱的也是序列7的非凡者，最强的达到了序列5，都相当善于隐蔽自身……每死一位神使，都会有新的神使代替。

"我不确定你说的A先生是否就是极光会的A先生，只能说有很大的可能性，至于极光会的情况，我之前已经告诉过你。"

奥黛丽听得微微点头，对A先生更加戒备。她略有些心疼地开口道："感谢你的回答，'倒吊人'先生，那个额外报酬，你……你不需要支付了。"

"不，我希望用刚才的回答和更多的额外报酬请你帮一个忙。"阿尔杰沉声说道。

"什么忙？"奥黛丽疑惑道。

阿尔杰想了几秒道："我收到情报，号称'飓风中将'的大海盗齐林格斯秘密上岸，潜入了贝克兰德，不知道想做什么，我希望你帮我找到他的下落，至于后续的事情，就不需要你冒险了。"

"'飓风中将'齐林格斯？七位海盗将军之一？"奥黛丽眼睛微微睁大，险些保持不住"观众"状态。

成为非凡者之后，她最想做的事情是什么？当然是接触那些之前只存在于贵族传说里的人物！

"对，他也是'水手'途径的序列6非凡者'风眷者'，同时拥有一件神奇物品，也可以称为封印物品。他相当狡诈和残忍，你不要试图对付他。"阿尔杰郑重地说道。

说到这里，他忽地侧头，望向克莱恩道："'愚者'先生，我是否可以请求你的眷者在关键时刻提供帮助？我会付出你感兴趣的代价。"

我的眷者只有我自己……克莱恩以吐槽的方式缓解着情绪，微微笑道："前提是我的眷者刚好在贝克兰德。"

"好吧。"阿尔杰有些失望又有些期待地收回视线。

"齐林格斯那件神奇物品有什么特殊之处？"这时，奥黛丽颇有点信心地问道。

她刚才认真考虑了一下，竟然觉得自己在贝克兰德拥有不错的寻人能力。

首先，她父亲是贵族里顶尖的富豪，拥有不错的声誉和人脉，而她自己在年轻一代里也很受欢迎，所以，在社会中上层，不经意间能够动用的资源很多。

其次，她目前认识的两位非凡者朋友也各有圈子。"学徒"佛尔思是原本的诊所医生，现在的新晋作家，在文学界，在出版行业，在位居中产阶级的医生里，认识不少人；"仲裁人"休·迪尔查，长期帮中下层民众协调并仲裁事件，在贝克兰德东区，在劳工阶层，在不少黑帮组织里都小有名气，隐秘的渠道很多。再加上她们所接触到的别的非凡者，以及别的非凡者拓展出去的圈子，寻人的能量不容小觑。

面对"正义"的问题，"倒吊人"阿尔杰几乎没什么犹豫，不需要思考就直接回答道："那件神奇物品的真正名称并不为人知晓，但了解一些的人都称呼它为'蠕动的饥饿'，齐林格斯每隔一天就必须用一个活人的灵魂和血肉满足它，否则它会拿自己的主人来代替。"

"这是可以用来寻找齐林格斯的重要线索。"奥黛丽微皱起眉头道。

对于那种渴求活人鲜血和灵魂的邪恶物品，她发自内心地感到不适，甚至非常厌恶。

"是的，但一个至少有五百万人口的大都市里，几个流浪汉的失踪并不会被人注意。"阿尔杰提醒了一句，转而说道，"自从得到'蠕动的饥饿'，齐林格斯就变得非常难以对付。"

"他原本只是一位'风眷者'，在控制水、风之类的天气领域具备不错的非凡能力，但后来，人们发现他可以让目标变得狂乱，可以进入别人的梦境，可以召唤光芒净化死灵，可以用歌声增强自己，可以变成不同人的容貌……几乎无所不能。"阿尔杰相当详细地描述道，"我们怀疑这些都是'蠕动的饥饿'这件神奇物品带来的……"

他话未说完，安静旁听的"太阳"戴里克·伯格就愕然脱口道："牧羊人！"

"牧羊人"？"秘祈人""倾听者"途径的序列5？嗯，白银之城的六人议事团里有位新晋的长老就是"牧羊人"，据说强大得可以抵抗序列4的强者，呃，是等同品阶的恶灵……

克莱恩的面部表情微有变化，但都被灰白的雾气遮掩住了，而这个时候，那位"观众"也没有把注意力放在他的身上。

"牧羊人？"

"'牧羊人'？"

"正义"和"倒吊人"同时发声，一个完完全全的疑惑，一个则略带惊讶，似乎在哪里听过"牧羊人"这个名称，知道一些情况，却不了解具体的细节。

见大家的目光都投到了自己身上，戴里克顿时有点慌张，他再是沉默内敛、悲伤郁结，也还只是个少年。

他忙结巴着解释道："我的意思是，'倒吊人'列举的特点很像'牧羊人'这个序列职业的非凡能力。每一位'牧羊人'都能将别人的灵魂，包括怨魂和恶灵，吞噬到体内，并用独特的方式驱使这些灵魂，对应使用他们一定的能力，就像在为神灵放牧羔羊一样。

"所以，谁也不知道'牧羊人'究竟具备多少能力，这只取决于他们吞噬了多少非凡的灵魂，而这让他们显得非常可怕，近乎等于高序列的强者。

"有人怀疑，'牧羊人'能吞噬和放牧的灵魂是有数量限制的，但可以更替。"

原来"牧羊人"的含义是这个啊……极光会掌握的序列途径一如既往地诡异……难怪他们信奉的对象是真实造物主，不，堕落造物主……克莱恩一下恍然，但没有点头，表现出早就知道的样子。

与此同时，他在心里叹息了一声："太阳"啊，你果然还只是一个孩子，这是很重要的消息，很重要的情报，可以拿来换取有价值的事物，你竟然就这样说出来了！说出来了……

嗯，那个需要被封印的神奇物品"蠕动的饥饿"展现出来的能力和序列5"牧羊人"很像……会不会许多封印物品也对等或接近某个序列职业，失控状态下的那种……不知道封印物2-049那个安提哥努斯家族的木偶会和哪个序列职业相像……

听完"太阳"的解释，"倒吊人"阿尔杰似乎解开了某个谜团般点了下头，一时默然。

"正义"奥黛丽则更加好奇地问道："'牧羊人'是哪个序列途径的？序列几？"

"'秘祈人'途径的序列5。"克莱恩抓住机会，不着痕迹地点了一句，以表示自己什么都知道。

"'秘祈人'……极光会的……"奥黛丽猛然想到了那位疑似极光会神使的A先生，心情突地有点沉重。

她开始认真思考，思考自己能用什么代价来换取"愚者"先生出手，轻松解决掉那个恶心的家伙，但想来想去也没想到要怎么打动"愚者"先生。

果然，接近神灵的大人物不是那么容易打动的……他们感兴趣的物品和事情本来就不多……奥黛丽在心里感叹了一句。

暂时放弃冲动的她对"太阳"感激地点了下头，感谢他让大家对"蠕动的饥饿"有了新的猜测，从而能采取更加合理有效的应对方式。

"'倒吊人'先生，我愿意接受这个委托，但我不保证能找到'飓风中将'齐林格斯。"奥黛丽转而望着对面道。

"再没有比这个更好的答案了。不管你是否成功，只要做出尝试，我之后都会支付你一定报酬，比如某些隐秘的知识和情报；而如果能够成功，或许我可以直接提供你'读心者'的主要材料，当然，前提是我们得知道是什么。"阿尔杰用少有的慷慨态度承诺道。

"成交。"奥黛丽抿了下嘴，浅笑着回答。

接下来，阿尔杰在克莱恩的允许和帮助下，具现出了齐林格斯的肖像。

这七大海盗将军之一的"飓风中将"有着独具特色的宽下巴，棕色的头发在脑后扎出了古代武士的发髻，墨绿色的眼眸仿佛噙着笑意，但却异常冰冷。

讨论完该讨论的事情，分享完该分享的情报，高踞上首的"愚者"克莱恩微笑着宣布今天到此结束，然后看见"正义"和"倒吊人"麻利地起身行礼，看见"太阳"慢了半拍地模仿。

他右手前按，中断了联系，但并没有立刻离开。

…………

白银之城，伯格家，戴里克看着周围熟悉的布置，看着外面划过闪电的黑暗天空，一时又有点恍惚。

但他很快就清醒过来，翻找出类羊皮纸和羽毛笔，唰唰唰把强行记忆着的"歌颂者"配方默写了下来。他反复看了几遍，终于确认没有问题。

戴里克并不担心自己拥有"歌颂者"配方、成为另类非凡者的事情会被白银之城的上层怀疑，因为在之前的每次探索行动里，精英小队的成员或多或少都会从怪物身上，从那些被废弃、被毁灭的城市里得到一些配方、材料和奇怪物品。而这个过程里，有人私藏一点是相当正常的事情，只要不涉及太重要的那些，队长们、高层们都默契地不去追究。

长久累积下来，某些配方就开始在白银之城的非官方渠道流通，有的则成为家族世代强盛的根本——白银之城周围的黑暗之物特点都相对固定，有些材料容易获得，有些则必须深入诅咒之地才有希望遇到。

放好羊皮纸，戴里克想起了神秘"愚者"的叮嘱，于是就着简陋的卧室，低下脑袋，简单祈祷道：

"不属于这个时代的愚者，

"灰雾之上的神秘主宰，

"执掌好运的黄黑之王。

"……"

——巨人语是非常古老的语言，本身就具备祭祀、祈祷和施法的神秘性，所以戴里克不需要再转成古赫密斯语。

…………

"不属于这个时代的愚者。"

无声坐在古老青铜长桌上首的克莱恩听到了徘徊于耳边的祈求声，看见"太阳"对应的深红星辰在膨胀和收缩。但他没有试图接触，打算等下次聚会时提前十几分钟再回应，以此让白银城少年做好独处的准备。

而最重要的是，这让他规避了时间和日期的换算，减少了"愚者"强大形象受损的可能性。

确认好这件事情，克莱恩用灵性包裹住自己，猛地往下急坠。

回到房间后，克莱恩解除了灵性之墙，稍作休息就准备再次外出。

他现在已经没必要再扮演占卜家，也就无须把去占卜俱乐部作为固定的日程安排，偶尔到那边赚个外快，履行一下值夜者的监督职责就好了。

原本克莱恩是希望下午好好偷个懒的，但后来想到还有一件事情没做，不得不重新振作精神——按照约定，他今天得去找侦探亨利，拿到红烟囱调查的最后报告。

"哎，据说大人物都是挺忙的……之后还要抽空和班森、梅丽莎一起去廷根市帮助家庭仆人协会，找一个好的杂活女仆……"

克莱恩挣扎着换掉衬衣，穿上黑色燕尾服外套，拿着半高丝绸礼帽和镶银手杖，像个绅士一样走出了大门。

贝西克街，亨利私家侦探事务所下面，克莱恩戴上口罩，压低帽子，快速通过街道，进入了楼梯口。

（未完待续）

后记 EPILOGUE

✦ 上架感言 ✦

编者按：本篇后记原载于《诡秘之主》网络连载原文第一部"小丑"第一百二十九章之后，对应位置大致为本书第十章的前半部分。

《诡秘》上传了两个月，也到了上架的时候。

这两个月里，我几乎没怎么写感言、写唠叨，没怎么和大家交流。主要是因为我越来越觉得，作者和读者最好的交流必定也只能在小说里，我想表达的，我想讲述的，都在我写的故事里，不需要再额外说点什么。

嗯，回到《诡秘之主》这本书，我大概是这么一个想法，想找回我最初接触网络小说时的那种乐趣，那种"哎呀，还有这样的世界""还有这么神奇的世界"的乐趣。

那时候，每一本书都给我带来不同模样的、千奇百怪的、各有意思的世界，总是让我眼界大开，沉迷其中而不可自拔，总是被拓展想象力。当然，这也是我之前接触到的类似小说太少的缘故。

所以，当我觉得自己已经做好准备，做好独立构架一个较为新颖的世界和一个有趣又新奇的体系的各方面准备时，我忐忑不安又充满勇气地开始了这本书。

以扮演法为核心的二十二条途径、二百二十种魔药、二百二十个不同非凡职业，这就是我最希望能让大家感兴趣的部分，另外，还有那个糅合了克苏鲁风格、SCP基金会元素、第一次工业革命时代风情和蒸汽朋克情怀的世界。

我看了很多书，也做了很多设定，但我知道，我最需要的是好好地把故事讲出来，不急不慢地讲出来。这也是我将第一部的节奏极度放缓，并更新了四十一万字免费章节的原因。我要老老实实地去铺陈剧情，去刻画人物，去描绘世界，不追求所谓的高潮，而是努力把我心中想要分享给你们的画面呈现出来。

感谢《武道宗师》的写作，让我在日常故事方面也有了足以吸引人的水准，具备了老老实实讲故事的能力和文笔。

以前我学会了表达，或者说每一位写手和作者都本能地会表达，而现在，我觉得我开始学会克制。很多时候，我会叙而不论，只用动作、语言和表情来呈现情绪，不做内心的独白，甚至可能连动作、语言和表情都不用，就那样冰冷冷地讲述，就像铅白女工那一章。这也是我希望能在《诡秘之主》的关键段落继续保持的水准。

这本书的各种结构大概是我在几本书里考虑得最周全的一本，前后呼应什么的，大家拭目以待。

以上就是我关于这本书的想法和尝试，希望得到大家的喜欢，希望你们能够用订阅来坚持，毕竟我还是得吃饭的，还得给媳妇儿买衣买裙买包买房。

我一直是个庸俗的人，这一点我从不怀疑，同时，我也是个很懒、性格很有问题的人。

我曾经想过组织我的粉丝，就像其他作者那样，但，哎呀，好烦啊，好累啊，然后，就没有然后了。

我曾经想过开个微博，聚拢人气，但，哎呀，好烦啊，好累啊，然后，就没有然后了。我都不知道多久没更新过微博了。

我弄了微信公众号，尝试着写点东西，但是，哎呀，好烦啊，好累啊，然后，也就是很久才更新一次。

我曾经试图请人帮忙活跃公众号，但看到别人发的内容，总觉得尴尬，总觉得脸红，于是又叫停了。

呼，我现在想与自己做一个和解：承认吧，你就是一个懒惰的人，你就是一个在人际交往方面有缺陷的人，你就是一个脸皮薄、死要面子的人，你就是一个不喜欢被各种杂事打扰的人，你就是一个烂泥扶不上墙的人。

也许，我能够做好的，也愿意去做好的事情，就是写小说，就是讲述我心中的故事。

以上就是我与自己的和解，不再别扭地活着，不再强求什么凝聚人气的事情。公众号什么的，想到就更，有内容就更，没想到就算了。

嗯，"和解"只是文艺的说法，准确的描述应该是"自暴自弃"。此处手动滑稽。

——首发于2018年5月31日

注释

　　1 这段话改自卢梭《爱弥儿》。

　　2 维多利亚时代末期，一笺是一百四十四个火柴盒，劳务费是二又四分之一便士，一个妇女从早忙到晚的极限是七笺。

　　3 引用自丁尼生《悼念集》之十一《这是一片宁静的清晨》，飞白译。

参考书目

　　1《深渊居民——伦敦东区见闻》，杰克·伦敦著。